Pia O'Connell
Ein irischer Todesfall

Pia O'Connell

Ein irischer Todesfall

Roman

PIPER

Mehr über unsere Autoren und Bücher:
www.piper.de

ISBN 978-3-492-50247-4

Dieses Werk wurde vermittelt durch
die Scripta Literaturagentur (München).
Redaktion: Franz Leipold
Covergestaltung: © Traumstoff Buchdesign traumstoff.at
Cover Motiv: Andrea Seemann/shutterstock.com
Printed in Germany

Prolog

Mein Herz schwillt an vor Stolz, als ich unsere neuen Geschäftsräume am exklusiven Merrion Square in Dublin betrete. »O'Shea & Associates« prangt auf einer glänzenden Messingtafel neben der leuchtend blauen Eingangstür, und darunter steht sehr dezent in zarter Kursivschrift »Private Investigators«.

Wir sind erst vor wenigen Wochen aus unserem nüchternen Büro am Stadtrand ausgezogen. Dort waren wir jahrelang tätig, nachdem wir uns aus der umgebauten Garage meines Teilhabers in Carlow, einer Kleinstadt im Südosten Irlands, hochgearbeitet hatten.

Wir, das sind mein Geschäftspartner Tadhg Kelly, unsere Assistentin Cloe McLoughlin und ich, Elli O'Shea, geborene Feuchtwanger.

Wenn ich die Granitstufen erklimme, die so typisch für die Georgianische Architektur am Merrion Square sind, habe ich das Gefühl, angekommen zu sein.

Beschwingt schreite ich durch die Eingangstür, in einer Hand den ausgezeichneten Cappuccino vom Deli an der Ecke; mit der anderen greife ich nach der Post und den Tageszeitungen, die Cloe mir entgegenstreckt. Wenn keine Termine außer Haus anstehen, genieße ich morgens die Aussicht aus meinem Büro auf den Merrion Square bei einer Tasse Kaffee und lese nebenbei in aller Ruhe Zeitung.

Außer BREXIT scheint es zurzeit kein anderes Thema zu geben. Genervt überfliege ich die Schlagzeilen der irischen Presse, schlage die nächste Seite auf und lasse vor Schreck beinahe die Kaffeetasse fallen. Ich kenne dieses Gesicht. Ein Gesicht, das ich zuletzt vor einer halben Ewigkeit gesehen habe. Ein Gesicht, das sich fest in mein Gedächtnis eingebrannt hat. Gierig verschlinge ich den Artikel der Irish Times: »... wurde nach 25 Jahren hinter Gittern entlassen ... im Gefängnis ein Buch geschrieben ... in Gesprächen mit mehreren Verlagen ...« Darauf ließ der Journalist eine Zusammenfassung der Tat und des Urteils folgen.

Benommen starre ich aus dem Fenster. Mein Kaffee ist eiskalt, als ich mich endlich aus meiner Lähmung löse. Mit einem Schlag holt mich die Vergangenheit wieder ein. Wie in einem Film spulen sich die Bilder vor meinem inneren Auge ab. Ich sehe uns, wie wir damals waren, mein Mann Seán, unser Sohn Patrick und ich. Damals, vor einem viertel Jahrhundert, als wir nach Irland auswanderten, eine junge Familie, die sich dort ein neues Leben aufbauen wollte.

Glasklar sehe ich alles wieder vor mir. Es ist, als wäre es gestern gewesen. Unsere Ankunft in Irland, unser erstes Haus in Carlow, unser erster Fall ...

Flughafen München, an einem Donnerstag 1994

Mein Vater weint. Eben noch haben wir uns fröhlich verabschiedet, und nun steht er vor mir mit feuchten Augen und einem verräterischen Zucken um die Mundwinkel. Mein Papa, der harte Knochen, der sich höchstens mal einen Wutanfall gönnt, aber mit Gefühlen sonst sehr sparsam, fast knauserig umgeht, hat tatsächlich rote Augen. Plötzlich habe auch ich einen Kloß im Hals und versuche krampfhaft, meine Tränen zu bekämpfen. Hinter Papa steht meine Mutter und heult hemmungslos. Ich habe meinen Vater noch nie weinen sehen, und der Anblick ist zu viel für mich. Ich verabschiede mich hastig, nehme meinen Sohn Patrick an der Hand und gehe mit ihm durchs Gate. Am Münchner Flughafen ist viel los, und es dauert eine Weile, bis wir mit unseren ganzen Taschen und Täschchen durch die Sicherheitskontrolle sind. Patrick schleppt seinen roten Kinderrucksack mit seinen Lieblingsspielsachen an und versucht, das schwere Teil auf das Laufband zu legen.

»Sie sind aber fest bepackt, wo soll's denn hingehen?«, fragt uns der Sicherheitsbeamte und hilft uns, das Handgepäck ordnungsgemäß in die grauen Plastikschalen zu legen.

»Nach Irland«, sage ich und füge hinzu, »wir wandern aus!«

Genau, wir wandern aus, Patrick, mein Mann Seán und ich. Nein, ganz so stimmt das nicht, Patrick und ich wandern aus, Seán kehrt nach Hause zurück. Irland, die grüne Insel am Rande Europas, auf der die Uhren noch anders gehen, wo die Menschen freundlich sind und der Lebensrhythmus gemächlich ist. *Céad míle fáilte* – die Insel der *Thousand Welcomes*, eine Insel voll Musik und Tanz, Literatur und Guinness, unendlichen einsamen Stränden und spektakulären Klippen, schlicht – eine Insel für mich.

Allein mit einem Vierjährigen im Wartebereich des Flughafens zu sitzen kann ganz schön anstrengend sein. Wir sind früh dran, die Stuhlreihen an den Gates sind noch nicht alle besetzt, und wir richten uns häuslich ein. Patrick nimmt seinen Batman aus dem Rucksack und lässt ihn über die Stuhllehnen balancieren. Ich bekomme den Spiderman in die Hand gedrückt mit genauen Anweisungen, was er zu tun und zu sagen hat. Die beiden Figuren müssen gegeneinander antreten. Wer kann höher springen, schneller laufen und mehr Feinde besiegen? Natürlich gewinnt Batman jeden der Wettbewerbe. Aus den Augenwinkeln mustere ich meine Mitreisenden. Es ist die übliche Mischung: Iren, die in Deutschland leben und zu Besuch nach Hause fliegen; Deutsche, die ihrer Kleidung nach zu urteilen in Irland Wanderurlaub machen und jede Menge Regen erwarten; ein paar jüngere Leute, dem Aussehen nach Studenten; eine Gruppe Angler aus Niederbayern, die fest entschlossen scheinen, den Iren etwas Trinkkultur beizubringen und vielleicht auch den einen oder anderen dicken Fisch zu fangen; mehrere Iren mittleren Alters, die ich nicht ganz einordnen kann, und ein paar Geschäftsleute, die es sich mit Zeitung und Kaffee gemütlich machen. Ein Paar scheint genau wie wir deutsch/irisch zu sein, denn es unterhält sich zweisprachig mit den beiden Kindern. Die Mutter spricht auf Englisch auf die Kinder ein, der Vater brummt auf Deutsch dazwischen. Beide Kinder antworten nur auf Deutsch. Aha, die Familie lebt also hier. Ich sehe mir die beiden Kinder etwas genauer an. Vielleicht kommen sie ja während der Wartezeit als Spielkameraden für Patrick infrage? Beide ziehen ihre Gameboys aus der Tasche und versinken binnen Sekunden in ihrem jeweiligen Spiel. Na ja, dann eben nicht.

Mir gehen tausend Gedanken durch den Kopf. Jetzt hier am Gate des Flughafens, mit den Boardingcards in der Hand, werde ich zum ersten Mal, seit wir übers Auswandern gesprochen haben, nervös. Der Abschied von meinen Eltern liegt mir schwerer im Magen, als ich mir eingestehen möchte. Was, wenn es mir in Irland doch nicht gefällt? Werde ich meine Familie, meine

Freunde zu sehr vermissen? Wir haben alle Brücken hinter uns abgebrochen, die Wohnung aufgegeben, den Job gekündigt. Wer weiß, ob ich so schnell wieder etwas finden würde?

Mein Spiderman wird gerügt, weil er unaufmerksam ist und Batmans Kommandos nicht befolgt hat. Ich reiße mich zusammen und bringe Spiderman zurück ins Spiel. Die beiden haben sich scheinbar versöhnt, weil sie jetzt gemeinsam gegen eine imaginäre Macht kämpfen müssen. Ich gebe mein Bestes, und wir sind gerade dabei, die Welt zu retten, als unser Flug aufgerufen wird. Frauen und Kinder zuerst! Jetzt gibt es kein Zurück mehr. Wir suchen rasch unser Handgepäck zusammen und begeben uns zum Aer-Lingus-Schalter. Eine lange Schlange wartender Passagiere hat sich bereits gebildet, aber wir stolzieren einfach daran vorbei bis ganz nach vorne. Menschen mit Behinderungen und Familien mit Kleinkindern dürfen zuerst einsteigen. Eine alte Dame im Rollstuhl wird von einer adrett gekleideten Aer-Lingus-Mitarbeiterin geschoben. Die gebrechlich wirkende Seniorin bedankt sich überschwänglich, die Aer-Lingus-Mitarbeiterin winkt nett ab, sagt, das sei doch selbstverständlich, und erklärt ihr, dass sich nach der Landung auch wieder jemand um sie kümmern wird. Sie soll nur den Stewardessen an Bord Bescheid geben, dass sie *Assistance* brauche. Zu uns gesellt sich noch eine allein reisende Mutter mit zwei kleinen Kindern und einem Baby im Tragetuch. Sie wirkt ziemlich gestresst. Die Kinder sind vielleicht drei und vier Jahre alt und sehr lebhaft. Mir wird sofort klar, wem diese schrille, panische Stimme gehört hat, die ich zuvor schon ein paarmal in der Wartehalle vernommen hatte. Während die Mutter nach den Pässen in ihrer Tasche sucht, stiehlt sich das ältere der beiden Kinder davon und inspiziert den Papierkorb.

»Siiina«, kreischt die Mutter aus vollem Hals.

Ich zucke zusammen, als die Schallwelle auf mein Ohr trifft. Das Kind ist keine zwei Meter von ihr entfernt. Patrick und ich tauschen erschrockene Blicke aus. Das Mädchen lässt sich jedoch nicht beirren und stochert weiter im Papierkorb herum.

»Siiina«, kreischt die Mutter erneut in gestochenem Hochdeutsch, »komm sofort zu mir«. Wieder keine Reaktion. »Siiiina, wenn du jetzt nicht kommst, dann fliegt das Flugzeug ohne dich!«

Widerwillig reißt sich das Kind vom Papierkorb los und geht langsam, mit schleppendem Schritt, zur Mutter. Das jüngere Kind hat sich währenddessen der Ticketlesemaschine genähert und untersucht diese ausgiebig.

»Tiiimo«, kreischt die Mutter wieder. »Tiiimo, nimm sofort die Finger von der Maschine«.

Keine Reaktion.

»Tiiimo, du kommst jetzt zu mir, sonst fliegen wir ohne dich!«

Zumindest Drohungen scheinen zu wirken. Die Menschenmenge hinter mir wird allmählich unruhig. Ich nehme Wortfetzen wahr wie, »hoffentlich nicht neben mir«, »so ein Organ« und »die armen Kinder«.

Lieber Gott, bitte mach, dass wir ganz weit weg von denen sitzen!, schicke ich ein stilles Stoßgebet zum Himmel. Mein Blick fällt auf das Baby im Tragetuch, das immer noch selig schlummert, und schließlich auf die Mutter. Sie ist nicht mehr die Jüngste, vermutlich Spätgebärende, sicher schon Anfang Vierzig. Ihre Wickeltasche ist aus feinstem Leder, die Babyschnullerkette von HABA und das Schmusetier von Sigikid. Die Frau spricht in einer Lautstärke mit ihren Kindern, als stünde sie vor Publikum, und wirft nach Aufmerksamkeit heischende Blicke um sich wie ein eitler Pfau.

Endlich geht es los. Ich gebe Patrick seinen Kinderausweis und sein Ticket, damit er es selbst der Dame an der Ticketlesemaschine überreichen kann. Er ist ja schon vier und schon groß und kann das, wie er mir vorher hundert Mal versichert hat. Er macht seine Sache gut, und schnell haben wir die Kontrolle passiert. Hinter mir Gekreische, mich drückt das Gewissen. Vielleicht hätte ich der Mutter von Timo und Sina, die ich insgeheim Frau Pfau nenne, meine Hilfe anbieten sollen? Aber sie wird das schon schaffen, beruhige ich mich. Hauptsache, wir sitzen im Flieger nicht nebeneinander. Die alte Dame wird vor uns im Rollstuhl an Bord geschoben. Es dauert ein kleines bisschen, bis sie ihren Platz in der ersten Reihe eingenommen hat. Ich schau auf unsere Boarding Card, Reihe 6, Platz A und B. Patrick bekommt den Fensterplatz, und ich sitze in der Mitte. Unser Handgepäck ist verstaut, mein Buch und Patricks Malbuch sind in den Taschen vor uns untergebracht, die Wasserflasche steckt auch in Reichweite und den Kaugummi nehme ich gerade in den Mund, als Frau Pfau mit ihren Kindern an Bord kommt. Mit bangem Blick beobachte ich, wie sie der Stewardess ihre Boarding Cards zeigt, worauf diese sie in Reihe Fünf unterbringt. Verdammt!

Wider Erwarten ist der Flug ruhig. Wir haben gelesen, gemalt, Batman und Spiderman ihren ewigen Kampf gegen das Böse aufnehmen lassen und warten nun darauf, etwas zu essen zu bekommen. Die Stewardessen beginnen gerade damit, das Essen zu verteilen. Patrick möchte ein 7up dazu, und ich nehme einen Orangensaft und Kaffee. Das irische Frühstück schmeckt, wie irisches Frühstück im Flugzeug halt so schmeckt, aber wir haben Hunger und essen alles auf. Dann beginnt Patrick, müde zu werden. Ich kann richtig zusehen, wie ihm immer wieder die Augen zufallen und er sie dann mit aller Macht wieder aufreißt. Schließlich gewinnt die Müdigkeit die Oberhand, und er schläft ein. Ich nehme mein Buch zur Hand und nippe an meinem Kaffee. Zum Glück ist er nicht mehr so heiß. Die Stewardessen kommen und räumen ab, als plötzlich aus der Reihe vor uns ein leises Wimmern ertönt. Das Wimmern steigert sich zu einem ausgewachsenen Brüllen. Das Baby ist wach. Und es ist ganz die Mama.

Eine Stunde später landen wir in Dublin. Das Baby hat eine ganze Stunde lang gebrüllt. Die Stimmung an Board ist mörderisch. Ich beneide Patrick, der trotz Geplärr tief und fest geschlafen hat. Mein Schädel brummt, und ich habe eine Scheißlaune. Am liebsten hätte ich mir Kaugummi in die Ohren gestopft. Der ältere Herr neben mir lächelt mich verschmitzt an und fummelt an seinem Ohr herum.

«Jetzt kann ich es wieder einschalten«, sagt er, »das war ja nicht mehr auszuhalten.«

Dem kann ich nur zustimmen und wünsche mir in dem

Moment auch, ich hätte ein Hörgerät. Ich wecke Patrick, und wir steigen aus. Uns weht ein starker, eiskalter Wind entgegen, als wir die Gangway hinuntergehen und auf das offene Rollfeld hinaustreten. Zu Hause in Regensburg hatten wir gestern noch 22 Grad und Sonnenschein. Für Juni eigentlich ganz normal. Die Temperatur hier fühlt sich wie höchstens 12 Grad an. Dicke graue Wolken hängen tief am Himmel. Hastig ziehen wir unsere viel zu dünnen Jacken zu und folgen den anderen Passagieren. Der leichte Nieselregen schafft es, uns auf dem kurzen Weg vom Flugzeug zum Flughafengebäude komplett zu durchnässen. Wir gehen durch die Wartehalle, die bereits brechend voll ist mit anderen Reisenden, und folgen den *Luggage*-Schildern. Am Kofferband angekommen, sehe ich mich nach einem Gepäckwagen um. Der Flughafen ist in einem ziemlich desolaten Zustand. An der Decke fehlen Abdeckplatten, sodass man die Kabel sehen kann, die vereinzelt heraushängen. Der Fußboden ist verdreckt, mit Kaugummi verklebt und von einer undefinierbaren Farbe. Die wenigen Sitzmöbel sind alle besetzt und waren vermutlich noch nie schön. Die dunkle Halle ist voller Menschen aus allen möglichen Ländern, und der Geräuschpegel ist so laut wie auf einem Basar. Das Kofferband hat sich noch nicht in Bewegung gesetzt, deshalb gehe ich mit Patrick noch schnell zur Toilette. Auch hier sieht es ziemlich schmuddelig aus. Ein Waschbecken ist verstopft, darin hat sich eine modrige Brühe aufgestaut. Zwei Kabinentüren sind mit handgeschriebenen *Out of Order*-Zetteln beklebt, und der Boden ist in einem unbeschreiblichen Zustand. Wir reihen uns in die lange Schlange der Wartenden ein.

»Nichts anfassen«, sage ich mehrfach zu Patrick, als wir endlich in der Kabine sind, »fass ja nichts an.«

Auf dem Rückweg zum Kofferband kommen wir an den Gepäckwägen vorbei und nehmen gleich einen mit. Patrick möchte auf dem Gepäckwagen reiten und klettert hinauf. Das Kofferband ruht immer noch, während die Passagiere dicht aneinander gedrängt darum herumstehen.

»Siiina« und »Tiiimo« kreischt es auf der gegenüberliegenden

Seite, als sich das Band endlich in Bewegung setzt. Ich versuche, Frau Pfau durch die Menschenmenge hindurch auszumachen, aber es gelingt mir nicht. Nach einer Weile lichten sich die Reihen. Unsere Koffer sind natürlich wieder die letzten. Ich wuchte die schweren Teile auf den Gepäckwagen, setze Patrick oben drauf und gehe Richtung Ausgang.

»Papi«, juchzt Patrick, als uns Seán plötzlich entgegenkommt. »Papi!« Wir liegen uns in den Armen. Endlich wieder vereint! Patrick kann sich vor lauter Aufregung gar nicht mehr bremsen. Er plappert los und erzählt seinem Papi alles, was in den letzten vier Wochen ohne ihn passiert ist. Mit großen aufgerissenen Augen und weit ausholenden Handbewegungen untermalt er seinen Bericht. Seán nimmt ihn lächelnd auf den Arm, und gemeinsam gehen wir zum Auto.

»Wie bist du eigentlich in die Abfertigungshalle gekommen«, frag ich ihn noch auf dem Weg ins Parkhaus.

»Ach, kein Ding«, antwortet Seán, »einer der Sicherheitsbeamten ist auch aus Carlow. Ich habe ihm erzählt, dass ich euch abhole und dass ich euch schon so lange nicht mehr gesehen habe, und da hat er mich reingelassen.«

Ich staune wieder über die irische Unkompliziertheit.

Meine Kopfschmerzen sind unerträglich, ich möchte nur noch ins Bett. Seán erzählt und erzählt und strahlt über das ganze Gesicht. Er tut furchtbar geheimnisvoll, macht Andeutungen über eine Überraschung und kann sich dabei selbst kaum zurückhalten, nicht schon jetzt alles auszuplaudern. Wir fahren durch den stetigen Nieselregen aus Dublin hinaus Richtung Carlow. Seán hat dort ein Haus gemietet. Als Übergangslösung, damit wir eine Basis haben, von der aus wir gemeinsam auf Haussuche gehen können. Carlow ist seine Heimatstadt, hier lebt seine Familie. Ich vermute, dass die Überraschung etwas mit dem gemieteten Haus zu tun hat, lehne mich zurück und versuche, mich zu entspannen, damit meine Kopfschmerzen etwas nachlassen. In meiner momentanen Verfassung ist es mir schnurzegal, wie das Haus aussieht; Hauptsache, es hat ein Bett, und ich kann mich endlich hinlegen.

Zum Glück führt Patrick die Unterhaltung. Die beiden lachen und quatschen und blödeln rum, sind glücklich, endlich wieder zusammen zu sein. Mir fällt auf, dass Seán nicht den üblichen Weg nach Carlow nimmt. Ich will gerade nachfragen, warum er eine andere Route fährt, als er auf einmal in die Einfahrt eines Hotels einbiegt und den Wagen parkt. *Barberstown Castle* lese ich noch auf den Schildern, da steigen wir auch schon aus.

Was soll das jetzt?, denke ich mir, als Seán mich zärtlich in den Arm nimmt und flüstert: »Für meine Prinzessin soll das neue Leben in Irland in einem Schloss beginnen.«

»Ach du meine Güte«, denk ich mir. Das ist lieb gemeint, aber ich habe überhaupt keine Lust, jetzt auch noch eine Nacht in einem Hotel zu verbringen, egal wie fantastisch und luxuriös es sein mag und den übergewichtigen Koffer aus- und wieder einzupacken. Eigentlich möchte ich nur endlich in Carlow ankommen und mich hinlegen. Aber Seán hat sich solche Mühe gegeben und er freut sich so darüber, dass seine Überraschung geglückt ist, da kann ich ihm die Stimmung nicht verderben und heuchle Begeisterung. Patrick ist natürlich entzückt.

»Ein Schloss! Wir schlafen in einem Schloss!« Er überschlägt sich fast, als er unser Gemach sieht. Es liegt im obersten Stockwerk des alten Turmes aus dem 13. Jahrhundert. Über eine schmale Wendeltreppe gelangt man aufs Dach, von dort genießt man einen fantastischen Weitblick über grüne Wiesen und Felder. Von den ursprünglichen 335 Acres sind zwar nur noch 20 Acres übrig geblieben, aber das tut der Aussicht keinen Abbruch. Dem Prospekt entnehme ich, dass ein gewisser Nicholas Barby gegen Ende des 13. Jahrhunderts Barberstown Castle erbauen ließ und dass es seitdem durch viele Hände gegangen ist. Die Hände, die mich am meisten beeindrucken, gehören *Slow Hand* Eric Clapton, der von 1979 bis 1987 Eigentümer von Barberstown Castle war. Da haben wir ihn nur um sechs Jahre verpasst! Wer weiß, welche großartigen Lieder er hier geschrieben hat.

Ich muss zugeben, dass die Idee mit der Übernachtung hier vielleicht doch nicht so schlecht war. Clapton ist immerhin einer meiner Lieblingsmusiker. Meine Stimmung hebt sich und wird noch besser, als der Nieselregen endlich nachlässt und die Sonne durch die Wolken spitzt. Beim Spaziergang im angrenzenden Park verfliegt mein Kopfweh fast vollständig, und ich fange langsam an, die Umgebung zu genießen. Es ist wie im Urlaub, so als hätte ich noch einen Tag Aufschub bekommen, bevor mein neues Leben in Irland wirklich beginnt. Beim Abendessen beschreibt Seán das Haus, das er gemietet hat. Es ist nichts Besonderes, sagt er, aber seine Mutter wohnt nur eine Straße weiter, und das sei ja ganz praktisch. Außerdem liegt es sehr zentral, und man kann zu Fuß alles in der Stadt erreichen. Und das Wichtigste: Das Haus ist voll möbliert und eingerichtet. Geschirr, Bettzeug, der ganze Hausstand – alles ist vorhanden. Die Besitzerin hat es von ihrer kürzlich verstorbenen Mutter geerbt und alles so gelassen, wie es war. Sie weiß noch nicht, ob sie es verkaufen oder auf Dauer vermieten wird. Jedenfalls hat Seáns Mutter Fidelma mit ihr ausgehandelt, dass wir es möbliert mieten können, bis wir selbst etwas Längerfristiges gefunden haben. Eines wird mir klar, ein Schloss ist es sicher nicht. Ich stochere in meinen Kartoffeln herum und versichere Seán, dass es bestimmt okay sein wird. Außerdem werden wir ja nicht für immer dort wohnen, und als Übergangslösung sei es geradezu ideal. Ich schiebe mir das letzte Stückchen *Turkey & Ham* in den Mund, lasse die gekochten Kartoffeln auf meinem Teller liegen und frage Patrick, ob er noch eine Nachspeise haben möchte. Er möchte, und zwar warmen *Apple Pie* mit Sahne. Wir einigen uns darauf, dass wir uns die Nachspeise teilen. Für Seán und mich gibt es noch jeweils eine Tasse Kaffee dazu. Der Speisesaal ist fast leer, wir sind die einzigen Gäste. *Vielleicht liegt es am Kaffee,* denk ich mir, als ich an der schlammigen Brühe nippe. Die Einrichtung ist opulent, in sich gemusterte dunkelrote Samttapeten an den Wänden, mächtige blitzende Kronleuchter und weiße Stuckverzierungen an der Decke. Die Möbel aus dunklem Holz, mit schön geschwungenen Tisch- und Stuhlbeinen auf einem ocker-gold-gelben Teppich mit rotem Muscheldesign. Die Fenster behangen mit schweren rot-gold-blau gemusterten Brokatvorhängen, die immense goldene Kordeln zieren. Aufwendige Blumengestecke und leuchtende silberne Kerzenständer auf blütenweißen Tischdecken vervollständigen die Dekoration. Irgendwie will die fürstliche Einrichtung nicht zu den hart gekochten Kartoffeln mit dem faden *Turkey & Ham* passen. Vom Kaffee ganz zu schweigen! Nur der *Apple Pie* findet meine uneingeschränkte Zustimmung, der war wirklich lecker. Ich schlage vor, vom Speisesaal in die Bar zu wechseln, um den Abend noch mit einem Glas Guinness ausklingen zu lassen.

Seán guckt mich komisch an und meint: »Kinder dürfen nicht in die Bar.« Er fügt erklärend hinzu: »Weil dort Alkohol ausgeschenkt wird.« Das ist mir bei unseren bisherigen Besuchen auf der Insel noch nie aufgefallen. Da wir einen Vierjährigen schlecht unbeaufsichtigt in einem Hotelzimmer lassen können, gehen wir alle drei nach oben. Ich erzähle Seán von den sonntäglichen Besuchen in der Sportgaststätte des Fußballvereins meines Vaters, in denen regelmäßig riesige Mengen an Alkohol ausgeschenkt wurden, und das immer im Beisein einer Meute Kinder. Alle Spielerfamilien haben sich dort mit Kind und Kegel nach dem Spiel getroffen und bei der einen oder anderen Halben Bier das ganze Fußballspiel noch mal Revue passieren lassen. Die Männer an einem Tisch, laut diskutierend und gestikulierend, die Frauen am Tisch daneben, bei Tee oder Kaffee den neuesten Klatsch austauschend. Von uns Kindern saß niemand am Tisch. Wir hatten die Kellerräume der Gaststätte, in der die Kegelbahn untergebracht war, zu unserem Reich erkoren und tauchten nur ab und zu in der Gaststube auf, um von unserer AfriCola oder unserem Sinalco zu nippen oder um ein Zehnerl für den Kaugummiautomaten zu erbetteln. Seán meint, das sei mit einer Bar nicht zu vergleichen und ab sechs Uhr abends werden Kinder dort nicht mehr geduldet. Der Wirt kann sogar seine Schanklizenz verlieren, wenn sich Minderjährige zu dieser Zeit noch im Barbereich aufhalten. Ich finde diese Regelung für ein Hotel reichlich unpraktisch, andererseits bin ich sowieso ziemlich geschafft.

Beim Anblick des Himmelbetts wird mir erst bewusst, wie

müde ich bin. Das Zimmer hat im 14. Jahrhundert vermutlich auch nicht anders ausgesehen. Die Wände unverputzt, sodass man die riesigen Granitquader sehen kann, der Fußboden von mächtigen dunklen Eichenbrettern belegt, schwarze schmiedeeiserne Kerzenleuchter an den Wänden und an der Decke. Ein großer Teppich, dessen Farben schon komplett verwittert sind, bedeckt die Wand gegenüber der Eingangstür. Das Himmelbett, fast schwarz vor Alter, mit gedrechselten Pfosten und aufwendigen Schnitzereien, ist mit üppigen roten Brokatvorhängen verhangen und steht wie ein Schiff im Raum. Patrick klettert auf das Bett und verkündet freudestrahlend, dass er heute hier schlafen wird. Na klasse, und ich hatte mich schon so aufs Kuscheln mit Seán gefreut. Das schmale Beistellbettchen in der Ecke wird wohl ungenutzt bleiben. Wir kramen unsere Schlafanzüge aus den Koffern und gehen ins Badezimmer. Es ist wesentlich nüchterner gestaltet und will nicht so recht zu dem mittelalterlichen Schlafzimmer passen, allerdings bin ich ausgesprochen froh darüber, denn ein Donnerbalken mit Waschschüssel und Wasserkrug wäre dann doch eine Spur zu rustikal gewesen. Als ich aus dem Bad komme, liegen Seán und Patrick schon im Bett. Seán erzählt gerade leise eine seiner selbst erdachten Geschichten, die Patrick so liebt. Beide sehen sehr glücklich aus, und ich schlüpfe schnell zu ihnen unter die Decke. Zu dritt liegen wir unter dem roten Brokathimmel und genießen es, wieder vereint zu sein.

Freitag

Am nächsten Morgen stehen wir schon früh auf. Wie gestern Abend sind wir auch heute die einzigen Gäste im Speisesaal. Nach eingehendem Studium der Frühstückskarte entscheide ich mich für ein *Full Irish Breakfast* mit Tee und frisch gepresstem Orangensaft. Seán wählt dasselbe, und Patrick möchte *Pancakes* mit *Maple Syrup* und dazu ein Glas Orangensaft. Kurze Zeit später kommt der Kellner und bringt unsere Teller, die schier überquellen: Jeweils zwei Würstchen, zwei Streifen Speck, ein Spiegelei, jeweils eine Scheibe *black* und *white Pudding*, gebackene Bohnen in Tomatensoße, gebratene Champignons und eine gegrillte Tomate drängen sich darauf. Dazu gibt es Toast, Butter, Orangenmarmelade und eine riesige Kanne Tee mit Milch. Bis zum Abendessen brauchen wir erst einmal nichts mehr! Die Würstchen gebe ich nach einem Bissen gleich an Seán weiter und nehme schnell einen Schluck Tee, um den scheußlichen Geschmack aus dem Mund zu bekommen. Es ist immer das Gleiche. Ich beiße in freudiger Erwartung in ein irisches Würstchen und werde jedes Mal wieder bitter enttäuscht. Rein äußerlich sehen *Irish Sausages* fast aus wie Nürnberger Bratwürste, nur leider ist das die einzige Ähnlichkeit. Die Dinger schmecken dermaßen widerlich, ein Geschmack, den man nur dann ertragen kann, wenn man damit aufgewachsen ist. Das restliche Frühstück mundet mir ausgezeichnet, der Speck ist knusprig, das Spiegelei genau richtig gebraten, und die Beilagen passen wunderbar dazu. Besonders der Toast hat es mir angetan, denn er schmeckt tausendmal besser als bei uns in Deutschland. Patrick schafft nur die Hälfte seiner Pfannkuchen; ich soll mir welche nehmen, aber ich platze gleich, also opfert sich Seán und hilft Patrick mit seinen *Pancakes*.

Gegen elf Uhr sind wir endlich unterwegs in Richtung Carlow. Die Straße ist eng und stark befahren. Alle paar Kilometer kommen wir durch ein Dorf oder eine Kleinstadt. Die Strecke zieht sich, und obwohl Carlow nur um die achtzig Kilometer entfernt liegt, brauchen wir fast zwei Stunden dafür. Patrick ist von der Autofahrt müde geworden und schläft. Seán erzählt von seiner Arbeit. Hewlett Packard baut in Leixlip ein riesiges neues Werk, und Seán ist Teil der *Start-up Crew*. Sein Team ist jung und besteht vorwiegend aus Uniabsolventen, die er selbst eingestellt hat. Im Vergleich zu seiner alten Arbeit bei Siemens in Regensburg trägt er hier sehr viel mehr Verantwortung und auch die Arbeit insgesamt gefällt ihm besser. Eigentlich hätte er auch bei Siemens bleiben können, doch dort gab es für ihn keine Aufstiegsmöglichkeiten. Trotz interner mündlicher Zusage auf seine Bewerbung bekam eine Kollegin den Vorzug. Seán war damals außer sich. Irgendwie habe ich es daher auch Siemens zu verdanken, dass ich jetzt hier mit Kind und Kegel auf der Landstraße Richtung Carlow unterwegs bin, um ein neues Leben in Irland anzufangen. Nachdem Seán kurz nach diesem beruflichen Rückschlag von der Stellenausschreibung bei Hewlett Packard gelesen, und sich dort beworben hatte, bekam er die Stelle angeboten; ab dann gab es kein Halten mehr. Alles ging so schnell, dass ich gar nicht richtig darüber nachdenken konnte, was das für uns bedeuten würde. Ich ließ mich von seiner Euphorie anstecken, von seiner Freude, nach sieben Jahren im Ausland wieder nach Hause zurückkehren zu können. Zurückkehren mit Frau und Kind, einem super Job und bald auch schon einem neuen Haus. Ich habe es als Abenteuer gesehen, mich darauf gefreut, das Gewohnte, Muffige, Alltägliche hinter mir zu lassen. Auf zu neuen Ufern!, lautete mein Motto. Und jetzt sitze ich im Leihwagen Richtung Carlow und bekomme kalte Füße.

Die kalten Füße habe ich nicht nur figurativ, denn irgendetwas funktioniert mit der Heizung nicht. Als wir in der Einfahrt vor unserer neuen Bleibe parken, bin ich komplett durchgefroren. Das Haus sieht von außen ganz ordentlich aus. St. Philomena steht auf dem Schild anstelle einer Hausnummer. Schon wieder eine Heilige, von der ich noch nie gehört habe. Seán kramt den Hausschlüssel aus der Hosentasche und sperrt die Haustüre auf. Ich hebe den verschlafenen Patrick aus seinem Kindersitz und setze ihn mir auf die Hüfte. Gemeinsam betreten wir das Haus. Was für ein Schock! Siebzigerjahre Dekor – Tapeten, Vorhänge, Teppichböden, alles! Könnte glatt als Retrostil durchgehen, wenn nicht alles so abgewohnt aussähe. Ein Haus wie aus einer Zeitkapsel. Ich mache mich auf Erkundungsgang und folge dem mit orange-rostroten Kringeln gemusterten Teppichboden nach oben. Die Schlafzimmer sehen auch nicht besser aus. Zaghaft lege ich meine Hand auf die Klinke der Badezimmertür, drücke sie herunter und schiebe langsam die Tür auf. Hellgrüne Kacheln, halbhoch gefliest, strahlen mich an, darüber eine grün-gelb-orangefarbene psychedelische Musterorgientapete, grün auch die Toilette, das Bad und das Waschbecken. Über diesem thront ein beigefarbenes Plastikregal mit integriertem Spiegel und Spritzschutz, jeweils drei Zahnbürstenhaltern links und rechts sowie einer Seifenschale, alles aus einem Guss. Was es alles gibt!? Die obligatorischen Wasserhähne sind links und rechts vom Becken angebracht. Entweder man wäscht sich die Hände mit kaltem oder mit heißem Wasser. Will man warmes Wasser, muss man zuvor den Stöpsel einstecken, das Becken mit heißem und kaltem Wasser volllaufen lassen und das Wasser kurz vermischen – doch das macht natürlich kein Mensch. Was haben die Iren nur gegen die gute alte Mischbatterie? Der beige-grün gesprenkelte Linoleum Fußboden sieht dagegen ziemlich neu aus, vermutlich wurde er erst kürzlich verlegt. Wenig begeistert lasse ich meinen Blick noch mal über das Siebzigerjahre-Bad schweifen, doch dann denk ich mir, *Hauptsache, es ist sauber; wir bleiben ja nicht für immer hier.* Nach diesem tröstlichen Gedanken mach ich mich wieder auf den Weg nach unten, um mir noch die Küche anzusehen. Sie wirkt auf den ersten Blick eigentlich ganz nett, irgendwie gemütlich, auch wenn sie anscheinend schon ein dutzend Mal gestrichen wurde. Die Holzstühle haben Bastsitze, und der Tisch erinnert mich mit seiner Besteckschublade und dem Linoleum-Belag an den alten Küchentisch meiner Großeltern. Auch hier ist alles alt, aber sauber. Der Gasherd scheint noch aus dem vorigen Jahrhundert zu stammen.

Seán kommt in die Küche; als er sieht, wie ich den Herd inspiziere, meint er nur: »Die Gasflasche müsste noch ganz voll sein.«

»Welche Gasflasche?«

»Sie steht draußen vorm Küchenfenster. Die Vermieterin hat gesagt, sie hat gerade erst eine neue bringen lassen.«

Ich schaue ihn verständnislos an. Er sperrt die Hintertür auf und führt mich in den Garten. Tatsächlich! Direkt unterm Küchenfenster steht eine große orangefarbene Gasflasche. Wie auf dem Campingplatz, nur größer. Als ich irgendetwas von Gasleitung und unterirdisch murmele, ist es an Seán, mich verständnislos anzusehen.

»Nein, nein«, antwortet er schließlich und lacht, »eine öffentliche Gasversorgung gibt es hier nicht. Wenn die Flasche leer ist, kaufen wir eine neue.«

Wieder was dazugelernt! Der Garten erscheint mir im Übrigen äußerst pflegeleicht. Wo andere Gras haben ist hier Beton. Das gesamte Grundstück ist von einer mit Efeu bewachsenen Betonsteinmauer umgeben; ein paar Sträucher kümmern in einem Hochbeet an der Mauer entlang vor sich hin; eine Wäscheleine hängt träge quer zwischen Haus und Mauer, und das war's. Wir gehen zurück ins Haus. Es wird Zeit, endlich unsere Koffer auszupacken. Seán und ich nehmen den *Master Bedroom,* und Patrick darf sich eines der anderen zwei Schlafzimmer aussuchen. Unsere Sachen sind schnell verstaut. Der Großteil steht noch in Kisten verpackt bei der Spedition in Regensburg und wartet darauf, abgerufen zu werden.

»Meine Mutter hat uns zum Tee eingeladen, sobald wir mit Auspacken fertig sind. Wollen wir los?«

Patrick strahlt mich an. Mir knurrt der Magen, ich habe plötzlich einen Riesenhunger. Wir gehen die hundert Meter zum Haus von Seáns Eltern zu Fuß.

Seine Mutter steht schon in der Einfahrt und begrüßt uns überschwänglich: »*Welcome to Ireland!*« Mit weit ausgebreiteten Armen kommt sie auf mich zu und umarmt mich, dann Patrick, dann Seán. »*Come in, come in!*« Sein Vater steht in der Tür und schüttelt mir sehr herzlich die Hand. Sie führen uns ins Esszimmer, wo bereits der Teetisch gedeckt ist, und binnen Sekunden habe ich eine Tasse Tee in der Hand und ein Stück *Apple Pie* auf dem Teller. Seáns Mutter redet und redet, und ich sitze da und versuche, ihr zu folgen. Ob mir das Haus gefalle, ob ich schon alles ausgepackt hätte, wie der Flug war, wann unser restliches Gepäck kommt, wie es meinen Eltern geht und meinen Großeltern und meiner Urgroßmutter. Als sie Luft holt, fragt Seán, ob er noch ein Stück *Apple Pie* haben kann, und ich nehme mir gleich auch noch eins. Ich sage, dass ich noch verschiedenes besorgen muss, weil wir nichts im Haus haben, und Seáns Mutter empfiehlt mir, gleich bei *Darrers* einen Großeinkauf zu machen. Wenn ich nur Milch oder Brot oder andere Kleinigkeiten brauche, soll ich einfach zum Corner Shop an der Ecke gehen, der ist bis zehn Uhr abends geöffnet, auch am Sonntag.

Sie plappert noch über dieses und jenes, doch auf einmal wird sie ganz ernst, beugt sich vertraulich zu Seán und sagt: »Dein Onkel Jim ist heute Morgen gestorben. Ganz plötzlich.« Sie schaut mich an und fügt mit gedämpfter Stimme hinzu, dass es ihr leid tut, uns gleich am ersten Tag unserer Ankunft so schlechte Nachrichten überbringen zu müssen, aber die Beerdigung würde übermorgen stattfinden. Man warte nur auf die Rückkehr seiner Frau Michelle, die seit zwei Wochen bei ihrer Schwester in den USA zu Besuch ist. Michelle hat natürlich sofort den nächsten Flug gebucht. Die Nachricht war ein so großer Schock für sie, dass sie erst noch ärztlich behandelt werden musste. Die zwei erwachsenen Söhne von Onkel Jim haben sich in der Zwischenzeit um die Modalitäten gekümmert und dafür gesorgt, dass der Onkel zu

Hause aufgebahrt wird; heute Abend um sieben Uhr beginnt der Rosenkranz.

»Kavanaghs machen die Beerdigung«, sagt Seáns Mutter noch. »Ich gebe euch Bescheid, sobald ich die genaue Uhrzeit weiß.«.

Ich wende mich an meinen Schwiegervater und drücke ihm mein Beileid aus. Jim war sein jüngerer Bruder, und sein unerwarteter Tod hat ihn ziemlich erschüttert.

»Er war immer kerngesund«, meint er kopfschüttelnd. »Ich habe erst letzte Woche mit ihm eine Runde Golf gespielt. Da war er wie immer.«

Meine Schwiegermutter mischt sich ein und meint, er habe vielleicht ein schwaches Herz gehabt. Damit könne man jahrzehntelang beschwerdefrei leben, und plötzlich ist es aus. »Vielleicht hat auch der Ärger in der Firma dazu beigetragen«, fügt sie noch hinzu.

»Er war doch erst achtundfünfzig«, seufzt mein Schwiegervater. »Das ist doch kein Alter.« Leise fügt er hinzu: »Seit unserer Kindheit hat er jeden Tag einen Löffel Lebertran genommen. Er hat immer gelacht, dass er uns damit alle überleben wird. Und jetzt ist er tot.«

Wir sitzen stumm um den Esszimmertisch herum und starren ins Leere. Seán nickt mir kurz zu, wir stehen auf und beginnen, uns zu verabschieden. Ich helfe Patrick, seine Jacke anzuziehen, und wir machen uns auf den Weg. Unterwegs meint Seán noch, es sei schon verdammt seltsam, so plötzlich und ohne Vorerkrankung zu sterben. Andererseits habe Onkel Jim sein ganzes Leben lang geraucht und getrunken; so gesehen ist es vielleicht doch normal, wenn das Herz aufgibt. Was sollte es auch sonst gewesen sein?

Wir beschließen, gleich noch Darrers Department Store aufzusuchen und das Nötigste für unseren neuen Haushalt zu besorgen. Carlow ist eine Kleinstadt, man kann fast alles zu Fuß erreichen, und das ist auch gut so, denn einen Stadtbus gibt es nicht. Wir schlendern durch mehrere Straßen und biegen schließlich in die Hauptgeschäftsstraße ein. Tullow Street heißt die einspurige Einbahnstraße, wohl einfach deshalb, weil sie nach Tullow führt, einer Kreisstadt 20 km weiter östlich. Ich war bei einem früheren Besuch schon ein paarmal in Darrers Department Store zum Einkaufen und wundere mich jedes Mal aufs Neue, wie viel man auf knapp 100 Quadratmeter zwängen kann. Es gibt dort so ziemlich alles, was man zum täglichen Leben braucht. Lebensmittel, Kurzwaren, Wäsche, Oberbekleidung, Schuhe, Schuluniformen, Bücher, Kosmetik, Essgeschirr, Kochgeschirr, Grußkarten, Zeitungen, Zigaretten, Süßigkeiten und sogar Wein. Alkoholische Getränke kann man normalerweise nur in *Off Licences* erwerben, das sind Getränkeläden, die Bier, Wein und Hochprozentiges verkaufen und dafür eine besondere, extrem teure Verkaufslizenz benötigen. Darrers besitzt scheinbar nur eine Weinlizenz, und die Auswahl ist überschaubar. Ein paar deutsche Weine erfreuen sich offensichtlich großer Beliebtheit. Manche sind sogar mit englischsprachigen Etiketten beklebt. Oppenheimer Liebfrauenmilch, Blue Nunn und Black Tower sowie ein paar spanische Marken stehen im Regal. Mich beschleicht der Verdacht, dass es sich dabei um fürchterlichen Kopfwehwein handelt, staune aber nicht schlecht, als ich die horrenden Preise für diesen Fusel sehe. Wir gehen weiter und decken uns mit Klopapier, Seife, Zahnpasta sowie Brot, Butter und Milch ein, ferner ein paar Eier, Zucker, Mehl, damit ich Patrick seine geliebten Pfannkuchen machen kann, ein Glas Erdbeermarmelade, Kartoffeln, Karotten, Tomaten, Zwiebeln, Nudeln, Joghurt, Frühstücksflocken, Obst, Saft und Limo. Das Fleisch wollen wir beim Metzger auf dem Rückweg einkaufen. Seán hat die letzten vier Wochen in der Kantine von Hewlett Packard gegessen und deshalb die Küche so gut wie nie benützt. Das Mädchen an der Kasse sagt etwas, das ich nicht verstehe, und trällert dann lauthals mit der Lautsprechermusik mit, während sie unsere Einkäufe in Plastiktüten packt. Wie immer bin ich von so viel natürlicher Unbekümmertheit überrascht. Sie sagt wieder etwas zu mir, was ich aber beim besten Willen nicht verstehe. Zum Glück ist Seán da, lacht und scherzt mit ihr, während sie ihm das Wechselgeld herausgibt.

Als wir mit Einkäufen bepackt dem Ausgang zustreben, überwiegt die Neugier und ich frage ihn: »Was hat sie eigentlich zu mir gesagt?«

Er meint nur: »Sie wollte wissen, ob du Robbie Williams auch so toll findest.« Dabei grinst er mich an und meint: »Ich habe ihr geantwortet, du findest mich noch viel toller.«

Hm, also der Carlower Dialekt ist gewöhnungsbedürftig. Hoffentlich war das junge Mädchen eine Ausnahme, sonst muss ich noch einen Kurs besuchen, Carlowian für Anfänger vielleicht. Seán und seine Familie sprechen so gut wie keinen Dialekt, und auch seine Freunde und Bekannten, die ich bisher kennengelernt habe, sind recht gut zu verstehen.

Ich mache mir darüber jetzt keinen Kopf, außerdem bleiben wir sowieso nicht hier in Carlow. Wir gehen weiter zum Metzger, und ich muss laut lachen, als ich das Schild über dem Laden lese. *Family Butcher* steht dort in roter Kursivschrift. Ein Schelm, wer Böses dabei denkt. Im Laden stehen die beiden Metzger, ganz traditionell mit weißer Kappe, weißer Schürze und rot-weiß gestreiften Hemden über weißen Hosen bekleidet. Sägemehl bedeckt den Fußboden. Die Wurstauslage ist übersichtlich, *Luncheon Roll, Chicken & Ham, Onion & Ham,* mehr Auswahl an Wurst gibt es nicht, ein Hinterschinken, ein Vorderschinken, fertig.

Während ich ratlos die Auslage betrachte, tuscheln die beiden Metzger mit Seán. Ich schnappe nur ein paar Gesprächsfetzen und Worte auf wie »tragisch« und »unerwartet«. Anscheinend geht es um Onkel Jim. Nachdem die beiden Seán ihr Beileid ausgesprochen haben, wenden sie sich mit einem freundlichen Lächeln an mich und fragen, was ich gerne hätte. Ich nehme jeweils 100 Gramm von der Luncheon Roll, dem Chicken & Ham und dem Hinterschinken.

»100 Gramm?«, wiederholt der kleinere, und die beiden Metzger schauen einander an. Wo ich denn herkomme, wollen sie dann wissen. Als ich Germany antworte, nicken sie wissend. Ich bestelle noch zwei Schweinekotteletts, und der andere will wissen, ob ich *seasoning* draufhaben will. *Seasoning?* Nun ist es an mir, Seán fragend anzuschauen. »Was ist das denn?«, frag ich verwirrt, als Seán auch schon entgegnet: »Ja, wollen wir.« Wieder draußen bemerke ich, dass das Einkaufen ohne ihn ganz schön anstrengend werden wird.

»Ach was«, meint er nur, »du machst das schon.«

Auf dem Nachhauseweg jagt Patrick hinter jedem Fetzelchen Papier her, das durch die Luft segelt, zusammen mit Bonbonpapier, Chipstüten, leeren Zigarettenschachteln und sogar Plastiktüten.

»Ganz schön viel Abfall hier«, bemerke ich so beiläufig wie möglich. »Patrick, lass den Dreck liegen«, fordere ich ihn schärfer als beabsichtigt auf. Zu Hause hat er immer jedes noch so kleine Papierschnipselchen in den Papierkorb geworfen, aber hier ist er schlicht überfordert. Außerdem kann ich weit und breit keinen Abfalleimer entdecken. *Gibt es hier keine Straßenreinigung?*, schießt es mir durch den Kopf, als auch schon eine Frau auftaucht, die unterm Gehen eine Schachtel Zigaretten auswickelt, die Verpackung einfach zu Boden fallen lässt, die Zigarette anzündet und weiterstöckelt. Patrick versucht, das Zellophan einzufangen, das mit dem Wind durch die Luft segelt, aber ich schnappe mir seine Hand und ziehe ihn weiter. »Wird Zeit, dass wir was kochen«, murmle ich vor mich hin. »Ich habe einen Riesenhunger.« Zu Hause packen wir erst mal all unsere Einkäufe weg. Seán schält Kartoffeln, unterstützt von Patrick, der die Schalen sofort mit seinem orangefarbenen Spielzeugmüllauto zum Abfalleimer transportiert und dann unter lautem »tut tut« hineinwirft. Müllautos sind zurzeit seine große Leidenschaft. Zu Hause haben wir immer auf die Müllabfuhr gelauert, die einmal die Woche unsere Straße heimgesucht hat. Zu Hause … ich merke, dass ich in Gedanken noch immer in Regensburg zu Hause bin.

Ich wende mich dem Herd zu. Die Gasflamme züngelt kurz auf, stirbt aber sofort wieder ab. Beim dritten Versuch klappt es endlich, und ich atme auf.

»Zefix«, entfährt es mir dann, »wir haben das Öl vergessen, und die Läden haben schon zu!«

Seán schaut auf und meint: »Kein Problem, ich lauf schnell zum Corner Shop an der Ecke.«

Zum Glück sind wir in Irland, wo es diese erweiterten Öffnungszeiten gibt. Sehr praktisch.

»Ich geh gleich noch bei meiner Mutter vorbei, vielleicht weiß sie schon, wann die Beerdigung ist.« Er nimmt die Jacke vom Haken und ist auch schon weg. Keine zehn Minuten später kommt er zurück. »Also, heute Abend ist Rosenkranz, morgen früh um zehn Uhr Kirche und anschließend die Beerdigung.« Er fügt noch hinzu: »Wenn du nicht mit zum Rosenkranz willst, ist das okay, aber zur Kirche morgen sollten wir schon alle gemeinsam gehen.« Seán kann meine Gedanken lesen. Ich habe wirklich nicht die geringste Lust darauf.

»Einer von uns muss ja bei Patrick bleiben«, antworte ich und füge heuchlerisch hinzu: »Sonst wäre ich selbstverständlich mitgekommen.«

»Ist schon klar«. Er zwinkert mir zu. »Du bist bestimmt ganz versessen darauf, mit allen meinen Verwandten über einem offenen Sarg Hände zu schütteln.«

Offener Sarg? Vielleicht sollte ich doch mit? Immerhin sind die irischen *Wakes* berühmt berüchtigt, nicht zuletzt wegen der ungeheuren Mengen an Whiskey und Sherry, die dort angeblich fließen. Ich überlege kurz, entscheide mich dann aber dagegen. Ich will nur noch schlafen. Der erste Tag in Carlow war anstrengend genug. Schwer zu sagen warum, aber ich fühle mich wie gerädert. Patrick reibt sich auch schon die Augen und fängt an zu quengeln. Wir decken den Tisch in der Küche und lassen uns die vorzüglichen Schweinekoteletts mit Kartoffelstampf schmecken.

»In Zukunft gibt es Koteletts nur noch mit *Seasoning*«, verkünde ich begeistert, »das schmeckt ja sensationell. Was ist da eigentlich alles drin?«

Seán hat keine Ahnung, deshalb nehme ich mir fest vor, beim Metzger oder bei meiner Schwiegermutter Fidelma das Geheimnis des *Seasonings* zu ergründen. Ich biete an, den Abwasch zu übernehmen, damit Seán sich zum Rosenkranz umziehen kann, drehe den Wasserhahn auf und warte auf warmes Wasser. Eiskaltes Wasser rauscht durch den Wasserhahn.

»Seán«, rufe ich durchs Haus, »wir haben kein warmes Wasser, ist scheinbar was kaputt.«

»Du musst die *Immersion* einschalten«, schallt es zurück.

Was meint er? Ich laufe die Treppe hoch. »Was muss ich einschalten?«

»Die *Immersion* in der *Hot Press.*«

Die Antwort verwirrt mich noch mehr. Wir haben einen heißen Schrank? Seán kommt aus dem Bad, geht auf den Wandschrank im Flur zu und öffnet die Tür. Zum Vorschein kommen zwei elektrische Schalter. Jetzt entdecke ich auch den großen Kupferkessel hinter den Handtüchern und der Bettwäsche. Der war mir heute Mittag gar nicht aufgefallen. Es stellt sich heraus, dass es nur dann fließend Warmwasser gibt, wenn man vorher die *Immersion* einschaltet und zehn Minuten wartet. Oh Wunder der Technik!

»Der linke Schalter sorgt für ausreichend Warmwasser in Waschbecken oder Spüle«, führt Seán weiter aus, »und wenn du den rechten Schalter zusätzlich runterdrückst und eine dreiviertel Stunde wartest, dann hast du genug für ein Vollbad.«

Ich schaue ihn so verdutzt an, dass er verteidigend hinzufügt: »Das ist bei allen Häusern hier so.« Außerdem müsse er jetzt wirklich los und seine Mutter und seine Schwester Gráinne abholen, er sei schon viel zu spät dran. Mit diesen Worten hetzt er zur Tür hinaus. Leicht beleidigt geh ich zu Patrick ins Wohnzimmer. Woher soll ich denn wissen, wie die Iren ihr Wasser warm machen? Ich dachte, es wäre wie in der restlichen zivilisierten Welt. Hahn auf – warmes Wasser kommt. *Hör auf damit*, schelte ich mich selbst; andere Länder, andere Sitten! Vielleicht kann man auf diese Weise Energie sparen. Ich muss nur morgen früh daran denken, das Ding rechtzeitig einzuschalten, sonst sieht es mau aus mit Duschen und Haare waschen. Nach Ablauf der zehn Minuten haben wir tatsächlich warmes Wasser. Ich mache Patrick im Bad fertig, bringe ihn ins Bett, decke ihn gut zu und lese ihm noch aus seinem Lieblingsbuch vor. Als er eingeschlafen ist, gehe ich nach unten in die Küche und mache mich an den Abwasch. Dabei denke ich an die Totenwache, zu der Seán aufgebrochen ist. Ich hoffe, die Familie nimmt es mir nicht übel, dass ich nicht mitgegangen bin. Dabei hätte mich eine richtige irische Totenwache schon interessiert.

Samstag

Der nächste Tag beginnt wie immer. Patrick steht um sechs Uhr morgens auf und ist quietschfidel. Dass er immer noch nach deutscher Zeit aufwacht und es in Irland erst fünf Uhr morgens ist, lässt ihn kalt. Mich weniger, denn ich bin ein Morgenmuffel und brauche ewig, um in die Gänge zu kommen. Ich schleppe mich nach unten in die Küche und feuere den Herd an. Seán ist gestern sehr spät nach Hause gekommen und schnarcht noch selig. Es ist eiskalt im Haus. Ich hätte mehr warme Kleidung einpacken sollen, aber wer denkt im Juni schon an Winterpullis? Der Gasherd heizt die kleine Küche ein wenig auf. Ich bringe einen Topf mit Wasser zum Kochen und mache mir eine Tasse Tee. Patrick bekommt warme Milch über seine Cornflakes. Gemeinsam sitzen wir in unseren Schlafanzügen am Küchentisch und schlürfen unsere Getränke.

»Patrick«, beginne ich mit ernster Miene, »wir gehen heute auf eine Beerdigung. Der Onkel Jim vom Papi ist gestorben, und wird heute begraben. Ich möchte, dass du den ganzen Tag über besonders brav bist. Wir gehen zuerst in die Kirche, da musst du ganz still sein und darfst nicht rumzappeln, danach gehen wir auf den Friedhof, da musst du auch ganz super brav sein und darfst nicht laut reden oder gar rumrennen.« Patrick versichert mir mit großen Augen, dass er alles genau so machen wird. Ob er denn seine Superheros mitnehmen darf, will er noch wissen. Ich kann darin keine Gefahr entdecken und stimme zu. Allerdings unter zwei Bedingungen: Erstens darf er nur zwei mitnehmen, und zweitens müssen sie in meiner Handtasche verstaut werden. Patrick ist einverstanden. Bevor ich mir eine zweite Tasse Tee mache, sause ich noch schnell die Treppe hoch und schalte die *Immersion* ein. Dann setze ich gleich eine Tasse Tee für Seán mit auf und erlaube Patrick, noch ein halbes Stündchen mit uns im warmen Bett zu kuscheln. Seán schlürft seinen Tee und schildert dabei eine Beobachtung, die er gestern im Hause seines verstorbenen Onkels gemacht hat. Allem Anschein nach hatten sich letzte Nacht während des Rosenkranzes zwei feindliche Lager gebildet. Seáns Familie, seine beiden Cousins, deren Freunde und nahen Verwandten hatten sich ausschließlich in einer Ecke des Zimmers aufgehalten, quasi zu Füßen des Verstorbenen, und die trauernde Witwe mit ihren Freunden und Verwandten in der gegenüberliegenden Ecke. Die Atmosphäre hätte man mit dem Messer schneiden können. Die Stimmung war dermaßen eisig, dass Seán das Gefühl hatte, im Kühlschrank zu sitzen. Auf mein Nachfragen lässt er mich wissen, dass es sich bei der Witwe um die zweite Frau seinen Onkels handelt und beide Söhne aus erster Ehe stammen. Die erste Ehefrau, Seáns Auntie Betty, ist vor sechs Jahren an Brustkrebs verstorben, und die zweite hatte der Onkel erst vor zwei Jahren geehelicht. Sehr zum Missfallen der beiden Söhne, die ungefähr im gleichen Alter wie die neue Stiefmutter sind. Über deren Motive für die Eheschließung habe man in seiner Familie von Anfang an hinter vorgehaltener Hand getuschelt. Eine äußerst gut aussehende Frau, die den Onkel nur aus einem Grunde geheiratet haben kann, und zwar seines Geldes wegen. Warum sonst sollte sich so eine attraktive Frau mit so einem alten Dackel einlassen? Seán erzählt noch ein bisschen von Auntie Betty, sie muss eine Seele von Mensch gewesen sein, hat unermüdlich im Geschäft gearbeitet, nebenbei zwei Kinder aufgezogen, immer gebacken und gekocht und war so stolz auf ihr selbst gezogenes Gemüse. Onkel Jims zweite Frau hat gänzlich andere Interessen: Schmuck, Kleidung, Kosmetik, Theater, Dinnerpartys – in der Reihenfolge – und natürlich Reisen, Reisen, Reisen. Im Frühling zum Skifahren in die Schweiz, im Winter zum Baden in die Karibik und zwischendurch zum Shopping nach New York und zum Spielen nach Las Vegas. Dort war sie auch, als sie die Nachricht vom plötzlichen Tode ihres Gatten erreicht hat. Ihre Schwester leitet in Las Vegas ein Unternehmen, und sie war bei ihr zu Besuch. Das kam bei den Stiefsöhnen natürlich gar nicht gut an. Ihr Vater, der sich zu Lebzeiten ihrer Mutter durch kluge Geschäftsentscheidungen und sorgsames Haushalten ein Vermögen aufgebaut hat, verprasst jetzt alles mit so einem …, so einer …, einer Lebefrau, so Seáns mühsame Umschreibung des etwas deftigeren Begriffes, der ihm scheinbar auf der Zunge lag. Die Arme tut mir fast leid. Sie hatte nie eine echte Chance, in der Familie akzeptiert zu werden. Jetzt bin ich erst recht neugierig und freue mich fast schon auf die Beerdigung. Ist das pietätlos? Ein Blick auf die Uhr zeigt mir, dass es sowieso Zeit zum Aufstehen ist, und ich tapse ins Bad, zieh mich aus, steige in die Badewanne, um mich zu duschen, und stutze. Wo zum Teufel ist die Brause!? »Äh Seán? Kommst du mal? Wie duscht man sich hier?« Seán guckt kurz belämmert, doch dann bewegt er sich und kramt einen beigefarbenen Plastikschlauch mit zwei Gummienden und einem Brausekopf aus dem Badeschränkchen hervor. Mit ungläubigem Staunen beobachte ich, wie er jeweils eines der Gummienden über die Wasserhähne stülpt beide Hähne öffnet – und schon braust es; notdürftig zwar, aber es braust. Ich bedanke mich, schiebe ihn aus der Tür und klettere in die Wanne. Der Schlauch ist zu kurz, um im Stehen zu duschen, also knie ich mich hin und schaffe es so einigermaßen, Körper und Haare zu waschen. *Hoffentlich finden wir bald ein passendes Haus,* schießt es mir durch den Kopf. Ich beabsichtige nicht, den Gummibrauseschlauch länger als unbedingt nötig zu beanspruchen. Zum Glück hatte ich meinen Föhn eingepackt. Den Adapter haben wir schon beim letzten Irlandurlaub besorgt, und ich style sorgfältig meine Haare, während Seán im Bad zugange ist. Schließlich will ich auf der Beerdigung gut aussehen. Wir haben noch massig Zeit und genießen unser gemeinsames Frühstück in aller Ruhe. So ein Frühaufsteher-Sohn hat auch seine Vorteile. Zur Kathedrale gehen wir zu Fuß. Der mächtige Bau liegt wirklich zentral, in fünf Minuten sind wir dort. Die Trauernden versammeln sich auf dem Kirchhof, wo sie auf den Leichenwagen warten. Seán schiebt uns von einer Gruppe zur nächsten und stellt uns vor. Höflich lächeln, Hände schütteln. Es ist unmöglich, sich all die Namen zu merken. Endlich entdecke ich zwei bekannte Gesichter und steuere darauf zu: Eugene und Brenda, Seáns Bruder und seine Frau, sind eben angekommen. Daneben erkenne ich Gráinne, Seáns jüngere Schwester, nebst Schwager und seine Brüder Darragh und Liam. Wir stellen uns dazu, und schon kommen die üblichen Bemerkungen.

»Patrick ist aber groß geworden.«

»Wie war der Flug?«

»Habt ihr euch schon eingelebt?«

Bald jedoch verlieren Seáns Verwandte das Interesse an uns und wenden sich aufregenderen Fragen zu.

»Habt ihr die Witwe schon gesehen?«

»Das Kleid muss ein Vermögen gekostet haben!«

»Sie meint wohl, sie sei Jackie Kennedy – ein schwarzer Schleier! Geht's noch?!«

»Wie kann man auf solchen Schuhen laufen?!«

»Das ist eine Beerdigung und keine Modenschau.«

Meine Schwiegermutter gesellt sich zu uns und flüstert aufgeregt in die Runde: »Seine armen Söhne! Angeblich erbt Michelle alles!«

Daraufhin erhebt sich ein kurzes Raunen in der Runde, und Eugene protestiert: »Das hätte Onkel Jim niemals getan, die beiden leiten schließlich die Firma!«

Weitere Diskussionen werden mit der Ankunft des Leichenwagens beendet. Seán und seine drei Brüder gehen zu ihm hin, denn zusammen mit den beiden Söhnen des Verstorbenen und zwei weiteren Cousins fungieren sie als Sargträger. Selbst für acht Männer ist es nicht leicht, den schweren Eichenholzsarg auf die Schultern zu wuchten. Dazu kommt noch, dass Onkel Jim ein stattlicher Mann war. Helfer in dunklen Anzügen eilen herbei und sorgen dafür, dass sich das Gewicht des Sarges gleichmäßig auf alle acht Schultern verteilt. Endlich ist es so weit, und der Trauerzug formiert sich. Ich erhasche den ersten Blick auf die trauernde Witwe, die von zwei Frauen auf beiden Seiten untergehakt dem Sarg in die Kirche folgt. Sie sieht fantastisch aus: schwarze Stöckelschuhe aus Veloursleder, enges schwarzes Etuikleid in italienischer Länge, ein kurzes Cape und ein breitkrempiger Hut mit schwarzem Schleier. In der behandschuhten Hand hält sie eine einzelne langstielige weiße Rose. Ihr üppiges blondes langes Haar fällt unter der Hutkrempe offen über ihren Rücken, und die riesige schwarze Sonnenbrille auf ihrer kleinen Stubsnase ist fast schon ein bisschen Overkill, aber nur fast.

»Wer ko, der ko«, wie der Bayer sagt, und dass sie kann, hat sie mit diesem Auftritt unter Beweis gestellt. Die blutrot geschminkten Lippen bezeugen, dass sie sich einen Dreck darum schert, was andere von ihr denken. Alle übrigen sehen neben ihr aus wie provinzielle Landeier. Die beiden Frauen an ihrer Seite sind ähnlich teuer gekleidet und vermutlich ihre Schwestern. Nach und nach füllt sich die Kirche. Als nahe Verwandte sitzen wir mit den Schwiegereltern und sämtlichen Geschwistern in der zweiten und dritten Reihe. Onkel Jim hat sein ganzes Leben lang in Carlow verbracht, und die vielen Trauernden sind ein Zeichen seiner Beliebtheit. Die Kirche ist zum Platzen voll. Immer noch drängen Leute nach. Schließlich beginnt der Pfarrer mit der Beerdigungsfeier, auch wenn viele Kirchgänger im hinteren Bereich stehen müssen oder sogar nur draußen auf dem Kirchhof Platz finden. Es ist eine herrliche Messe, erfüllt von Musik und Gesang, der Chor ist einzigartig, und die Nachrufe der Redner sind durchdrungen vom Geist des Verstorbenen, von seiner Liebe zu seiner Familie, seinem karitativen Engagement und seinem erfolgreichen Unternehmertum. Ich steh sonst nicht so auf Kirche, aber sogar ich wurde mitgerissen von diesem beeindruckenden Gottesdienst. Zu guter Letzt werden wir aufgefordert, in Frieden zu gehen, und versammeln uns anschließend im Kirchhof, um dem Leichenwagen zu folgen und Onkel Jim das letzte Geleit zu geben. *Der Autoverkehr in Carlow wird die nächste Stunde zum Erliegen kommen,* denke ich mir, als wir dem Leichenwagen durch die ganze Stadt von der Kirche zum Friedhof folgen. Alle Passanten bleiben beim Anblick des Sarges stehen und bekreuzigen sich. Sogar die Autofahrer in den zwangsweise gestoppten Fahrzeugen machen das Kreuzzeichen, als der Leichenwagen mit dem Sarg im Schritttempo an ihnen vorüberfährt. Endlich kommen wir am Friedhof an. Der Friedhof in Carlow ist alt und überfüllt, die Gräber liegen dicht beieinander, die Wege zwischen den Gräbern sind schmal. Das Mikrofon und die Lautsprecher hat man einfach auf dem Grab hinter der frisch geschaufelten Grube aufgebaut. Der Grabredner steht mitten auf dem fremden Grab und spricht ins Mikro. Irische Gräber sehen etwas anders aus als unsere deutschen. Viele sind nur mit einer niedrigen Brüstung umrandet und mit kleinen Steinen aufgefüllt. Die Steinchen gibt es in Schwarz, Grau oder Weiß, ich habe sie aber auch schon in flaschengrün gesehen. An der Stirnseite befindet sich der Grabstein, wie bei deutschen Gräbern auch. Ich kann den Blick kaum abwenden von den spitzen schwarzen Schuhen, mit denen der Mann auf dem fremden Grab steht. Irgendwie geht mir das gegen den Strich, scheint aber sonst niemanden zu stören. Aus den Augenwinkeln heraus nehme ich eine große voluminöse Frau mit hochtoupierten weißblonden Haaren wahr, die von einem Mann zum anderen huscht. Auch bei Seán macht sie halt, murmelt ihm etwas ins Ohr, greift in ihre ausladende Schultertasche und lässt etwas in seiner Jackentasche verschwinden.

»Was war das jetzt?« Ich beuge mich zu ihm und schaue ihn fragend an.

Er grinst, steckt die Hand in die Jackentasche und zieht eine Flasche *Baby Power* heraus. Er lässt das Whiskeyfläschchen zurück in seine Tasche gleiten und raunt mir zu: »Das war Liz Kavanagh, ihr gehört das Beerdigungsunternehmen.«

»Was hat sie denn zu dir gesagt?«, will ich wissen.

»Kalt heute«, kommt verschmitzt zur Antwort.

Ich will gerade etwas über aktive Kundenpflege sagen, als am Grab ein Heulen einsetzt, zuerst leise, dann immer lauter. Die beiden Frauen neben der Witwe haben alle Hände voll damit zu tun, sie daran zu hindern, ins offene Grab zu springen. Sie beruhigt sich scheinbar wieder, doch dann reißt sie sich los, stürmt auf einen der beiden Söhne zu, kreischt ihm ins Gesicht und stößt ihn mit beiden Händen vor die Brust. Daraufhin flieht sie vom Friedhof, kaum dass ihre beiden Begleiterinnen ihr folgen können. Die Trauergemeinde löst sich erst allmählich aus ihrer Schockstarre. Ein Skandal! Das Gemurmel wird immer lauter, die Anwesenden sind empört, die Söhne starren ihr entgeistert nach. »Was hat sie ihm eigentlich ins Gesicht geschrien?«, will ich von Seán wissen.

Der schaut mich ratlos an und haucht: »Keine Ahnung«.

Der Mann am Mikro verschafft sich schließlich Gehör und gibt bekannt, dass der anschließende Leichenschmaus bei Kavanaghs stattfindet und alle willkommen sind.

»Bei Kavanaghs? Ich dachte, das ist ein Beerdigungsunternehmen«. Fragend schaue ich Seán an.

»Ein Beerdigungsunternehmen, ein Pub, ein Restaurant und eine Off-Licence, alles nebeneinander. Die Kavanaghs sind eine der reichsten Familien in Carlow. Gestorben und getrunken wird immer«, fügt er noch hinzu. Er sieht sehr nachdenklich aus, als wir mit den anderen langsam vom Friedhof gehen. »Ich glaube, auf Conor und Eoin werden noch schwere Zeiten zukommen«, orakelt er.

In der ganzen Trauergemeinde sieht man fast nur nachdenkliche Gesichter. Meine Schwägerinnen tuscheln aufgeregt miteinander, die Schwiegermutter hält sich betont aufrecht. Als wir endlich bei Kavanaghs alle um mehrere zusammengeschobene Tische sitzen, gibt es kein Halten mehr.

»Was bildet sich diese aufgetakelte Kuh eigentlich ein! So ein Auftritt bei der Beerdigung ihres Mannes! Hat die nicht einen Funken Anstand in Leib? Schlimm genug, dass sie es nur auf sein Geld abgesehen hat! Muss sie jetzt auch noch so eine Szene machen!« Gráinne und Brenda spucken Gift. Die Bedienung bringt die Getränke, und nimmt unsere Bestellungen fürs Essen auf.

»Sie war in der Schule schon so ein Miststück.«

»Gráinne, weißt du noch, wie sie sich aufgeführt hat, als ich an ihrer Stelle die Hauptrolle in der Schulaufführung spielen sollte?« Brenda beugt sich vor: »Das ist jetzt 15 Jahre her, und sie hat sich kein bisschen geändert.« Ihr üppiger Busen bebt vor Entrüstung.

Gráinne stimmt ihr zu: »Ein berechnendes kleines Miststück war sie schon immer.«

»Die ganze Klasse hat sie damals gegen mich aufgebracht.« Brenda bekommt eine tiefe Zornesfalte auf der Stirn beim Gedanken an die vergangene Demütigung.

Gráinne faucht, »Diese falsche Schlange konnte damals schon alle um den kleinen Finger wickeln.«

Brendas Stirn verdunkelt sich. »So ein Miststück!!«

»Sie hatte durchaus Ihre Qualitäten.« Eugene erntet einen vernichtenden Blick von seiner Frau, blinzelt noch schnell zu Darragh hinüber und meint, wobei er sich wohlig zurücklehnt: »Aber ein Gentleman genießt und schweigt.«

»Hoffentlich sieht das Eoin auch so«, wirft Brenda säuerlich dazwischen. »Angeblich waren die zwei ja ein Paar, bevor sein Vater ihm die Freundin ausgespannt hat.«

Man hört, wie der ganze Saal nach Luft schnappt.

»Was willst du damit sagen?«, fragen alle durcheinander.

»Nur, dass es mehr als einen Gentleman gibt, der in den Genuss kam.« Wieder ein giftiger Seitenblick auf ihren Gatten.

Der schweigt betreten. »Das war doch alles lange vor deiner Zeit«, murmelt er und atmet dann erleichtert auf. »Essen! Wer hat *Turkey & Ham* bestellt?«

Die Bedienung reicht die Teller herum. Im Gastraum kämpfen die Gerüche der verschiedenen Speisen um die Vorherrschaft. Ich habe mir *Roast Beef* bestellt mit *Yorkshire Pudding* und *Horseradish Sauce*. Der Teller quillt über mit *roast potatoes, mashed potatoes, carrots, green beans, roast beef* und *Yorkshire pudding*, darüber jede Menge *gravy*. Die Meerrettichsoße wird in einem kleinen Schälchen dazu serviert. Patrick hat einen Berg Pommes vor sich stehen mit Chicken Nuggets und Ketchup. Damit sind wir erst mal eine Weile beschäftigt. Während wir uns über unser Essen hermachen, verfolge ich gespannt, wie Gráinne und Brenda Michelle verbal weiter auseinandernehmen. Sie lassen kein gutes Haar an der jungen Witwe, und ich fühle mit ihr. Immerhin weiß ich doch aus eigener Erfahrung, was für ein ausgekochtes Aas Gráinne sein kann. Aus den Augenwinkeln sehe ich, wie Onkel Jims Söhne Conor und Eoin sich etwas abseits von den anderen wild gestikulierend unterhalten. Eoin verlässt kurz darauf das Lokal durch eine Hintertür, aber Conor kommt an unseren Tisch. Sein schwarzes Sakko hat er bereits irgendwo abgelegt, und unter den Achseln blühen gelbliche Schweißflecken. Mit einer Papierserviette betupft er seine Oberlippe. »Ist bei euch alles in Ordnung? Ich schick euch gleich noch eine Runde.«

Er gibt der Bedienung ein Zeichen und bestellt noch mal das Gleiche für jeden. Als die Getränke kommen, habe ich noch ein halb volles Glas Guinness vor mir stehen, und auch Seáns Pint ist erst halb leer. Wir erheben unsere Gläser und prosten Conor zu. Er geht weiter an den nächsten Tisch und bestellt auch dort eine neue Runde. Langsam macht er auf diese Weise seinen Weg durch das ganze Lokal, bestellt Getränke für alle, unterhält sich kurz, geht weiter. Die Bedienungen schwirren ständig mit voll beladenen Tabletts durch den Raum, sammeln leere Gläser ein, wischen Verschüttetes auf, räumen leere Teller ab, während andere bereits damit beginnen, die Nachspeisen auszuteilen. Die Hitze im Gastraum ist fast nicht mehr auszuhalten. Männer entledigen sich ihrer Jacketts, Frauen wischen sich den Schweiß von der Stirn, Kinder quengeln. Plötzlich ist auch Eoin wieder da und kümmert sich gemeinsam mit Conor um die umfangreiche Trauergemeinde. Von der Witwe ist nichts zu sehen. Ich lasse meinen Blick durchs Lokal wandern, kann sie jedoch nirgends entdecken. Meine Tischrunde wendet sich derweil praktischeren Fragen zu.

»Wer erbt jetzt eigentlich was?«, fragt Darragh in die Runde.

Meine Schwiegermutter lehnt sich bedeutungsvoll im Sitz nach vorne und verkündet halblaut: »Angeblich erbt Michelle alles.« Dabei nickt sie ein paarmal bedeutungsschwanger.

Mein Schwiegervater verdreht genervt die Augen. »Jetzt warte doch erst mal bis zur Testamentseröffnung. Wo du nur immer deine Informationen her hast, möchte ich schon mal gerne wissen«, fügt er hinzu.

»Du wirst schon sehen«, beharrt sie, ohne sich von ihm rausbringen zu lassen, »das kleine Biest bekommt alles. Zufällig weiß ich, dass Jim sich vor ein paar Wochen mit seinen Söhnen überworfen hat. Kurz darauf hat ihn meine Freundin Mrs. Doyle aus dem Notariat kommen sehen.« Sie sitzt jetzt ganz vorne auf der Stuhlkante und schaut in die Runde: *»Mark my words.«*

»Wow.« Darragh pfeift durch die Zähne. »Die zwei Jahre Ehe haben sich gelohnt.«

Eugene ist nicht so leicht zu überzeugen. »Ich glaub's einfach nicht. Selbst wenn er sich mit Conor und Eoin zerstritten hat, ist da immer noch die Firma. Wer soll die denn leiten, wenn nicht die beiden?«

»Die kann sie ja verkaufen, deine alte Flamme, dafür bekommt sie locker 20 Millionen.« Brenda kocht immer noch wegen seiner Gentleman-Bemerkung vorhin.

Eugene wirft ihr einen vorsichtigen Blick zu und meint: »Das würde nicht einmal Michelle fertigbringen.«

»Ha!«, fährt Gráinne mit einem kehligen Auflachen dazwischen, »dieser Schlange traue ich alles zu.« Sie erhebt ihr Weinglas, um ihm zuzuprosten, als sie plötzlich mitten in der Bewegung innehält, links über meine Schulter starrt und flüstert: »Verdammt, da kommt sie! Die traut sich tatsächlich hierher. Was für eine Frechheit!«

Auch Brenda hat sie entdeckt. Ich dreh mich langsam um, Conor und Eoin haben sie auch wahrgenommen und steuern auf sie zu. Fürsorglich geleiten sie Michelle an einen freien Tisch, helfen ihr und den beiden anderen Damen aus den Mänteln, bestellen Kaffee und setzen sich zu ihnen. Der Lärmpegel des gesamten Raumes ist mit einem Schlag auf null gefallen. Die Temperatur auch.

»Wer sind eigentlich die beiden anderen?«, wende ich mich an

Brenda, die Michelle scheinbar am besten kennt. »Sind das ihre Schwestern?«

»Ihre Schwester und ihre Mutter«, kommt es beißend von Brenda zurück. »Alle vom gleichen Schlag.«

Ich versuche, noch einen Blick zu erhaschen, doch sie sitzen genau hinter mir, und ich kann sie unmöglich sehen, ohne mir den Hals zu verdrehen. Da kommt mir Patrick unerwartet zu Hilfe.

»Mami, ich muss Poo Poo«.

Ausgezeichnet, der Weg zur Toilette führt genau an ihrem Tisch vorbei.

»So sorry about my behaviour …«, höre ich noch, als wir am Tisch vorbeigehen. Ohne Hut und Sonnenbrille sieht sie weit weniger dramatisch aus, aber hübsch, nein bildhübsch. Mutter und Schwester sehen ihr auffallend ähnlich, die Schwester lebt scheinbar schon länger in den USA, wie die perfekten, strahlend weiß gebleichten Zähne vermuten lassen. Und auch die Mutter macht immer noch einen blendenden Eindruck, hätte jederzeit auch als ältere Schwester durchgehen können. Alle drei sind braun gebrannt und haben dieselben blonden Haare. Bei Onkel Jims Witwe fallen sie in langen Wellen bis auf den Rücken wie in einer Shampoo Reklame. Die Mutter trägt sie in einem schmeichelnden mittellangen Stufenschnitt und die Schwester glatt und kurz wie Annie Lennox. Die drei sehen neben den vierschrötigen Brüdern wie spiegelblank poliert aus. Auf dem Rückweg registriere ich, wie Eoin tröstend seine breite Hand auf die kraftlos daliegende Hand von Michelle legt.

Was geht hier eigentlich ab?, frage ich mich noch, doch Patrick hat jetzt genug von diesem ganze Erwachsenengetue und will endlich nach Hause. Der Lärmpegel im Raum ist wieder auf eine normale Lautstärke angeschwollen. Die schwülstige Hitze ist fast nicht mehr auszuhalten. Einige Gäste sind bereits jetzt schon erheblich alkoholisiert. Ich bespreche kurz mit Seán, wie lange wir noch bleiben wollen. Er ist sich mit Patrick einig, dass es für heute reicht. Wir verabschieden uns von den anderen, die auch nicht mehr lange bleiben werden, und gehen schließlich an den Tisch, an dem die Brüder mit der Witwe sitzen. Nach nochmaligem Händeschütteln und Beileidwünschen können wir uns endgültig verabschieden.

»Dein Cousin Eoin frisst ihr ja direkt aus der Hand.« Ich schlüpfe in meine Jacke.

»Du brauchst auf das Geschwätz von Gráinne und Brenda nicht so viel zu geben,« Seán klingt verärgert, während er Patricks Jacke zuknöpft. »Die beiden konnten Michelle noch nie leiden. Stutenbissigkeit, wenn du mich fragst.«

Typisch Mann, geht es mir durch den Kopf, *dass Frauen bei der Beurteilung anderer Frauen oft den Nagel auf den Kopf treffen, hält er für stutenbissig.*

»Sie sieht ja wirklich sehr gut aus«, taste ich mich vor. »Kennst du sie gut?« Wir gehen schnell über die stark befahrene Straße.

»Michelle kenne ich nicht so gut, aber ihre ältere Schwester, Debbie, ist mein Jahrgang. Debbie ist ziemlich lange mit meinem Freund Tadhg gegangen, bis sie plötzlich Hals über Kopf nach Amerika ausgewandert ist. Hat uns alle ganz schön geschockt damals, schließlich hatte sie einen guten Job in der Gemeinde, und Tadhg hatte ihr auch schon einen Ring gekauft. Ich weiß nicht, ob er noch dazu kam, ihr einen Antrag zu machen. Auf einmal war sie weg. Niemand hatte eine Ahnung, wohin sie verschwunden war. Alle möglichen Gerüchte sind damals kursiert.« Seán lacht. »Am hartnäckigsten war die Rede von einem gut aussehenden Millionär, der sie vom Fleck weg geheiratet haben soll. Tadhg hat damals ganz schön gelitten. Gráinne und Brenda waren natürlich bei der Fraktion, die glaubten, *she had to take the boat.*«

»Sie hat das Boot nehmen müssen? Was soll denn das schon wieder heißen?« Ich sperre die Haustür auf. »Sie hätte ja auch fliegen können.«

Seán stutzt kurz, wendet sich zu mir und schüttelt den Kopf., »Nein, nein, das ist ein Idiom, damit meint man, dass sie nach England ging, um … na ja, du weißt schon.« Er druckst rum. »Also, dass sie nach England ging, um eine Abtreibung machen zu lassen.« Das Thema ist ihm unangenehm. »Abtreibung ist in Irland illegal, also gehen jährlich Tausende von Frauen nach England, um dort abzutreiben. *They take the boat.*« Jetzt kapier ich es. »So wie die deutschen Frauen früher nach Holland fahren mussten.« Der Staat sieht zu, wie ein Problem exportiert wird, und tut so, als hätte er keines. Eine sehr katholische Lösung. Ich nehme den Faden wieder auf: »Und was hat sie tatsächlich gemacht?«

»So genau weiß ich das auch nicht. Auf jeden Fall lebt sie in Las Vegas und hat sich dort ihr eigenes Geschäft aufgebaut, ein Reinigungsunternehmen: *Shamrock Cleaning.* Soviel ich weiß, putzen sie die ganzen Kasinos. Ich habe nur kurz mit ihr gesprochen. Debbie ist seit vierzehn Jahren zum ersten Mal wieder hier.«

»Scheint aber nicht schlecht zu verdienen. Ich hab sie genau gemustert. »Designerklamotten, wertvoller Schmuck und allein der Haarschnitt hat bestimmt ein paar hundert Dollar gekostet.«

»So, was machen wir jetzt?« Für Seán ist das Thema beendet. »Wie wär's mit einem kleinen Verdauungsspaziergang?«

»Gute Idee, ich wechsle nur schnell meine Schuhe, mit den hohen Absätzen kann ich nicht laufen.« Ich hätte gerne mehr über die beiden Schwestern erfahren, aber da muss ich mir wohl eine andere Quelle suchen. Vielleicht geh ich morgen mal bei Schwiegermutter Fidelma vorbei? Plötzlich meint Seán: »Bevor ich es vergesse, Gráinne hat uns für morgen Nachmittag zum Kaffee eingeladen.«

Na also, passt doch. Gut gelaunt setze ich Patrick in seinen Buggy. »Welchen Weg schlagen wir ein?« Wir gehen hinunter zum Fluss. Der Barrow fließt gemächlich durch Carlow. Auf einer Flussseite befindet sich der Treidelpfad, auf dem früher, als der Fluss noch ein wichtiger Transportweg war, Zugpferde die schweren Lastkähne ins Schlepptau nahmen. Die Sonne spitzt durch die Wolken. Majestätisch gleiten Schwäne durchs Wasser, das spiegelglatt vor uns liegt. Wir malen uns aus, was für eine Art Haus wir uns kaufen wollen. Seán hat nur noch eine Woche Urlaub, die wir mit so vielen Hausbesichtigungen wie möglich verbringen möchten. Seán meint, wir sollten auf jeden Fall ein neues Haus kaufen.

Die alten Häuser sehen zwar oft schöner aus, aber zum Renovieren braucht man Zeit, Geld und entsprechende Fachleute, das heißt noch mehr Geld. Wir haben nichts von alledem. Außerdem müssen wir keine Grundsteuer zahlen, wenn wir ein neues Haus kaufen. Ein neues Haus zu kaufen ist einfach sinnvoller. Insgeheim hatte ich mich schon in einem rustikalen Cottage mit Kletterrosen an den Hauswänden und blühenden Bauernblumen im Vorgarten gesehen. Und mit Reetdach! So richtig schnuckelig! Oder in einem alten Herrenhaus aus Granit mit baumgesäumter, kiesbestreuter, geschwungener Auffahrt und einem viktorianischen Wintergarten. Schlagartig wird mir klar, dass es wohl ein Haus in einer dieser neuen Siedlungen werden wird, die überall wie Pilze aus dem Boden schießen. Doch es lohnt nicht, sich schon im Vorfeld zu beunruhigen; vielleicht sollten wir erst einmal abwarten, was die Immobilienmakler so im Angebot haben. Morgen, am Sonntag, sind die Büros geschlossen, aber Montagmorgen fahren wir gleich nach dem Frühstück los und klappern alle Makler ab.

Es fängt zu nieseln an, und wir drehen um. Patrick ist in seinem Buggy eingeschlafen. Ich klappe den Regenschutz über ihn, und wir beeilen uns, nach Hause zu kommen.

Sonntag

Am nächsten Morgen schüttet es in Strömen. Ich wache mit einer Scheißlaune auf. Der Anblick des Gummibrauseschlauchs im hellgrün gekachelten, psychedelisch getunten Bad trägt wenig dazu bei, mich aufzuheitern. Ganz im Gegenteil, um ehrlich zu sein. Ich beschließe, einfach am Waschbecken eine Katzenwäsche abzuhalten. Zefix! Ich habe vergessen, diese verdammte Immersion einzuschalten. Das Wasser ist eiskalt. Ich geh zur Hot Press, schalte ein und schlurfe die Treppe hinunter. In der Küche feuere ich den Gasring an und halte erst einmal meine Hände über die Flammen, um mich ein wenig aufzuwärmen, bevor ich den Wasserkessel aufsetze. Mit einer dampfend heißen Tasse Tee in den Händen krieche ich wieder unter die warme Bettdecke und stecke Seán meine kalten Füße in den Rücken.

Der grunzt nur kurz, wie spät ist es, und schläft sofort wieder ein.

Patrick kommt mit seinem Müllautobuch angetanzt und hüpft zu uns ins Bett.

»Muss so gegen fünf Uhr sein«, brumme ich, »unser Frühaufsteher ist auch schon wieder wach.«

Aber Seán hört mich schon gar nicht mehr. Ich schlürfe genüsslich meinen Tee, während ich Patrick vorlese. Der heftige Regen lässt nach, wird zu einem Nieseln und hört schließlich ganz auf. Wir stehen auf, gehen ins Badezimmer. Das Wasser ist jetzt warm, und ich lasse das Waschbecken vollaufen.

»Was willst du heute anziehen?«, will ich von Patrick wissen, obwohl ich die Antwort schon kenne. Seine Lieblingsjeans mit den roten Hosenträgern und sein Superman T-Shirt. Kurz darauf steh ich selbst ratlos vor dem Kleiderschrank. Wie wird das Wetter heute? Ich blinzle aus dem Fenster. *Nirgendwo ändert sich das Wetter so schnell wie hier,* denke ich noch, als auch schon die Sonne durch die Wolken bricht.

Mein Gatte streckt sich im Bett mit einem lauten Gähnen, strahlt mich an und sagt: »Wird ein super Tag heute. Sollen wir ans Meer fahren?«

»Ich dachte, wir sind heute Nachmittag bei deiner Schwester zum Kaffee eingeladen«, gebe ich muffig zur Antwort.

»Bis dahin sind wir längst wieder zurück«, erwidert er und springt aus dem Bett. »Ich rasiere mich nur schnell, und dann können wir los.«

Ich packe eine Decke und ein paar Sandwiches ein. Getränke müssen wir unterwegs kaufen, weil wir nichts mehr im Haus haben. Badezeug brauchen wir bei den Temperaturen sicher nicht, aber da kommt auch schon Patrick mit seiner Badehose an.

»Nicht vergessen«, sagt er und hält sie mir hin.

Also packe ich zwei Badehosen für ihn ein und nehme vorsichtshalber auch noch ein Handtuch mit.

»Willst du deine Badehose mitnehmen«, ruf ich durch die geschlossene Badezimmertür.

»Ja«, kommt es einsilbig zurück. Schön, pack ich eben noch ein zweites Handtuch ein. Für mich nehme ich eine Windjacke mit. Ins Wasser werde ich ganz bestimmt nicht gehen.

»Vergiss die Sonnencreme nicht«, tönt es aus dem Bad.

Soll das jetzt ein Witz sein?

Seán kommt aus dem Bad, gibt mir einen Kuss und meint: »*Cheer up!*«

Ganz sicher nicht, so schnell lass ich mir meine schlechte Laune nicht verderben! Dabei merke ich, dass er mich schon wieder gegen meinen Willen mit seiner Fröhlichkeit ansteckt. Nach ein paar schnellen Happen zum Frühstück düsen wir los, der Sonne entgegen nach Curracloe, Co. Wexford.

Eine Stunde später erreichen wir den Strand. Wir parken den Wagen auf dem Parkplatz hinter den Dünen und steigen aus. Die

Sonne strahlt, vereinzelte weiße Wolken liefern sich ein Wettrennen. Wir sind nicht die Einzigen, die heute an den Strand fahren. Es ist ganz schön was los hier. Ständig treffen neue sonntägliche Strandausflügler ein. Kaum kommt ein Auto zum Stehen, purzeln auch schon etliche Kinder aus dem Wagen, bewaffnet mit Eimern und Schaufeln, in kurzen Hosen und mit Flip-Flops. Die Eltern schleppen Decken, Kühlboxen und Luftmatratzen, stolpern hinter ihren Sprösslingen her, die Dünen hinauf und hinunter, und halten nach einem günstigen Platz Ausschau. Wir folgen den Holzbohlen durch die Dünen, gleichfalls mit Decken und Taschen beladen, und ich staune nicht schlecht, als wir oben angekommen: Unten hat bereits eine enorme Menschenmenge den Strand besetzt. Kinder kreischen und rennen durchs seichte Wasser, andere bobben auf den Wellen oder paddeln bäuchlings liegend auf Luftmatratzen. Kleinkinder, nur mit Windeln bekleidet, tapsen linkisch zum Wasser, das nach ihren Füßen zu lecken scheint, und versuchen unbeholfen, ihre bunten Eimerchen zu füllen. Das alles wäre für eine Strandszene auch nicht weiter verwunderlich, wenn nicht das Thermometer 19 Grad Celsius anzeigen und eine steife Brise übers Wasser brausen würde. Ich friere jämmerlich. Seán und Patrick haben längst ihre Badehosen angezogen und sind zum Meer gelaufen. Ich ziehe den Reißverschluss meiner Windjacke fest zu, breite die Decke aus, nehme die Handtücher aus der Strandtasche und beobachte, wie meine beiden Männer im Wasser planschen. Auf die Entfernung kann ich nur Patricks orangefarbene Schwimmflügel ausmachen. Ich wollte die beiden gerade aus dem Wasser holen, da kommen sie von selbst angerannt.

»Ich wollte euch gerade holen«, schimpfe ich, »ihr holt euch noch eine Lungenentzündung, wenn ihr so lange im kalten Wasser bleibt.« Im nächsten Moment schießt es mir durch den Kopf: *Oh Gott, was war das? Ich klinge ja schon wie meine Mutter.*

»Ist gar nicht kalt«, protestiert Patrick mit bibbernden Lippen. Ich rubble ihn fest mit dem Handtuch ab.

»Creme ihn lieber gut ein«, meint Seán und schlingt sich das

Handtuch um die Hüften. »Bei dem Wind bekommt man leicht einen Sonnenbrand.«

Nachdem beide getrocknet, eingecremt und wieder angezogen sind, sitzen sie im Sand und bauen eine Sandburg.

»Ich lauf ein bisschen am Strand entlang, wenn ich mich nicht bewege, erfrier ich hier auf der Stelle.« Ich marschiere los. Nach ein paar hundert Metern lichten sich die Reihen der Badenden, und die ganze Schönheit der Meeresküste erstreckt sich vor mir. Der Küstenstreifen zieht sich bis zum Horizont entlang. Strand so weit das Auge reicht. Wie immer, wenn ich an einem Strand entlanglaufe, halte ich den Blick gesengt, damit mir ja keine der hübschen Muscheln entgeht, die hier angespült wurden. Heute habe ich kein Glück.

Der gestrige Leichenschmaus geht mir nicht aus dem Kopf. Irgendwas war seltsam. Ich versuche, mich an die verschiedenen Gesichter und Gespräche zu erinnern. Wenn ich mich doch nur erinnern könnte! War es eine Geste? Ein Blick? Ein Wort? Es will mir nicht einfallen.

Ich drehe um, schlendere langsam zurück und beobachte meine Umgebung etwas genauer. Die Touristen sind mühelos von den Einheimischen zu unterscheiden. Die Iren rekeln sich mit Sommer- oder Badesachen leicht bekleidet in der Sonne, während die Besucher in Windjacken, Schals und Mützen fest vermummelt den Strand entlangspazieren. Ich zähle eindeutig zur Kategorie Besucher. Als ich bei meinen Lieben ankomme, packe ich unsere Sandwiches aus, und wir verschlingen alles bis auf die letzte Brotrinde. Seeluft macht nun mal hungrig.

»Wir könnten eigentlich langsam losfahren. Außer du willst noch kurz ins Wasser?« Seán schaut mich fragend an.

»Ich habe meinen Bikini vergessen.« Keine zehn Pferde würden mich in dieses eiskalte Wasser bringen. Auf dem Weg zum Auto schaue ich den Strandbesuchern zu, wie sie im Meer planschen oder sich auf der Decke ausgestreckt sonnen und denke mir, dass ich ganz bestimmt niemals so dermaßen kälteunempfindlich werden würde wie sie. Im Auto dreh ich die Heizung auf, um endlich warm zu werden, doch das Mistding streikt immer noch. Kaum fahren wir los, schläft Patrick auch schon in seinem Kindersitz ein.

»Du gewöhnst dich schon noch ans Wetter«, sagt Seán aufmunternd und schaut mich von der Seite an, während er an der Heizung herumfummelt. »Dafür ist es im Winter viel milder als in Bayern, und Schnee gibt es so gut wie nie.«

Als ob mich das trösten könnte! Zum Winter gehört nun einmal Schnee dazu, sonst ist es kein richtiger Winter. Ich will heiße Sommer, kalte, schneereiche Winter, mildes Frühlings- und miserables Herbstwetter. Mich an die irischen Temperaturen zu gewöhnen wird schwieriger als erwartet. Ich vergrabe meine Hände in den Jackentaschen, schließe meine Augen und döse vor mich hin, bis wir wieder zurück in Carlow sind. Vor dem Haus von Seáns Schwester Gráinne stellen wir den Wagen ab und gehen hinein. Es ist ein großes, frei stehendes Haus mit viel Grund drum herum, etwas weiter draußen am Stadtrand gelegen. Die anderen Familienmitglieder sind bereits da. Patrick läuft in die Küche und erzählt allen sofort, dass er heute im Meer gebadet hat. Sein Englisch ist wirklich gut. Ich bin furchtbar stolz darauf, wie er mühelos vom Deutschen ins Englische wechselt. Bisher scheint Patricks zweisprachige Erziehung gut zu funktionieren. Seán spricht nur Englisch mit ihm, und ich nur Deutsch. Das kann zuweilen zu einem abenteuerlichen Sprachchaos führen. Wir sprechen untereinander ein beachtliches Kuddelmuddel aus Deutsch und Englisch. Trotzdem scheint unser System erfolgreich zu sein.

Nachdem wir mit großem »Hallo« begrüßt worden sind und uns an den Tisch gesetzt haben, fragt mich Gráinne, ob ich lieber Tee oder Kaffee haben möchte.

»Kaffee bitte«, erwidere ich, ohne vorher groß zu überlegen. Großer Fehler! Ein Blick auf das Schraubdeckelglas mit löslichem Kaffeepulver auf der Anrichte belehrt mich eines Besseren. Ich hasse Pulverkaffee. Allen anderen scheint er zu schmecken. Vergeblich versuche ich, ein Stück Kuchen oder irgendein Gebäck zu entdecken. Zum Kaffee heißt offensichtlich genau das. Ich gieße einen kräftigen Schuss Milch in die Tasse und gebe zwei Löffel Zucker hinterher. Irgendwie werde ich das Pulverzeug schon genießbar machen. Der Kaffee in meiner Tasse verfärbt sich seltsam. Er ist jetzt gräulich braun. Sollte etwa …? Genau, im Milchkännchen ist Vollmilch statt Kaffeesahne. Wie konnte ich auch annehmen, dass es anders sein könnte. Während ich mit meinem Kaffee beschäftigt bin, ratschen die O'Sheas durcheinander und kommen von einem Thema zum anderen, bis sie schließlich wieder bei Onkel Jims Witwe landen. Das interessiert auch mich, und ich spitze die Ohren. Gráinne weiß zu berichten, dass Michelle und Eoin noch lange bei Kavanaghs sitzen geblieben sind und dann gemeinsam das Lokal verlassen haben. Gemeinsam! Sie schmeißt einen bedeutungsvollen Blick in die Runde. Eugene wirft ein, dass das nichts zu bedeuten hat. Eoin sei ein netter Kerl, und vermutlich hat er sie nur nach Hause gebracht.

Brenda wirft ihm einen Blick zu, den ich nur mit »du armer Idiot« deuten kann, und meint: »Das ist es ja, er hat Michelle nach Hause gebracht und ist mit ihr hineingegangen, und erst früh am nächsten Morgen wurde er gesehen, als er das Haus wieder verlassen hat.«

»Jesus!«, zischt Gráinne und stößt Zigarettenrauch durch ihre Nase.

»Wer hat ihn eigentlich gesehen?« Seán will sicherstellen, dass die Information auch aus verlässlicher Quelle stammt.

»Dein Freund Francis, beim Zeitungaustragen, ganz früh am Morgen hat er ihn gesehen. Er hat es mir eben erzählt, als ich bei ihm im Laden eine Schachtel Zigaretten gekauft habe.« Brenda ist sich ihrer Sache sicher.

»Das muss gar nichts heißen«, entgegnet Eugene. Er ist fest entschlossen, das Gute im Menschen zu sehen. »Er hatte ein paar Drinks zu viel, konnte nicht mehr fahren, und sie hat ihm ein Bett angeboten. Gibt ja genug Platz in dem riesigen Haus. Nach ihrem Auftritt bei der Beerdigung hatte er was bei ihr gut.«

»Oh, er hatte was gut bei ihr, *alright*!« Brenda verdreht die Augen ob der Borniertheit ihres Gatten. »Die hatten früher was miteinander, und jetzt, wo der Alte aus dem Weg ist, nimmt Eoin seinen alten Platz wieder ein. Wieso kapierst du das nicht?!«

»Am Tag der Beerdigung?« Eugene ist außer sich. »Das glaubst du doch selbst nicht!«

Gráinne zündet sich schon die nächste Zigarette an. »Ich trau Michelle alles zu. Ach, verdammt, ich habe die Kekse vergessen.« Rasch springt sie auf und holt eine Packung Kekse aus der Küche. »Wer will noch mal, wer hat noch nicht?«

Patrick sucht sich die *Chocolate Chip Cookies* raus, ich nehme zwei Digestives. Die Packung macht die Runde, und bald sind bis auf einen Keks alle verspeist.

»Will noch jemand Kaffee?«

Ich nicht, alle anderen schon. Nachdem alle versorgt sind, setzt sich Gráinne wieder und verkündet: »Jetzt bin ich nur noch auf die Testamentseröffnung gespannt.«

»Da bist du nicht die Einzige.«

»Wenn Jims Söhne wirklich enterbt wurden, dann ist aber die Kacke am Dampfen.«

»Das glaub ich nicht.« Eugene natürlich.

»Wetten, Michelle verkauft die Firma und macht sich ein schönes Leben.« Brenda ist nicht zu bremsen. »Sie wandert aus zu ihrer Schwester nach Las Vegas oder zu ihrer Mutter nach Spanien.«

»Angeblich ist ein riesiges Barvermögen da, Aktien und Immobilien sowieso. Da muss sie die Firma gar nicht verkaufen.«

Es wird wild durcheinander spekuliert.

»Wann ist eigentlich die Testamentseröffnung?«, frage ich in die Runde.

»Morgen«, kommt unisono zur Antwort.

Montag

Der nächste Tag beginnt fast schon routinemäßig. Immersion an – Teewasser kochen – zurück ins Bett – Kinderbuch vorlesen – Tee schlürfen. So kann man auch noch der lästigsten Tätigkeit etwas Positives abgewinnen. Ich nippe wohlig am warmen Tee, während ich darauf warte, dass unser Duschwasser warm wird. Heute fahren wir endlich nach Leixlip, um auf Haussuche zu gehen. Gleich nach dem Frühstück geht's los. Eine Stunde später stehen wir vor dem ersten Immobilienladen in Leixlip und drücken uns die Nasen am Schaufenster platt. Fotos der zum Verkauf stehenden Häuser mit Anschrift, Beschreibung und Preis hängen hinter Plexiglas an dünnen Stahldrähten. Wir treten ein. Ein mittelalter Herr in Anzug und mit dem Gesicht eines Gebrauchtwagenverkäufers kommt hinter seinem Schreibtisch hervor.

»Wie kann ich Ihnen helfen?« Er lächelt uns erwartungsvoll an.

»Wir suchen ein Haus. Drei Schlafzimmer, Küche, Bad, mit Garten, zentral gelegen.« Seán lächelt zurück.

»Welche Preislage haben Sie denn im Sinn?«

Seán antwortet, dass wir uns erst einmal einen Überblick verschaffen möchten. Der Mann zögert, zieht aber dann aus seinen Unterlagen verschiedene Angebote heraus und hält ihm die Blätter hin. Wir bedanken uns und gehen. Beim nächsten Immobilienladen das gleiche Spiel. Ebenso beim nächsten. Mittlerweile haben wir eine dicke Mappe voll mit Informationen über die zum Verkauf stehenden Häuser in und um Leixlip.

»Wir sollten auch in Celbridge, Maynooth und Lucan suchen.« Seán ist vom Angebot in Leixlip nicht begeistert. »Das alles kommt mir ganz schön teuer vor.«

Im Vergleich zu den Immobilienpreisen in Regensburg sind das richtige Schnäppchen. Ich bin angenehm überrascht.

»Wir sammeln zuerst alles, was auf dem Markt ist, sehen es zu Hause durch, und wenn uns etwas gefällt, vereinbaren wir einen Besichtigungstermin.«

Das klingt vernünftig. Wir fahren die 20 Minuten weiter nach Lucan, dann nach Maynooth und schließlich nach Celbridge. Die Orte sind sich alle sehr ähnlich. Richtige *Commutertowns*, Pendlerstädte, wegen ihrer Nähe zu Dublin und den im Vergleich zu Dublin noch moderaten Hauspreisen. In jedem Ort sind drei bis vier *Auctioneers* ansässig. Immobilienhändler, die von den üppigen Prozenten leben, die sie an jedem Hausverkauf verdienen. Müde machen wir uns auf den Rückweg nach Carlow, einen Haufen Papier auf dem Rücksitz. Zu Hause kümmere ich mich als Erstes ums Essen. *Beans on toast*, superschnell zubereitet, billig, und Patrick isst es gerne. Im Wohnzimmer legen wir die Bündel nach Orten sortiert auf den Boden. Mit Leixlip fangen wir an. Schnell wird uns klar, dass die *Auctioneers* mit dem Begriff zentral sehr flexibel umgehen. Zentral bedeutet für mich, dass ich zu Fuß alles erreichen kann: Supermarkt, Bäcker, Metzger, Kindergarten, Schule, Arzt, Apotheke, einfach alles, was zum täglichen Leben gehört. Zu Fuß und im Schritttempo und unter einer Stunde Fußmarsch! Die Stapel werden sehr schnell ziemlich dünn.

»Wie hoch ist eigentlich unser Budget?«, ich schaue fragend auf und halte Seán ein Bild von einem traumhaften Cottage mit Kletterrosen über der Eingangstür und Natursteinmauer hin. Er wirft einen kurzen Blick drauf. »Das Haus kenn ich, es liegt direkt an der neuen Schnellstraße. So um die sechzigtausend Pfund«, fügt er noch hinzu. Das hatte ich mir auch schon gedacht. Da kann ich noch mal die Hälfte aller zum Verkauf stehenden Häuser aussortieren. Zum Schluss halten wir zwölf mögliche Angebote in Händen. Ein Haus in Leixlip, drei in Maynooth, drei in Lucan und fünf in Celbridge.

»Ich geh schnell zu meiner Mutter, um die Auctioneers anzurufen. Am besten machen wir gleich die Besichtigungstermine aus.« Seán schnappt sich die Blätter und eilt davon. Es ist schon ziemlich lästig, dass wir hier im Haus kein Telefon haben. Schuldbewusst denke ich daran, dass ich seit meinem letzten Anruf kurz nach unserer Ankunft nicht mehr mit meiner Mutter telefoniert habe. Bei Schwiegermutter Fidelma will ich nicht nach Deutschland telefonieren. Das ist mir viel zu unangenehm, vor allem wegen der hohen Telefongebühren. Mithören kann sie ja ruhig, da sie eh kein Wort Deutsch versteht. *Eine Telefonkarte ist vielleicht die beste Lösung,* überlege ich mir, da brauch ich keinen Sack mit Kleingeld in die Telefonzelle mitzunehmen. Die müsste es eigentlich im Postamt geben.

Ein kurzer Blick auf meine Armbanduhr. »Sollen wir ein bisschen spazieren gehen?«, schlage ich Patrick vor. Er hat nichts dagegen. Wir ziehen unsere Jacken an, da die Temperaturen immer noch nicht über 18 Grad Celsius geklettert sind, legen Seán einen Zettel hin und marschieren los. Der Wind fegt wieder sämtlichen achtlos weggeworfenen Müll durch die Straßen, und ich nehme Patrick bei der Hand und versuche, ihn davon abzulenken.

»Wir rufen jetzt die Omama an. Aber erst müssen wir zum Postamt und eine Telefonkarte kaufen. Das Postamt macht aber gleich zu. Wir müssen ein bisschen laufen.«

Er lässt sich darauf ein und beachtet den Müll nicht weiter. Im Postamt kommen wir gleich dran. Leider fällt mir nicht ein, wie Telefonkarte auf Englisch heißt. Ich stottere am Schalter rum. Die Postbeamtin kapiert schließlich, was ich will, und stellt mich vor die Entscheidung: fünf Pfund oder zehn Pfund? Ich nehme die für fünf Pfund, bedanke mich, und wir gehen zur nächsten Telefonzelle direkt vorm Postamt. Leider funktioniert sie nur mit Münzeinwurf. Bei der daneben ist es genauso. Ich überlege kurz, aber mir fällt nicht ein, wo in Carlow noch eine Telefonzelle stehen könnte. Die Frau im Postamt müsste das doch wissen. Ich nehme Patrick bei der Hand und will zurück ins Postamt gehen, aber die Tür wurde gerade geschlossen. Nichts klappt heute. Missmutig schaue ich um mich. Es hilft nichts, wir schlendern langsam zurück.

Patrick quengelt. »Ich will zur Omama und zum Opa«, jammert er. Ich versuche, ihm zu erklären, dass wir jetzt viel zu weit weg wohnen, um mal schnell die Omama zu besuchen, aber Patrick benzt weiter. Er vermisst die Nachbarskinder und den alten Dackel unserer Nachbarin. Heute ist wirklich der Wurm drin. Sogar Patrick hat schlechte Laune.

Zu Hause erwartet uns Seán bereits mit einer langen Liste von Terminen. Morgen geht es los, da gehen wir auf Besichtigungstour!

»Übrigens, Eugene soll recht behalten: Conor und Eoin erben die Firma, die Immobilien und jeweils einen Batzen Geld, Michelle bekommt das gemeinsame Haus und eine monatliche Rente auf Lebenszeit.« Seán zuckt mit den Schultern. »Da kann sie einem fast schon leidtun, große Sprünge wird sie damit nicht machen können.«

»Woher weißt du das denn schon wieder?«

Die Neuigkeiten scheinen sich hier mit einer unglaublichen Geschwindigkeit zu verbreiten.

»Meine Mutter hat es mir erzählt.«

Woher sie das weiß, will ich wissen.

»Ihre Freundin, Mrs. Doyle, hat es ihr anvertraut, und die hat es von Conors Tante Minnie, und die Tante hat es brühwarm von Conor höchstpersönlich.«

»Na, dann passt ja alles.« Ich verliere das Interesse.

»Genau«, stimmt Seán mir zu, »wäre einfach nicht richtig gewesen, wenn Conor und Eoin leer ausgegangen wären. Streit hin oder her. Schließlich sind das seine Söhne, und mit Michelle war Onkel Jim erst seit zwei Jahren verheiratet. Sie hatten ja nicht einmal Kinder miteinander.« Seán wird plötzlich ernst. »Außerdem hat seine erste Frau Betty die Firma mit in die Ehe gebracht. Sie war ein Einzelkind und hatte alles von ihren Eltern geerbt. Vorher hatte er nichts. Nur seinen Job als Vertriebsleiter in der Firma seiner Schwiegereltern.«

»Was stellen sie eigentlich her?«, werfe ich ein.

»Pasteten, Sausage Rolls, Sandwiches und noch ein paar andere

Fertiggerichte, aber hauptsächlich Pasteten. Hast du bestimmt schon mal im Kühlregal im Supermarkt gesehen. *Hogg's Pies,* die werden sogar bis nach England exportiert. Sie sind weltberühmt!«

Wenn die Welt nur aus Irland und England bestehen würde, vielleicht. Ich behalte diesen Gedanken für mich. »Stimmt, ich habe sogar *Hogg's Sausage Rolls* im Kühlschrank, die gibt es heute zum Abendessen«, erwidere ich überrascht. »Ich habe nur bei dem Namen Hogg keinen Zusammenhang erkannt.« In Wahrheit habe ich diese Marke nur gekauft, weil ich den Namen so witzig fand. Hogg heißen und dann auch noch Schweinefleisch verarbeiten, das fand ich einfach unwiderstehlich.

»Ja, klar, dass du das nicht wissen kannst. Hogg war der Mädchenname von Onkel Jims erster Frau, Betty Hogg.«

Jetzt wird mir einiges klar. Hogg Produkte nehmen im Kühlregal des Supermarktes tatsächlich ganz schön viel Platz ein. Wenn das landesweit in jedem Supermarkt so ist und sie sogar bis nach England verkaufen, dann kann ich gut verstehen, dass das Erbe beachtlich ist. Vielleicht hat Michelle deshalb wieder Interesse an Eoin gefunden? Falls man Brenda glauben kann, sollen die beiden unter ein und demselben Dach die Nacht verbracht haben. Selbst wenn Eoin und Conor ihre Erbschaft teilen müssen, sollte Eoins Anteil immer noch beträchtlich sein. Michelle hat im Vergleich dazu nur ein Almosen erhalten.

»Übrigens«, ich muss aufhören mir über Michelle Gedanken zu machen, »weißt du, wo ich in Carlow mit Telefonkarte telefonieren kann? Ich will mal wieder meine Mutter anrufen.«

»Frag doch einfach meine Mutter, ob du kurz telefonieren kannst.« Seán hat auch keine Ahnung.

»Das möchte ich aber nicht.« Ich stehe vom Sofa auf. »Jetzt schauen wir mal, ob diese *Sausage Rolls* wirklich so weltberühmt sind«. Ich gehe in die Küche und feuere die Backröhre an. Laut Aufdruck sind die Teile in zwanzig Minuten bei 180–200 Grad Celsius fertig. Ich nehme die sechs Stück aus der Folie und lege sie auf ein Backblech, schiebe es ins Rohr und schaue dabei kurz auf meine Armbanduhr.

Seán steckt den Kopf durch die Küchentür. »Soll ich noch schnell ein paar Pommes vom *Chipper* besorgen?«

»Gute Idee, eine Tüte genügt aber.« In Irland essen wir erschreckend viel Fast Food. »Nimm Patrick mit!« Ein bisschen Bewegung vorm Abendessen kann nicht schaden. Ich schiebe die beiden aus der Haustür. Anschließend decke ich den Tisch, koche Tee, nimm die Butter und die Flasche *Chef* Ketchup aus dem Kühlschrank, Milch, Zucker, fertig. In Gedanken bin ich bei den Häusern, die wir uns morgen ansehen werden. Am Vormittag wollen wir zuerst das Haus in Leixlip besichtigen, dann die drei Häuser in Maynooth. Die drei in Lucan schauen wir uns am Nachmittag an. Für die fünf Häuser in Celbridge haben wir erst am darauffolgenden Tag Termine vereinbart. Wir haben einen richtigen Besichtigungsmarathon vor uns. Die Sausage Rolls sind gerade fertig, als meine beiden Männer mit einer Plastiktüte beladen wieder zur Tür hereinkommen,

»I love Sausage Rolls.« Patrick klettert erwartungsvoll auf seinen Stuhl.

»Was habt ihr denn da alles eingekauft?«

»Nur eine Tüte Pommes und eine Tüte mit *onion rings.*« Seán verteilt seine Beute.

Patrick spritzt Ketchup auf seinen Teller und sticht begeistert in den Blätterteigmantel der Sausage Rolls, dass es nur so kracht. Die irischen Pommes sind sagenhaft, mit Essig und Salz bestreut schmecken die in heißem Fett frittierten Kartoffeln einfach göttlich. Die *Chipper* hier verwenden nur echte, in dicke Streifen geschnittene Kartoffeln. Kein Vergleich zu den dünnen blassen Stäbchen, die man in Deutschland bei McDonald's und Co. bekommt. Seán beißt mit Gusto in seinen riesigen *onion ring.* Ich probiere meinen vorsichtig. Genial, die fingerdicken Zwiebelringe wurden in einem knusprigen Teigmantel frittiert. Wir machen uns über unsere Teller her, bis alles bis auf den letzten Krümel aufgegessen ist.

Dienstag

Der nächste Morgen ist wieder grau und regnerisch. Wir stehen früh auf und machen uns auf den Weg nach Leixlip. Es wird gar nicht richtig hell draußen. Dicke schwarze Wolken hängen tief und regenschwer über Carlow. Die Heizung im Auto funktioniert immer noch nicht, und ich friere auf der Fahrt nach Leixlip wie ein Schneider. Seit Intel und Hewlett Packard in Leixlip Fabriken eröffnet haben, sind die Hauspreise explodiert. Das Haus sieht auf dem Bild des Infoblattes gar nicht so schlecht aus. Ein älteres Haus, aber laut Maklerangaben wurde es bereits umfangreich renoviert. Der Vorteil ist, dass es sehr zentral liegt, mitten im Dorf, aber mit Garten hinterm Haus. Leider ist es ein Reihenhaus ohne Vorgarten aber wir haben es wegen dem günstigen Preis doch mit in die engere Wahl genommen. Als wir dort ankommen, wird uns schlagartig klar, dass das ein Fehler war. Direkt gegenüber liegt ein großes Pub, *The Ryvale Tavern*, mit Nightclub. Der Makler empfängt uns schon an der Haustüre. Höflichkeitshalber sehen wir uns das Haus kurz an. Wenn die Lage nicht so katastrophal wäre, könnte mir das Haus sogar gefallen. Beim Abschied meint Seán noch zum Makler, es wäre vielleicht hilfreich, im Exposé die Nähe zum Pub zu erwähnen. Doch der zuckt nur die Schultern und meint herablassend, er verkaufe das Haus, nicht das Pub. So ein Schnösel! Jetzt tut es mir nicht mehr leid, dass du den Weg umsonst gemacht hast. Wir fahren weiter nach Maynooth. Maynooth ist eine Universitätsstadt, wodurch das Durchschnittsalter der Bewohner merklich gesenkt wird. Früher war es nur ein Priesterseminar, nach Carlows St. Patrick's College das zweitgrößte im Land. Jetzt kann man alle möglichen Fächer dort studieren. Wir fahren die mit alten Bäumen gesäumte Main Street entlang, an der Universität vorbei und biegen dann links in eine Wohnsiedlung ein. Die Häuser gleichen einander wie ein Ei dem anderen. Eine riesige Siedlung mit vollkommen identischen Häusern.

Ich schlucke. »Wie soll man denn da sein Haus finden, wenn man abends mal ein bisschen angeschickert heimkommt?«, versuche ich, witzig zu sein.

Wir parken in der Einfahrt. Es ist ein Doppelhaus, eigentlich ganz hübsch, wenn nur nicht zweihundert genau baugleiche Häuser in unmittelbarer Nachbarschaft stehen würden. Der Makler biegt ums Eck, parkt, steigt aus und schließt die Tür auf. Es ist ein Neubau, geradeaus den Gang entlang in die Küche, von der Küche rechts ins Esszimmer, vom Esszimmer rechts durch eine Doppeltür ins Wohnzimmer, vom Wohnzimmer rechts wieder zurück auf den Gang. Die Treppe hoch, links das Bad, geradeaus ein Kinderzimmer, daneben noch ein Kinderzimmer, dann das Elternschlafzimmer En Suite. Wir gehen wieder nach unten. Der offene Kamin im Wohnzimmer gefällt mir gut, die einfach verglasten Fenster weniger. Der Garten ist groß genug, und der frisch angelegte Rasen steht schon ziemlich hoch. Das Haus ist okay, haut mich aber nicht um. Wir fahren weiter zum nächsten Haus. Wieder eine riesige Siedlung, wieder genau baugleiche Häuser, nur in einem minimal abweichenden Baustil, diesmal am anderen Ende der Stadt. Der einzige Unterschied zum vorherigen Haus ist, dass dieses zusätzlich noch ein WC unter der Treppe hat. Keine schlechte Idee. Ich nehme mir vor, in Zukunft auf dieses kleine Detail zu achten. Weiter geht's zum Nächsten, wo uns ein anderer Makler erwartet. Er redet das Blaue vom Himmel herunter und meint dann noch so nebenbei, es liege bereits ein Angebot für das Haus vor, aber wenn wir überbieten möchten, kein Problem, an ihm soll's nicht liegen. Das Haus war bisher das Hässlichste, und wir sagen ihm, dass wir es uns überlegen würden.

»Sollen wir hier zu Mittag essen oder gleich in Lucan?«

»Lucan«, entscheide ich, »von Maynooth habe ich erst einmal die Nase voll.«

The Lucan Spa Hotel liegt direkt an der Autobahn, und wir kehren dort ein, um eine Kleinigkeit zu essen. Die Speisekarte *Für die kleinen Gäste* ist auch im *Lucan Spa Hotel* ziemlich eintönig. *Sausages with Chips, Chicken Nuggets with Chips, Burger with Chips.* Für die Erwachsenen gibt es immerhin *Turkey and Ham, Roast Beef, Chicken Kiew, Cooked Salmon* und als Beilage viel Gemüse und Kartoffeln in allen möglichen Variationen bis zum Abwinken. Wir entscheiden uns zur Abwechslung mal für *Chicken Kiew* statt *Turkey and Ham.* Patrick bekommt einen leeren Teller und darf sich von unseren Tellern nehmen, was er will. Seán erzählt beim Essen die mysteriöse Geschichte von Lord Lucan – oder *Lucky Lucan,* wie er in der Gegend wegen seiner Spielsucht genannt wurde. Nachdem das Kindermädchen der Familie im Haus seiner von ihm getrennt lebenden Frau ermordet aufgefunden wurde, verschwand der gut aussehende Lord spurlos. Seitdem wurde aus der ganzen Welt immer wieder von angeblichen Sichtungen des schmucken Lords berichtet, aber der Polizei gelang es nie, ihn zu finden. Wir spekulieren lachend über mögliche Aufenthaltsorte: Karibik oder doch lieber in Kleinfindstmined, packen unsere Sachen zusammen und fahren zu unserem nächsten Termin. Ich schöpfe wieder Mut. Der Ortskern von Lucan hat seinen Charakter weitgehend bewahren können; das Städtchen liegt recht malerisch am Liffey und dessen Zufluss, dem Griffeen. Doch schon beim Einbiegen in die nächste Siedlung wird mir klar, dass es hier auch nicht anders ist als in Maynooth, eher noch schlimmer. Das müssen mindestens 300 Häuser sein, was sag ich, 500, und alle gleich! Es gibt sogar Siedlungen in der Siedlung! Wir biegen von der Griffeen Road in die Griffeen Avenue und von dort in die Griffeen Glen Road, dann in die Griffeen Vale Road, von dort in die Griffeen Glen Green, Griffeen Glen Avenue, Griffeen Glen Chase, bis wir endlich in Griffeen Glen View ankommen. Am liebsten würde ich sofort wieder umkehren. Es ist, als hätte sich ein sardonischer Städteplaner einen garstigen Scherz erlaubt.

Seán meint, Anschauen kostet nichts, außerdem sind wir eh schon hier. Allerdings ist der Makler noch nicht da, und wir müssen warten. Als er endlich eintrifft, erfahren wir, dass dieses Haus jetzt doch schon vergeben sei, aber in Griffeen Glen Close eines zum Verkauf steht, dass noch viel besser ausgestattet ist. Ich fahre nur höflichkeitshalber mit – und weil ich aus den ganzen Griffeens allein nicht mehr herausgefunden hätte. Seán versucht, positiv zu sein, und meint, es wäre ganz nah am Park, dem Griffeen Valley Park, und nur 13 Kilometer von Dublin entfernt, aber ich sehe ihm an, dass auch er schockiert ist von so viel Einförmigkeit. Ich weiß nicht, ob ich die Kraft habe, noch zwei Häuser zu besichtigen. Wir fahren zum nächsten Termin. Auch dort erwartet uns ein monotones Neubaugebiet mit zahllosen Häusern. Man sieht ihnen an, dass sie fast über Nacht hochgezogen wurden, so schlampig wurden sie fertiggestellt. Das letzte Haus macht keine Ausnahme. Frustriert verlassen wir die Trabantenstadt Lucan und fahren zurück nach Carlow. Wir hängen unseren Gedanken nach und sprechen auf der langen Fahrt kaum miteinander. Ich trauere stumm unserer Altbauwohnung in Regensburg hinterher. Warum habe ich sie nicht einfach untervermietet? Vorsichtshalber? Ich kann mir nicht vorstellen, jemals in einem dieser Pendlerghettos zu leben.

Erst kurz bevor wir in Carlow ankommen, nehmen wir beide den Faden wieder auf und sagen fast gleichzeitig: »In Celbridge ist es bestimmt besser.« Das zumindest bringt uns zum Lachen. Und es zeigt mal wieder, was für unverbesserliche Optimisten wir beide sind. Neuen Mut schöpfend, steigen wir aus und heben Patrick aus seinem Kindersitz, als plötzlich meine Schwiegermutter um die Kurve fegt. Sie muss von ihrem Wohnzimmerfenster aus unsere Ankunft gesehen haben, ist aus ihrem Haus gestürmt und wild gestikulierend die Straße hochgerannt. Jetzt schaut sie sich gehetzt um, packt Seán am Arm und flüstert viel zu laut: *»I have to talk to you!«*

Seán schaut sie besorgt an. Vor Aufregung hat sie rote Flecken auf Gesicht und Hals.

»Was ist denn los? Du bist ja ganz aus dem Häuschen!«

Ich setze den Wasserkessel auf. Eine Tasse Tee wirkt in diesen Breitengraden oft Wunder. Sie sinkt auf den erstbesten Baststuhl am Küchentisch. »Onkel Jim«, sie bekreuzigt sich hektisch, »wird exhumiert!« Sie umklammert die heiße Tasse mit beiden Händen. Ich schiebe ihr die Zuckerdose hin. Seáns Mutter steht eindeutig unter Schock. Fiebrig nimmt sie vier Löffel Zucker in ihren Tee. Sie holt ihr Taschentuch aus dem Ärmel und wischt zittrig über ihre Augen. »Vor einer Stunde war die Polizei bei mir.« Sie schnäuzt sich heftig. »Sie haben mir alle möglichen Fragen gestellt. Garda Lawlor war dabei, du weißt schon, Benny Lawlor, der mit Darragh zur Schule ging.«

Seán starrt sie an »Was wollten sie von dir? Jetzt komm endlich zur Sache.«

Fidelma rutscht auf ihrem Stuhl nach vorne, senkt dramatisch die Stimme. »Angeblich ist ein anonymes Schreiben bei ihnen eingegangen mit dem Hinweis, dass Onkel Jim ermordet wurde.«

Seán springt von seinem Stuhl auf. »So ein Blödsinn! Da macht sich irgend so ein armer Irrer wichtig. So was können die doch gar nicht ernst nehmen!«

»Benny war es auch sehr unangenehm, aber er sagte, sie müssten allen Hinweisen nachgehen. Ganz besonders in Fällen, wo in Anbetracht des großen Vermögens ein eindeutiges Motiv vorhanden wäre.«

Seán schüttelt mit dem Kopf. »Ein Motiv? Michelle hat doch nur das Haus und eine kleine Rente geerbt. Wo soll denn da das Motiv sein? Und außerdem war sie gar nicht im Land, als Onkel Jim starb. Sie musste erst einfliegen, habt ihr das schon vergessen?« Rabiat reißt er eine Packung Kekse auf.

Fidelma senkt die Augen. »Ich glaube auch nicht, dass sie Michelle verdächtigen.«

»Ja, wen denn sonst?« Seán stockt, reißt die Augen auf und starrt seine Mutter an. »Doch nicht …?«

»Doch«, sie nickt bedächtig, »seine beiden Söhne Eoin und Conor.«

»So ein ausgemachter Blödsinn! Benny war noch nie der Hellste. Bei dem reicht es doch gerade noch dazu, Parksünder aufzuschreiben.« Seán stopft sich wutschnaubend die Kekse in den Mund. »Außerdem geht das nicht so einfach mit der Exhumierung. Man kann doch nicht einfach aufgrund eines anonymen Schreibens die Totenruhe stören! So ein Schwachsinn!«

Seine Mutter zündet sich eine ihrer langen Kingsize Zigaretten an, stößt den Rauch aus und meint resigniert. »Gut möglich, dass es gar keine Alternative gibt.«

»Was soll jetzt das schon wieder heißen?« Seán reißt grantig das Küchenfenster auf.

»Die Gerüchteküche ist schon in vollem Gang. Ich sah, wie sich zwei meiner Nachbarinnen auf der Straße vor meinem Haus sehr angeregt unterhielten, und als ich dazukam, hörten sie sofort auf zu reden und stoben auseinander. Plötzlich hatten sie es sehr eilig.«

»Das heißt gar nichts.« Seán nimmt sich übellaunig den letzten Keks.

»Dein Vater hatte heute keinen Golfpartner. Alle haben ihm abgesagt.«

Seán mustert sie besorgt. »Wie hat er es aufgenommen?«

»Er hat alle achtzehn Löcher allein gespielt.« Seine Mutter drückt die halb gerauchte Zigarette aus. »Die Leute glauben, was sie glauben wollen.« Fidelma steht auf. »Ich ruf besser bei deinen Geschwistern an, damit sie es nicht von einem der Nachbarn erfahren.« Nachdem sie gegangen ist, sitzen wir da und starren uns an.

»Weißt du«, sag ich so behutsam wie möglich, »vielleicht ist eine Exhumierung die einzige Möglichkeit, den Nachbarn zu beweisen, dass dein Onkel Jim nicht ermordet wurde. Die einzige Möglichkeit, zu beweisen, dass Conor und Eoin unschuldig sind.«

Mittwoch

Am nächsten Morgen ziehen wir wieder früh los. Schließlich müssen wir ein Haus finden, Familientragödie hin oder her. Die Sonne scheint, und es liegt ein Hauch von Wärme in der Luft. Die ganze Fahrt über ist das einzige Gesprächsthema die eventuell bevorstehende Exhumierung. Seán sagt, im Fall einer kriminellen Investigation braucht es dazu einen Gerichtsbeschluss. Ansonsten geht es nur auf Antrag des nächsten Verwandten, zum Beispiel wenn das Grab verlegt wird oder die sterblichen Überreste gar im Ausland beigesetzt werden sollen.

»Man kann nicht *willynilly* einfach hergehen, Leute beschuldigen und Leichen ausbuddeln!« Seán redet sich wieder in Rage. »Wer macht so was?«

Das allerdings würde mich auch interessieren.

»Wer hätte einen Vorteil davon?« überlege ich laut.

»Vorteil? Was denn für einen Vorteil? Niemand!« Seán klopft aufs Lenkrad ein. »Irgendein Irrer, der den Familienmitgliedern noch mehr Schmerz zufügen will, als sie sowieso schon empfinden. Ein Sadist. Genau, jemand der einen oder alle O'Sheas hasst und nach Möglichkeiten sucht, sie zu verletzen.«

Ich stimme dem Gedanken nur halbherzig zu. Das scheint mir doch sehr weit hergeholt zu sein. »Was wäre, wenn der anonyme Briefeschreiber recht hat und dein Onkel Jim tatsächlich ermordet wurde?«

Das Auto macht einen wilden Schlenker.

»So ein Unsinn! Jim war eine Seele von einem Mensch! Wer zum Teufel sollte so etwas tun?«

»Geld ist immer ein Motiv«, entgegne ich zaghaft und behalte den Gegenverkehr im Auge.

»Jetzt reicht es mir aber! Kein Wort mehr!« Seán ist stinksauer. »Meine Cousins haben ihren Vater geliebt – und aus!«

Ich sag lieber nichts mehr. Einen Moment später taucht auch schon das Ortsschild von Celbridge vor uns auf. Wir sind beide nicht in der Stimmung, um Häuser zu besichtigen, aber wir haben keine andere Wahl. Ich krame die Exposés hervor, um die Anschrift zu suchen, und Seán hält am Straßenrand, um nach dem Weg zu fragen. Bald darauf stehen wir vor dem ersten Objekt. Die Maklerin ist auch schon da und führt uns durchs Haus. Es liegt in einer sehr kleinen Neubausiedlung mit etwa 30 identischen Häusern am Ende einer Sackgasse, in der sich jeweils vier Häuser gegenüberstehen. Ein Teil der Hausfront ist mit gelblich braunem Ziegel verkleidet, was ich so noch nirgends gesehen habe. Die Maklerin erklärt, dass es sich bei diesem Haus um das *Showhouse* handelt, das Musterhaus also, und dass es so verkauft werden soll, wie es ist. Mit Teppichen, Fliesen, Vorhängen, Einbauküche, Badezimmereinrichtung, Lampen, sogar die Betten mit den Tagesdecken, die farblich auf die Vorhänge und die Teppichböden abgestimmt sind. Die Wände sind in jedem Zimmer in einer anderen Farbe gestrichen und am Deckenrand mit einer passenden Schmuckbordüre verziert. Die vier Schlafzimmer sind alle mit Einbauschränken ausgestattet. Die weiße, im Landhausstil gehaltene Einbauküche sieht frisch und freundlich aus, der offene Kamin im Wohnzimmer ist wunderschön. Das Haus hat sogar ein Gäste-WC und eine Garage! Alle anderen Häuser in der Siedlung sind bereits verkauft. Es gefällt mir. Es gefällt mir sogar sehr. Allerdings ist es ein bisschen teurer als alle anderen. Dafür bräuchten wir nichts mehr für die Einrichtung auszugeben und könnten auf diese Weise sogar noch sparen. Ich ertappe mich dabei, wie ich bereits in Gedanken unsere Möbel aufstelle. Unser alter Bauernschrank würde super in der Nische neben dem offenen Kamin aussehen, und der weiße Marmortisch mit den schwarzen Bistrostühlen passt genau in die Küche.

Die anderen Häuser sehe ich mir nur noch pro forma an. Keines ist auch nur annähernd so schön wie das Erste. Wir haben unser Haus gefunden. Ich weiß es. Seán ist auch schon fast davon überzeugt.

»Nur nichts überstürzen, wir haben noch gar nicht so viele Häuser besichtigt.« Er rät zur Vorsicht.

Warum soll ich meine Zeit damit vertun, weitere Häuser zu besichtigen, wenn ich das eine, das Einzige, schon gefunden habe? Was ich bisher gesehen habe, reicht mir vollkommen. Die Häuser, die mir gefallen, können wir uns nicht leisten, und diejenigen, die wir uns leisten können, gefallen mir nicht. Das Haus in Celbridge ist ein guter Kompromiss, besser geht es nicht. Es steht in der einzigen Neubausiedlung, in der weniger als hundert völlig identische Häuser sind, hat ein Gäste-WC und eine Garage und ist bezugsfertig! Was wollen wir mehr?!

Auf dem ganzen Weg zurück nach Carlow diskutieren wir über die Vor- und Nachteile. Seán meint, wir sollten uns noch andere Häuser ansehen, während ich dafür plädiere, uns dieses Haus noch mal anzusehen und einen zweiten Besichtigungstermin zu vereinbaren. Zu Hause setze ich gleich den Wasserkessel auf, um Tee zu kochen. Ich werde hier noch zu einer richtigen Teetrinkerin, mit Milch und Zucker! In Regensburg habe ich schwarzen Tee eher selten getrunken, und wenn, dann mit Zitrone oder Strohrum. Den Strohrum haben meine Großeltern aus ihrem jährlichen Österreichurlaub mitgebracht. Immer nur eine Flasche, und die hat das ganze Jahr über gereicht. Vermutlich, weil er nie getrunken, sondern nur zum Backen und hin und wieder zur Teeveredelung verwendet wurde. Der Geruch von Strohrum versetzt mich heute noch mit einem Schlag in meine Kindheit zurück. Für irischen Tee braucht man gar keinen Rum, der schmeckt auch ohne. Die zwei Marktführer *Lyons* und *Barry's Tea* stellen kräftige, aromatische Teemischungen her, die nichts, aber auch gar nichts mit dem blassen Teekanne- oder Meßmer-Aufguss gemein haben. Es kann natürlich auch am Wasser liegen, dass der Tee hier so wunderbar schmeckt, oder an der Luft, oder vielleicht auch daran, dass der Kaffee schlicht ungenießbar ist. Ich koche also Tee, um die Hausdiskussion in Ruhe fortführen zu können, als es an der Haustüre läutet. Meine Schwiegermutter steht mit Gráinne im Schlepptau auf der Eingangsstufe. Kaum habe ich die Türe geöffnet, zwitschern sie auch schon *Hi* und *How are you* und kieksen und lachen nervös, während sie im Wohnzimmer Platz nehmen. Patrick kommt angelaufen und lässt sich herzen.

»Will you have a cup of tea«, frag ich sofort. *»Or a coffee?«* schieb ich noch schnell nach, in Erinnerung an Gráinnes Kaffeeeinladung am vergangenen Sonntag. Beide entscheiden sich für Kaffee. Aber ich bin darauf vorbereitet, denn ich hab extra ein Glas Maxwell House Pulverkaffee im Supermarkt gekauft und bin damit für etwaige Verwandtenbesuche bestens gewappnet. *Wie das Zeug schon riecht*, denke ich mir und mixe gerade zwei Tassen, da kommt Seán an und will auch eine.

»Keinen Tee?«, frage ich nach. Nein, er möchte auch Pulverkaffee. Ich belade das Tablett mit drei Tassen Kaffee, einer Tasse Tee, Milch, Zucker und einem Teller mit Keksen. Das Ganze balanciere ich vorsichtig ins Wohnzimmer und bekomme gerade noch mit, wie Seán von dem Haus in Celbridge erzählt. Dazu haben die beiden freilich eine Menge zu sagen. Von Schwiegermutter Fidelma erhalte ich unerwartet Rückendeckung. Auch sie ist der Meinung, dass ein komplett eingerichtetes Haus sehr praktisch ist. Vor allem, weil man dann nicht immer zwischen Carlow und Celbridge hin und her fahren muss, bis es endlich bezugsfertig ist. Sie bekräftigt auch, dass man so auf lange Sicht viel Geld sparen wird. Für Gráinne kommt ein fix und fertig eingerichtetes Haus natürlich nicht infrage. Schließlich möchte sie alles nach ihrem eigenen Geschmack einrichten und findet es schrecklich, sich mit Wandfarbe abfinden zu müssen, die irgendjemand ausgesucht hat – womöglich noch völlig unpassend. Ich erkläre, dass alles wunderbar und bis ins kleinste Detail aufeinander abgestimmt ist und dass mir jedes Zimmer wirklich gut gefällt. Nein, also sie könnte das nicht haben. Für sie ist es das größte Vergnügen, shoppen zu gehen und die ganze Einrichtung persönlich zu gestalten. Schöpferisch und kreativ tätig zu sein, das ist einfach das Höchste für sie. Dabei streicht sie sich ihre beigefarbene Bundfaltenhose glatt und nestelt an ihrer cremefarbenen Bluse. Sie sieht so kreativ aus wie eine Packung Haferflocken. Sie sei jetzt noch damit beschäftigt, ausgewählte Einzelstücke für ihr Haus zu besorgen, obwohl sie bereits vor zwei Jahren eingezogen sind. Das erklärt wohl auch, wieso das Esszimmer bei ihr so fad eingerichtet ist. Kein einziges Bild hängt an der Wand. Alles ist so dermaßen Ton in Ton, dass sich die Möbel kaum vom Teppichboden abheben. Ihr Mann Gavin wollte damals eine Innenarchitektin beauftragen, lässt sie mich noch wissen, aber sie habe gesagt: »Schatz, das mach ich doch gerne.« Nur die Handwerker sind ein echtes Problem. Denen müsse man von Anfang an zeigen, wer das Sagen hat, sonst wird nichts fertig.

»Die Baufirma in Celbridge hatte auch eine Innenarchitektin mit der Ausstattung beauftragt, und ich muss sagen, sie hat ihre Sache wirklich gut gemacht. Hut ab.« Ich lass mir doch hier nicht die Geschichte vom grünen Klee erzählen. »Außerdem bin ich als Mutter mit anderen Dingen beschäftigt als mit shoppen. Ich kann doch mit Patrick nicht von einem Laden zum nächsten rennen. Abgesehen davon, kenn ich mich hier noch nicht gut genug aus.« Ich leg noch eins nach: »Und den Ärger mit den Handwerkern erspar ich mir so auch.«

»Ja, also wenn dich das gar nicht stört, dass du bei der Inneneinrichtung nichts zu sagen hattest, dann ist es wohl ganz praktisch.« Gráinne tut so, als wäre das Haus von einem farbenblinden LSD Abhängigen eingerichtet worden.

»Es ist ganz nach meinem Geschmack, und unsere Möbel würden prima dazu passen.« Dabei verschweige ich, dass wir gar nicht so viele Möbel besitzen. Wenn man von einer Zwei-Zimmer-Wohnung in ein Sechs-Zimmer-Haus umzieht, bleibt jede Menge freie Stellfläche übrig.

»Nun, falls ihr euch doch noch für ein anderes Haus entscheidet, dann sag Bescheid, ich helfe gerne. *Creative Design* ist so eine Art Hobby von mir.« Sie lächelt gönnerhaft. »Ich kann dir alle guten Läden zeigen. Sind natürlich nicht ganz billig, aber Qualität hat nun Mal ihren Preis.«

Alles, nur das nicht. Wenn ich mich recht an ihr Haus erinnere, dann ist klar, dass unser Geschmack so unterschiedlich ist wie Tag und Nacht – oder wie man hier sagt: wie *Chalk & Cheese*.

»Was machst du jetzt eigentlich beruflich?«, versuche ich, das Thema zu wechseln.

»Ich bin immer noch Steuerberaterin bei Jennings & Kline.«

»Hast du da dann auch mit kreativer Buchführung zu tun«, platzt es aus mir heraus, und ich kann mir ein Kichern nicht verkneifen.

Sie starrt mich an. »Unsere Klienten sind allesamt seriöse Geschäftsleute.«

Schnell schiebe ich nach: »Das war nur ein Witz! Weil du doch gesagt hast, kreatives Gestalten sei ein Hobby von dir«, stottere ich rum.

Sie schaut mich streng an, bläst den Rauch aus der Nase und meint: »Wirklich komisch.« Wieder mal mit beiden Füßen ins Fettnäpfchen gesprungen. Hilfesuchend schaue ich mich nach Seán um, doch von ihm ist kein Beistand zu erwarten. Er ist ins Gespräch mit seiner Mutter versunken. Worüber reden die beiden eigentlich die ganze Zeit schon so angespannt? Sicherlich gibt es wieder Neuigkeiten von Onkel Jim. »Weiß man schon Neues von Onkel Jim?«, frage ich Gráinne neugierig.

Sie rutscht unbehaglich auf dem Sofa hin und her. »Wir wissen noch nichts Offizielles.« Gráinne reißt sich zusammen, lächelt mich an wie ein Pitbull-Terrier und wechselt gekonnt das Thema. »Übrigens, wenn du einen Friseur suchst, kann ich dir meinen wärmstens empfehlen. Er selbst nimmt zwar keine neuen Kundinnen mehr an, weil er schlicht überbelegt ist, aber seine Mädels sind auch alle einsame Spitze.« Sie schaut mitleidig auf meinen etwas lang gewachsenen Pagenkopf und meint: »Die schneiden nur nach der neuesten Mode, da wirst du dich nicht wiedererkennen.«

Bevor ich etwas erwidern kann, läutet es an der Haustür. *So eine Schlange*, denke ich mir und mach die Tür auf. Brenda und

Eugene stehen auf der Matte und scherzen: »Da haben wir ja richtig geraten. Bei Mammy war niemand zu Hause, und deshalb haben wir es gleich bei euch versucht.« Sie spazieren ins Wohnzimmer, und ich ertappe mich wieder dabei, wie ich auf ihre Schuhe starre. Diese Unart, im Haus mit Straßenschuhen rumzulaufen, macht mich ganz kribbelig. Anscheinend ist es hier aber ganz normal, und außer mir regt sich niemand darüber auf. Ich habe noch nie erlebt, dass der Besuch im Flur die Straßenschuhe auszieht. Sogar die Eigentümer laufen mit Straßenschuhen durch ihr eigenes Haus. Also in diesem Mietshaus mit Uraltteppich, da können sie meinetwegen die Schuhe anlassen. Aber in unserem neuen Haus werde ich Gästepantoffeln neben der Eingangstüre aufhängen und persönlich deren Gebrauch überwachen!

Ich komme meiner Gastgeberpflicht nach und frage, ob sie Tee oder Kaffee haben wollen. Einstimmig wird wieder um diesen grässlichen Pulverkaffee gebeten. Brenda wirft einen Blick in die Runde und verkündet: »Die Exhumierung wurde heute von der Witwe beantragt.« Erstaunte Blicke wenden sich ihr zu. »Darragh kommt auch gleich. Benny hatte ihn angerufen, inoffiziell, als alter Schulfreund.«

Alle schreien durcheinander.

Es läutet wieder, und Darragh kommt herein. »Ihr wisst es also schon.« Dabei wirft er Brenda einen vorwurfsvollen Blick zu, woraufhin sie kurz die Augen senkt. Langsam wird es eng im Wohnzimmer.

Darragh erzählt ausführlich von dem kurzen Anruf. »Das kann ihn seinen Job kosten! Aber er wollte uns vorwarnen. Keine schöne Sache so was. Da wird sich ganz Carlow das Maul zerreißen. Wegen dem anonymen Brief hätte der Richter keinen Beschluss erlassen, das war einfach zu dünn. Aber nun hat die Witwe eine Anzeige gegen Unbekannt aufgegeben, wegen Mordes an ihrem Mann! Jetzt bleibt ihnen nichts mehr anderes übrig. Jetzt müssen sie handeln. Je eher, desto besser. Damit ein für alle Mal geklärt ist, ob es ein natürlicher Tod war oder Mord.«

Für ein paar Sekunden ist es vollkommen still im Wohnzimmer. Das Wort »Mord« hängt bedrohlich in der rauchgeschwängerten Luft. Dann fangen alle gleichzeitig zu reden an. Ich verstehe kein Wort in dem aufgeregten Stimmengewirr. Alle reden durcheinander, jeder will seine Meinung dazu äußern. Schließlich ebbt die Stimmenflut etwas ab, und ich höre, wie meine Schwiegermutter gebetsmühlenartig vor sich hin flüstert: »Der arme Jim, der arme Jim, der arme Jim.« Sie holt ihren Rosenkranz hervor, hält ihn in Händen und schaut in die Runde.

»Euer armer Vater, wir müssen es ihm ganz schonend beibringen.« Sie schüttelt den Kopf. »Sein eigener Bruder, exhumiert, mein Gott!«

»Wenn er es nicht schon längst weiß. Wo ist er eigentlich?« Eugene schaut sie fragend an.

»Auf dem Golfplatz, wo sonst.« Gráinne holt ihre Zigaretten aus ihrer Handtasche. »Das hat dort bestimmt schon die Runde gemacht. Ihr wisst doch, was das für Tratschweiber sind im Golfklub.«

»Wann wird es denn gemacht?« Brenda hält Eugenes Hand.

»Im Morgengrauen, damit so wenig Zuschauer wie möglich auf dem Friedhof sind.« Darragh holt seine Zigaretten aus der Brusttasche. »Den genauen Tag weiß ich noch nicht. Soll aber bald sein.« Resigniertes Schweigen.

»Ich hoffe nur, dass dann auch einwandfrei geklärt wird, woran er gestorben ist.« Seán steht auf und nimmt den vollen Aschenbecher mit in die Küche, leert ihn aus und stellt ihn wieder auf den Wohnzimmertisch. »Onkel Jim würde sich im Grab umdrehen, wenn er wüsste, was ihm bevorsteht.« Kollektives Aufstöhnen. Einer nach dem anderen erhebt sich und macht Anstalten zu gehen.

»Wir können jetzt eh nichts tun. Ich sag euch Bescheid, wenn ich mehr weiß. Benny hat versprochen, dass er mir sofort Meldung machen wird, wenn das Datum feststeht.« Darragh nimmt seine Jacke und bricht auf. Die anderen schließen sich ihm an. Ich reiße alle Fenster auf. Die Luft ist zum Schneiden dick.

»Man sieht, dass die O'Sheas hier waren«, werfe ich noch so hin, »die Zuckerdose ist leer, und der Aschenbecher ist voll.«

»Lass dich von Gráinne nicht ärgern.« Seán nimmt mich in den Arm. »Mammy hat mir gerade erzählt, dass sie nichts als Ärger mit Gavin hat. Er arbeitet Tag und Nacht, und sie ist die ganze Zeit sich selbst überlassen. Und wenn er dann doch mal Pause macht, geht er Golf spielen.«

Wenn ich so eine Schlange zu Hause hätte, würde ich auch Tag und Nacht arbeiten, denke ich ungnädig.

»Ich habe euren kleinen Schlagabtausch schon mitgekriegt.« Er grinst mich schief an. »Kreative Buchführung«, meint er lachend, »ihr Mann Gavin ist ein Meister der kreativen Buchführung, wenn man den Gerüchten glauben darf.«

Also doch mit beiden Beinen ins Fettnäpfchen gesprungen, dass es grad so spritzt. Konnte ich ja nicht wissen, dass ich damit ins Schwarze getroffen hab. Egal, die Friseurbemerkung von ihr war auch unter der Gürtellinie. Ich sammle die Kaffeetassen ein und trage sie in die Küche. Im Flur komme ich am Spiegel vorbei. So schlecht sieht der Haarschnitt doch gar nicht aus. Ich drehe den Kopf, um mich von allen Seiten zu betrachten. Die Frisur ist ein bisschen verwachsen, vielleicht sollte ich tatsächlich mal wieder zum Nachschneiden gehen. Aber ganz sicher nicht zu Gráinnes Friseur. Es schüttelt mich bei der Vorstellung, wir hätten beide die gleiche Frisur. In der Küche lasse ich Wasser ins Spülbecken laufen, schütte noch den halben Topf heißes Kaffeewasser dazu und fange an abzuspülen. Seán kommt in die Küche und schnappt sich das Geschirrtuch. Stumm stehen wir nebeneinander, ich spüle, er trocknet ab.

»Ich hoffe, die ganze Aufregung ist bald vorbei. Für die Familie ist das die Hölle. Für Michelle natürlich auch«, fügt er noch schnell hinzu.

»Vielleicht sollten wir sie besuchen und ihr unseren Beistand anbieten?« Ich würde gerne sehen, wie sie wohnt, aber das sage ich natürlich nicht laut.

»Das ist eine gute Idee«, stimmt Seán mir zu, »aber den anderen sagen wir vorläufig nichts davon. Immerhin hat sie die Exhumierung zu verantworten.«

»Also das kannst du so nicht sagen«, protestiere ich, »ist doch verständlich, dass sie Klarheit haben möchte.«

Wir einigen uns darauf, dass wir Michelle am nächsten Tag gleich am frühen Nachmittag einen Besuch abstatten werden.

Donnerstag

Am Morgen trifft die Post mit neuen Angeboten von Immobilienhändlern ein. Nur noch ein Haus kommt in die engere Auswahl. Die anderen liegen alle weit über unserem Budget. Nachdem ich den Frühstückstisch abgeräumt und das Geschirr gespült habe, mache ich mich ausgehfertig. Ich muss endlich den längst überfälligen Anruf bei meiner Mutter erledigen. Um mir ein bisschen die Beine zu vertreten, schlage ich einen anderen Weg in die Stadt ein, geradeaus die Barrack Street hoch zur Eisenbahnbrücke, kurz davor links die Schienen entlang bis zum Bahnhof. Carlow hat ein hübsches Bahnhofsgebäude aus gelben Ziegeln mit Fensterstöcken und Wasserspeiern aus Granit. Das Gebäude stammt aus der Zeit der Jakobinischen Revival-Architektur um 1845 und ist eines der wenigen wirklich attraktiven Bauten in Carlow Town. Ich folge der Straße, die einen großen Bogen macht und zuerst an der weiterführenden Knabenschule und dann an der Grundschule für Knaben vorbeiführt. Die *St. Mary's Academy Secondary School* ist ein Zweckbau aus den Siebzigern und sieht entsprechend aus. *St. Joseph's Boy's Primary School* dagegen ist komplett aus Granit gebaut und wirkt trotz der hohen, alten schwarz lackierten Eisengitter, die rund um die Schule laufen, sehr einladend. Zwei mächtige Kastanienbäume säumen den Weg hinauf zur Eingangstür, die sich in strahlendem Kobaltblau vom hellen Granit abhebt. Vor den hohen Fenstern stehen Blumenkästen auf den Fensterbänken, berstend voll mit roten und weißen Geranien. Warum wird heutzutage eigentlich nicht mehr so schön gebaut wie früher? Die Grundschule wird in hundert Jahren immer noch gut aussehen, das Gymnasium vermutlich überhaupt nicht mehr stehen.

In Gedanken versunken gehe ich weiter und biege nach links in die Straße ein. Dort stehen sechs Georgianische Häuser, wunderschön in ihren Proportionen, aber komplett vernachlässigt. Wenn man von der großen Anzahl der Namensschilder und Klingeln auf die Anzahl der Bewohner schließen kann, dann sind sie innen auf viele kleine *Bedsits* aufgeteilt. Bedsits sind die armen Verwandten des Einzimmerapartments. Genauso klein, mit noch weniger Komfort, bevorzugt in schäbigen, heruntergekommenen alten Häusern eingerichtet, deren frühere Schönheit und Wohlstand ihrer Bewohner nur noch mit viel gutem Willen zu erkennen sind.

Ich gehe weiter und komme am Kloster der *Mercy Sisters* vorbei. Ein gutes Stück weit von der Straße zurückgesetzt, kann ich durch ein hohes, weißes, schmiedeeisernes Tor das alte Klostergebäude erkennen. Davor ist ein großes Rondell mit bunten Blumen angelegt. Das Haus selbst, ein Kontrast aus weißen Fensterrahmen und grauen Wänden, strahlt mit den Blumen um die Wette. Daneben *St. Leo's College*, wieder ein Zweckbau aus den Siebzigern, diesmal für die Mädchen. Ich gehe weiter geradeaus die Straße entlang Richtung Gericht. Das *Court House* ist ein weiteres Schmuckkästchen in Carlow Town. Es steht erhöht, von einem schwarzen schmiedeeisernen Geländer aus Spießen umgeben, die der römischen Axt nachempfunden sind und Gerechtigkeit symbolisieren sollen. Das dekagonale Gebäude wurde 1820 über einem aufgelassenen Steinbruch komplett aus Granit gebaut. Eine breite Treppe führt zum Eingang zwischen zehn imposanten griechischen Säulen. Unter dem Podium befinden sich die Zellen. Im Vordergrund der Säulen steht eine Kanone, die die Stadt um 1860 den Russen abgekauft hatte, als diese nach den blutigen Krim-Kriegen Kriegsgerät verscherbelten. Der Erlös sollte den vielen russischen Kriegsversehrten zugutekommen. In Carlow hält sich hartnäckig das Gerücht, dass die Baupläne für das Court House damals 1820 versehentlich vertauscht wurden. Das angeblich für Carlow bestimmte Court House stehe nun in Cork, und das für Cork bestimmte, viel größere Court House wurde in

Carlow gebaut. Falls das stimmt, war es ein großer Glücksfall für Carlow. Als ich am Gericht vorbeigehe, fällt mir Michelle wieder ein und ihr Antrag auf die Exhumierung ihres Mannes. Warum tut sie sich das an? Das anonyme Schreiben kann doch nicht der Grund dafür sein. Was könnte Michelle dazu bewegt haben, diese Entscheidung zu treffen? Es muss ihr klar gewesen sein, dass sie damit die Familie gegen sich aufbringt. Ein Skandal ist praktisch vorprogrammiert. Ich grüble weiter darüber nach, während ich in die Dublin Street einbiege. Da fällt mir ein Telefonhäuschen auf, direkt gegenüber vom Gerichtsgebäude. Ich ziehe die Tür auf und tatsächlich, es ist ein Kartentelefon. Jetzt die Daumen drücken, dass es auch funktioniert. Ich tippe die lange Zahlenreihe in die Tastatur, halte die Luft an und warte darauf, dass eine Verbindung hergestellt wird. Nach dreimaligem Läuten meldet sich meine Mutter am Telefon.

»Ja dass du auch mal anrufst!«

Ich versuche zu erklären, dass telefonieren hier nicht so einfach ist, dass ich nicht von Schwiegermuttern aus anrufen will und dass ich jetzt in einer Telefonzelle stehe und meine Karte mit fünf Pfund aufgeladen ist und ich keine Ahnung habe, wie lange ich damit telefonieren kann, und dass die Verbindung plötzlich unterbrechen kann. Dann frage ich, wie's ihr geht.

»Uns geht's gut, aber wir vermissen euch und ganz besonders unser Herzerl. Gib ihn mir doch mal.«

»Patrick ist bei Seán zu Hause. Das nächste Mal nehme ich ihn mit. Ich musste doch erst eine Telefonzelle finden, die funktioniert.«

Schweigen am anderen Ende.

»Bist du noch dran, hallo?«, rufe ich unnötig laut in den Hörer.

»Ja, ja ich bin noch dran. Wie geht's denn mit der Haussuche?«, kommt es beleidigt zurück. »Prima, ich glaube, wir haben etwas gefunden.« Ich erzähle lang und breit, was wir alles besichtigt haben, und schließlich von dem Haus in Celbridge, das mir am besten gefallen hat. Ich zähle alle Vorteile auf, die mir einfallen, und verschweige das Dekor unserer jetzigen Unterkunft, vor allen das hellgrüne psychodelische Bad und die Gummischlauchbrause. Den ungeklärten Todesfall in Seáns Familie erwähne ich mit keinem Wort.

»Wann kommt ihr denn wieder zu Besuch?«

Diese Frage erwischt mich auf dem falschen Fuß. »Ja, also, zuerst müssen wir ein Haus finden, den Umzug machen und uns ein bisschen eingewöhnen. Das kann schon noch dauern.«

»Kommt ihr Weihnachten?« Meine Mutter kann ganz schön lästig sein.

»Also Mama, das weiß ich wirklich noch nicht. Es kostet ja auch eine Stange Geld für zwei Erwachsene, und für Patrick müssen wir jetzt auch schon die Hälfte zahlen.«

Darauf meine Mutter: »Wärt ihr halt hiergeblieben!«

Nein, damit fange ich jetzt nicht wieder an.

»Komm du doch Weihnachten zu uns. Dann siehst du gleich, wie wir wohnen. Bis dahin haben wir uns bestimmt schon eingerichtet.«

»Dann muss das arme Kind Weihnachten in Irland feiern?« Meine Mutter kann es nicht fassen.

»Ich muss jetzt Schluss machen, bei mir piepst es schon so komisch. Die Karte ist bestimmt gleich leer. Also, mach's gut, schöne Grüße an alle, und ich melde mich wieder. Tschau, tschau, Servus.«

»Gib Patrick a Bussi von mir.«

»Ja, mach ich Mama, also Pfiad di.« Ich leg den Hörer auf die Gabel, nehme die Karte aus dem Schlitz und stecke sie sorgfältig in meine Geldbörse. Die Hälfte vom Guthaben ist noch drauf. Meine Mutter war von Anfang an dagegen, dass wir auswandern, und sie lässt keine Gelegenheit aus, mich daran zu erinnern. Dass das »arme Kind« im Ausland aufwachsen wird, missfällt ihr zutiefst, und sie versäumt nie, mich vor allen möglichen vermeintlichen Gefahren zu warnen. Missmutig ziehe ich den Reißverschluss meiner Jacke hoch. In Bezug auf das Wetter hatte sie sogar recht. Ich zieh den Kopf ein und versuche so, dem schneidenden Wind zu entkommen. Wenn es nicht bald wärmer wird, bekomm ich noch die Krise. Dann werde ich schneller wieder zurück in Regensburg sein als gedacht.

Auf dem Heimweg lauf ich die Tullow Street rauf und geh noch schnell zu Darrers Department Store, um Brot zu kaufen. Ich habe mich in das irische Toastbrot verliebt. *Brennan's Bread* in knallgelber Verpackung mit roter Schrift, dieses Brot ist der Hammer. Als Toast oder für Sandwiches, *Brennan's Bread* schmeckt einfach himmlisch. Leicht und weich, fast saftig, nicht wie der trockene Bröseltoast meiner Heimat, bei dem man das Gefühl hat, in eine geröstete Spanplatte zu beißen. Das Brot hat mit ziemlicher Sicherheit den gleichen Nährwert wie eine Tafel Milka-Schokolade, aber es schmeckt göttlich. Dabei fällt mir auf, dass es zwar eine enorme Auswahl an Süßigkeiten an der Kasse gibt, aber leider ist keine Milka-Schokolade darunter. *Cadbury's Chocolate* ist sogar mir zu süß, und so schnappe ich mir einen international gleichermaßen bekannten Marsriegel. Seit ich mir das Rauchen abgewöhnt habe, greif ich öfter mal ins Süßigkeitenregal. Das kann nicht ohne Folgen bleiben, aber bei dem eiskalten Wind schadet es nicht, wenn ich mir eine kleine Fettschicht anfuttere. Ich bezahle an der Kasse, wie immer, ohne die geringste Ahnung zu haben, was die freundliche Kassiererin gerade zu mir gesagt hat. Auf dem Nachhauseweg fällt mir auf, dass ich wieder mal die Einzige bin, die mit geschlossener Jacke und eingezogenem Kopf die Straße entlangläuft. Die Iren sind in leichten Tops, kurzen Hosen oder kurzen Sommerkleidern und Sandalen unterwegs. Sie machen auch nicht den Eindruck, als wäre ihnen kalt. Im Sommer braucht es nur ein paar Sonnenstrahlen, und Irland lässt die Hüllen fallen! Manche Outfits sind mehr als gewagt. Hotpants und ein Top mit Spaghettiträgern mögen an jungen sportlichen Teenies ja ganz nett aussehen, aber bitte nicht an einer schwabbeligen Enddreißigerin mit Kleidergröße 56. Scharenweise stampfen stattliche entblößte Orangenhautschenkel durch die Einkaufsstraße. Die Zahl derer, die meinen, sie müssten ihre schlackernden Oberarmlappen, die treffend genannten *Bingo-Wings,* zur Schau stellen, ist beachtlich. Warum tragen Männer, die längst dem

Knabenalter entwachsen sind, Fußball-Jerseys und kurze Hosen? Die Logos von Manchester United und dem FC Liverpool spannen sich über stattliche Bierbäuche, deren Besitzer bestimmt mit acht Jahren zuletzt einem Ball nachgerannt sind. Ich komm mit dem Schauen gar nicht nach. Angestrengt versuche ich, so viel wie möglich zu sehen, ohne die Leute anzustarren. Der vermeintliche Sommer bringt wirklich nicht bei allen das Beste zum Vorschein.

Sieh es doch mal anders, schelte ich mich wegen meiner Oberflächlichkeit, *die Frauen haben kein Problem mit ihrem Körper und dazu ein gesundes Selbstbewusstsein. Oder keinen Ganzkörperspiegel im Haus,* füge ich boshaft in Gedanken hinzu und grinse. Für den Aufzug mancher Männer gibt es schlicht keine Entschuldigung.

Zu Hause mach ich mich gleich an die Lunchvorbereitungen. Ein *Toasted Ham & Cheese Sandwich* schwebt mir vor, selbstredend mit *Brennan's Bread.* Die Butter hier schmeckt irgendwie besser, sie ist nicht so blass und viel cremiger; ich möchte wissen, was man hier anders macht. Als ich die Toastscheiben mit Schinken belege, fällt mir ein, wie Fidelma mir vom Metzger erzählt hat: Er habe sich vor lauter Lachen fast nicht mehr halten können, als er ihr davon berichtet hat, dass ich Wurst und Schinken immer in Gramm bestelle. Etwas konsterniert wollte ich von ihr wissen, was denn daran so komisch sei.

»In Irland bestellt man in Scheiben«, erwiderte sie lachend, »du sagst einfach, wie viele Scheiben du haben möchtest«.

Dann werde ich halt in Zukunft meine Wurst in Scheiben bestellen, aber was daran so komisch sein soll, dass der ganze Metzgerladen vor Lachen brüllt, das versteh ich nicht ganz. Ich dachte, das *Metric System* sei mittlerweile auch in Irland angekommen, als die Iren 1973 der EU beitraten. Ich brüte noch ein bisschen vor mich hin, während ich den geriebenen Cheddar auf den Schinken lege, klein geschnittene Frühlingszwiebeln dazugebe und einen Klecks Mayonnaise draufspritze. Es passt mir ganz und gar nicht, dass sich die *Family Butcher* in meiner Abwesenheit über mich lustig machen. Wenn der Metzger es mir direkt ins Gesicht gesagt hätte, wäre es was anderes gewesen. Dann hätten wir gemeinsam darüber gelacht, und gut wär's gewesen. Aber hinter meinem Rücken, und dann auch noch zu meiner Schwiegermutter! Wenigstens gibt es noch andere Metzger, und schon etwas fröhlicher schiebe ich den Toast unter den Grill. Ich lass mich doch hier nicht zum Deppen stempeln! Ich koche Tee, decke den Tisch und rufe meine Lieben. Die beiden bauen gerade einen Lego-Turm im Wohnzimmer, machen aber gerne eine kleine Baupause, um sich zu stärken. Ich gebe Patrick das Bussi von seiner Omama, richte die Grüße aus und erzähle kurz, was wir gesprochen haben. Anschließend planen wir unseren Tag. Eigentlich steht heute nur der Besuch bei Michelle an. Nach Patricks Mittagsschlaf wollen wir losziehen.

Ich hole meine besten *casual* Klamotten aus dem Schrank. Ein lindgrüner Hosenanzug, den Seán mir aus den USA mitgebracht hat, drunter ein weißes T-Shirt und dazu flache helle Mokassins. Der Blazer ist ohne Revers geschnitten und leicht tailliert mit elfenbeinfarbigen Knöpfen – lässig, sportlich und doch elegant. Der Anzug sieht super aus und passt wie angegossen. Auf meinen Mann ist Verlass, wenn es um die Auswahl schicker Kleidung geht. Seán meint noch, dass ich mich für den Besuch bei Michelle nicht so aufzubrezeln brauche, aber ich weiß es besser. Wimperntusche, Eyeliner, farbloser Lip-gloss, dann bin ich fertig. Wir gehen zu Fuß, nehmen Patrick zwischen uns an der Hand und spielen »Engerl, Engerl flieg« mit ihm. Das Haus liegt sehr zentral. Wir gehen die Dublin Street hoch, an der Garda Station vorbei, weiter in die Athy Road, bis wir beim *St. Dympna's Hospital* ankommen, einem riesigen Gebäudekomplex ganz aus Granit. Direkt gegenüber läuft eine lange Mauer an der Straße entlang, dahinter sieht man hohe Bäume und Sträucher. Das schmiedeeiserne Tor steht offen, und wir gehen die geschwungene, kiesbestreute Einfahrt hinauf. Vor uns erhebt sich ein herrschaftliches Viktorianisches Haus. Auf beiden Seiten treten stattliche Erker hervor, in denen vier raumhohe Fenster den Eindruck von Licht und Leichtigkeit entstehen lassen. Neben der rot gestrichenen Haustür befindet sich jeweils ein schmales Fenster proportional zu den Erkern. Durch die Fenster kann man schwere Brokatvorhänge erkennen, Kristalllüster schimmern im Inneren des Hauses. Wir gehen auf die von mannshohen, spiralförmig geschnittenen Buchsbäumen flankierte Eingangstür zu. Seán nimmt den auf Hochglanz polierten Messingtürklopfer in die Hand und haut mächtig drauf. Sofort wird die Tür aufgerissen, und Michelles Schwester Debbie starrt uns feindselig an.

»Kommt rein«, begrüßt sie uns knapp, wartet, bis wir alle im Haus sind, und verschließt die Tür hinter uns sorgfältig. »Michelle ist im Wintergarten, geht schon mal vor, ich bring gleich den Tee.«

Seán geht voraus, und ich folge ihm staunend. Das Haus sieht aus, als wäre die Zeit stehengeblieben. Die Kacheln im Gang auf dem Fußboden sind aus rotem und schwarzem Ton. Am Rand verläuft eine Bordüre, die mit gelben, roten und taubenblauen Teilchen in einem aufwendigen Mosaikmuster verlegt wurden. Aufgrund der Gebrauchsspuren ist klar, dass es sich hier um die Originalfliesen handelt. Die Möbel sind ganz sicher auch Originale, poliertes Holz mit dicken Polstern, viele in Rot, Gold und Rohweiß gehalten. Seán geht viel zu schnell, sodass ich kaum hinterherkomme. Am liebsten würde ich mir alle Zimmer in Ruhe ansehen. In so einem fantastischen Haus war ich noch nie. Wir gehen durch eine französische Tür in den Wintergarten. Michelle liegt mit einem feuchten Tuch über der Stirn auf der rohweißen Ottomane. Sie erhebt sich und kommt auf uns zu. Sie steht etwas unschlüssig vor Seán, der sich beeilt, ihr zu sagen, wie leid es ihm tut. »Wenn wir irgendetwas für dich tun können, dann musst du es nur sagen.« Sie entspannt sich zusehends, bedankt sich artig für unseren Besuch, bittet uns mit einer einladenden Geste, Platz zu nehmen, und antwortet: »Ich konnte nicht anders handeln, ihr müsst das verstehen.«

Debbie schiebt einen Teewagen vor sich her, der über und über beladen ist mit Leckereien. Wir nehmen auf den dick gepolsterten, weiß lackierten Rattanstühlen Platz. Debbie stellt die hauchdünnen Teetassen und Teller vor uns ab, kniet sich vor Patrick hin und fragt: »Na, mein Schatz, du willst doch sicher lieber ein Glas Milch, nicht wahr?« Sie nimmt die Kuchenzange und möchte wissen, welchen der kleinen Kuchen er gerne hätte. Dann wuschelt sie ihm durchs Haar und legt das gewünschte knallgelbe, mit blauer Zuckerguss-Schleife verzierte Petit Four auf seinen Teller. Erst als alle mit Tee und Gebäck versorgt sind, nimmt Michelle das Gespräch wieder auf.

»Du weißt gar nicht, wie gut es mir tut, euch zu sehen. Alle anderen aus Jims Familie haben mich auf das Übelste beschimpft. Conor war gerade hier und wollte, dass ich die Anzeige zurückziehe. Er ist furchtbar ausfallend geworden. Debbie hat ihn rausgeschmissen.«

Seán versucht, zu vermitteln: »Ihr müsst das aus seiner Sicht sehen, der eigene Vater exhumiert! Das ist nicht leicht! Die Behörden hätten auf den anonymen Brief hin nichts unternommen. Solche Schreibereien kommen angeblich ziemlich häufig vor. Es besteht nicht der geringste Verdacht. Der Arzt hat den Totenschein ohne jeden Zweifel ausgestellt. Ohne deine Anzeige würde sein Vater weiterhin in Frieden ruhen.«

Michelle lehnt sich über den Tisch und stößt ärgerlich hervor: »Aber ich kann nicht mehr in Frieden ruhen! Verstehst du das nicht? Ich kann nicht mehr schlafen! Ständig überlege ich, ob es vielleicht doch stimmen könnte, was in dem Brief steht! Ich muss es wissen! Ich war nicht hier, als er starb, die Leute können mir alles Mögliche erzählen. Der Arzt hat doch keine Ahnung. Der alte Knacker war schon uralt, als ich noch ein Kind war. Der sieht einen Toten in seinem Bett und denkt ›Herzinfarkt‹. Jim war bei allen beliebt, und es gab keine Anzeichen von äußerer Gewalteinwirkung. Also zückt der alte Trottel sein Büchlein und stellt den Totenschein aus.« Michelle nimmt eine Schachtel Zigaretten vom Tisch, zündet sich eine an und starrt Seán über den Tisch hinweg trotzig an. »Es ist mir scheißegal, was deine Familie dazu sagt. Ich will es genau wissen!«

Sie hat dunkle Ringe unter den Augen, und ihr blondes Haar hängt ihr strähnig ins Gesicht. Ich glaube ihr sofort, dass sie nachts nicht schlafen kann. Mit zitternder Hand hält sie die Zigarette, und sagt mit leiser Stimme: »Niemand wünscht sich mehr als ich, dass die Untersuchung negativ ausfallen wird.«

Debbie schaltet sich ein, indem sie sich an Seán wendet: »Vielleicht kannst du deine Cousins um ein bisschen Verständnis bitten, zumindest sollen sie damit aufhören, hier Tag und Nacht anzurufen. Michelle zieht das durch, mit oder ohne ihre Unterstützung.«

Ohne dass wir ihre Ankunft bemerken, steht plötzlich Michelles Mutter im Wintergarten. »Ich verstehe nicht, wie seine Söhne so sicher sein können, dass er nicht ermordet wurde«, und fügt nach einer kleinen Pause hinzu: »Oder haben die etwas zu verbergen?«

Seán springt vom Stuhl auf und ruft: »Jetzt mach mal halblang! Das geht jetzt aber zu weit!« Debbie legt ihm beschwichtigend die Hand auf den Arm und heischt ihre Mutter an: »Jetzt sei doch endlich mal still mit deinen Verdächtigungen!«

Doch sie lässt sich nicht beirren, nimmt einen Schluck Tee und lädt Gebäck auf ihren Teller: »Wer erbt denn den ganzen Sums?« Sie beißt herzhaft in ein Petit Four, dass der Zuckerguss nur so kracht. »Ich mein ja nur.«

Debbie weist ihre Mutter scharf zurecht. »Jetzt gib endlich Ruhe, Mutter.«

Michelle seufzt leise: »Lass sie doch, Debbie.« Mit einem lauernden Blick auf Seán gerichtet sagt sie: »Ich finde, Mutter hat recht. Seit der Testamentseröffnung ist klar, dass nur Jims Söhne aus erster Ehe ein Motiv haben, ihn umzubringen.«

Seán wird bleich im Gesicht. Ich merke, dass er sich nur mühselig beherrschen kann, als er durch fest zusammengebissene Zähne hervorpresst: »Ich glaube, es ist besser, wenn wir jetzt gehen.«

Ich erhebe mich widerwillig aus meinem bequemen Sessel. Am liebsten wäre ich länger geblieben, denn mit Ankunft der Mutter wurde es erst interessant. Aber Seán wartet ungeduldig darauf, dass wir uns ihm anschließen.

Debbie begleitet uns hinaus und murmelt: »Bitte entschuldigt meine Mutter. Sie ist immer so furchtbar undiplomatisch, und die arme Michelle steht noch unter Schock.«

Patrick reißt sich von meiner Hand los und läuft ins angrenzende Zimmer.

»Oh!« Er steht staunend vor einem riesigen Aquarium.

Debbie geht ihm nach, kniet sich neben ihn hin und sagt: »Hast du schon mal so schöne Fische gesehen?«

Ich folge ihnen ins Zimmer, hebe Patrick hoch, damit er besser sehen kann, und gemeinsam bewundern wir die vielen verschiedenen Arten in dem funkelnden Aquarium. Der Glaskasten muss locker zweimal drei Meter groß sein und steht mitten im Raum. Drum herum, mit dem Rücken zur Wand, sind schwere Ledersofas in Kobaltblau platziert. Die Wände wurden in einem transparent wirkenden, hellen Blauton gestrichen, und jede Ecke des Zimmers ist mit raumhohen Grünpflanzen in verzinkten Töpfen geschmückt. Der weiche Teppich ist so raffiniert gemustert, dass man den Eindruck hat, man würde auf Sand laufen. Durch die indirekte Beleuchtung verstärkt sich die Illusion, man sei selbst in einem Aquarium. Patrick ist total begeistert.

Debbie zeigt auf einen besonders prächtigen orange-weißgestreiften Fisch und sagt zu Patrick: »Das hier ist ein Clownfisch, der Blaue dort drüben heißt Riffbarsch und der da hinten, der Gelbe mit dem lustigen Gesicht, ist ein *Foxface.* Sie dreht sich zu uns um und lächelt: »Die anderen Fische kenn ich leider auch nicht. Ich glaube, es sind über 100 verschiedene Arten in dem Aquarium, Fische, Krebse, Korallen, Anemonen, Unterwasserpflanzen, alles Mögliche. Jim und Michelle sind begeisterte Hobby-Aquarianer … waren«, fügt sie traurig hinzu. »Michelle war seit Jims Tod nicht mehr in diesem Zimmer. Es erinnert sie zu sehr an Jim, denn hier haben sie gemeinsam viele glückliche Stunden verbracht.«

Wir schauen den bunten Fischen schweigend zu, bis Seán im Türrahmen erscheint und ärgerlich zum Aufbruch drängt. Als wir draußen wieder die gewundene Einfahrt hinuntergehen, frage ich ihn: »Wusstest du, dass dein Onkel solch ein wahnsinnig großes Aquarium hatte?«

Seán ist immer noch ganz blass um die Nase. Michelles Bemerkung hat ihm furchtbar zugesetzt. Er lächelt mich schief an. »Ja klar. Bei jedem Familientreffen haben wir sofort versucht, das Thema zu wechseln, wenn er wieder von seinen Fischen anfing. Da konnte er stundenlang drüber dozieren, bis zum Abwinken ließ er sich aus über die richtige Wassertemperatur, Wasserpumpen, Nährstoffe, mechanische und chemische Filter, Heizung, Kühlung und so weiter. Und wehe, er hatte einen Züchtungserfolg, dann gab es gar kein Halten mehr. Das Höchste war für ihn, wenn er ein unbedarftes Opfer gefunden hatte, das er stundenlang zumüllen konnte mit seinen Fischgeschichten. Dabei war es ihm egal, ob sein Gesprächspartner auch nur das geringste Interesse an Aquarien hatte, Hauptsache, er konnte darüber quatschen. Die meisten Leute waren einfach zu höflich. Die saßen den ganzen Abend da, hörten ihm zu und warfen jedem, der an ihnen vorüberging, hilfesuchende Blicke zu. Aber da war Onkel Jim gnadenlos; wenn er erst einmal ein Opfer gefunden hatte, dann ließ er nicht mehr so leicht davon ab. Hochzeiten waren sein bevorzugtes Jagdgebiet. Da traf er Menschen, die kannten ihn noch nicht, ihn und seinen Fischwahn. Ich weiß von Leuten, die noch vor dem Dessert zur Toilette gingen und nie wieder an ihren Platz zurückkamen.« Seán lächelt in sich hinein und kickt einen Kiesel am Bürgersteig vor sich her. »In der Beziehung war er ein regelrechter Fanatiker, ein richtiger Fischnazi.« Er kickt den Stein ein Stückchen weiter. »Recht harmlos eigentlich, aber er konnte einen zu Tode langweilen mit seinem verdammten Aquarium.«

»Der arme Onkel Jim, irgendwie tut er mir leid, zumindest hat seine Frau sein Hobby mit ihm geteilt.«

Seán schaut mich überrascht an. »Michelle? Das wäre mir neu.«

»Aber hat das nicht vorhin ihre Schwester Debbie behauptet?«

Sean zuckt mit den Schultern und wechselt das Thema: »Die Mutter ist ein richtiger Drachen, sie war schon viermal verheiratet. Seit ihr letzter Gatte ins Gras gebissen hat, lebt sie von seiner

Rente im sonnigen Spanien. Mit dem hatte sie scheinbar mehr Glück, der hinterließ ihr zumindest eine stattliche Rente. Der, den sie vor ihm hatte, Ricky Moran, war ein stadtbekannter Spieler, und der davor ein übler Säufer, Healy hieß der, glaube ich.«

»Welcher von den dreien ist Michelles Vater?«, will ich wissen.

»Den Vater von Debbie und Michelle kennt keiner. Als sie damals mit den zwei kleinen Mädchen in Carlow ankam und in das kleine heruntergekommene Haus gegenüber vom *Workingman's Club* einzog, war sie allein. Sie erzählte allen, sie sei verwitwet, eine Tragödie auf See. Ihr Mann, ein junger Fischer aus Killybegs, sei mit seinem Schiff und drei Mann Besatzung in einem Sturm untergegangen.«

»Und? War das gelogen?«, will ich wissen.

»Ganz ehrlich? Ich weiß es nicht. Zuerst hatten alle Leute Mitleid mit ihr und haben geholfen, wo sie nur konnten. Sie haben ihr Kinderbekleidung geschenkt und mit Babysitten geholfen. Die Mädchen waren auch noch sehr klein, Michelle war noch ein Baby und Debbie war vielleicht vier. Genau, die war vier, das weiß ich, weil wir im selben Jahr eingeschult wurden, aber irgendwann kamen die Gerüchte auf. Meine Mutter hat immer behauptet, Mrs. Dowds wäre gar keine Witwe, sondern hätte ihren Mann mit den Kindern verlassen.«

»Aber dann wären alle ihre anderen Ehen ungültig!«, fahre ich dazwischen. »Dann wäre sie eine Bigamistin. Hat sie sich von ihren anderen Männern scheiden lassen, oder sind die auch alle verstorben?«

Seán wendet sich mir zu. »Du weißt doch, dass es in Irland keine Scheidung gibt.«

Das hatte ich vergessen. »Also haben alle ihre Gatten den Löffel abgegeben?«, bohr ich weiter.

»Ja klar, sonst hätte sie sich nicht wieder verheiraten können.«

Ich denke, dass das irische Antischeidungsgesetz für manche Ehepartner unter Umständen ganz schön ungesund sein kann.

»Ich weiß genau, was du jetzt denkst, aber bei den Todesursachen gab es nie einen Zweifel. Der Spieler wurde von einem

Bus erfasst, fast hundert Meter mitgeschleift und ist im Krankenhaus an seinen Verletzungen gestorben. Und der Säufer hatte eine Leber, die war so groß wie ein Swimmingpool. Der arme Kerl ist elendig an Leberzirrhose eingegangen. Wenn er nüchtern war, war er eigentlich ein netter Kerl; war schade um ihn.«

Das ist wirklich schade, denn ich liebe Verschwörungstheorien, und die elegante Mary hätte ich mir sehr gut als »Schwarze Witwe« vorstellen können, die ihre Gatten einen nach dem anderen eiskalt lächelnd über die Klinge springen lässt.

»Du liest zu viele Krimis.« Seán grinst mich an. »Mord und Totschlag wirst du in Carlow nicht finden.« Er lacht. »Außer du zählst diejenigen, die an Langeweile eingegangen sind, weil sie Onkel Jim und seinen Fischgeschichten lauschen mussten.«

Wir bleiben an der Kreuzung stehen und warten, bis die Straße frei ist.

Ich sehe ihn ernst an. »Bist du da nicht ein bisschen voreilig? Willst du nicht erst mal die Autopsie abwarten, bevor du solche Hypothesen aufstellst?«

Er schaut mich erschrocken an. »Ich glaube keine Sekunde lang, dass an der ganzen Sache was dran ist.« Wenig überzeugend fügt er noch hinzu: »Du wirst schon sehen.«

Als wir endlich zu Hause ankommen, steigen wir über einen Berg Post. Etliche Schreiben von Immobilienmaklern sind wieder dabei, und wir sehen die Angebote im Wohnzimmer in Ruhe durch. Patrick malt mit seinen Wachsmalstiften Fische. Drei der Häuser sehen ganz nett aus.

»Wir müssen morgen unbedingt noch mal nach Celbridge. Ich geh schnell zu meiner Mutter zum Telefonieren und mach die Termine aus.«

Ich rufe ihm nach: »Ich will das Musterhaus noch mal besichtigen!«

»Okay.« Seán zieht die Tür hinter sich zu.

»Na, haben dir die Fische gefallen?« Patrick lässt sich gar nicht stören. »Gib mir mal ein Blatt, dann mal ich auch welche.«

Als Seán wieder zurückkommt, sitzen wir immer noch im Wohnzimmer und malen Fische.

»Meine Mutter sagt, sie könnte morgen auf Patrick aufpassen, dann müssen wir ihn nicht mitnehmen. Diese ganzen Besichtigungen sind ja eine einzige Tortur für ihn.«

Das klingt gut. »Patrick, willst du morgen Nana und Granddad besuchen?«

Patrick schaut mich zweifelnd an. »Ich will lieber zur Omama.«

»Die Omama ist zu weit weg. Du kannst deine Superheros mitnehmen und deine Stifte.«

»Und mein Lego?«

»Ja, von mir aus auch dein Lego.« Ich nicke bestätigend. »Dann kannst du Nana gleich zeigen, was für tolle Sachen du bauen kannst.«

Patrick scheint von der Idee nicht so begeistert zu sein wie ich, aber das nützt ihm nichts. Ein ganzer Tag ohne Kleinkind im Schlepptau, ich kann mein Glück kaum fassen. Vorsorglich packe ich gleich die Nana-Tasche, in die ich alles werfe, was Patrick in meiner Abwesenheit brauchen könnte: Bilderbücher, Malbücher, Wachsmalstifte, Superheros, Lego, Müllautos, Bagger, Lätzchen, eine ganze Garnitur Kleidung zum Wechseln, falls er sich komplett einsaut, eine Mütze, ein Halstuch, eine Flasche Wasser, Kekse, Bananen, ein Schmusekissen, eine Decke und seinen Teddy. Den Teddy braucht er noch zum Schlafen, aber morgen früh wird er wieder eingepackt. Aus der Nana-Tasche ist ein Nana-Koffer geworden. Ich gehe eine Stunde früher als gewöhnlich zu Bett, kann aber vor lauter Aufregung nicht einschlafen. Patrick war noch nie allein bei Nana! Was ist, wenn er den ganzen Tag lang brüllt, weil er seine Mami vermisst? Oder aus lauter Trennungsschmerz den lieben langen Tag nichts isst und nichts trinkt? Oder er bekommt Ohrenschmerzen oder Bauchweh oder beides, und Nana weiß sich nicht zu helfen!

Freitag

Völlig gerädert wache ich am nächsten Morgen auf und bin fest entschlossen, Patrick doch mit nach Celbridge zu nehmen. Seán will nichts davon wissen.

»So ein Quatsch, meine Mutter hat fünf Kinder großgezogen, die kommt auch mit Patrick klar.«

Patrick hat seinen Spielzeugrucksack geschultert und steht schon wartend im Flur. Er meint auch, dass er mit Nana klarkommt. Er ist ja schon groß. Widerwillig sehe ich zu, wie Seán und Patrick die Straße entlangspazieren und in Fidelmas Haus verschwinden. Plötzlich erscheint die lang ersehnte Freiheit gar nicht mehr so erstrebenswert. Sicher, es ist anstrengend, ständig ein kleines Kind um sich zu haben, und man ersehnt sich oft eine kleine Ruhepause, in der niemand etwas von einem will. Keine Bücher, die jetzt sofort und genau in diesem Augenblick vorgelesen werden müssen, keine Legokunstwerke, die dringend bestaunt werden müssen, keine Wehwehchen, die umgehend weggeblasen werden müssen, kurz, tausenderlei unaufschiebbare, lebensnotwendige kleine Handlungen, die keinen Aufschub dulden und jetzt sofort verrichtet werden müssen. Doch die Freiheit kommt zu plötzlich, ich bin einfach nicht darauf vorbereitet, meinen kleinen Schatz jemand anderem zu überlassen. Anstatt die Zeit zu genießen, bin ich nervös und angespannt.

Du spinnst, schelte ich mich selbst, *Schwiegermutter Fidelma ist durchaus in der Lage, auch mal einen Tag auf Patrick aufzupassen.* Ich mach mir noch eine Tasse Tee zur Stärkung, setze mich damit ins Wohnzimmer und blättere kurz *The Nationalist* durch, um mich abzulenken. *The Nationalist* ist die lokale Zeitung, die einmal wöchentlich erscheint und voll ist mit Fotos von Hochzeiten, Jubilaren, Wohltätigkeitsveranstaltungen, Lokalpolitikern bei Neueröffnungen von was auch immer, Schulkinder in ihren Uniformen, Gaelic Football Teams, Hurling Teams und was es sonst noch gibt an Sportvereinen. Am liebsten schau ich mir die Fotos von den glücklichen Paaren an. Die Mode hier ist so ganz anders als bei uns in Deutschland. Voluminös gerüschte, knallenge Brautkleider an den oft üppig gebauten Trägerinnen, dazu meist ein großzügiges, gut gefülltes Dekolleté und blanke, wohl gerundete Schultern. Die Haare kunstvoll verschlungen und frisiert, gerne mit funkelndem Diadem oder langem Schleier oder beidem. Das Make-up immer perfekt, vom rot gefärbten Zehennagel bis zur exakt gezupften Augenbraue. Ich will nicht wissen, wie lange daran gearbeitet wird, bis sich auch noch das letzte widerspenstige Härchen fügt. Und erst die Brautjungfern! Drei bis vier Fräuleins in identischen Kleidern, mit hochhakigen Schuhen und Gestecken im Haar. Ebenfalls mit perfektem Make-up. Wenn vier Frauen komplett gleich angezogen sind, treten die kleinen Unterschiede ganz besonders hervor. Dicke neben Dünnen, Große neben Kleinen, Hübsche neben Hässlichen, manchmal hat man den Eindruck die Braut, hätte sich einen grausamen Scherz mit ihnen erlaubt und die Kleider nur deshalb ausgewählt, damit ihr eigenes Kleid daneben noch tausendmal besser aussieht. Richtig interessant wird es erst, wenn auf den Fotos auch noch die Brautmütter abgebildet sind. In Shaw's Department Store ist eine Ecke in der Kleiderabteilung nur für *Mother of the Bride* Outfits. Dort findet man dann auch die riesigen Hüte mit den künstlichen Blumengestecken und Federarrangements zum geschmackvollen, pastellfarbenen Zweiteiler mit passender Handtasche und Schuhen. Queen Mom ein Dreck dagegen! Die Gatten verschwinden neben so viel prächtiger Weiblichkeit in den Hintergrund.

»Bist du so weit?« Seán steht in der Tür und reißt mich aus meiner Betrachtung der Hochzeitsfotos.

»Vielleicht sollten wir doch noch kirchlich heiraten«, sag ich und halte ihm die Seite mit den Hochzeitsfotos hin.

Er stutzt kurz, zieht eine Augenbraue fragend nach oben und betrachtet mich prüfend. Dann lacht er kurz auf. »Machen wir, aber zuerst wird ein Haus gekauft, also sieh zu, dass du fertig wirst.«

Er kennt mich einfach zu gut. So eine Aufmachung wäre der absolute Horror für mich. Ich hole meine Handtasche, ziehe meine Windjacke an, und auf geht's nach Celbridge. Dort haben wir unseren ersten Termin. Dieses Mal ist es nicht der Makler, der uns herumführt, sondern der Bauunternehmer höchstpersönlich. Er steht strumpfsockig im Esszimmer, stampft ein paarmal mit dem Fuß auf den Teppich und sagt: »Erstklassige Qualität bekommen sie hier, erstklassige Qualität.« Jovial wendet er sich an mich. »Solche Qualität bekommen sie nirgends, nirgends sonst bekommen sie die.«

Vielleicht meint er, durch die ständigen Wiederholungen könne er seinen Worten mehr Gewicht verleihen. Seine grau durchwachsenen Locken stehen ihm wild vom Kopf ab, die Jeans hat auch schon mal bessere Tage gesehen, und der weinrote Strickpulli hat in der Mitte, genau auf Nabelhöhe, ein Loch. Er ist ganz offensichtlich zum Arbeiten auf dem Bau angezogen und passt überhaupt nicht zu dem konservativen Bild, das ich von einem Bauunternehmer habe. Zuerst dachte ich, er ist einer von den Hilfsarbeitern. Das Haus gefällt mir immer noch. Bei der zweiten Besichtigung gefällt es mir sogar noch ein bisschen besser. Ich tu so, als wäre ich meine Schwägerin Gráinne, und jammer rum, dass ich alles neugestalten muss und nichts nach meinem Geschmack ist und ob denn das wirklich der beste Preis ist, den er uns anbieten kann? Darauf meint er nur, dass das der allerbeste Preis ist und ich mich schnell entscheiden müsse, denn die Leute würden ihm die Häuser aus den Händen reißen. Mist! Trotz seines schäbigen Aussehens beherrscht er die eherne Regel des Luxuswaren-Verkäufers: Gehe niemals mit dem Preis runter! Wir bedanken uns, sagen, wir hätten noch andere Häuser zu besichtigen, *and we'll be in touch*. Ich bin mir jetzt sicher, dass ich genau dieses Haus haben will. Seán ist nach der zweiten Besichtigung auch meiner Meinung. Die anderen Häuser auf unserer Liste sehen wir uns zwar noch an, aber keines kommt an das in Celbridge heran. Zurück in Carlow fahren wir zuerst zur Schwiegermutter, um Patrick abzuholen. Auf dem ganzen Rückweg haben wir die Vor- und Nachteile dieses Hauses diskutiert. Wir wissen beide, dass wir es kaufen werden, trotzdem versuchen wir ganz objektiv, noch mal alles genau zu durchleuchten. Als Fidelma uns die Türe öffnet, hat sie diesen Blick drauf. Diesen Blick, der sagt, dass etwas Furchtbares passiert ist.

Mir fährt ein gewaltiger Schreck in die Glieder, und das Erste, was ich zu ihr sag, ist: *»How is Patrick?«*

Sie macht nur eine wegwerfende Handbewegung. *»He's fine.«* Dann zieht sie Seán ins Wohnzimmer und schließt die Türe direkt vor meiner Nase. Empört steh ich vor der geschlossenen Tür, doch da kommt auch schon Patrick aus der Küche geschossen. »Mami«, ruft er laut und springt mir in die Arme. Ich suche seine Sachen zusammen, während er pausenlos plappert und erzählt, was er heute alles erlebt hat. Er war sogar in der Stadt mit Nana, und sie hat ihm ein Eis gekauft. Und dann sind sie zum Fluss runter und haben dort die Enten und Schwäne gefüttert, und beim Schuster waren sie, und Nana kennt alle Leute in der Stadt, und immer haben sie stehen bleiben müssen, weil Nana mit anderen Frauen geredet hat und mit Benny auch, und das war furchtbar langweilig.

Wenigstens wird er dann heute sicher früh ins Bett gehen. Er reibt sich auch schon die Augen und gähnt herzhaft. Ich zieh ihm gerade seine Jacke an, als Seán in die Küche kommt und fragt, ob wir fertig sind. Auf dem Weg zur Haustür kommt meine Schwiegermutter aus dem Wohnzimmer, schaut mich verschwörerisch an, deutet auf Seán und raunt: »Seán wird dir alles erzählen.«

Jetzt bin ich aber gespannt, was ist denn jetzt schon wieder los? *Die O'Sheas haben es mit der Dramatik*, denk ich leicht boshaft. Diese Verschwörermienen und geflüsterten Unterhaltungen habe ich dick, besonders wenn ich dabei außen vor bin. Zu Hause blockt Seán alle meine Versuche ab, die Information aus ihm rauszukriegen, und sagt nur: »Das erzähl ich dir alles, wenn Patrick im Bett ist.« So schnell ist Patrick noch nie ins Bett geschickt worden. Er ist so müde, dass er sich nur kurz wehrt und kaum merkt, dass die Gutenachtgeschichte viel kürzer ausfällt als normalerweise. Seán kommt zum Gutenachtsagen und erzählt Patrick eine Folge seiner selbst erfundenen Geschichte, während ich es mir im Wohnzimmer bequem mache. Als Seán sich endlich zu mir gesellt, hat er zwei Gläser und eine Flasche Whiskey dabei.

Plötzlich wird mir klar, was jetzt kommt, als Seán jeweils zwei Finger breit Whiskey in die Kristalltumbler füllt, mir einen entgegenhält und sich zu mir auf die Couch setzt. »Onkel Jim wurde ermordet, man hat ihn vergiftet.«

»Ich wusste es!«

»Das Autopsie Ergebnis war eindeutig.« Er nimmt einen tiefen Schluck, räuspert sich und schaut mir in die Augen. »Das ist aber nicht alles. Die Gardaí haben bei Eoin und Conor eine Hausdurchsuchung durchgeführt, und beide sitzen jetzt in Untersuchungshaft.«

Das hatte ich nicht erwartet. Ich nehme selbst einen kleinen Schluck. »Was haben sie denn bei der Hausdurchsuchung gefunden?« Der Whiskey brennt in meiner Kehle.

Seán zuckt die Schultern. »Ich habe keine Ahnung. Meine Mutter hat Mrs. Doyle zufällig in der Stadt beim Einkaufen getroffen, und die hat es ihr gleich brühwarm erzählt.«

Diese Mrs. Doyle wird mir langsam unheimlich.

»Frag mich nicht, woher die das schon wieder wusste, das alte Ratschweib, die ist doch mit ganz Carlow verwandt und verschwägert. Auf jeden Fall ist meine Mutter daraufhin sofort zur Garda Station gegangen und hat Benny gefragt, und der hat es ihr bestätigt.

»Was passiert jetzt?« Ich bin fassungslos, ausgerechnet die beiden, dabei sind sie so nett. »Das Ganze kann nur ein Irrtum sein«, meint Seán und gießt sich noch mal ein, »die beiden haben ihren Vater nicht umgebracht! Das glaub ich einfach nicht! Gleich morgen früh geh ich zur Gardaí und versuche rauszufinden, was eigentlich los ist. Vielleicht brauchen sie ja einen Anwalt oder, was weiß ich, eine Zahnbürste oder sonst was.«

Ich lasse den Whiskey in meinem Glas kreisen. Das bernsteinfarbene Getränk glitzert im Licht. »Wieso bist du eigentlich so sicher, dass sie es nicht getan haben?«

Er starrt kurz vor sich ins Leere, schaut mich an und steht auf. »Ich bin es eben. Ich geh noch kurz rüber zu meiner Mutter. Vielleicht weiß sie schon mehr. Eugene wollte auch noch vorbeikommen. Du brauchst nicht auf mich zu warten, es kann spät werden.«

Ohne meine Antwort abzuwarten, zieht er die Tür hinter sich zu und verschwindet. Ich stelle den Whiskey zur Seite und hole mir in der Küche ein Glas Wein. So eine Familientragödie ist natürlich ganz furchtbar, aber muss man deshalb gleich seine guten Manieren vergessen? Außerdem sind 60 Millionen irische Pfund ein gewichtiges Motiv. Es wurden schon Menschen für wesentlich weniger umgebracht, das sieht die Polizei sicher genauso. Ich schaue auf die Uhr und schalte den Fernseher ein. Es ist kurz vor neun, vielleicht bringen sie in den Neun-Uhr-Nachrichten etwas über den Mord. Tatsächlich, gleich die erste Meldung lautet *Pie Millionair Murdered.* Der Nachrichtensprecher weiß auch nicht mehr als ich. Er spricht auch nur von zwei Personen, die der Gardaí bei ihren Ermittlungen helfen. Kein Wort davon, dass es sich um die Söhne handelt. Damit auch ja kein Zweifel bleibt, um welchen Pie-Millionär es sich handelt, werden zwei Fotos eingeblendet. Das eine ist ein Reklamefoto von Hogg's Pies, das zweite ein Hochzeitsfoto von Onkel Jim und Michelle vor einer riesigen vierstöckigen Torte, als sie gerade im Begriff sind, sie anzuschneiden. Er hat seine Hand auf der ihren, mit der sie das Messer hält, und beide strahlen um die Wette in die Kamera. Wow, Onkel Jim war wirklich ein stattlicher Mann. Kein Wunder, dass die Sargträger Probleme hatten, den Sarg zu schultern. Eine Figur, wie man sie vom Besitzer einer Wurst- und Pastetenfabrik erwarten darf. Dabei ist stattlich noch geschmeichelt, fettleibig trifft es wohl eher. Auf geschätzte zwei Meter Körpergröße ist so ein Bauchumfang eine reife Leistung. Michelle sieht daneben wie ein Kindergartenkind aus, so klein und zierlich. Der Nachrichtensprecher wendet sich anderen Themen zu. Irgendetwas über einen Bischof und sein uneheliches Kind, das schon seit Wochen für Schlagzeilen sorgt. Ich schalte den Fernseher aus und nehme einen Schluck Wein. Onkel Jim habe ich nie persönlich getroffen, wie die meisten von Seáns Verwandten. Wie viele irische Familien ist auch Seáns Familie sehr groß und weit verzweigt. Sein Vater hat acht Geschwister und seine Mutter sechs. Von denen haben dann wieder fast alle mehrere Kinder. Sechs Kinder in der Familie zu haben ist scheinbar der Durchschnitt. Da ist es kein Wunder, wenn man die Tanten und Onkel, Cousins und Cousinen aus den Augen verliert. Jetzt ist mir auch klar, warum Gráinne und Brenda Michelle beschuldigen, Onkel Jim nur des Geldes wegen geheiratet zu haben. Obwohl ich mir einbilde, dass unter den ganzen Fettschichten ein netter und fröhlicher Mann durchschien. So wie Eoin, nur 100 kg schwerer und 30 Jahre älter, soweit man das von einem Hochzeitsbild beurteilen kann. Warum Onkel Jim Michelle geheiratet hat, danach fragt keiner. Typisch, denk ich mir, dabei ist das genauso offensichtlich. Sicher nicht wegen ihrer Strickkünste.

Dass Conor und Eoin jetzt in Untersuchungshaft sitzen, muss handfeste Gründe haben. Ich kann mir nicht vorstellen, dass die Polizei in so einem Fall voreilig handeln würde. Nicht, wenn es sich um eine der reichsten Familien der Stadt beziehungsweise des ganzen County handelt. Die beiden können sich die besten Anwälte leisten, und die Kaution dürfte sicher auch kein Problem sein, egal, wie hoch sie angesetzt wird.

Was hat die Polizei nur bei der Hausdurchsuchung gefunden? Und womit wurde Onkel Jim vergiftet? – Natürlich! Es fällt mir wie Schuppen von den Augen. Die Polizei hat das Gift gefunden! So muss es gewesen sein. Vor lauter Aufregung verschütte ich etwas Wein. Für den Teppich eindeutig eine Verbesserung. Ich nehme meine Überlegungen wieder auf, setz mich im Schneidersitz auf die Couch und lass das Weinglas in meinen Händen kreisen. Conor und Eoin sind auch die Einzigen, die wirklich von seinem Tod profitieren. Michelle bekam nur ein Almosen im Vergleich dazu. Vielleicht dachte Michelle, sie wäre die Haupterbin? Besonders als der Alte sich mit seinen Söhnen so verkracht hatte? War er nicht kurz vor seinem Ableben beim Notar? Was wollte er dort? Außerdem war Michelle gar nicht in Irland, als er starb. Meine Gedanken drehen sich im Kreis. Irgendwie komme ich immer wieder auf Conor und Eoin als die einzigen Nutznießer zurück. Warum ist sich Seán so sicher, dass sie es nicht getan haben? Ist es nur *wishful thinking* oder hat er einen handfesten Beweis? Ich beschließe, noch ein bisschen auf ihn zu warten, hole mir eine warme Decke und lege mich damit wieder auf die Couch. Falls Seán Neuigkeiten mit nach Hause bringt, will ich die Erste sein, die sie zu hören bekommt.

Um Mitternacht gebe ich die Warterei auf und geh ins Bett.

Samstag

Seán kommt irgendwann gegen drei Uhr morgens nach Hause und macht solch einen Höllenlärm, dass ich schlagartig aufrecht im Bett sitze und in der ersten Panik an Einbrecher denke. Ich will Seán gerade wachrütteln, als mir klar wird, dass er selbst der Krachmacher ist. Er hat einen Fetzenrausch im Gesicht und flüstert mir mit feuchten Lippen und vorgehaltenem Zeigefinger zu, dass ich Patrick nicht aufwecken soll. Mit dem stieren Blick des Betrunkenen murmelt er vor sich hin, während er versucht, sich zu entkleiden. Ich fange nur Namen auf wie Darragh, Eugene, Liam, That-Idiot-Gavin. Es scheint, dass sich die O'Sheas alle zur Krisensitzung im Pub versammelt haben und die Situation eskaliert ist. Seltsam nur, dass Gráinne und Brenda nicht dabei waren. Die beiden lassen doch sonst keine Gelegenheit auf ein feucht-fröhliches Zusammensein aus. Seán gibt den Kampf mit seiner Kleidung auf, lässt sich aufs Bett fallen und schläft im gleichen Moment ein. Er stinkt wie eine ganze Brauerei. Als er auch noch laut zu schnarchen beginnt, gebe ich auf und ziehe mich ins Gästeschlafzimmer zurück. Heute erfahre ich ganz sicher nichts Neues mehr.

Patrick steht um sechs Uhr morgens auf und will eine Geschichte erzählt bekommen, ob sein Papi Kopfweh hat oder nicht. Aus purem Sadismus schaue ich ihm eine Weile dabei zu, wie er zu Seán ins Bett klettert und zu hüpfen anfängt. Erst hüpft er ein paarmal im Bett auf und ab und lässt sich dann mit Karacho auf die Bettdecke fallen. Dabei schlägt das Headboard jedes Mal mit einem lauten Knall gegen die Wand. Seán liegt nur bewegungslos unter der Bettdecke und stöhnt jedes Mal leise auf. Schließlich erbarme ich mich und führe den kleinen Hüpfer zurück ins Kinderzimmer, wo ich ihn mit seinem Müllautobuch ins Bett packe und verspreche, dass ich ihm eine Geschichte vorlese, sobald ich mir eine Tasse Tee gemacht habe. Patrick ist damit einverstanden, und so füge ich noch hinzu: »Papi fühlt sich heute nicht so gut.« Nachdem wir ausgiebig seiner Lieblingslektüre gefrönt haben, gehen wir ins Bad. Innerlich grinsend, stelle ich mir vor, wie das Badezimmergrün auf Seáns Brummschädel wirken wird, das heißt, falls er heute doch noch irgendwann aufsteht. Nach dem Frühstück räumen wir schnell die Küche auf und packen das alte Brot für die Schwäne und Enten in eine Plastiktüte. Patrick liebt es, die Schwäne zu füttern. Da mit Seán heute vor dem frühen Nachmittag sowieso nicht zu rechnen ist, machen wir uns ohne ihn auf den Weg. Am Morgen ist es in Carlow immer am schönsten. Das Leben fängt in Irland gute zwei Stunden später an als in Deutschland, am Wochenende sogar noch später. So kommt es, dass sogar eine notorische Langschläferin wie ich plötzlich zu den Frühaufstehern gehört. Die Stadt ist fast menschenleer, als wir beide mit unseren Brotbeuteln durch Cox's Lane in Richtung Fluss gehen. Die Schwäne schwimmen uns sofort entgegen, nachdem sie unsere Plastiktüte erspäht haben. Die kleine Mauer, die den Fluss Barrow in der Flussbiegung einfasst, ist nur eine Handbreit hoch, und ich habe immer eine Heidenangst, dass Patrick sich zu weit vorbeugen und in den Fluss fallen könnte, wenn er die Schwäne füttert. Ich bin so sehr auf ihn konzentriert, dass mir die Gestalt, die unter dem Dach des Ruderklubs an der Wand lehnt, zuerst gar nicht auffällt. Erst als ich das Klappern von hochhackigen Schuhen vernehme, blicke ich kurz auf und spähe angestrengt in die Richtung, aus der das Geräusch kommt. Das Klubhaus des Rudervereins ist vielleicht hundert Meter von uns entfernt. Zefix! Ich muss endlich zum Augenoptiker gehen. Vor zwei Tagen habe ich mich versehentlich auf meine Brille gesetzt, und seitdem kann ich nur erkennen, was sich direkt vor meiner Nase befindet. Die Frau hat Ähnlichkeit mit Michelle oder Debbie, bei meiner Kurzsichtigkeit könnte es aber auch Mutter Teresa oder ein Golden Retriever sein. Nur ihre Art, sich zu bewegen, der Rhythmus ihrer Schritte erinnert mich an Michelle. Die blonde Frau eilt auf den dunkelhaarigen Mann zu, der an der Wand des Ruderklubs gelehnt hatte, umarmt ihn leidenschaftlich und verschwindet dann mit ihm die Straße entlang am Klubhaus vorbei Richtung Graiguecullen Bridge. Ich schaue ihnen angestrengt nach in der Hoffnung, doch noch irgendetwas zu erkennen, aber jetzt blockt auch noch das Klubhaus meine Sicht, und ich wende mich wieder Patrick zu. Zum Glück erwische ich ihn gerade noch rechtzeitig an der Kapuze seiner Jacke, bevor er Hals über Kopf den Schwänen entgegen segelt. Nachdem das ganze Brot verfüttert ist, bestätigt mir ein kurzer Blick auf die Uhr, dass die Läden bald öffnen werden. Wir schlagen gemächlich schlendernd den Weg zur menschenleeren Barrack Street ein. Dort, direkt neben dem *Family Butcher,* ist mir kürzlich ein kleiner Augenoptikerladen aufgefallen. Das geht so nicht weiter, ich bin ohne Brille blind wie ein Maulwurf. Endlich stehen wir vorm Optikerladen, doch der hat noch zu. 10.00 a.m. steht auf dem Türschild. Etwas ratlos schaue ich auf die Uhr. Soll ich fünfzehn Minuten warten oder vielleicht in der Zeit zum Metzger nebenan gehen? Nachdem ich ausgiebig die Auswahl an Brillenfassungen in dem kleinen staubigen Schaufenster betrachtet habe, hoffe ich, dass meine eigene Brille vielleicht doch noch repariert werden kann. Unser Haus ist keine drei Minuten Gehweg entfernt, da lohnt es sich, zuerst einmal die alte Brille zum Fachmann zu bringen. Wir schlendern also weiter Richtung St. Philomena's. Als wir dort ankommen und die Türe aufsperren, dröhnt lautes Schnarchen aus dem Schlafzimmer im ersten Stock nach unten. Seán ist also immer noch nicht unter den Lebenden. Ich stecke die lädierte Brille in meine Handtasche, und wir machen uns wieder auf dem Weg in den Optikerladen. Der Besitzer ist ein gut aussehender Mann Anfang Dreißig in einem locker sitzenden braunen Anzug; seine Augengläser sind mit einem golden umrandeten Gestell eingefasst. Sein Laden ist Chaos pur. Überall auf seinem Schreibtisch verstreut liegen gelbe Zettelchen, Adressbüchlein, Kalender, Schreibzeug,

Messgeräte, Bonbonpapier. Das Telefon wackelt bedrohlich auf einem Berg Telefonbücher, als er sich mit Schwung an seinen Arbeitsplatz setzt.

»How can I help you?«, fragt er und lächelt uns freundlich an.

Ich berichte von meinem Missgeschick und halte ihm die ramponierte Brille hin.

»Well.« Er zögert, dreht die Brille in seinen feingliedrigen Händen und betrachtet sie von allen Seiten. *»We'll see.«*

Er verschwindet mit meiner Brille in einem kleinen Kämmerchen. Ich nutze die Zeit, um mir seine Kollektion anzusehen. Nur für den Fall, dass er nichts mehr für mich tun kann. Da kommt er auch schon zurück, setzt mir meine Brille auf die Nase, biegt meine Ohren nach vorne, nimmt sie mir wieder ab und geht zurück in sein Kämmerchen. Triumphierend erscheint er kurz darauf wieder, setzt mir die Brille auf, biegt meine Ohren nach vorne und lächelt mich breit an. *»Is this okay for you?«*

»Ausgezeichnet«, ich schau in den Spiegel, »die Brille passt jetzt besser als vorher.« Ich bedanke mich und frage ihn, was ich ihm schulde, aber er winkt nur ab. Dann hält er uns die Ladentür auf, und gerade als ich mit Patrick an ihm vorbeigehen will, fragt er noch schnell: »Sind sie Seán O'Sheas Frau?«

Ich schau ihn überrascht an und gebe zu, dass ich in der Tat Seáns Frau bin.

«Richten sie ihm einen schönen Gruß von mir aus. Wir sind gemeinsam zur Schule gegangen.«

»I will«, sag ich laut und denke mir dabei, *sobald er wieder bei Bewusstsein ist.*

Die Neugierde treibt mich zu meiner Schwiegermutter. Ich nehme Patrick auf den Arm, damit er an die Klingel rankommt, und warte darauf, dass die Tür geöffnet wird. Schlurfende Schritte kündigen sich an, und schließlich steht Schwiegervater John in der Tür.

»Ah, come in, come in!« Er wirkt erfreut, »Fidelma ist schnell zum Einkaufen gegangen, aber sie wird gleich wieder hier sein.« Wie immer muss ich kurz überlegen, wen er mit Fidelma meint.

Ich bring es einfach nicht über mich, meine Schwiegermutter mit ihrem Vornamen Fidelma anzusprechen, und vermeide eine direkte Anrede, wo immer es geht.

»*Would you like to join me*«*?* Er zieht einen Stuhl an den gedeckten Frühstückstisch.

»Für mich bitte nur eine Tasse Tee, danke.«

Er schenkt zuerst mir und dann sich selbst eine Tasse Tee ein. Mit dem Frühstück ist er offensichtlich schon fertig.

»Seán war gestern Abend weg und ist immer noch nicht zu gebrauchen.« Ich versuche zu erklären, warum ich mit Patrick schon so früh am Morgen auftauche. Er lacht nur heiser und zündet sich eine seiner halben Zigaretten an. Er hat die Angewohnheit, nur die Hälfte zu rauchen und die Zigarette dann mit den Fingern auszudrücken, um die zweite Hälfte wenig später erneut anzuzünden.

»Liam ist auch noch nicht zu gebrauchen. Weiß der Himmel, wann der heute früh nach Hause gekommen ist.«

Liam ist das Nesthäkchen der Familie und wohnt noch im elterlichen Haus.

Mein Schwiegervater wendet sich an Patrick: »*Well, young man, how are you today?*« Patrick legt sofort los und erzählt von den Schwänen, die er gefüttert hat, und dass ein böser Schwan den anderen das Futter weggenommen hat und wie er beinahe selbst ins Wasser gefallen wäre. John tut ganz entrüstet und schimpft auf den *bold swan,* der nicht mit den anderen teilen wollte. Patrick ist voll in seinem Element und hat einen riesen Spaß mit seinem Granddad. Plötzlich steht Schwiegermutter Fidelma im Esszimmer.

»Nana!« Patrick erzählt seine Geschichte gleich noch einmal und genießt es, wie Fidelma die Hände über dem Kopf zusammenschlägt und so tut, als würde sie vor lauter Angst zusammenbrechen, weil er beinahe ins Wasser gefallen wäre. Zu mir meint sie noch mit einem kurzen Seitenblick, dass die Stelle dort am Barrow besonders gefährlich sei und ich auf den Kleinen schon ein bisschen aufpassen muss. Um ihr zu beweisen, dass es mildernde Umstände für meine kurze Unachtsamkeit gibt, erzähle ich ihr von meiner Beobachtung. Trotz meiner Betonung, dass ich ohne Brille mehr geahnt als gesehen habe, ist sie sofort davon überzeugt, dass es nur Michelle gewesen sein kann. Kein Wort mehr darüber, dass Patrick beinahe in den Fluss gefallen wäre. Sie will genau wissen, wie der Mann aussah. Dunkelhaarig, mehr weiß ich nicht. Groß? Klein? – Eher groß. Dick? Dünn? – Normal. Kleidung? – Jeans, dunkles Top, kann eine Lederjacke gewesen sein. Die Beschreibung passt auf die Hälfte aller männlichen Bewohner Carlows. Sie gibt enttäuscht auf. Ich bin ja nicht einmal sicher, ob es überhaupt Michelle war.

Schwiegervater John mischt sich ein: »Aber das war dein erster Eindruck, nicht wahr? Dass es Michelle war?«

Ich nicke. »Ja, das war mein Eindruck«.

Sie schauen sich bedeutungsschwanger an. »Wir wissen jetzt, mit welchem Gift Jim getötet wurde.«

Nun ist es an mir, die beiden fragend anzusehen. »*Well?*«

John holt tief Luft: »Mit einem Gift namens Palytoxin«.

Ich schau ihn ratlos an. »Das habe ich noch nie gehört. Was ist das?«

John zuckt die Schultern. »Bisher haben wir nur herausgefunden, dass Palytoxin ein Gift ist, das von einigen Tieren zum Schutz gegen Fressfeinde eingesetzt wird. Palytoxin ist eine der giftigsten organischen Substanzen, die es gibt.« Schwiegervater drückt wieder eine halbe Zigarette im Aschenbecher aus. »Liam studiert zwar erst im dritten Semester Chemie, aber so viel konnte er uns sagen. Scheinbar gilt die Synthese dieses Naturstoffs als eine der größten Leistungen in der Chemie. Irgendein Professor in Harvard hat mit seinem Team erst vor Kurzem den Durchbruch geschafft und ist jetzt in der chemischen Synthese so was wie ein Superheld.«

Ich nippe an meiner Teetasse. »Wie kommt man denn an dieses Gift heran? Das gibt es doch sicher nicht in jedem Corner Shop zu kaufen.«

Schwiegervater und Schwiegermutter tauschen einen unsicheren Blick aus.

»*Well*«, John und Fidelma tragen einen lautlosen Kampf miteinander aus, schließlich gewinnt John den stummen Schlagabtausch und sie entscheiden sich dafür, mich einzuweihen.

»Weißt du«, Fidelma klingt unsicher, weiß nicht recht, wo sie anfangen soll, »also, Eoin und Conor waren doch im März auf Hawaii. Sie wollten dort die Wale beobachten und haben ihren ganzen Urlaub dort verbracht.«

Was hat jetzt der Hawaiiurlaub der Brüder mit dem Gift zu tun? Ich gucke sie verdutzt an. John kommt ihr zu Hilfe. »Nun, also«, er räuspert sich, »auf Hawaii wurde dieses Gift früher von den Eingeborenen zum Vergiften von Speeren eingesetzt, also sie haben die organische Substanz genommen. Liam hat uns erzählt, dass Palytoxin wegen der starken Schmerzen, das es verursacht, schon lange nicht mehr als Pfeilgift verwendet wird.«

Fidelma unterbricht ihn: »Wir glauben nicht, dass die Polizei davon Kenntnis hat. Soviel wir wissen, stützt sich ihre Anklage darauf, dass in Eoins Haus Spuren des Giftes gefunden wurden.« Beide schauen betreten zu Boden. »Das kann ihm irgendjemand untergeschoben haben.« Schwiegermuttern gibt nicht so schnell auf. »Benny hat Darragh gesteckt, dass sie es im Greenhouse gefunden haben. Das steht immer offen. Da kann jeder rein.« Sie schaut John fast trotzig an. »Das kann mir niemand ausreden.«

Jetzt wird mir klar, warum Seán und die anderen so kapital abgestürzt sind. Wenn das mit dem Urlaub und Hawaii und dem Speergift erst einmal bekannt ist, dann wird es für Eoin und Conor richtig eng. Ich schenke mir geistesabwesend noch eine Tasse Tee ein und überlege dabei: Punkt 1. Die Polizei fand Spuren von Palytoxin in Eoins Greenhouse. Punkt 2. Er und Conor waren vor drei Monaten auf Hawaii, wo dieses Gift scheinbar erhältlich ist. Punkt 3. Sie erben. Punkt 4. Sie erben gewaltig. Punkt 5. Eoin war mit Michelle liiert, bevor ihm sein Vater die Braut ausgespannt hat. Punkt 6. Er hat immer noch Gefühle für sie. Okay, Punkt 6 ist ein *maybe,* aber so wie er sie immer ansieht … hm, ich würde darauf wetten, dass er sie immer noch liebt. »Es sieht nicht gut für die beiden aus, nicht wahr?«

Fidelma und John schütteln beide den Kopf. »Ich kann trotzdem nicht glauben, dass sie es getan haben.« Mein Schwiegervater wirkt niedergeschlagen, wie er da zusammengesunken in seinem Armsessel sitzt und mit den Zündhölzern hantiert.

»Nein!« Schwiegermutter Fidelma haut auf den Tisch, dass die Tassen und Teller klirrend in die Höhe springen. »Sie waren es nicht!«

Aber wer war es dann?

Ich trinke meinen Tee aus und sehe mich nach Patrick um. Er spielt seelenruhig mit seinen Legosteinen im Wohnzimmer und schaut nur kurz auf, als er mich hereinkommen hört.

»Pack ma's?« Ich lächle ihn an und helfe ihm noch, die losen Legos zurück in die Nana-Box zu schmeißen. Es war doch eine gute Idee, eine Spielzeugschachtel hier zu lassen. Seine halb fertige Legokonstruktion lege ich zum Schluss ganz vorsichtig oben auf die losen Steine. »Die Rakete baust du das nächste Mal weiter, wenn wir wieder bei Nana sind.«

Patrick will sein Werk lieber mitnehmen, damit er zu Hause weiterbauen kann. Wir fragen Nana, ob sie eine Plastiktüte für uns hat, und verabschieden uns. Gerade als wir zur Haustür hinausgehen wollen, kommt Liam aus seinem Zimmer, bleibt am Treppenabsatz stehen und schaut zu uns herunter. Mein lieber Scholli, der sieht auch nicht besonders knusper aus. Er winkt uns nur kurz zu und verschwindet hastig im Bad.

Wenn Seán auch nur halb so fertig ist, wie Liam eben aussah, dann gute Nacht. Schon als wir die Haustüre zu St. Philomena's aufsperren, schlägt uns ein Duft entgegen. Der würzige Duft von gebratenem Speck. Das heißt von Speck, Würstchen und Eiern, um genau zu sein, und Kaffee. Dass Seán heute literweise Kaffee braucht, um einigermaßen wach zu werden, wundert mich jetzt weniger. Eher dass sein Magen schon wieder Würstchen und Speck verträgt. Ich stoße die Küchentür auf in der Erwartung, ein jämmerliches Häufchen Elend im Morgenmantel mit rot geäderten Augen im aschfahlen Gesicht zu sehen, werde aber angenehm überrascht. Seán steht frisch rasiert und fix und fertig angezogen in der Küche, brutzelt gekonnt mit mehreren Pfannen und deutet auf den gedeckten Tisch.

»Ihr kommt gerade zur rechten Zeit.« Dann schaltet er den Gasherd aus. »Wer hat außer mir noch Hunger?«

Patrick reißt den Arm hoch. »Ich, ich.« Schnell klettert er auf seinen Stuhl und wartet darauf, dass Seán seinen Teller mit Würstchen, Ei und Speck füllt.

»Für mich nur *rashers and eggs,* danke.« Ich habe dazu gelernt und verzichte dankend auf die irischen Würstchen.

Seán legt vorsichtig zwei knusprige Speckstreifen und ein Spiegelei auf meinen Teller, setzt sich zu uns und belädt seinen eigenen Teller mit einem Berg *Sausages, Rashers, Eggs* und zum Abschluss noch vier Scheiben dick gebuttertem Toast.

»Es geht doch nichts über ein richtiges Frühstück nach einer langen Nacht«, meint er, schenkt uns beiden Kaffee ein und zwinkert mir zu. »Echter Bohnenkaffee, handgebrüht!«

Wow! Ich schaue in seine blitzblauen Augen, die mich munter anlächeln, und suche vergeblich nach den Zeichen der Übernächtigung, mit denen ich gerechnet hatte.

»Hast du einen Pakt mit dem Teufel geschlossen, oder wie kommt es, dass du von den Toten auferstanden bist?« So einfach lass ich mich nicht mit einem gebratenen Spiegelei und zwei Streifen Speck bestechen.

»Wieso?« Er tut betont unschuldig.

»Weil du heute Morgen um drei hackedicht ins Bett gefallen bist und dabei so einen Riesenkrach gemacht hast, dass ich dachte, es wären Einbrecher im Haus.«

»Einbrecher? Unsinn, Einbrecher sind ganz leise, die machen keinen Krach.« Er beißt herzhaft in ein Würstchen.

Ich nippe vorsichtig am heißen Kaffee. »Mmmh, wirklich nicht schlecht. Woher hast du eigentlich den Kaffee?«

Er wischt sich demonstrativ den Mund mit seiner Serviette ab, zieht fragend die Augenbrauen hoch und lehnt sich zurück.

»Warum wundert dich das? Natürlich gibt es hier auch Bohnenkaffee, *Bewleys*, wenn du es genau wissen willst, schon seit einer Ewigkeit, 18. Jahrhundert oder so.«

Ich kenne natürlich das berühmte Bewleys Kaffeehaus in Dublins Grafton Street, wusste aber nicht, dass die ihre eigenen Röstungen im Supermarkt verkaufen.

»Ach, und warum trinken dann alle diese instant Ekelbrühe?«

»Mein Gott«, er zuckt die Achseln, »geht halt schnell und macht keine Arbeit.«

»Du lenkst vom Thema ab.«

»Welches Thema?«, fragt er grinsend.

»Deine Wiederauferstehung! Was war denn los letzte Nacht?«

Seán schiebt sich das letzte Stückchen Toast in den Mund, fragt Patrick, ob er noch ein Würstchen haben möchte, und beginnt, als dieser verneint, damit den Tisch abzuräumen.

»Jetzt lass dir doch nicht alles aus der Nase ziehen. Wir waren heute Vormittag bei deinen Eltern und die haben mir eh schon alles erzählt.«

»Patrick, geh schon mal vor ins Wohnzimmer und spiel mit deinem Lego, ich spül nur schnell ab und dann bau ich mit dir.« Seán setzt sich mir gegenüber an den Küchentisch. »Dann weißt du, dass es schlecht um die beiden steht. Meine Eltern wissen zwar viel, aber nicht alles. Die Polizei hat den Einreise-Stempel in die USA in den Pässen der beiden gesehen, und bei der Hausdurchsuchung haben sie die Flugtickets und den Autoleihvertrag gefunden. In Conors Haus hat die Polizei sogar eine Eintrittskarte in das Bernice Pauahi Bishop Museum in Honolulu gefunden. Das Museum ist das größte seiner Art auf Hawaii und beschäftigt sich hauptsächlich mit der Geschichte und Wissenschaft Hawaiis, seiner Kultur und den Kulturen im Pazifik. Es beherbergt außerdem das Maritim Zentrum von Hawaii. Die hatten eine Sonderausstellung, ›Jagd und Fischerei im Wandel der Zeit‹. Du kannst dir vielleicht denken, welcher Teil der Ausstellung die meisten Besucher angezogen hat?« Ohne meine Antwort abzuwarten, spricht er einfach weiter: »Genau, der Teil mit den Giften.

Die Glasvitrinen mit den Giftpfeilen und Speeren, die Beschreibungen der vielfältigen Giftgewinnungsmethoden, Anwendungsbereiche, Gegengifte, na du weißt schon.« Er seufzt tief auf. »Und ausgerechnet unser Dickerchen Conor hat sich diese Ausstellung angesehen. Als ob das noch nicht schlimm genug wäre, hat er sich auch noch ein Buch über die ganze Materie in der Museumsbücherei gekauft und mit nach Hause genommen!« Seán schüttelt resigniert den Kopf, steht auf und lässt Wasser in das Spülbecken laufen.

»Woher weißt du das alles?« Ich stehe ebenfalls auf und schnappe mir ein Geschirrtuch. »Hat Benny wieder geplaudert?«

Seán stellt den ersten Teller in den Abtropfkorb. »Er hat, und du vergisst das am besten sofort wieder. Die Anwälte der beiden haben beim High Court einen Antrag auf Kaution gestellt. Sobald der Antrag bewilligt wird und die beiden wieder frei sind, werden wir uns zusammensetzen und darüber beratschlagen, wie wir helfen können, ihre Unschuld zu beweisen. Ein Freund von mir ist Privatdetektiv, ein ehemaliger Polizist. Den sollten wir auf jeden Fall mit einbeziehen.«

Ich trockne langsam die Teller ab und wundere mich über Seáns Optimismus. Für mich ist die Sache bereits gegessen, fünfzehn bis zwanzig Jahre für Mord aus Habgier, mindestens.

Sonntag

Das schönste am Sonntag sind die Sonntagszeitungen. Die Sunday Times liebe ich besonders, weil sie so dick ist, dass ich die ganze Woche lang darin lesen kann. Seán und ich frühstücken im Bett und zerfleddern dabei die Zeitung. Ich mach mich erst über die Beilagen her, während Seán die Nachrichtenseiten bekommt; anschließend tauschen wir. Wie auch die ganze letzte Woche beherrscht der Mord an Onkel Jim die Schlagzeilen. Die Reporter spekulieren noch in verschiedene Richtungen, doch der Tenor ist bei den meisten gleich: Wozu noch weiter nach Verdächtigen suchen, wenn eh klar ist, dass es die Söhne waren. Das Foto mit Michelle, Onkel Jim und der Hochzeitstorte ist in fast allen Zeitungen zu finden. Bilder von Eoin und Conor sind meist nicht sehr schmeichelhaft. Besonders gern wird ein Foto gezeigt, auf dem beide auf einer Jacht im Mittelmeer, umgeben von Bikinischönheiten, dem Fotografen mit vollen Champagnergläsern zuprosten. Beide Söhne ähneln ihrem Vater sehr, und vor allem Conor weist bereits einen beachtlichen Fettansatz um die blassen Hüften auf. Mit Bildüberschriften wie: *»Pie in the sky for Hogg's heirs«* und *»Cheers Dad!«* machen die Blätter Stimmung gegen Conor und Eoin. Die Boulevardpresse ist noch schlimmer und lechzt lauthals nach deren Blut. Der Bischof und sein unehelicher Sohn befinden sich weit abgeschlagen auf Seite 8. Seán liest jeden einzelnen Artikel und jede noch so abgeschmackte Reportage über den angeblichen Vatermord. Die Journalisten haben sich bemüht, von sogenannten Freunden der Brüder Statements zu bekommen, und drucken sogar die banalsten Informationen. Wie kann es sein, dass die Presse so gnadenlos anklagend über jemanden berichten darf? Solange an der richtigen Stelle ein Fragezeichen gesetzt wird, dürfen sie behaupten, was sie wollen. Die Schreiberlinge wissen, dass der geneigte Leser davon sowieso kaum Notiz nehmen und die Fragezeichen unbeachtet lassen wird.

»Übrigens«, Seán blättert so heftig um, dass die Seite in der Mitte durchreißt, »ich habe Teig heute Nachmittag zum Kaffee eingeladen, zur Lagebesprechung.«

Ich schau ihn verdutzt an.

»Na du weißt schon, meinen Freund Teig, den Privatdetektiv.«

Jetzt dämmert mir, wen er meint. »Ist das der, der früher mit Debbie ging? Wie heißt der noch mal? Teig?« Ich kann mir ein Grinsen nicht verkneifen, Teig zum Kaffee. »Habe ich noch nie gehört, den Namen, wie schreibt man das?«

»T-a-d-h-g, Teig.« Seán findet meinen plötzlichen Heiterkeitsausbruch gar nicht komisch. »Du bist so was von kindisch«, tönt er und schmeißt mir einen entrüsteten Blick zu. »Tadhg ist ein alter irischer Name. Im Mittelalter hießen viele irische Könige Tadhg. Der Name bedeutet Poet beziehungsweise Philosoph, aber auch *handsome,* also gut aussehend.«

»Keine Angst.« Ich wühle mich aus dem Bett. »Ich geh gleich in die Küche und backe was zum Kaffee; mag der schöne Teig lieber Rührteig oder Hefeteig?« Laut wiehernd verschwinde ich im Bad, während hinter mir ein Kopfkissen durch die Luft fliegt.

Ein Guglhupf würde mir mal wieder schmecken. Ich durchstöbere die Küchenkästen nach Backformen. Eine Guglhupfform gibt es natürlich nicht, habe ich auch nicht wirklich erwartet. Ich suche weiter und finde schließlich eine runde Backform. Jetzt brauche ich nur noch einen elektrischen Mixer. Ich will schon aufgeben und im Supermarkt ein paar Kekse besorgen, da fallen mir zwei Rührhaken in der untersten Küchenschublade auf. Verwundert halte ich das Teil in Händen – ein Mixer mit Muskelantrieb! Ich probiere es gleich aus, halte den orangefarbenen Plastikgriff in der linken Hand, während ich mit der rechten heftig an der seitlichen Kurbel drehe. Sofort setzen sich die beiden Rührhaken in

Bewegung. Für einen einfachen Rührteig müsste der Muskelmixer genügen. Die nächste Hürde stellt sich mir in den Weg, als ich den Zucker abwiegen will. Die Küchenwaage zeigt nur Pounds und Ounces an. Mein Rezept verlangt nach Gramm. Frustriert starre ich auf das Zifferblatt der altertümlichen Waage. Schließlich hole ich mir einen Zettel und einen Bleistift und fange an zu rechnen. Ein Ounce sind ungefähr 28 Gramm. Ich brauche 300 g weiche Butter, das sind also 10,70 Ounces, 275 g Zucker – 9,8 Ounces, 375 g Mehl – 13,39 Ounces, die 20 g Kakao kann ich auch mit dem Teelöffel abmessen, ein Teelöffel ist ungefähr 5 g. Dazu nehme ich noch 5 Eier, Rum-Aroma, Backpulver, 3 Esslöffel Milch, den Vanillezucker ersetze ich durch Vanille-Aroma aus dem Fläschchen, weil ich in der ganzen Stadt keinen Vanillezucker auftreiben konnte. Hier wird Kuchenbacken zum Experiment. Patrick hilft, das Mehl einzustreuen, während ich kräftig kurble. Zuerst geht es ganz leicht, aber je dicker der Teig wird, umso anstrengender wird das Kurbeln. Als alle Zutaten in der Schüssel sind, rühr ich noch heftig mit einem Holzlöffel um, bevor ich zwei Drittel des Teigs in die gefettete Backform gebe. Dem Rest werden jeweils 20 g Kakao und 20 g Zucker untergearbeitet, ehe das Ganze auf den hellen Teig gegossen wird. Dann vermische ich die beiden Schichten noch mit einer Gabel und stell die Backform in den vorgeheizten Ofen. In einer Stunde wissen wir, ob das Experiment gelungen ist. Patrick leckt die Schüssel aus, und ich schlecke den Holzlöffel ab. Wenn ich schon in der Küche bin, kann ich auch gleich das Mittagessen vorbereiten. Ein Goasbratl schwebt mir vor. Das geht schnell, macht nicht viel Arbeit und schmeckt. Ich schäle Kartoffeln, schneide sie in Scheiben und lege sie in eine Schüssel mit Wasser. Anschließend viertel ich zwei Zwiebeln und klopfe die Koteletts, nachdem ich den Fettrand eingeschnitten habe. Die abgetropften Kartoffeln werden schichtweise in eine gefettete Reine gelegt, die gewürzten Koteletts kommen oben drauf, und die Zwiebelviertel stecke ich zum Schluss noch dazwischen. Alufolie drüber, fertig. Die Reine kann ich anschließend gleich in die Röhre schieben, wenn der Marmorkuchen fertig ist. Mit dem Abwasch ist Seán heute dran. Ich geh ins Wohnzimmer und male mit Patrick Müllautos und Fische.

Nach dem Mittagessen räum ich noch schnell unser Wohnzimmer auf. Insgeheim bin ich schon wahnsinnig auf Seáns Freund, den Privatdetektiv, gespannt. Vielleicht hat Seán recht, und ich lese tatsächlich zu viele Kriminalromane. Wie Hercule Poirot wird er sicher nicht aussehen. Als Ex-Garda musste er die richtige Körpergröße mitbringen, um in den Polizeidienst aufgenommen zu werden. Hercule Poirot hatte nicht nur einen Eierkopf, sondern war auch von kleiner Statur. Da würde Philip Marlowe schon besser passen, der soll ja über 1,80 Meter groß gewesen sein. Kaum zu glauben, wenn der Darsteller in »Tote schlafen fest« ausgerechnet Humphrey Bogart ist. Der Schotte John Rebus wäre auch eine Möglichkeit, ein trinkfester Musikliebhaber, das würde zu Seáns Freunden passen. Ich überlege gerade, ob wir noch Whiskey im Haus haben, da klingelt es auch schon an der Tür. Wenig später steht Seán mit Nick Knatterton im Wohnzimmer und sagt: *»Elli, this is Tadhg, Tadhg – Elli.«* Ich werde mit Küsschen links und rechts begrüßt und schaffe nur ein gestammeltes *»so nice to meet you«,* während er behauptet, er hätte schon so viel von mir gehört. Ich biete ihm Platz an und frage das obligatorische *Tea or Coffee?* Tadhg entscheidet sich für Tee, was ihn mir sofort sympathisch macht. Ich eile in die Küche, setze Teewasser auf und schneide den Marmorkuchen an. Während das Wasser schon kocht, versuche ich noch immer, mit dem Muskelmixer Sahne zu schlagen. Hoffnungslos, die Sahne wird einfach nicht fest. Endlich, als ich schon aufgeben will, wird aus flüssiger Sahne cremige Schlagsahne. Ich packe alles auf ein Tablett und balanciere das Teil ins Wohnzimmer. Dort verteile ich die Tassen und Teller, schenke Tee ein und händige Marmorkuchen mit Sahne aus. Tadhg Knatterton bedankt sich formvollendet und lobt meinen Marmorkuchen ausgiebig. Wo ich ihn denn gekauft hätte?

»Den hat Elli heute Morgen selbst gebacken«, mischt sich Seán sofort ein.

»*A woman of many talents*«, Tadhg lächelt mich an. »Seán weiß gar nicht, wie viel Glück er hat.«

Seán behauptet, das wisse er sehr wohl. »Wie geht es deiner Frau?« Seán nimmt einen Schluck Tee, »ich habe sie schon eine Ewigkeit nicht mehr gesehen. Arbeitet sie noch im Krankenhaus?« Die beiden tauschen Neuigkeiten aus, aber es dauert nicht lange, bis sie beim eigentlichen Thema anlangen. Während sich die beiden unterhalten, mustere ich Tadhg verstohlen von der Seite. Er ist Nick Knatterton wie aus dem Gesicht geschnitten. Die gleichen scharfen Gesichtszüge, dieselbe Nase, sogar die irische Kappe, die er trägt, ist der von Nick Knatterton nicht unähnlich. Er ist groß und schlank, es fehlt eigentlich nur die Pfeife.

»Was schlägst du vor? Wie sollen wir vorgehen?« Seán nimmt sich ein zweites Stück Kuchen. Tadhg hält ihm seinen leeren Teller hin, und nachdem Seán auch ihm ein zweites Stück aufgetan hat, runzelt er die Stirn und meint: »Zuerst einmal brauche ich einen offiziellen Auftrag von dir oder von deinen Cousins. Dann würde ich eine Observation vorschlagen. Soweit ich dich verstanden habe, verdächtigt ihr jemanden außerhalb der Familie. Ich habe immer noch gute Verbindungen zur Gardaí. Dort würde ich zu allererst ansetzen. Falls sie bei ihren Untersuchungen auf andere mögliche Verdächtige gestoßen sind, steht das im Protokoll. Aber wenn ich dich richtig verstehe, ist genau das euer Problem. Bisher kommen nur deine Cousins als Täter infrage. Beide haben ein Motiv und hatten außerdem Gelegenheit, den Mord zu begehen.«

Seán unterbricht ihn sofort. »Quatsch, Motiv!« Tadhg sieht in skeptisch an. »Du meinst, 60 Millionen sind kein Motiv?«

»Nicht für Eoin und Conor!« Seán knallt die Kuchengabel auf den Teller. »Die beiden hatten ein super Verhältnis zu ihrem Vater, außerdem haben sie genug Kohle. Weißt du, es geht nicht immer nur ums Geld!«

Tadhg nickt bestätigend. »Eoin hatte doch mal was mit Michelle, könnte auch ein Motiv sein.«

Seán hebt beide Hände hilflos in die Höhe. »Und genau deshalb brauchen wir dich. Du musst einen Ausweg finden. Ich weiß, dass sie fälschlich unter Verdacht stehen, ich weiß es einfach!«

Tadhg sieht ihn prüfend an. »Dein Wort in Gottes Ohr«, sagt er, »dein Wort in Gottes Ohr.«

«Und, was hältst du von ihm?«, ist das Erste, was Seán zu mir sagt, nachdem Tadhg gegangen ist. »Nun, wenn er eine Aufklärungsquote hat wie Nick Knatterton, dann kann uns gar nichts mehr passieren.«

Erst als Seán mich fragend ansieht, wird mir klar, dass er den deutschen Comichelden der Fünfzigerjahre gar nicht kennen kann, und ich beeile mich, ihm von der großen Ähnlichkeit seines Freundes mit der Figur Nick Knatterton zu erzählen. »Das Einzige, was fehlt, ist die Pfeife.« Jetzt ist es an Seán zu lachen. Amüsiert erzählt er davon, dass Tadhg sehr wohl in seiner Sturm und Drang Zeit Pfeife geraucht hat. Die Pfeife hat er nach der Hochzeit aus Liebe zu seiner Frau Maureen aufgegeben, die das stinkende Stück auf keinen Fall im Haus haben wollte.

»Ich denke, deine Cousins sollten ihn auf jeden Fall engagieren. Vielleicht findet er ja doch etwas, das die Polizei übersehen hat. Schaden kann es auf keinen Fall.«

Seán stimmt mir zu. »Es ist nur zu blöd, dass ich ab morgen wieder in die Arbeit muss«, seufzt er und zuckt die Achseln. »Ich kann aber unmöglich um Verlängerung bitten. Es war schwierig genug, diese eine Woche frei zu bekommen. Amerikanische Arbeitgeber sind in der Beziehung nicht so entgegenkommend wie deutsche oder irische«, fügt er noch hinzu. »Übrigens, könntest du mir einen Gefallen tun?«

»Ja klar, was denn?«

»Conor hat mich gebeten, seine Orchideen zu gießen, solange er verhindert ist. Würdest du das übernehmen?«

Verhindert ist eine nette Umschreibung für Untersuchungshaft. »Mach ich gerne, du musst mir nur sagen, wo er wohnt, und den Hausschlüssel brauche ich natürlich auch.«

Seán beschreibt mir den Weg, während er in seiner Jackentasche nach dem Schlüssel sucht. »Es ist wirklich ganz leicht zu finden. Du gehst einfach weiter die Straße entlang, in der Michelle wohnt, bis es nicht mehr weiter geht. Conors Haus ist eine ehemalige Schule, du kannst es gar nicht verfehlen.«

»Eine Schule?« Ich komme aus dem Staunen nicht mehr heraus. »Und da wohnt er ganz allein?«

»Ja, die Schule stand lange leer und verfiel immer mehr. Conor hat sie für einen Spottpreis ersteigert und zu einem richtigen kleinen Schmuckkästchen umgebaut. Er hat ein Händchen fürs Renovieren und Dekorieren.«

»Was ist mit Eoins Haus?«, will ich wissen. »Soll ich dort auch Blumen gießen?«

Seán schaut mich seltsam an, drückt mir Conors Hausschlüssel in die Hand, lacht unsicher und sagt: »Ich glaube nicht, dass Eoin Pflanzen im Haus hat.«

»Wofür hat er dann ein Greenhaus?«, frage ich Seán erstaunt.

»Keine Ahnung.« Seán runzelt die Stirn. »Vermutlich stand das schon, als er das Haus gekauft hat.«

Wir wenden uns anderen dringlichen Themen zu. Da wäre unser Hauskauf, für den Seán die Woche eigentlich freigenommen hatte. Ich bin immer noch der Meinung, dass wir das Haus in Celbridge kaufen sollten. Vielleicht geht der Bauherr ja doch noch ein wenig mit dem Preis runter, wir können ihm ja ein Angebot machen. Wir einigen uns auf eine Summe, und Seán verspricht, morgen in seiner Mittagspause beim *Auctioneer* anzurufen. Hoffentlich ist das Haus noch nicht weg! Sonst geht die Sucherei wieder von vorne los. Das provisorische Leben hier in Carlow in dem gemieteten alten Haus geht mir langsam auf den Geist. Wir haben nicht einmal eine Waschmaschine. Die T-Shirts von Patrick wasch ich meist im Handwaschbecken raus, aber die großen Teile muss ich in die Wäscherei geben. Ich habe nicht schlecht gestaunt, als Seán mir sagte, dass seine Mutter auch keine Waschmaschine besitzt. Sie gibt ihre ganze Wäsche in die Wäscherei. Das muss bei fünf Kindern und zwei Erwachsenen jedes Mal eine Wagenladung voll gewesen sein. Es scheint aber hier durchwegs normal zu sein. Die Wäscherei ist voll mit großen schwarzen Plastikmüllsäcken, in denen die Leute ihre Wäsche transportieren. Sogar der Preis richtet sich nach Sackgröße, halber Sack – 2 Pfund, ganzer Sack – 3,95 Pfund. Ich will ja nicht jammern, aber so ein großer schwarzer Müllsack voller Wäsche wiegt einiges. Zum Glück kann ich den Sack in Patricks Buggy transportieren. Auf dem Rückweg ist der Sack unter Umständen sogar noch schwerer. Man hat die Wahl, ob man die Wäsche nass, getrocknet, oder getrocknet und gebügelt abholt. Ich entscheide mich für die teuerste Variante. Bügeleisen ist nämlich auch keines im Haus. Vielleicht will ich auch deshalb unbedingt das Haus in Celbridge kaufen. Dann kann ich endlich unsere Umzugskartons nachkommen lassen und Küchenmaschine, Bügeleisen, Waschmaschine, Trockner, Staubsauger, Stereoanlage, Farbfernseher, Kaffeemaschine, Wasserkocher und Toaster reaktivieren. Außerdem will ich endlich wieder mal normal duschen! Meine Stimmung erreicht einen neuen Tiefstand. Gerade als ich Seán mein ganzes Elend klagen will, klingelt es. Gráinne und ihr Gatte Gavin stehen in der Tür.

»Hi!« Bussi links, Bussi rechts. »Eugene und Brenda kommen auch gleich. Die sind nur noch schnell bei Mammy vorbeigegangen.« Gráinne sieht wieder mal aus wie aus dem Ei gepellt. Rohweiße Bluse zur rohweißen Hose, dazu eine goldene Handtasche, goldene Schuhe und ein goldener Gürtel. Die rohweiße Strickjacke hängt lässig über ihren Schultern. »Wir haben eine Schachtel Kekse mitgebracht«, zwitschert sie und drückt sie mir in die Hand. »Du bist sicher nicht auf Besuch eingestellt, nicht wahr?« Sie mustert mich von oben bis unten. »Stören wir dich beim Putzen?«

Es läutet wieder an der Haustür, ich gehe öffnen und erspare mir so eine Antwort. Eugene und Brenda stehen auf der Matte,

»Hi!« Bussi links, Bussi rechts. »Mammy und Daddy sind wahrscheinlich noch auf dem Golfplatz. Liam sagt, sie sind heute Morgen schon los und noch nicht zurückgekehrt.«

Eugene lässt sich neben Gavin auf die Couch fallen, reibt sich die Hände, grinst schief und meint. »Ein Kaffee wäre jetzt recht.«

Ich nehme die Bestellungen auf, wie immer wollen alle Kaffee. Es muss noch genug Maxwell House im Küchenschrank sein, denn ich fang jetzt nicht an, Bohnenkaffee aufzubrühen. Brenda folgt mir in die Küche und fragt, ob sie mir helfen kann. Ich überlasse ihr großzügig die Kaffeezubereitung und schneide den restlichen Marmorkuchen auf. Sahne ist auch noch da. Ich packe alles auf ein Tablett, Kuchenteller, Löffel und Gabeln, Zucker, Milch, Aschenbecher, sag zu Brenda, dass ich gleich noch mal zurückkomme und dann die Tassen hole. Als ich die Tür zum Wohnzimmer aufstoße, kommt mir schon ein Schwall Zigarettenrauch entgegen. Ich decke den Wohnzimmertisch und geh wieder raus, als Gráinne mir auch schon nachschreit: *»Don't forget the biscuits!«* Soll sie doch ersticken an ihren bröseligen Keksen. Diesmal hat sie es geschafft, mich schon im Flur zu beleidigen. Das ist ein neuer Rekord! Brenda trägt das Tablett mit den Kaffeetassen ins Wohnzimmer. Ich gehe voraus und halte ihr die Tür auf. Gerade als sie Gráinne die erste Tasse geben will, bricht der Henkel, und die Tasse knallt geradeaus auf den Teppichboden, von wo aus der Kaffee vulkanausbruchartig in die Höhe spritzt und tausend kleine siedend heiße Kaffeetröpfchen sich auf Gráinnes rohweiße Hose verteilen. Brenda kreischt, entschuldigt sich tausendmal, rennt in die Küche, um einen Lappen zu holen, und wischt damit hektisch auf dem Teppichboden herum.

»Das macht doch nichts, Brenda«, versuche ich, sie zu beruhigen, »ist doch nicht so schlimm,« Mit einem schnellen Seitenblick auf Gráinne füge ich noch hinzu: »Meiner Meinung nach ist das eindeutig eine Verbesserung«, und nach einer klitzekleinen Pause, »für den Teppich.«

Brenda ist nicht so leicht zu beruhigen. »Oh Gráinne!! I'm so sorry! Deine schicke neue Hose ist komplett ruiniert!«

Ich misch mich ein und behaupte, die Flecken müssten, solange sie noch feucht sind, auf der Stelle herausgewaschen werden, um die Hose zu retten. Ich fordere Gráinne auf, jetzt sofort die Hose auszuziehen, damit ich die Kaffeeflecken schnell für sie rauswaschen kann. Ich würde ihr gerne eine Hose von mir leihen, überhaupt kein Problem. Dabei übersehe ich betulich, dass ihr keine meiner Hosen passen dürfte, da ich Kleidergröße 36 trage und Gráinne mindestens Größe 42 braucht.

»Gavin, lass den Kuchen stehen, wir gehen.« Gráinne wischt ein bisschen an den Kaffeeflecken rum und meint dann: »Ich wasch das teure Stück lieber gleich zu Hause. Wenn es mit billigem Waschpulver in Berührung kommt, dann ist es ganz sicher nicht mehr zu retten.« Süffisant lächelt sie mich an. »Die ist nämlich von Gucci.«

Lieber eine Jeans von C&A in Größe 36 als einen Arsch wie ein Brauereipferd in Gucci, denk ich mir, sag es aber nicht. Gute Manieren sind manchmal furchtbar hinderlich. Sie drängt Gavin zum Gehen, der schluckt hastig die letzten Brösel des Marmorkuchens hinunter, springt auf, zwängt sich an ihr vorbei und sagt noch im Gehen zu mir: »Super Kuchen, wo hast du den gekauft?«

»Selbstgebacken«, kann ich gerade noch antworten, als auch schon die Haustür hinter den beiden ins Schloss fällt.

Der Rest des Abends verläuft friedlich. Brenda sorgt sich darüber, dass sie vielleicht doch noch für die Hose bezahlen muss, aber Eugene meint, soweit käme es noch, soll doch Idioten-Gavin dafür bezahlen. Der tut doch immer so groß, dann wird es auf eine Hose mehr oder weniger auch nicht ankommen.

»Habt ihr seine Uhr gesehen?« Seán beugt sich nach vorne. »Das war doch eine Rolex, oder?«

»Klar war das eine Rolex, nur Idioten-Gavin trägt so eine Angeber-Uhr. Der ganze Kerl ist eine wandelnde Marke. Das Polo Shirt von Lacoste, die Hose von Ralph Lauren, die Schuhe von Dubarry und Socken und Unterhosen sind bestimmt von Calvin Klein.« Eugene bläst verächtlich Rauch aus der Nase. »Aber glaubt nicht, dass ich nachgesehen hätte.«

Seán schenkt sich und Eugene einen Whiskey ein. »Ich verstehe nicht, was Gráinne an dem Kerl findet.«

Ich nippe an meinem Sherry. »Was macht Gavin eigentlich beruflich?«

Seán stellt sein Glas zurück auf den Tisch. »Habe ich dir das noch nie erzählt? Er ist der stolze Besitzer einer Spielhalle. Außerdem hat er in mehreren Lokalen seine Spielautomaten hängen. Verdient nicht schlecht an der Spielsucht von ein paar armen Hanswursten.«

Brenda rutscht ein bisschen auf der Couch hin und her. »Ich finde ihn eigentlich ganz nett«, dabei röten sich ihre Wangen, und ihr ausladender Busen wogt. »Er erfüllt Gráinne jeden Wunsch und macht alles, was sie will. Es ist ja nicht seine Schuld, dass er jetzt so viel arbeiten muss, um das Haus abzubezahlen. Gráinne hätte sich bei der Einrichtung ein bisschen zurückhalten können, und jetzt jammert sie, weil er fast keine Minute Zeit für sie hat.«

Eugene lacht laut auf. »Wenn du mich fragst, kann sie froh sein, wenn er keine Zeit für sie hat. Jede Minute ohne Idioten-Gavin ist ein Gewinn.«

Montag

Um fünf Uhr früh läutet der Wecker. Ich liege mit Morgenlähmung im Bett. Nachdem ich all meine Willenskraft mobilisiert habe, steh ich auf und schleiche in die Küche. Dort feuere ich den Gasherd an, setze das Teewasser auf, schiebe zwei Toastscheiben unter den Grill, decke den Tisch und schlafe gerade auf dem Küchenstuhl ein, als Seán fröhlich pfeifend im Türrahmen erscheint.

»Oho, Frühstück für mich! Das ist aber lieb.«

»Das ist eine Ausnahme, wegen erstem Arbeitstag nach dem Urlaub und so«, ich gähne herzhaft, »leider sehe ich mich außerstande, dir jeden Tag das Frühstück zu machen.« Schlimmer als um fünf Uhr morgens aufstehen ist, um fünf Uhr morgens aufstehen und dann einer ausgeschlafenen und gut gelaunten Person am Küchentisch gegenüberzusitzen. Wenn ich nicht so müde wäre, würde mich das rasend aggressiv machen. Seán redet und redet, ich sitze im Wachkoma da und versuche zur richtigen Zeit die passenden Laute von mir zu geben. Endlich ist es sechs Uhr, und er muss los. Ich krieche zurück in mein Bett und verspreche Patrick das Blaue vom Himmel, wenn er mich noch eine Stunde lang schlafen lässt. Wir kuscheln uns aneinander und schlafen beide sofort wieder ein.

Den Vormittag nutzen wir für lästige, aber notwendige Hausarbeiten. Nach Patricks Mittagsschlaf führt uns unser Weg wieder zu den Schwänen am Fluss. Dieses Mal bin ich besonders achtsam und lasse ihn keine Sekunde lang aus den Augen, als er sich wieder über die niedrige Mauer beugt, um die Schwäne zu füttern. Deshalb bemerke ich Michelle erst, als sie mich direkt anspricht.

»Hi Elli, bist du öfters hier?« Sie bleibt stehen und unterhält sich mit mir. Als Patrick sein letztes Stückchen Brot an die Schwäne verfüttert hat, fragt sie ihn, ob er wieder Lust auf ein kleines Törtchen hat.

»Wenn ihr nichts vorhabt, würde ich euch gerne zum Tee einladen.« Patrick ist sofort einverstanden.

»Darf ich die Fische anschauen?«

Michelle schaut bei Erwähnung der Fische etwas bedrückt drein, reißt sich aber zusammen und beteuert: »Aber natürlich mein Schatz, die haben dir gefallen, nicht wahr?«

Wir gehen langsam durch die enge Cox's Lane, biegen dann in die Dublin Street ein, schlendern weiter an der Garda Station vorbei die Athy Road entlang, bis wir endlich in die geschwungene Einfahrt zum Haus einbiegen.

»Das Haus ist jetzt viel zu groß für mich allein, so leblos und leer. Ich werde es wohl verkaufen.« Michelle steckt den Schlüssel in das Yale Schloss und drückt die Türe auf. »Meine Schwester Debbie will, dass ich zu ihr nach Las Vegas ziehe. Sie behauptet, dass sie Hilfe im Geschäft gebrauchen könnte.« Michelle lässt ihre Handtasche auf das Tischchen im Flur fallen, geht den Gang entlang und stößt die Tür zum Aquarium-Zimmer auf. »Patrick, du schaust dir die Fische an, und ich mache uns schnell einen Tee.« Zu mir gewandt meint sie noch: »Er kann hier nichts anstellen. Wenn du magst, kannst du mir schnell in der Küche helfen.« Und ob ich mag! Endlich die Gelegenheit, das Haus zu sehen. Ich folge Michelle den Gang entlang. Die Küche befindet sich im hinteren Teil des Hauses und könnte größenmäßig auch sehr gut in ein kleines bis mittleres Hotel passen. Ich habe das Gefühl, direkt in einer Ausgabe von *Country Life* gelandet zu sein. Der im Schachbrettmuster schwarz und weiß geflieste Küchenboden harmoniert mit den im Landhausstil gehaltenen weißen Küchenschränken mit silbernen Griffen. Eine schwarze Marmorarbeitsfläche glänzt mit den Fliesen um die Wette, nur noch übertroffen von einem schrankgroßen, zweitürigen amerikanischen Kühlschrank, dessen metallene Oberfläche blitzblank schimmert. Mitten im Raum steht eine Kochinsel, an der mindestens vier Spitzenköche gleichzeitig Platz haben. Ein Belfast Sink, so groß wie eine Pferdetränke, ist unterm Küchenfenster angebracht. Langstielige weiße Rosen stecken in einer Kristallvase, die auf einem antiken massiven Eichentisch steht. Das Fensterbrett ist voll mit Lavendel und Lorbeerstöcken. Ich bin begeistert. So eine schöne Küche habe ich noch nie gesehen. Michelle füllt den Wasserkocher über dem Belfast Sink, nimmt Tassen und Teller aus einem der Schränke und stellt sie auf ein silbernes Tablett. »Möchtest du lieber hier oder im Wintergarten Tee trinken?«, fragt sie mich beiläufig, während sie aus dem Kühlschrank eine Schachtel mit Petit Fours nimmt.

»Im Wintergarten«, antworte ich, ohne lange zu überlegen. Sie schüttet losen Tee aus einer gehämmerten Metalldose in eine silberne Teekanne, gießt kochendes Wasser darüber und stimmt mir zu, »ich mag den Wintergarten auch am liebsten.« Nachdem sie alles auf einen zierlichen Tea-Trolley platziert hat, holt sie noch schnell eine kleine Flasche Apfelsaft aus dem Kühlschrank. *»For Patrick«,* meint sie und bittet mich, ihr die Türe aufzuhalten. Im Wintergarten deckt sie den Tisch und fordert mich auf, Platz zu nehmen.

»I'll get Patrick«, sagt sie und verschwindet wieder. Ich sehe mich staunend im Wintergarten um. Bei der Glashauskonstruktion muss es sich noch um das Original handeln. Nur viktorianische Baumeister schafften diese Mischung aus solider Eleganz und Leichtigkeit. Die Bodenkacheln aus Ton sind wie im Flur von einer gemusterten Bordüre gerahmt, nur sind diese hier abwechselnd in einem erdigen Braun und hellem Beige gehalten. Durch die Mitte des Bodens läuft ein schmales schmiedeeisernes Gitter, durch das früher sicher das Blumengießwasser ablaufen konnte. Der Wintergarten wurde unauffällig den heutigen Ansprüchen an ein komfortables Sonnenzimmer angepasst. Die elektrischen Leitungen, Steckdosen und Lampen waren eindeutig das Werk eines Könners, und auch die Heizkörper wurden so genial integriert, dass man sie erst auf den zweiten Blick erkennen kann. Am meisten beeindrucken mich die Bäume an der Rückwand des Winter-

gartens: jeweils zwei Zitronenbäume und zwei Orangenbäume in Spaliermanier. Der Duft beider Bäume erfüllt den Wintergarten mit exotischer Frische. Früchte leuchten in Gelb und Orange zwischen glänzenden grünen Blättern, im Hintergrund eine wärmende rote Ziegelwand. Ich lehne mich in meinem bequemen Rattanstuhl zurück und bewundere die Bäume, als Patrick an Michelles Hand in den Wintergarten tanzt.

Michelle folgt meinem Blick. »Die Zitrusbäume waren verwildert, wie überhaupt alles hier. Als wir das Haus kurz nach unserer Hochzeit gekauft haben, stand es bereits seit Jahren leer und war furchtbar heruntergekommen. Es war ein enormer Aufwand, dem Haus seine alte Schönheit wieder zurückzugeben. Jim hat die besten Handwerker, die er kriegen konnte, engagiert, und ich war im ganzen Land unterwegs, um nach stilechten Möbeln zu suchen. Das Haus steht unter Denkmalschutz, deshalb konnten wir nur in einem ganz eng vorgegebenen Rahmen arbeiten. Architektonische Veränderungen am Äußeren des Hauses waren gar nicht erlaubt.« Sie seufzt tief auf. »Aber es hat sich gelohnt, das Haus ist jetzt so schön wie nie zuvor. Ich werde es aber trotzdem verkaufen müssen.«

»Willst du wirklich nach Las Vegas auswandern?«, werfe ich ein, »hier hast du doch deine Freunde und deine Familie«, und denke dabei an meine Freunde und meine Familie, die ich zurückgelassen habe.

Sie wirft mir aus den Augenwinkeln einen schnellen Blick zu. »Ich habe hier weniger Familie, als du vielleicht denkst. Meine Mutter lebt in Spanien und meine Schwester in Las Vegas. Der Rest der Familie ist Jims Familie, nicht meine. Und die sind zurzeit nicht sehr gut auf mich zu sprechen. Zu keiner Zeit, um ehrlich zu sein. Sie haben es mir immer übel genommen, dass ich Jim geheiratet habe. Keiner von ihnen konnte sich vorstellen, dass ich ihn wirklich geliebt habe. Alle haben immer nur den dicken Alten in ihm gesehen. Den dicken Alten mit der goldenen Kreditkarte.« Sie nimmt einen Schluck Tee und spricht ärgerlich weiter: »Und meine sogenannten Freunde kann ich an einer Hand abzählen. Carlow ist so ein Kaff. Du wirst es nicht glauben, aber sogar nach all den Jahren bin ich für die Einheimischen immer noch ein *Blow in*. Ich war ein Baby, als wir nach Carlow kamen, aber für die Leute hier bin ich immer noch die Zugezogene.« Michelle steckt einen Strohhalm in Patricks Apfelsaft, lächelt ihn an und fährt fort. »Da lob ich mir eine Stadt wie Las Vegas. Dort sind fast alle Einwohner *Blow ins*, und außerdem lebt meine Schwester dort.« Sie verteilt die kleinen Küchlein auf den Tellern. »Weißt du, ohne Jim gibt es für mich keinen Grund mehr, hier zu leben«, und sie bekräftigt, »überhaupt keinen!« Sie wischt sich mit der Serviette über die Augen. »Vielleicht habe ich ja einen Vaterkomplex, na und?! Ich habe meinen Vater nie gekannt, meine Mutter hat nie von ihm gesprochen, hat uns nie von ihm erzählt.« Sie knüllt die Serviette in der Faust zusammen. »Mir ist scheißegal, was die anderen reden. Ich habe Jim geliebt, und Jim hat mich geliebt.« Ärgerlich schmeißt sie die zusammengeknüllte Serviette auf den Tisch. »Das hat gewissen Personen nicht gepasst, und Jim musste sterben.«

Sie verschränkt die Arme vor der Brust und starrt geradeaus vor sich hin. Ohne dass sie die Namen von Jims Söhnen genannt hätte, ist mir vollkommen klar, wen sie mit »gewissen Personen« gemeint hat. Soll ich Eoin und Conor verteidigen? Mich für sie stark machen, wie Seán es tun würde, oder entrüstet aufspringen und gehen? Ich beschließe, einfach sitzen zu bleiben. Vielleicht kann ich ein bisschen mehr erfahren, wenn ich ihr zuhöre. Sie scheint sehr einsam zu sein, nachdem ihre Mutter und ihre Schwester wieder abgereist sind. Mutterseelenallein in diesem riesigen Haus. Die Geschehnisse der vergangenen Tage haben Spuren in ihrem Gesicht hinterlassen. Ich würde sie gerne trösten, und doch ist mir das Ganze unangenehm, bin ich doch auch irgendwie ein Teil von Jims Familie. Sekunden später löst Michelle sich aus ihrer Starre, schenkt uns beiden Tee nach und meint: »Ich denke, für mich ist es das Beste, nach Las Vegas zu gehen. Ich mag Land und Leute, und meine Schwester lebt dort. Vielleicht kann ich mich mit dem Geld, das ich vom Verkauf des Hauses bekomme, bei ihr im Geschäft einkaufen. Sie sagt, sie könne eine Teilhaberin gut gebrauchen.«

»Was macht deine Schwester beruflich?«

»Sie besitzt ein Reinigungsunternehmen, *Shamrock Cleaning*, sie putzen hauptsächlich Casinos. Weißt du«, sie spießt das letzte kleine Stückchen Kuchen mit ihrer Gabel auf und fährt damit durch die Luft, »ich bin unglaublich stolz auf meine große Schwester. Sie hat sich das Geschäft aus dem Nichts selbst aufgebaut. Zuerst hat sie selbst bei Leuten geputzt, hat dann aber schnell gemerkt, dass sie so kein Geld verdienen wird, und hat angefangen sich um größere Aufträge bei Unternehmen zu bewerben. Von da an ließ sie putzen und hat sich selbst mehr und mehr um die Leitung und Organisation gekümmert. Sie beschäftigt mittlerweile fast dreihundert Leute. Gebäudereinigung ist ein sehr arbeitskräfteintensives Geschäft. Sie sagt, sie braucht jemanden, dem sie vertrauen kann, jemanden, der sich um die Personalführung kümmert, damit sie mehr Zeit für die Kundenpflege hat.« Michele lächelt mich breit an. »Ich habe früher bei Hogg's in der Personalabteilung gearbeitet, so habe ich auch Jim kennengelernt.«

Ich dachte, sie hatte zuerst eine Beziehung mit Eoin und hätte über ihn seinen Vater kennengelernt. Ich überlege gerade, wie ich diese Frage möglichst taktvoll anbringen kann, als sie schon kichernd fortfährt. »Zuerst bin ich ja eine Zeit lang mit Eoin gegangen. Das war wieder ein Festessen für die ganzen Carlower Klatschtanten. Kurz nachdem mit seinem Sohn Schluss war, war ich mit seinem Vater liiert. Du kannst dir vorstellen, wie sich alle das Maul zerrissen haben!« Sie lacht bitter auf. »Dabei war es reiner Zufall, dass wir uns ineinander verliebt haben. Aber in der Stadt hieß es überall, der Alte hat seinem Sohn die Freundin ausgespannt. Totaler Unsinn, mit Eoin und mir war so und so Schluss.«

Meine Augen wandern zu Patrick, der beschlossen hat, den Wintergarten etwas genauer zu untersuchen. Gerade eben baggert er mit beiden Händen in der Erde einer großen Topfpflanze.

»Patrick!« Meine Stimme klingt schärfer, als ich beabsichtigt habe. Er schaut mich mit großen Augen an, die Hände immer noch in der schwarzen Blumenerde. Ich murmele ein *excuse me*, steh vom Tisch auf und geh auf Patrick zu, der mittlerweile seine Baggertätigkeit wieder aufgenommen hat. »Ich glaube, wir müssen wieder weiter, Patrick gräbt dir hier sonst noch den ganzen Wintergarten um.« Ich nehme seine Hände aus der Erde und putzte sie so gut es geht mit einem Tempotaschentuch ab.

»Ach, das macht doch nichts«, sagt Michelle, doch ich kann sehen, wie sie auf das Häufchen Erde schielt, das sich bereits zu Patricks Füßen angesammelt hat.

Ich versuche, so viel Erde wie möglich aufzunehmen und wieder zurück in den Blumentopf zu stopfen. Anschließend bedanken wir uns für die leckeren Kuchen und verabschieden uns.

Sie bringt uns zur Tür mit den Worten: »wenn ihr wieder mal in der Nähe seid, dann schaut einfach bei mir rein. Ich bin eigentlich immer zu Hause.« Zu Patrick gewandt meint sie noch: »Du kommst dann wieder zum Fische anschauen, wenn du magst.«

Patrick sagt ernsthaft, dass er ganz sicher mögen wird. Wir verabschieden uns noch mal und schlendern die gewundene Auffahrt hinab. Schon schade, denk ich mir, die einzige Frau, mit der ich mich hier bisher gut verstehe, zieht nach Las Vegas.

Eigentlich könnten wir gleich weitergehen, um Conors Pflanzen zu gießen, wenn wir schon in der Gegend sind. Also wenden wir uns, statt rechts die Straße runter in Richtung Stadt zu gehen, nach links und folgen der Athy Road. Wir gehen die belebte Straße entlang und halten Ausschau nach einem Schulhaus. Bisher sind wir nur an einigen dieser neuen Siedlungen vorbeigekommen. Die Einfahrt in die jeweilige Siedlung ist immer mit einem zumeist recht hochtrabenden Namen gekennzeichnet. Dahinter schließt sich das Siedlungseinerlei vieler vollkommen identischer Häuser an. Schließlich gelangen wir ans Ende der Straße. Bis jetzt konnte ich kein Schulhaus entdecken. Ratlos sehe ich mich um. Das letzte Haus in der Straße ist hinter hohen Hecken verborgen. Eine geschwungene, mit hellem Kies bestreute Einfahrt führt zu einem kleinen schmucken Haus mit Kletterrosen über der Eingangstür. So ein Haus hätte ich auch gern. Freistehend, mit ein bisschen Grund drumherum, kaum einsehbar und trotzdem stadtnah. Neugierig geworden, gehen wir den Kiesweg hoch. Der Garten ist einfach zauberhaft. Genau wie man sich einen englischen Cottage-Garten vorstellt. Eine eingemauerte Plakette neben der Haustür erregt meine Aufmerksamkeit. *Strawhall National School 1898* steht fein gemeißelt auf Sandstein. Wir haben das Schulhaus gefunden.

Ich krame Conors Hausschlüssel aus meiner Handtasche, während Patrick den eisernen Stiefelabstreifer auf den abgetretenen Steinstufen neben dem Eingang unter die Lupe nimmt. Ich hatte mir ein Schulhaus natürlich ganz anderes vorgestellt. Dieses Haus ist winzig. Wir sperren auf und gehen hinein. Seán hatte nicht übertrieben, es ist ein Schmuckkästchen. Früher war es vermutlich eine sogenannte *Two Teacher School* mit zwei Klassenzimmern, in denen jeweils mehrere Jahrgangsstufen gemeinsam unterrichtet wurden. Die ehemaligen Klassenzimmer sind jetzt Conors Wohnzimmer und Schlafzimmer. Im Wohnzimmer stehen Orchideen in allen Farben auf den Fensterbänken. Bunte Teppiche bedecken solide alte Holzdielen. Cremefarbene Sofas stehen einander am offenen Kamin gegenüber. Überall hängen Bilder von ausgesuchter Qualität. Eine Bücherwand, voll mit schön gebundenen Büchern, Keramiken, gerahmten Fotografien und einer hochmodernen Stereoanlage. Ich finde die Gießkanne und mache mich ans Werk. Im Schlafzimmer finde ich keine Pflanzen zum Gießen. Nur ein breites französisches Bett mit einem wunderschönen Quilt in unterschiedlichen Blautönen, Tiffany-Nachttischlampen in einem herrlichen Wasserblau und ein verspiegelter Einbauschrank. Auch hier gibt es noch die alten, dicken Holzbohlen. Am Fußboden liegt ein flauschiges Schaffell vorm Bett. Auf der Rückseite des Hauses wurde die Küche in einem neuen Anbau untergebracht. Conors Küche kann es durchaus mit Michelles Landhausküche aufnehmen. Auch Conor hat bei der Kücheneinrichtung nicht gespart und Antikes mit Modernem gekonnt kombiniert. Ich gieße die Kräuter auf der Fensterbank und entsorge die Tulpen, die bereits ihre Blätter verloren haben, im Mülleimer. Von der Küche führt eine Hintertür direkt hinaus in den Garten, der größer ist, als ich dachte. Obstbäume und ein gepflegter Küchengarten gedeihen hier prächtig. Bunte Blumen, Rosen und Sträucher blühen um die Wette. Eine mächtige blaue Wisteria rankt sich an der Mauer zum Nachbargrundstück entlang. Sogar das kleine Rasenstück, auf dem ein paar Gartenstühle stehen, scheint grüner zu sein als anderswo. Haus und Garten sind picobello aufgeräumt. Ich fülle gerade die Gießkanne über dem Belfast Sink, als ein Schlüssel in das Schloss der Hintertür geschoben wird und die Türe sich langsam nach innen öffnet. Ein junger Mann tritt ein, voll bepackt mit Plastiktüten. Als er uns sieht, stößt er einen spitzen Schrei aus und lässt die Tüten fallen. Eine Flasche Rotwein rollt langsam heraus und landet vor meinen Füßen.

»Wer sind Sie und was machen sie hier?«, ruft der Eindringling und starrt uns erschrocken an.

»Dasselbe könnte ich Sie fragen«, erwidere ich wesentlich selbstbewusster, als ich mich fühle. »Ich bin hier, um für Conor die Blumen zu gießen, und Sie?«

Er zögert, bückt sich und versucht hastig, die zu seinen Füßen verstreuten Einkäufe einzusammeln. Er stellt seine Plastiktüten auf den gedrechselten Holzstühlen ab und erwidert: »Genau das hatte ich auch vor.« Schließlich streckt er mir seine Hand entgegen, lächelt schüchtern und sagt: »Ich heiße Brian, ich wohne hier in der Nachbarschaft. Conor hatte mir vor einiger Zeit einen Zweitschlüssel gegeben, und ich wollte nach dem Rechten sehen. Jetzt, da er verhindert ist.«

Die kurze Pause vor dem Wort verhindert ist mir sehr wohl aufgefallen. Brian ist ganz offensichtlich über Conors Umstände informiert.

Ich stelle mich ebenfalls vor und erkläre, dass Conor meinen Mann darum gebeten hatte, sich um die Blumen zu kümmern. Das hätte ich gerade getan und sei quasi schon wieder auf dem Heimweg. Brian verabschiedet sich, meint, dann wäre ja alles in

Ordnung, nimmt seine Plastiktüten und geht. Ich blicke ihm nach, wie er durch den Garten verschwindet.

Ich fülle die Gießkanne erneut mit Wasser und stelle sie auf dem Platz im Wohnzimmer ab, wo ich sie gefunden hatte. Dann sperren wir sorgfältig zu und verlassen das hübsche Häuschen.

Patrick und ich gehen gemächlich die Athy Road entlang zurück Richtung Stadtzentrum. Gerade als wir an der Garda Station vorbeischlendern, kommt Tadhg heraus.

»Tadhg! Wie geht's?« Ich bleib stehen und schüttle ihm die Hand. Er scheint guter Stimmung zu sein, und so frag ich weiter: »Warst du wegen unserer Sache dort drin?« und deute mit dem Kinn kurz auf die Polizeistation.

Er zeigt die Dublin Street hinunter. »Ich geh ein Stück mit euch mit.«

Ganz offensichtlich will er nicht direkt vor der Garda Station mit uns einen Plausch halten. Wir laufen los, und er berichtet mir, dass er soeben die alten Kollegen besucht und sich ein bisschen mit ihnen über dies und das unterhalten hat. Natürlich kam man dabei auch auf den Fall Hogg zu sprechen. Seine ehemaligen Kollegen sind zu 120 Prozent sicher, dass die Söhne schuldig sind. Kein Zweifel, gar keiner! Das klingt nicht gut und erklärt seine gehobene Stimmung überhaupt nicht.

»Da ist nur eine klitzekleine Sache, der sie noch nachgehen müssen, und zwar hat man auf Jims Kontoauszügen ein paar seltsame Auszahlungen entdeckt.« Er strahlt mich an. »Seltsame Kontobewegungen sind immer gut. Da müssen wir ansetzen.« Auf einmal bleibt er stehen. »Ich muss mich hier verabschieden. Richte Seán bitte aus, dass ich heute Abend so gegen acht bei euch vorbeikommen werde.« Er geht ein paar Stufen hoch, winkt uns zu und verschwindet im Gebäude der Bank of Ireland. Ich starre noch kurz auf die blaue Tür, die sich mit einem satten Klack hinter ihm schließt, und dann gehen wir langsam weiter die Dublin Street entlang.

»Was er wohl bei der Gardaí erfahren hat?« Ich bleibe stehen und sehe Patrick dabei zu, wie er auf dem Randstein balanciert. Tadhg war schon verdammt guter Laune. Seltsame Kontobewegungen, das kann alles Mögliche heißen. Vielleicht hat Jim sein Geld vor dem Finanzamt in Sicherheit gebracht. Aber wie soll das zu unserem Fall passen? Liegen die Cayman Islands eigentlich auch im Pazifik? Vielleicht war Jim selbst auf den Cayman Inseln mit einem Koffer voll Geld, um es vor dem Finanzamt zu verstecken. Dort hat er auch das Palytoxin besorgt, und als er wieder zu Hause war, hat er versehentlich davon genommen. Oder jemand wusste davon und hat ihn mit voller Absicht vergiftet. *Jetzt rede doch nicht solchen Schmarrn*, schelte ich mich in Gedanken selbst. *Das ist ja wohl das Dämlichste, was ich je gehört hab. Außerdem sind die Cayman Inseln in der Karibik!* Ich nehme Patrick an die Hand, und wir wollen gerade weitergehen, als die Ladentür zu meiner rechten Seite weit aufgerissen wird und eine über und über mit Paketen und Einkaufstaschen beladene Frau aus dem Laden stürmt. Während sie der Verkäuferin noch etwas über die Schulter zuruft, rennt sie volle Kanne in mich hinein. Dabei lässt sie alle Tüten zu Boden fallen, rudert mit beiden Armen in der Luft und landet schließlich in einen fast anmutig wirkenden Kniefall direkt vor mir. Gráinne! Ausgerechnet! Ich helfe ihr auf und suche dann alle ihre Einkäufe zusammen, während sie sich die schmerzende Kniescheibe reibt. Ich kann nicht umhin zu bemerken, dass sie den ganzen Laden leer gekauft haben muss.

Sie lächelt etwas gequält, richtet sich auf und meint: »Aber nein, das sind nur ein paar neue Sachen für die Party von Seamus.« Scheinbar habe ich sie fragend angesehen, denn sie fügt sofort hinzu: »Na, du weißt schon, Seamus Murphy. Der Seamus Murphy, der gerade die neue Siedlung in Graiguecullen baut.«

Ich nicke, als wüsste ich, von wem sie spricht.

»Seamus lädt wie jedes Jahr die Mitglieder der besseren Carlower Gesellschaft zu einer großen Benefizparty ein. Da kann ich ja schlecht in dem Kleid vom letzten Jahr hingehen, nicht wahr?« Sie lächelt hoheitsvoll. »Ihr seid nicht eingeladen, oder?«

Ich tu so, als würde ich überlegen. »Die Party am Samstag?«

Sie nickt überrascht.

»Seán will lieber den Abend mit mir zu Hause verbringen. Was Schönes kochen und dann mit einer Flasche Wein auf der Couch kuscheln. Er sagt, er sieht uns viel zu wenig, seit er wieder jeden Tag pendelt.«

Sie rafft ihre Einkäufe an sich, lächelt gequält und sagt: »Na, dann viel Spaß, ihr Turteltäubchen, aber ihr verpasst den Event des Jahres.« Sie dreht sich auf dem Absatz um und überquert schnellen Schrittes die Dublin Street. »Ich muss leider weiter«, ruft sie mir über die Schulter zu, »ich habe noch einen Termin bei meinem Juwelier.«

Ich schau ihr nach, wie sie schwer bepackt den Gehweg entlang stöckelt, grinse in mich hinein und denke, *den Samstag hast du gut erraten, Respekt.*

Den restlichen Nachmittag verbringen Patrick und ich mit Lego bauen, malen und vorlesen in St. Philomenas. Woher kommt eigentlich die Eigenart, kleinen Doppelhäusern Namen zu geben? Ich muss unbedingt Seán danach fragen, wenn er heimkommt. Auch das Haus meiner Schwiegereltern hört auf den stolzen Namen »Dovinia«, benannt nach der Urmutter aller O'Sheas. Im Flur hängen die beiden Wappen von den O'Sheas und den Duffys. Duffy ist der Mädchenname meiner Schwiegermutter, Fidelma Duffy. Die wenigsten Hausbesitzer hier begnügen sich mit einer Hausnummer. Sie schmücken sich lieber mit wenig einfallsreichen Namen wie *Green Fields* oder *Hill View,* manche greifen tief in die irische Märchenkiste und wählen *Tír na nÓg* oder nennen ihr Haus einfach nach einem Heiligen ihrer Wahl wie *St. Philomena.* Das Haus neben meinen Schwiegereltern heißt *Ard na Gréine,* was so viel heißt wie *Sunny Heights.* Da frag ich mich doch, ist das *wishful thinking* oder schamlose Übertreibung?

Mittlerweile ist es spät geworden und ich gehe mit Patrick in die Küche, um das Abendessen vorzubereiten. Seán kommt immer erst gegen sieben Uhr abends nach Hause. Die lange Fahrt von Leixlip nach Carlow fügt noch mal insgesamt zwei Stunden zu einem ohnehin langen Arbeitstag hinzu. Damit ist hoffentlich bald Schluss. Ich bin gespannt, wie er heute mit dem Makler verblieben ist. Als Seán dann endlich zur Tür hereinkommt, ist das Erste, was ich zu ihm sage, dann doch: »Teig kommt so gegen acht. Er hat was herausgefunden, was wichtig sein könnte.«

»Du meinst Tadhg.« Er gibt mir einen Kuss auf den Mund.

»Sag ich doch, Teig.« Ich bin nicht in Stimmung, mich wegen meiner Aussprache hänseln zu lassen. »Essen ist gleich so weit.« Patrick kommt im Schlafanzug die Treppe runter und fällt seinem Papi um den Hals.

»Was gibt es denn Feines?« Seán nimmt Patrick auf den Arm und schnuppert anerkennend in die Küche.

»Fleischpflanzerl mit Kartoffelbrei und Röstzwiebeln.« Ich weiß, dass das eine seiner Leibspeisen ist, und hab es extra für ihn gekocht, um ihm den Montag zu versüßen.

Er setzt sich an den Tisch. »Wo hast du ihn denn getroffen?«

»Wir waren zuerst bei Michelle und dann in Conors Haus zum Blumengießen. Als wir auf dem Rückweg waren und an der Garda Station vorbeigingen, kam er gerade in dem Moment heraus.«

»Du warst bei Michelle?« Er schaut mich fragend an. »Weißt du«, er räuspert sich, »vielleicht wäre es besser, wenn du dich erst einmal von Michelle fernhältst.« Er sticht in ein Fleischpflanzerl, dass es nur so spritzt. »Es sieht nicht gut aus, wenn dich jemand sieht. Du weißt doch, wie die Leute reden.«

Ich protestiere energisch. »Wie reden sie denn? Mich kennt doch hier sowieso kein Mensch! Außerdem ist sie furchtbar nett, und Patrick schaut sich so gern die Fische an.«

Seán hat den Mund voll mit Essen und muss erst schlucken, bevor er etwas erwidern kann. Die Zeit nutze ich, um schnell das Thema zu wechseln: »Wie war dein Gespräch mit dem Makler?«

»Nun«, er schluckt, »er will dem Verkäufer unser Angebot unterbreiten und wird mir dann telefonisch Bescheid geben. Er hat meine Büronummer.« Er nimmt einen Schluck Wasser. »Täusche dich nicht, wenn du meinst, dich kennt hier niemand. Ich könnte wetten, dass dich mehr Leute erkennen, als du dir vorstellen kannst. Carlow ist so ein Dorf. Die kleinste Neuigkeit verbreitet sich wie ein Lauffeuer.«

Ich denke an den Optiker und muss zugeben, dass er wahrscheinlich recht hat. »Übrigens, der Optiker in der Barrack Street lässt dich schön grüßen.«

»Aha!«, erwidert er und grinst breit, »hab ich's nicht gesagt?«

Ich gebe ihm einen kleinen Stubs. »Hast du dir die Besserwisserei bei den Deutschen abgeschaut? Iss auf, damit ich abspülen kann, bevor Tadhg kommt.«

»Jawohl!« Er salutiert und knallt die Hacken zusammen. »Die Besserwisserei und den Gehorsam«, wobei er das »r« heftig rollt.

»Ach ja? Schön, dann spülst du jetzt ab, bringst Patrick ins Bett und anschließend massierst du mir den Nacken.« Unser Rumgealber wird von Patrick unterbrochen, der mit seinem Müllautobuch in der Tür steht und zum Schlafengehen von Papi eine Geschichte hören will. Schön, dann erledige ich eben schnell den Abwasch. Kaum bin ich mit Abtrocknen fertig, läutet es schon an der Tür. Jetzt bin ich aber wirklich gespannt, was Tadhg in Erfahrung gebracht hat, und eile zur Haustür.

»Tadhg, how are you? Come in!« Tadhg putzt sich bedächtig die Schuhe am Fußabstreifer ab, zieht seine dunkelgrüne Cordjacke aus und hängt sie in die Garderobe.

»Ist Seán schon zu Hause?«

»Ja, er ist oben und liest Patrick eine Geschichte vor, wird nicht mehr lange dauern. Setz dich doch schon mal im Wohnzimmer auf die Couch. Möchtest du eine Tasse Tee?«

Innerlich platze ich fast vor Neugier darauf, was er uns zu sagen hat. Gerade als ich das Tablett von der Küche ins Wohnzimmer trage, kommt Seán die Treppe runter, hält mir die Tür auf, und wir gehen gemeinsam hinein. Tadhg sitzt breitbeinig auf dem Sofa und blättert in seiner Mappe. Als die Tassen verteilt sind und jeder von uns mit heißem Tee versorgt ist, kommt er sofort zur Sache.

»Also, ein alter Freund bei der Gardaí hat mir den Tipp gegeben, dass ich mir die Finanzen des alten O'Shea anschauen soll.« Er nimmt einen Schluck Tee, hustet und fährt fort: »Nicht die Geschäftskonten, sondern sein privates Girokonto. Zuerst dachte ich, du könntest mir vielleicht seine Kontoauszüge besorgen.« Er rührt noch einen Löffel Zucker in seinen Tee. »Doch dann viel mir ein, dass mir Bertie Higgins noch einen Gefallen schuldet.« Zu mir gewandt, fügt er erklärend hinzu: »Bertie ist Geschäftsführer bei der Bank of Ireland. Ich habe ihm vor nicht allzu langer Zeit bei der Aufklärung interner Diebstähle geholfen. Damals hat er gesagt, ich kann jederzeit zu ihm kommen, wenn ich etwas brauche.« Tadhg lacht. »Dabei hat er vermutlich eher an einen Dispokredit gedacht als daran, mir vertrauliche Unterlagen zu zeigen.«

Seán und ich hängen an seinen Lippen. »Zuerst hat er sich auch furchtbar geziert, aber dann hat er mir doch einen Ausdruck der letzten sechs Monate gemacht. Mit den Worten ›von mir hast du das nicht‹ und ›schließlich wollen wir alle, dass der Mord an dem alten O'Shea aufgeklärt wird‹, hat er mir die Ausdrucke in die Hände gedrückt und mich mehr oder weniger aus seinem Büro geworfen.«

Seán lacht. »Der alte Pfennigfuchser! Ein Wunder, dass er keine Gebühr dafür verlangt hat.« Ich kann mich nicht mehr zurückhalten. »Was ist denn nun in den Auszügen?«

Tadhg öffnet seine Mappe und nimmt die Blätter heraus. Sorgfältig schichtet er sechs kleine Stapel vor uns auf. »Dezember, Januar, Februar, März, April, Mai.« Er schließt seine Mappe und legt sie neben sich auf die Couch. »Seht sie euch an! Ich bin gespannt, ob euch das Gleiche auffällt wie mir.«

Ich nehme mir den ersten Stapel und fahre mit dem Zeigefinger an den Zahlenreihen entlang. Ich kann nichts Besonderes entdecken. Abbuchungen an die Telecom, ESB, mehrere kleine Barauszahlungen, Ultramarine Magazin, The Aquarium Gazette, ich gebe den Ausdruck an Seán weiter und nehme den zweiten Stapel zur Hand. Wieder fahre ich mit dem Zeigefinger die Zahlenreihen entlang, doch schon nach wenigen Reihen stutze ich. Ich schaue aufs Datum und sehe, dass im Januar jede Woche 1000 Pfund auf ein anderes Konto überwiesen wurden. Ich nehme mir den Februar vor und siehe da, auch im Februar wurden wöchentliche Überweisungen getätigt. Ebenso in den folgenden

Monaten wurde wöchentlich Geld an dieselbe Person überwiesen. Seán hat es auch entdeckt und pfeift durch die Zähne. »Gavin Flynn! Wozu hat Onkel Jim so viel Geld an Gráinnes Gatten überwiesen?« Wir starren uns an.

»Hatte dein Onkel vielleicht ein Problem, du weißt schon, Spielsucht oder so?«, möchte Tadhg wissen. Seán schaut ihn verständnislos an. »Onkel Jim? Spielsüchtig? Das glaubst du doch selbst nicht!«

Wir sitzen alle drei stumm da und überlegen.

»Es sieht aus, als hätte er etwas abbezahlt.« Ich zucke die Schultern. »Vielleicht weiß Michelle, was es war. Oder du fragst einfach Gavin selbst. Der muss es ja wissen.«

Seán und Tadhg diskutieren weiter über die mögliche Bedeutung dieser Geldbeträge. Ich rühre in meiner Teetasse und überlege. Gavin hat einen Spielsalon. Spielschulden sind die einfachste Erklärung, auch wenn Seán das bestreitet. Spieler findet man in jeder Gesellschaftsschicht, und die meisten ruinieren sich selbst und ihre Familien, weil sie nicht damit aufhören können. Wurde Onkel Jim ermordet, weil er sonst die Firma verspielt hätte? Das würde wieder auf Conor und Eoin deuten, und irgendwie auch auf Michelle, füge ich in Gedanken hinzu. Seán und Tadhg stehen beide gleichzeitig vom Sofa auf. »Wir fahren zum Spielsalon und stellen Gavin zur Rede.«

Ich begleite beide zur Tür. »Was ist, wenn er nicht da ist?«

»Dann fahren wir zu ihm nach Hause.« Seán ist schon draußen. »Irgendwo finden wir ihn bestimmt.«

Ich schließe die Tür hinter ihnen, sammle im Wohnzimmer die Tassen auf und trage das Tablett in die Küche. Ich stelle die Tassen in das Spülbecken, geh wieder zurück ins Wohnzimmer und setz mich auf die Couch. In Gedanken versuche ich, die Summe zu addieren, die Gavin erhalten hat. Viertausend Pfund im Januar, Februar, März, April und im Mai. Insgesamt zwanzigtausend Pfund! Nicht schlecht, da kann man locker Gucci tragen und mit Baulöwen feiern. Ob Gráinne von der zusätzlichen Einnahmequelle ihres Gatten wusste? Der angeberischen dummen

Kuh trau ich alles zu. Ich möchte nur wissen, was sie gegen mich hat. Ständig pöbelt sie mich an. Ich hole mir eine warme Decke und igle mich damit auf der Couch ein. Über diesen Überlegungen muss ich eingedöst sein, denn als ich wieder aufwache, steht Seán im Zimmer und schaut wie der Teufel. »Idioten-Gavin«, zischt er und geht mit langen Schritten im Zimmer auf und ab. »*I'll kill him!*« Dabei hat er die Fäuste geballt, und seine blauen Augen blitzen gefährlich. Ich setze mich schnell auf und versuche, einen klaren Kopf zu kriegen.

»Was hat er denn gesagt?«

Seán kann sich immer noch nicht beruhigen und fuchtelt mit der Faust herum. »Zuerst hat er so getan, als wüsste er von nichts. Als Tadhg ihm dann die Kontoauszüge mit seinem Namen drauf unter die Nase gehalten hat, da hat er eingelenkt und behauptet, er hätte nichts sagen wollen, um Onkel Jims Andenken nicht zu beschmutzen. Er hat tatsächlich behauptet, Onkel Jim hätte Schulden bei ihm gehabt! Bei ihm! Schulden! Onkel Jim!« Seán lässt sich auf die Couch fallen. »Dieser schmierige Schleimer! Onkel Jim hätte sich von ihm nicht mal die Schuhe putzen lassen, wenn er nicht zufällig der Mann von Gráinne gewesen wäre. Dieser Ekelbatzen hat tatsächlich behauptet, Onkel Jim hätte das Geld beim Pokern verloren. Beim Pokern! Onkel Jim! Im Hinterzimmer von diesem Spielcasinokasperl!« Er haut auf den Tisch. »Und er hat tatsächlich versucht, uns weiszumachen, dass Onkel Jim im Hinterzimmer von seiner Spielklitsche an einer illegalen Pokerrunde teilgenommen hat. Kannst du dir das vorstellen?«

Ich ziehe die Augenbrauen fragend nach oben. Ich glaube grundsätzlich an das Unvorstellbare.

Seán sieht mir meine Zweifel an. »Das eine sage ich dir«, dabei tappt er wütend mit dem Zeigefinger auf den Tisch, »wenn mein Onkel zum Pokern gegangen wäre, ich sage nur wenn, dann hätte er genug Geld mit an den Tisch gebracht. Da hätte er sich nicht bei diesem Halbseidenen Möchtegerngeck Geld leihen müssen. Und selbst wenn, ich sage nur, selbst wenn er zufällig nicht genügend Kohle dabeigehabt hätte, dann hätte er seine Schulden in einem Batzen zurückgezahlt und nicht in kleinen wöchentlichen Raten abgestottert wie ein gottverdammter Krämer!« Seán fährt sich mit beiden Händen durch seine dunklen Locken. »Nichts davon ergibt einen Sinn. Onkel Jim war kein Spieler, Punkt.«

Ich lehne mich zurück. »Wenn Onkel Jim kein Spieler war und wenn er Gavin kein Geld geschuldet hat, dann muss es einen anderen Grund geben für die Überweisungen. Zumindest hat Gavin zugegeben, dass er das Geld bekommen hat. Er hat über das Warum gelogen, nicht aber über das Geld.«

»Dieser Drecksack lügt, sobald er das Maul aufmacht.« Seán lässt sich nicht so leicht beruhigen.

»War Gráinne eigentlich auch da?« Ich kann nicht anders, ich muss einfach fragen.

»Nein, die ist drei Tage lang mit ihren Freundinnen auf Wellnessurlaub.«

Ich steh von der Couch auf. »Komm, lass uns ins Bett gehen. Morgen klingelt der Wecker wieder um fünf Uhr früh.« Auf dem Weg nach oben kann ich es mir dann doch nicht verkneifen und sage: »Mit den Wellnessurlauben und den Designerklamotten wird es ja jetzt vorbei sein.«

Dienstag

Am nächsten Morgen überrascht Seán mich mit einer Tasse Tee, die er mir ans Bett bringt. Er stellt die Tasse mit einem lauten Knall auf das Nachttischchen, verwuschelt mir die Haare, gibt mir einen Kuss und flüstert so laut, dass man es ganz sicher noch gut im Nachbarhaus hören kann: »Aufstehen Herzchen, ich muss los, bis heute Abend.«

Ich dreh mich um, flüstre schlaftrunken: »Fahr vorsichtig«, und schlafe sofort wieder ein. Als ich zum zweiten Mal wach werde, liegt Patrick samt Müllautobuch bei mir im Bett, und der Tee auf dem Nachttisch ist eiskalt. Nach unserer täglichen Morgenroutine plagt mich plötzlich mein schlechtes Gewissen. Ich sollte eigentlich mal wieder meine Mutter anrufen. Ich drücke mich um den Anruf herum, schließlich weiß meine Mutter noch nichts von dem Mord an Onkel Jim. Das wird ein Spaß. Meine Mutter vermutet in jeder Ecke Irlands Bombenleger und Heckenschützen. Originalton Mutter: »Du willst in ein Land ziehen, in dem sich alle gegenseitig umbringen? Du bist ja nimmer ganz gscheid!«

Ich habe sehr überheblich erwidert, dass ich in die Republik Irland ziehen werde und nicht nach Nordirland, worauf sie nur meinte, Ire sei Ire und irre seien sie im Süden wie im Norden. Solch pauschales Geschwätz konnte ich natürlich nicht gelten lassen, und wir haben uns fürchterlich gezofft. Wenn ich ihr jetzt erzähle, dass in der beschaulichen Kleinstadt Carlow ein Mord geschehen ist, noch dazu ein Mord in der nächsten Verwandtschaft, dann steigt sie in den nächsten Flieger, um uns hier rauszuholen. Zur Not mit Waffengewalt. Ihr Herzerl und mich. Vielleicht ruf ich lieber erst am Wochenende an. Oder ich spreche zuerst mit meinem Vater. Der macht vielleicht auch nicht so ein TamTam, wenn ich ihm von dem Mord erzähle. Seine Meinung zu unserem Fall würde mich interessieren. Schließlich war er während seiner aktiven Dienstzeit bei der Regensburger Kriminalpolizei. Allerdings ist er seit seiner Frühpensionierung so gut wie nie zu Hause. Ich glaub, ich lass es dann doch lieber sein mit dem Anrufen. *Feigling*, schelte ich mich selbst. Ich räum jetzt erst mal das Haus auf. Viel zu tun gibt es nicht. Nur schnell das Geschirr abspülen und staubsaugen.

Allerdings scheint mir, dass Staubsaugen vielleicht nicht das richtige Wort dafür ist. Als ich klein war, hatten wir zu Hause auch einen Teppichkehrer. Ein flacher Metallkasten mit zwei rollenden Bürsten an der Unterseite und einem langen Stiel. Das Ganze funktioniert ohne Strom, und Patrick liebt es, damit wie ein Derwisch durchs Haus zu fegen. In der Zwischenzeit mach ich schnell die Betten und putze das Bad. Als ich das grüne Waschbecken poliere, fällt mir ein, dass ich eigentlich mal Brenda besuchen könnte, also rein anstandshalber. Sie war schon zwei- oder dreimal bei mir, und ich noch nie bei ihr. Schließlich gehört es sich, dass man Besuche erwidert. Natürlich bin ich auch neugierig, wie sie wohnt und so, aber hauptsächlich besuche ich sie aus Höflichkeit. Zumindest rede ich mir das ein. Seán hat mir das Haus gezeigt, als wir nach unserem letzten Aufenthalt in Celbridge daran vorbei gefahren sind. Ich bin mir ziemlich sicher, dass ich es wiederfinden würde, und beschließe, dass wir heute Nachmittag Brenda besuchen werden.

Nach Patricks Mittagsschlaf ziehen wir los. Soweit ich mich erinnern kann, müssen wir einfach immer nur geradeaus gehen. Von der Hanover Street in die Barrack Street, die dann übergeht in die Green Lane, und irgendwann einmal biegen wir rechts in den Hillview Drive rein, ungefähr auf Höhe des Friedhofs. Ich bin ein bisschen nervös. Eigentlich mag ich es gar nicht, einfach so bei Leuten ohne vorherige Ankündigung reinzuplatzen. Aber egal, vielleicht kann ich Brenda ein bisschen über Onkel Jim aushorchen. Wir biegen rechts in den Hillview Drive ein. Jetzt wird es ernst, ich habe keine Ahnung, welche Hausnummer es ist. Ich weiß nur noch, dass vor der Haustür ein Blumentopf stand, der die Form von zwei alten Schuhen hatte. Damals hielt ich es für ziemlich kitschig, aber jetzt bin ich froh, als ich das geschmacklose Teil entdecke, voll bepflanzt mit knallroten Geranien. Auch hier steht kein Name an der Klingel. Warum eigentlich nicht? Bisher habe ich noch kein einziges Haus gesehen, bei dem der Name der Bewohner auf der Klingel stand. Ich drücke trotzdem und hoffe, dass es das richtige Haus ist. Die Tür geht auf, und Brenda steht dahinter. *»Oh, Ellie, what a nice surprice!«* Sie führt uns sofort ins Wohnzimmer und bittet uns, Platz zu nehmen. *»Tea or Coffee?«*

»Tee bitte.« Ich habe dazu gelernt.

Sie verschwindet mit der Bemerkung: »Ich bin gleich wieder da, macht es euch bequem.« Also bequem ist die weinrote Couch wirklich, so bequem, dass ich fast vollständig darin versinke. Ich sehe mich im Wohnzimmer um. Es ist ein kleiner Raum, vielleicht drei mal drei Meter, mit einem offenen Kamin und einem großen Fenster zur Straße. Rechts und links vom Kamin befinden sich mahagonifarbene Einbauschränke, die obere Hälfte der Schranktüren ist mit rautenförmigen Bleiglasfenstern verziert, die unteren Schranktüren sind aus Vollholz. Hinter den Bleiglasfenstern sieht man Kristallgläser, Kristallkaraffen, Kristallvasen und Kristallschalen. Der Kamin selbst ist von mahagonifarbenem Holz umrahmt. Ein staubiges Trockenblumengesteck sitzt auf dem Rost. Mehrere gerahmte Fotografien stehen auf dem Kaminsims, und über dem Kamin hängt das Hochzeitsfoto von Brenda und Eugene. Ein gewaltiges Hochzeitsfoto in einem mahagonifarbenen Holzrahmen. Es reicht über den gesamten Kaminsims und bis fast unter die Decke. Das glückliche Paar lächelt überlebensgroß auf uns herab. In der Nische neben dem Fenster steht ein mahagonifarbener niedriger Eckschrank, auf dem ein wuchtiger Fernsehapparat thront. Die absolute Krönung bilden die beiden weinroten Samtsofas, die auch in einem doppelt so großen Zimmer gigantisch wirken würden, das kleine Zimmer hier aber schlicht erdrücken. Bordeauxrote Samtvorhänge und dunkelbrauner Laminatholzboden verstärken den Eindruck einer dunklen Plüschhöhle. Nicht einmal die farbig gestrichenen Wände in Magnolia schaffen es, das Zimmer etwas aufzuhellen. Keine Bücher, keine Topfpflanzen, keine Bilder, nichts.

Brenda stößt die Tür auf und stellt die Teetassen vor uns auf das kleine Couchtischchen. Sie verschwindet sofort wieder und ruft über die Schulter: »Bin gleich wieder da!« Als sie zum zweiten Mal ins Zimmer kommt, hat sie eine große Dose mit Keksen in der einen Hand und eine kleine Flasche Lucozade für Patrick in der anderen. Sie lässt sich schnaufend aufs Sofa fallen, lächelt uns breit an und fragt: »Wie kommt ihr denn mit eurem *house hunting* voran?« Ich berichte ihr, und sie will sofort wissen, wie viel wir für das Haus geboten haben. Nachdem ich ihr gesagt habe, dass wir sechzigtausend Pfund geboten haben, fällt sie fast vom Sofa.

»So viel?« Sie reißt die Augen auf. »Ihr solltet in Carlow bleiben, da bekommt ihr ein Haus um die Hälfte.«

»Das kann schon sein«, wende ich ein, »aber die andere Hälfte geht dann fürs Benzin drauf, und von der Fahrtzeit will ich gar nicht reden.«

Sie gibt mir recht und fängt an, mich in verschiedener Hinsicht zu belehren. Sachen, auf die ich unbedingt achten sollte. Sie arbeitet halbtags bei einer Versicherung, und da erlebt sie so einiges. Pflichtschuldigst lausche ich ihren guten Ratschlägen. Als das Ganze dann in ein Verkaufsgespräch für eine Hausratsversicherung ausartet, versuche ich sofort, das Thema zu wechseln.

»Apropos Versicherung, hatte Onkel Jim eigentlich eine Lebensversicherung?«

Sie schüttelt den Kopf. »Ich glaube nicht. Bei mir hatte er jedenfalls keine Lebensversicherung abgeschlossen. Die anderen Sachen wie Haftpflicht, Hausrat und Kraftfahrzeuge hatte er alle bei uns.«

Die Idee mit der Lebensversicherung endet somit in einer Sackgasse. Ich überlege, ob ich ihr von den Überweisungen an

Gavin erzählen soll. Vielleicht hat sie ja eine Ahnung, wofür das Geld gewesen sein könnte. Andererseits sind Brenda und Gráinne befreundet. Da sollte ich vielleicht besser vorsichtig sein. Ich mustere sie genauer. Das äußerst knapp sitzende, geblümte Kleid hat sich etwas über ihre Hüften geschoben und entblößt kräftige blasse Waden, die sich leuchtend vom weinroten Samt Sofa abheben. *Krautstampfer*, schießt es mir durch den Kopf, gefolgt von *jetzt sei nicht so gemein*. Sie ist eigentlich ganz hübsch, halblanges rötliches Haar umrahmt wellig ihr rundliches Gesicht mit den Sommersprossen. Wenn sie lächelt, hat sie ganz entzückende Grübchen in den Wangen, und ihre Augen leuchten grün. Alles an ihr ist rund und knuffig. Über ihren Einrichtungsstil kann man streiten, aber eigentlich ist sie ganz nett. Ich will gerade fragen, ob sie mit Eugene zu dieser Benefizveranstaltung gehen wird, da lässt sie mich wissen, dass sie sich Gedanken gemacht hat über die Sache neulich mit meiner Kaffeetasse, die zu Bruch gegangen ist und Gráinnes nagelneue Designerhose ruiniert hat.

»Also«, setzt sie an, »ich habe mir gedacht, das heißt, Eugene und ich haben uns gedacht, dass es ja eure Tasse war, die kaputtging. Ich konnte da ja gar nichts dafür, ich wollte dir ja nur helfen. Also falls Gráinne die Hose doch noch ersetzt haben möchte, dann reiche ich sie einfach an dich weiter.«

Dabei lächelt sie mich mit ihren grünen Augen an, als könne sie kein Wässerchen trüben. »Gar kein Problem, mach das ruhig«, antworte ich und lächle zurück, obwohl ich innerlich koche. »Ich dachte, du hättest vielleicht eine private Haftpflichtversicherung? Du bist doch vom Fach.« Ich warte ihre Antwort gar nicht ab. Wenn ich wütend bin, dann gibt es kein Halten mehr. Dann sage ich Sachen, die ich lieber nicht sagen sollte.

»Kann schon sein, dass Gráinne ihre Hose ersetzt haben will, jetzt wo ihre zusätzliche Einnahmequelle versiegt ist.« Ich knabbere an einem Keks, als wäre damit alles gesagt.

Brenda reißt die Augen auf und lehnt sich nach vorne. »Welche zusätzliche Einnahmequelle denn?«

Ich knabbere weiter und sage so beiläufig wie möglich. »Nun, die wöchentlichen Überweisungen von Onkel Jim. Hatte dir Gráinne nicht davon erzählt?« Ich setze noch eins drauf. »Ich dachte, vielleicht hätten alle Verwandten ab und zu Geld von Onkel Jim bekommen?«

Sie fasst sich an die Brust und haucht: »Wie viel haben sie denn bekommen?«

»Nun«, ich tu so, als müsste ich erst überlegen, »ungefähr tausend Pfund die Woche.«

Sie schnappt hörbar nach Luft. »Tausend Pfund!« Ich kann richtig zusehen, wie die Zahlenreihen hinter ihrer Stirn rattern.

»So, jetzt müssen wir aber, Patrick wird schon ganz zappelig.« Ich schäle mich mit Mühe aus dem weinroten Samtsofa und gehe zur Tür. »Vielen Dank für den Tee, es war so nett, mit dir zu plaudern. Müssen wir öfters mal machen. Bleib ruhig sitzen, wir finden schon hinaus.«

Ich zieh gerade die Haustür zu, da sehe ich noch, wie sie zum Telefonapparat in den Flur eilt und den Hörer abnimmt.

Das war ein kurzer Besuch. Wir wandern wieder nach Hause. Eigentlich gibt es nur zwei Möglichkeiten, wen sie jetzt anrufen wird. Entweder Eugene oder Gráinne – oder als dritte Möglichkeit beide. Ich grinse in mich hinein. Vielleicht war es gemein von mir, aber ich konnte mich einfach nicht zurückhalten. Aber jetzt melden sich doch Bedenken. Was, wenn es falsch war, diese Information einfach weiterzugeben? Binnen Minuten wird es die ganze Familie wissen. Brenda wird alle anrufen und fragen, ob sie von Onkel Jim Geld bekommen haben. Andererseits könnte es eine Möglichkeit sein, Gavin zu zwingen, die Wahrheit zu sagen. Wenn alle O'Sheas über ihn herfallen, wird er vielleicht einlenken. Zumindest könnten wir erfahren, ob Gráinne von dem Geld wusste oder nicht.

Zu Hause schlüpfen wir in unsere Hausschuhe, waschen uns die Hände und setzen uns an den Küchentisch, um zu malen. Die Sonne scheint durchs Fenster, und es ist endlich mal richtig warm draußen, bestimmt zwanzig Grad, und windstill. Eigentlich viel zu gutes Wetter, um den Nachmittag im Haus zu verbringen. Ich steh auf und geh durch die Hintertür in unseren Garten. Wenn wir Gartenmöbel hätten, könnten wir draußen sitzen. In der Garage finde ich einen alten Klapptisch und vier Klappstühle. Perfekt! Ich rufe Patrick, und gemeinsam schleppen wir die Gartenmöbel auf die Betonterrasse. Jetzt müssen wir sie nur noch abwaschen. Wer weiß, wie lange sie da in der Garage vor sich hin gemodert sind. Ich fülle den Eimer mit Wasser und Spülmittel und hoffe, dass die Uraltteile auch mit kaltem Wasser sauber werden. Patrick bekommt einen Schwamm in die Hand gedrückt, und gemeinsam rücken wir den Gartenmöbeln auf den Leib, als unsere Klingel plötzlich Sturm läutet. Ich sag zu Patrick, dass er weitermachen soll und ich nur schnell zur Tür gehe. Als ich die Haustür aufmache, bestätigt sich meine dumpfe Vorahnung. Gráinne fegt ins Haus und stürmt in die Küche. Ich dachte, sie wäre auf Wellness-Urlaub.

»Was bildest du dir eigentlich ein, solche Behauptungen aufzustellen!?« Sie hält sich gar nicht erst mit »hello« und »how are you« auf und Bussi, Bussi gibt es auch nicht. »Wir haben nie auch nur einen Penny von Onkel Jim bekommen!«

Sie knallt ihre Handtasche auf den Tisch. Aha, Louis Vuitton, nicht schlecht.

Sie stemmt die Hände in die Hüften und faucht mich an. »Wir verdienen unser Geld immer noch selbst. Gavin arbeitet hart, und ich verdiene auch nicht schlecht.«

Sie fährt fort, mich zu beschimpfen, und steigert sich immer mehr in ihre Wut, bis ich meinen Zeigefinger hebe, »Moment« sage und aus der Küche gehe. Im Wohnzimmer suche ich nach den Kontoauszügen und bete inständig, dass Tadhg eine Kopie bei uns gelassen hat. Kurz darauf stoße ich auf die Blätter, eile zurück in die Küche und halte ihr die Kontoauszüge unter die Nase. Sofort kehrt Stille ein. Sie setzt sich auf einen Küchenstuhl und geht jedes Blatt sorgfältig durch. Den Kopf tief gebeugt, fährt sie mit dem Finger an der Aufreihung der Namen entlang, stockt jedes Mal kurz, wenn sie bei Gavins Namen anlangt, und macht weiter, bis sie bei der letzten Eintragung angekommen ist. Sie lässt die Kontoauszüge auf dem Küchentisch liegen, steht auf und geht, ohne ein weiteres Wort zu verlieren.

Was für eine Furie! Zumindest scheint sie wirklich nichts davon gewusst zu haben. Seltsam, ich kann mir keinen Reim darauf machen. Was hat es mit diesen Geldbeträgen auf sich? Was verheimlicht Gavin vor seiner Frau?

Ich geh zurück in den Garten. Patrick hat sich und die Klappstühle von oben bis unten mit Seifenwasser und Schaum »geputzt«. Ich laufe schnell die Treppe hoch zur *Hot Press,* drücke beide Schalter der Immersion und sause wieder nach unten. Heute wird Patrick nicht um ein Vollbad herumkommen. Ich fülle den Eimer erneut mit Wasser, schütte es über die Gartenmöbel, dass der Schaum nur so spritzt, und wiederhole die ganze Prozedur gleich noch einmal. Patrick hat einen Heidenspaß dabei und springt mit beiden Füßen in die Pfützen, die sich auf den unebenen Betonplatten gebildet haben. Es gibt nichts Schöneres für kleine Kinder, als im Wasser zu planschen. Da kann man jedes teure Spielzeug vergessen. Wasser, Sand und große leere Kartons. Damit hatten wir früher auch immer viel Spaß, in meiner alten Arbeitsstelle, dem Kindergarten St. Benedikt. Sobald das Wetter einigermaßen gepasst hat, haben wir draußen die Wasserpumpe angeworfen, und die lieben Kleinen waren den ganzen Tag beschäftigt. Mit Sand und Kartons kann ich momentan nicht dienen, aber Wasser haben wir zur Genüge. Ich gehe in die Garage und schleppe eine große metallene Waschschüssel in den Garten, stelle sie in die Sonne und schütte Eimer um Eimer hinein. Langsam füllt sich die Schüssel. Nach dem sechsten Eimer gebe ich auf und beginne damit, einen Klappstuhl und den Tisch abzutrocknen. Die anderen Stühle lass ich in der Sonne trocknen. Patrick sprintet zurück ins Haus und schleppt seine Superhelden an. Aus Superman wird Aquaman, Batman wird Froschmann, und Patrick gebietet über ihr Tun und Lassen. Ich setze mich, halte mein Gesicht in die Sonne und genieße den ersten leidlich warmen, windstillen Tag, seit wir in Irland angekommen sind. Was wohl meine Kindergartenkolleginnen beziehungsweise Exkolleginnen heute treiben?

Ich denke an die Abschiedsfeier und daran, dass ihr Abschiedsgeschenk immer noch bei der Spedition im schönen Regensburg steht, gut in einem alten Bauklötzchen-Karton verpackt. Ich werde furchtbar wehmütig, wenn ich an meine alte Gruppe denke. Das Heimweh steigt in mir hoch wie ein Fesselballon und drückt hinterhältig auf meine Tränendrüsen. Ich steh auf und geh in die Küche, um Teewasser zu kochen. Ich werde hier doch nicht zur Heulsuse werden? Meine Freundinnen fehlen mir. Wie gerne würde ich jetzt mit den Mädels im Garten sitzen, Kaffee trinken und den neuesten Klatsch durchhecheln. Ich drücke meine Tränen weg und beobachte durch das Küchenfenster, wie Patrick seine Superhelden mit Karacho durch das Wasser spritzen lässt und schließlich selbst in die Waschschüssel klettert. Samt Hose und T-Shirt, mit Schuhen und Socken. Nein, heute kommt er ganz sicher nicht um ein Vollbad herum.

Am Abend, als Seán nach Hause kommt, liegt Patrick bereits im Bett und schläft. Wir essen gemeinsam in der Küche zu Abend, und ich gebe ihm einen kurzen Bericht über meine Recherchen.

Er legt Messer und Gabel zur Seite, schaut mich streng an und sagt: »Du bringst mich noch in Teufels Küche. Ich habe dir doch gesagt, du sollst dich raushalten! Kannst du nicht einmal das tun, worum ich dich bitte?«

Das kann ich nicht auf mir sitzen lassen, also rechtfertige ich mich. »Zumindest wissen wir jetzt, dass deine Schwester nichts von dem Geld wusste. Ich finde, du solltest zu ihr gehen. Vielleicht hat sie in der Zwischenzeit von Gavin herausbekommen, wofür das viele Geld war. Dir würde sie eher was sagen als mir.

Er lehnt sich zurück. »Ich bin hundemüde, ich will mich erst mal eine halbe Stunde hinlegen. Die Fahrerei schafft mich. Es sind nur Idioten auf der Straße. Du glaubst gar nicht, was mir beinahe passiert wäre. Ich hatte so ein Scheißglück.« Er steht auf, geht ins Wohnzimmer und schmeißt sich auf die Couch.

Ich bin enttäuscht, dass er nicht weiter auf unseren Fall eingehen will, setze mich aber neben ihn und frage: »Was denn? Erzähl!«

»Du kennst doch den kleinen Hügel nach Moone, wo es leicht kurvig bergab und dann in eine enge Kurve geht?«

Ich nicke.

»Also, ich fahr hinter einem Lastwagen her, überholen kannst du auf der ganzen Strecke vergessen, also, ich fahr schon eine ganze Weile hinter ihm her.« Seán setzt sich wieder auf. »In der Kurve löst sich plötzlich der Hänger vom Lastwagen und rollt am Führerhaus vorbei den Hügel runter. Auf der Gegenfahrbahn! In der nächsten Kurve ist er dann geradeaus in die Wiese gerast und hat sich überschlagen. Stell dir mal vor, wenn in dem Moment ein Auto auf der Gegenseite gekommen wäre. Da wäre der Hänger voll hineingerast, und alle Autos hinter mir und der Laster vor mir hätten nicht mehr bremsen können. Dann wäre ich mittendrin gewesen, keine Chance.« Er legt sich wieder hin. »Ich bin jetzt noch fix und fertig.«

»Die Fahrerei muss endlich ein Ende haben.« Mir wird ganz schlecht, wenn ich daran denke, dass Seán einen Unfall haben könnte. »Wenn das mit dem Haus in Celbridge nichts wird, dann suchen wir eben weiter.«

»Ach ja, genau«. Er setzt sich wieder auf. »Der Makler hat angerufen, sie nehmen unser Angebot an.« Er grinst mich an. »Du kriegst dein Haus in Celbridge.«

Und das sagt er erst jetzt! Ich springe auf und umarme ihn. Das muss einer der seltenen Momente sein, bei denen man bei der Aussicht, sich über Jahrzehnte zu verschulden, glücklich ist. »Wann können wir einziehen?«

Er runzelt die Stirn. »Also das kann so zwei bis vier Wochen dauern, kommt darauf an.«

Ich hätte auch sofort gepackt, aber egal, zumindest ist ein Ende in Sicht, ein Ende in diesem Haus und ein Ende in Carlow. »Endlich! Ich freu mich so auf unseren richtigen Neuanfang!« Ich strahle ihn an. »Unser Haus mit unseren Sachen und unseren Möbeln, es wird fantastisch!«

Seán legt sich wieder hin. »Das wir es ganz sicher, Herzchen. Gráinne kann warten. Ich bin einfach zu geschafft.«

Ich kuschle mich in den Sessel, nehme eine *House & Home* Zeitschrift vom Tisch und beginne damit, sie durchzublättern. Keine zwei Minuten später kommen leise Schnarchgeräusche von der Couch. Ich will gerade nach einer alten *Schöner Wohnen* Zeitschrift greifen, als die Türglocke läutet.

Seán wacht auf und reibt sich die Augen. »Das ist sicher Tadhg.«

Ich steh auf und geh zur Tür. Gráinne!

»Ist Seán da?«

Ich mach eine einladende Handbewegung Richtung Wohnzimmer. Sie stolziert an mir vorbei. »Seán!« greint sie mit weinerlicher Stimme, »sie haben Gavin verhaftet.« Sie wirft mir einen giftigen Blick zu. »Irgendjemand muss ihnen das von dem Geld gesteckt haben.«

Ich will sofort protestieren, doch Seán setzt sich auf, wirft mir einen warnenden Blick zu, gähnt und sagt. »Jetzt setz dich erst mal, was ist denn passiert?«

Sie schluchzt. »Heute, so gegen fünf, hat er einen Anruf bekommen, und ihm wurde gesagt, dass er zur Befragung zur Garda Station kommen soll. Er ist immer noch nicht zurück!«

Ich fahre dazwischen. »Was denn jetzt, sollte er befragt werden oder ist er verhaftet?«

Sie giftet mich an. »Woher soll ich das wissen? Auf jeden Fall ist er immer noch nicht nach Hause gekommen.«

Seán richtet sich auf. »Es war klar, dass sie ihn befragen werden, nachdem sie die Kontoauszüge von Onkel Jim ausgewertet haben. Weißt du wirklich nicht, wofür er das Geld bekommen hat?«

Sie lässt den Kopf hängen und murmelt: »Ich hatte keine Ahnung.«

Hatte? Ich spitze die Ohren.

Leise fährt sie fort: »Nachdem ich von hier weg bin, habe ich Gavin natürlich sofort zur Rede gestellt.« Sie hebt den Kopf und starrt ins Leere. Wir sitzen mucksmäuschenstill und warten. Endlich redet sie weiter. »Gavin hat ihn erpresst.« Ihre Stimme ist nur noch ein Flüstern. »Mein Mann hat meinen Onkel erpresst.« Sie fängt an zu weinen. »Das muss man sich erst einmal vorstellen, Gavin erpresst Onkel Jim. Vielleicht dachte Onkel Jim sogar, ich wüsste davon. Oh Gott!« Jetzt heult sie Rotz und Wasser. Ich steh auf und hole aus der Küche Papiertaschentücher. Als ich wieder zurückkomme, hat Seán sich neben seine Schwester gesetzt, den Arm um sie gelegt und redet beruhigend auf sie ein. Ich gebe ihm die Packung Taschentücher, mache kehrt und feuere in der Küche den Gasherd an. Tee oder doch lieber Whiskey? Ich entscheide mich für extra starken Tee und stelle nach kurzer Überlegung noch eine Flasche Jameson und drei Gläser aufs Tablett. In der Zwischenzeit hat Gráinne sich wieder einigermaßen beruhigt und wischt sich die verschmierte Wimperntusche von den Wangen. Ich schenke ihr wortlos einen Fingerbreit Whiskey ins Glas und gebe drei Löffel Zucker in ihre Teetasse. *Zucker ist gut bei Schock*, denke ich und gieße den starken heißen Tee in die Tasse. Sie nimmt das Whiskeyglas, stürzt den Inhalt hinunter und hält mir dann das leere Glas hin. Schön, einen Fingerbreit kriegt sie noch, dann schraub ich die Flasche zu und stelle sie demonstrativ auf den Kaminsims.

Seán rührt in seiner Tasse. »Was meinst du mit erpresst? Ich kann mir das gar nicht vorstellen. Womit hat er ihn erpresst?« Sie stürzt das zweite Glas Whiskey hinunter, schweigt beharrlich. Wir sitzen zu dritt im Wohnzimmer und keiner sagt ein Wort.

Schließlich steht sie auf, holt sich die Whiskeyflasche vom Kaminsims, schenkt sich ein und sagt: »Also schön, ihr werdet es ja sowieso erfahren.« Sie bleibt stehen, lässt ein paar Sekunden verstreichen. »Onkel Jim beging Fahrerflucht. Gavin war im Wagen, als es passiert ist.« Sie setzt sich wieder. »Sie waren auf dem Rückweg von unserer Weihnachtsfeier. Ich bin viel früher gegangen, weil ich solche Kopfschmerzen hatte, Gavin wollte noch bleiben. Als die Weihnachtsfeier zu Ende war, hatte er zu viel getrunken und konnte nicht mehr fahren. Deshalb hat ihn Onkel Jim mitgenommen. Es war typisches Winterwetter, nass, kalt, nebelig. Der Wagen kam in einer Kurve von der Fahrbahn ab und ist auf die Gegenfahrbahn gerutscht. Entweder aufgrund von Bodenfrost oder nassen Blättern auf der Straße, Gavin wusste es nicht so genau, er war auch ziemlich dicht. Vermutlich ist Onkel Jim auch zu schnell gefahren. Auf jeden Fall kam er auf die Gegenfahrbahn und ist dort gegen einen Mopedfahrer geschrammt. Er bekam den Wagen wieder unter Kontrolle und fuhr weiter.« Sie stürzt den Whiskey hinunter. »Er fuhr einfach weiter.« Sie setzt sich wieder. »Am nächsten Tag hörte Gavin im Radio, dass ein Mopedfahrer bei einem *hit and run accident* schwer verletzt wurde und dass die Polizei nach Unfallzeugen sucht. Ein paar Tage später wurde berichtet, dass der Mopedfahrer seinen schweren Verletzungen erlegen ist.« Sie seufzt tief auf. »Er war achtzehn Jahre alt.« Sie fummelt eine Zigarette aus einer verknautschen Packung, zündet sie an, inhaliert tief. »Gavin sagt, er wollte sich eigentlich nur etwas Geld von Onkel Jim leihen, weil es im Laden gerade nicht so gut lief. Er hätte es ihm auf jeden Fall zurückgezahlt.«

Ja, klar, jetzt kommt die Märchenstunde. Ich schau Gráinne skeptisch an.

»Irgendwie muss Onkel Jim das falsch verstanden haben und hat Gavin das Geld förmlich aufgedrängt.«

Seán ist auch nicht überzeugt. »Er hätte das Geld ja nicht annehmen müssen.« Wir nicken beide.

»Mein Gott, er weiß ja, dass es falsch war, und es tut ihm auch leid.«

Ja, klar, weil er erwischt wurde. Ich habe wenig Mitgefühl mit Idioten-Gavin.

Gráinne drückt energisch ihre Zigarette im Unterteller aus. »Ermordet hat er Onkel Jim auf jeden Fall nicht! Warum hätte er das tun sollen?«

Ich spekuliere: »Vielleicht wollte sich Onkel Jim selbst anzeigen, weil er das schlechte Gewissen nicht mehr ertragen konnte und damit auch gleich seinen Erpresser loswurde?« Gráinne schüttelt den Kopf. »So ein Quatsch.« Sie kramt die Zigarettenschachtel hervor und fischt die letzte Kippe heraus. »Das glaubst du doch selber nicht.« Wütend starrt sie mich an. »Willst du meinem Mann einen Mord anhängen?«

Betont entspannt, lehne ich mich in meinem Sessel zurück, schlage die Beine übereinander und sage: »Nein, ich glaube nicht, dass Gavin Onkel Jim ermordet hat. Erpresst ja, aber nicht ermordet.«

Überrascht schaut sie mich an.

Ich rede weiter: »Warum sollte er auch die Gans schlachten, die goldene Eier legt?«

Gereizt lässt sie das Feuerzeug aufschnappen und zündet sich die Zigarette an. Es läutet an der Tür. Seán steht auf, um zu öffnen.

Als er draußen ist, flüstert sie mir hitzig zu: »Halte dich bloß aus unseren Familienangelegenheiten raus. Du hast hier nichts zu suchen.«

Ich habe keine Gelegenheit, etwas darauf zu erwidern, denn die Wohnzimmertür geht auf und Seán kommt mit Tadhg herein. Gráinne erhebt sich, begrüßt Tadhg überschwänglich freundlich und behauptet, sie hätte gerade gehen wollen. Seán bringt sie zur Tür. Von mir verabschiedet sie sich nicht.

Tadhg schlägt den angebotenen Tee aus, aber zu einem Gläschen Whiskey sagt er nicht nein. Er will auch gar nicht lange bleiben. Seán versorgt ihn mit einem großzügig eingeschenkten Glas, beide setzen sich, und Seán berichtet von unseren neuesten Erkenntnissen. Tadhg gibt sich wenig überrascht.

So etwas hatte er bereits vermutet. »Die Familie des Unfallopfers hat natürlich auch ein astreines Motiv. War das nicht einer von den Scullys?«

Seán schaut auf. »Den Scullys? Welchen Scullys? Scullys gibt es in Carlow wie Sand am Meer.«

Tadhg nimmt seine Kappe ab, fährt mit der Hand über sein kurz geschorenes Haar, setzt die Kappe wieder auf. »Der Vater des Unfallopfers ist einer von den Scullys aus der Centaur Street. Sie haben fünf Töchter. Fünf Töchter und einen Sohn. Arbeitet als Klempner, fährt ständig mit einem kleinen blauen Kastenwagen durch die Gegend, so ein kleiner Schmächtiger, raucht wie ein Schlot. Seine Frau ist so eine dicke Blonde, ich glaub, sie ist eine geborene Byrne, von den Byrnes aus Bridewell Lane«

Seán lacht. »Da haben sich zwei von Carlows größten Clans zusammengefunden. Ich weiß noch, wie der alte Byrne jeden Sonntag mit seiner ganzen Kinderschar in die Messe ging. Wie die Orgelpfeifen sind sie da in den Kirchenbänken gestanden. Die alte Mrs. Byrne hat ein strenges Regiment geführt. Ich weiß heute noch nicht, wie die zwölf Kinder in das kleine Haus gepasst haben. Die müssen sich zum Schlafen abgewechselt haben.«

Tadhg lächelt zustimmend. »Das war bei den Scullys bestimmt auch nicht anders. Die hatten mindestens neun oder zehn Kinder in dem kleinen *Two up Two down* Häuschen in der Centaur Street.« Er wird wieder ernst. »Die Zeitungen waren voll von dem Unfall. Weihnachten! Der einzige Sohn! Die Mutter hat Himmel und Hölle in Bewegung gesetzt, damit der Unfallfahrer gefunden wird. Ich weiß von Benny, dass sie ständig bei ihnen auf der Polizeistation aufgetaucht ist und eine Szene gemacht hat. Die arme Frau war völlig mit den Nerven fertig. Vor ungefähr einem Monat hat er sie zuletzt gesehen. Plötzlich kam sie nicht mehr.«

»Ich war damals noch in Regensburg. Ich habe davon überhaupt nichts mitgekriegt.« Seán seufzt. »Man mag sich das gar nicht vorstellen, wenn das eigene Kind verunglückt, schrecklich, und dann auch noch Fahrerflucht.«

Tadhg nickt. »Absolute Hölle. Mit den Scullys möchte ich nicht zusammenrücken. Die Mutter hat Benny die Hölle heiß gemacht, aber Benny sagt, sie hatten überhaupt keinen Anhaltspunkt. Es gab keine Zeugen, keine Lackspuren, nichts.«

»Die Scullys sind schon ein besonderer Schlag. Kann ich mir gut vorstellen, wie Benny und Sheryl Scully sich gegenüberstanden. Die hat Haare auf den Zähnen.«

Seán nimmt einen Schluck Whiskey. »Ich habe Sheryl mal in voller Fahrt erlebt. Zwei ihrer Brüder waren im Endspiel *Éire Óg* gegen *O'Hanrahan's,* und einer von ihnen wurde vom Platz gestellt. Ist schon ein paar Jahre her. Der Schiedsrichter hat jetzt noch rote Ohren.« Tadhg lacht. »Genau, Jimmy und Hughie Byrne, die beiden *Terminator*. Von den Scullys war auch einer im Team, Seamus Scully, nicht wahr?

Ich reiße die beiden aus ihren Erinnerungen, als ich laut überlege: »Warum sie wohl plötzlich damit aufgehört hat, zur Polizei zu gehen?«

Tadhg wirft mir einen anerkennenden Blick zu. »Elli hat recht. Es muss einen Grund dafür geben. Warum stellt Sheryl Scully ihre täglichen Besuche auf der Polizeistation ein?«

Seán zuckt mit den Achseln. »Am besten gehst du morgen zu ihr. Sheryl ist keine Frau, die einfach aufgibt. Es muss eine Erklärung dafür geben.«

Tadhg nickt ernst, dann erhellt sich seine Mine. »Kannst du dich noch an die Sache mit den Scullys und der Pferdewette erinnern?«

Die beiden amüsieren sich königlich über eine Geschichte, in der Seamus Scully, ein Pferd und ein Swimmingpool die Hauptrolle spielen. Seán wiehert los. »Und das Pferd hat dann im Rennen den ersten Platz gemacht!?«

Tadhg prustet in sein Whiskeyglas. »Genau, und Seamus Scully brüstet sich heute noch damit. Ein klarer Außenseiter, die Quoten waren hoch und die Wettgewinne beachtlich.« Seán wischt sich die Tränen aus den Augen. »Hoffentlich haben sie das Wasser gewechselt, bevor am nächsten Tag die Badegäste kamen.«

Tadhg schlägt sich auf die Schenkel. »Darauf würde ich nicht wetten.«

Beide prusten wieder los. Kindsköpfe. Tadhg kippt den Rest seines Whiskeys hinunter, steht auf, verabschiedet sich und verspricht uns, dass er sich morgen in die Höhle der Löwin wagen wird. Sheryl Scully hat durch Onkel Jims Schuld ihren einzigen Sohn verloren. Tadhg will herausfinden, ob sie wusste, dass Jim der Unfallfahrer war.

Mittwoch

Der nächste Tag beginnt mit strahlendem Sonnenschein. Bilderbuchwetter! Patrick und ich verbringen den ganzen Vormittag im Garten mit Malen, Wasserplanschen und Vorlesen. Als Patrick genug davon hat, möchte er seine Legos in den Garten holen. Also geh ich zurück ins Haus und mach mich auf die Suche nach einer dicken Decke. Fehlanzeige! In der Hot Press finde ich nur Handtücher und Bettlaken. Ohne Decke wäre der Betonboden im Garten arg hart und unbequem. Ich suche weiter. Endlich fällt mir ein, dass ich eine Decke vom Gästebett nehmen könnte. Das ist auch so eine irische Besonderheit, denke ich noch, als ich die Decken auseinanderfalte. Federbetten gibt es scheinbar nicht. Nur unterschiedlich kratzende, übereinandergeschichtete Wolldecken. Zuerst ein Bettlaken, dann mehrere Wolldecken, zum Abschluss eine farbig gemusterte Tagesdecke. Beim Bettenmachen stell ich mich immer an wie der erste Mensch. Es gibt bestimmt einen Kniff, um alle Decken symmetrisch aufeinanderzulegen, aber bei mir funktioniert das nur selten. Meistens zipfelt an jedem Eck eine andere Decke hervor. Ich wähle die dickste der drei Wolldecken und laufe damit die Treppe hinunter. Im Wohnzimmer schnapp ich mir noch zwei Sofakissen und geh damit in den Garten. Patrick wartet schon ungeduldig auf mich, und gemeinsam breiten wir die braune Decke im Garten aus. Jetzt noch die zwei Kissen auf den Boden, fertig. Patrick stürzt sich auf die Legoschachtel und fängt an zu bauen. Ich geh zurück ins Wohnzimmer, um mein Buch und ein paar Zeitschriften zu holen. Ich kann es kaum erwarten, in unser neues Haus zu ziehen. Seán wollte heute noch einen Termin mit einem Rechtsanwalt vereinbaren, über den der Kauf abgewickelt werden soll. In Irland braucht man dazu keinen Notar, sondern einen Anwalt. Ich schlage die erste Zeitschrift auf und versinke sofort in den Hochglanzfotos. Genau! So soll mein Garten werden! Begeistert betrachte ich die Bilder und schwelge in Fantasien von grüner Pracht. Ein Garten ganz in Lila mit Weiß, herrlich! Oder doch lieber kunterbunt blühend? Ich vergleiche die Bilder, beides sieht fantastisch aus. In der nächsten Zeitschrift finde ich einen kindgerechten Garten. Auch ganz nett, bestimmt wesentlich pflegeleichter als die blühenden Kunstwerke in Lila und Weiß oder der bunte Blütentraum. Als Kindergärtnerin sollte es mir nicht allzu schwer fallen, einen kindgerechten Garten zu entwerfen. Ich geh zurück ins Haus und hole mir Schreibblock und Bleistift, lege beides auf den Klapptisch, skizziere ungefähr die Umrisse unseres neuen Gartens und versuche, die Größe zu schätzen. Vielleicht 8 × 10 Meter? Das kann ich später abklären, jetzt geht es erst einmal um die Gestaltung. Also Sand, viel Sand, denn Sand ist der wichtigste Bestandteil für einen kindgerechten Garten. Und Wasser, am besten neben oder im Sand. Dazu eine Schaukel, Obstbäume, Johannisbeeren, Gemüsebeete, eine Terrasse und Rasen. Ich zeichne und zeichne, aber wie ich es auch drehe und wende, für Obstbäume ist der Garten zu klein. Aber wir könnten Spalierobst an der Mauer entlang ziehen. So wie bei Michelle im Wintergarten. Gemüsebeete müssen auf jeden Fall in den Garten. Wie sonst sollen Kinder lernen, wo das Essen herkommt? Es ist erstaunlich, wie viele Kinder wir immer wieder im Kindergarten hatten, die nicht wussten, woher Milch oder Käse kommt. Gut, eine Kuh können wir uns nicht halten, aber Karotten, Zwiebeln, Knoblauch, Rote Bete, Erbsen, Bohnen, Radieschen, Erdbeeren und vielleicht Rhabarber können wir auf jeden Fall anbauen. Der Garten füllt sich erstaunlich schnell. Als ich fertig mit den ganzen kindgerechten *Must haves* bin, ist für Blumen nur noch ein kleines Stück an der Mauer zum Nachbarn hin Platz. Oh, ich habe den Kompost vergessen! Das war's dann mit den Blumen, ich zeichne den Komposthaufen in mein Blumenbeet. Dabei fällt mir Conors wunderschöner Cottage-Garten ein. Conor hat offensichtlich einen grünen Daumen. Er hat aber auch wesentlich mehr Platz als wir. Die Gärten in den neuen Siedlungen haben verglichen mit Conors Cottage-Garten höchstens Handtuchgröße. Warum hat Seán mich so seltsam angesehen, als ich ihn fragte, ob ich bei Eoin auch Blumen gießen soll? Ich gehe noch einmal unsere kurze Begegnung mit Brian in Conors Haus durch. Irgendetwas stimmt nicht mit diesem Brian. Tief in Gedanken versunken, kritzle ich noch ein Vogelhäuschen und ein Insektenhotel dazu und vergleiche meine Zeichnung mit den Fotos in den Illustrierten. Was soll's, die Fotos in Magazinen sind sowieso immer geschönt. Mein kindgerechter Garten wird bestimmt fantastisch. Ich will Patrick gerade meine Zeichnung zeigen und seine Meinung dazu einholen, da sehe ich, dass er auf der Decke mit dem Kopf auf dem Sofakissen eingeschlafen ist. Mit einer Hand umklammert er ein Lego-Männchen. Ich decke ihn mit einem Handtuch leicht zu und gehe in die Küche, um Lunch zu machen. Wenn er wach wird, hat er sicherlich einen Bärenhunger. Ich will gerade das erste Sandwich schmieren, da läutet die Türglocke. *Hoffentlich ist es nicht wieder Gráinne*, denk ich noch, als ich die Tür einen Spalt öffne und hinausschiele. Michelle! Ich reiß die Tür auf. Sie sieht wieder klasse aus. Diesmal in einem dunkelblauen, ärmellosen Sommerkleid, der leichte Rock geht bis knapp übers Knie, mit einem dünnen Gürtel um die schlanke Taille. Sie begrüßt mich strahlend und entschuldigt sich sofort, mich so unangemeldet zu überfallen. »Als Entschädigung habe ich Lunch mitgebracht«, meint sie lächelnd und hält eine braune Papiertüte in die Höhe. Ich führ sie in die Küche, sag ihr, wie sehr mich ihr Besuch freut, nehme ihr die Papiertüte ab und stelle sie auf den Küchentisch. Ich feure den Gasherd an, um Teewasser zu kochen.

»Wollen wir im Garten essen?« frag ich sie, »es ist so herrlich warm heute.«

Sie stimmt mir zu und fragt, ob sie mir was helfen kann.

»Nein, nein, du hast ja schon den Lunch mitgebracht.« Ich geh voran, trage das Tablett in den Garten, hole einen Klappstuhl an den Tisch und bitte sie, sich zu setzten. Neugierig öffne ich die braune Papiertüte und lege vorsichtig einen Leckerbissen nach dem anderen auf den Teller. Drei kleine runde Pies, Mini Sausage Rolls, Sandwiches und Plundergebäck.

»Das ist natürlich alles aus eigener Herstellung«, sie deutet auf die Pies, »ich habe drei verschiedene Sorten mitgebracht, *Chicken & Ham, Beef & Guinness, Pork & Mushroom.* Man kann sie warm machen oder kalt essen. Die Sandwiches sind relativ neu in unserem Sortiment, und das hier sind die Klassiker, *Egg Mayonnaise* und *Waterkress.* Die kleinen Sausage Rolls habe ich extra für Patrick eingepackt, die mag er bestimmt. Zum Nachtisch gibt es *Danish*, eines ist mit Apfel gefüllt und die anderen beiden mit Kirsch.« Sie legt mir ein Plundergebäck auf den Teller. »Ich liebe Kirsch, das schmeckt so süß und saftig.«

Ich schenke den Tee ein. »Das ist eine nette Überraschung, freut mich riesig, dass du gekommen bist.« Ich strahle sie an. »Du hättest auch gern ohne Lunch kommen können.«

Sie setzt die Tasse ab, von der sie nur ein wenig genippt hatte. »Ja, ja, ich weiß, aber gemeinsam essen ist einfach schöner. Das Alleinsein fällt mir schon sehr schwer.«

Ich versichere ihr, dass sie bei uns immer und jederzeit willkommen ist. Auch ohne Pies. »Das ist so lieb von dir. Die anderen O'Sheas machen einen weiten Bogen um mich.« Sie bürstet sich ein paar Krümel vom Rock. »Übrigens, ich habe Gerüchte gehört, dass Gavin Flynn verhaftet wurde. Weißt du was drüber?«

Ich greife nach dem *Chicken Pie,* halbiere ihn mit dem Messer und stelle eine Hälfte zurück. »Er wurde nicht verhaftet, sondern nur befragt.«

Sie schaut mich überrascht an.

Ich überlege, wie viel ich Michelle gegenüber preisgeben darf. Einerseits finde ich, dass sie ein Anrecht darauf hat, alles zu erfahren. Schließlich ist es ihr Mann, der ermordet wurde. Andererseits bin ich mir nicht sicher, ob ich damit nicht einen Vertrauensbruch begehen würde. Michelle legt ihr einmal angebissenes Sandwich zurück auf den Teller.

»Ich bekomme einfach nichts hinunter«, sagt sie und seufzt. Mit zitternden Fingern führt sie die Teetasse an die Lippen. »Debbie sagt, ich soll wenigstens etwas trinken, aber meine Kehle ist wie zugeschnürt. Ständig gehen mir immer wieder die gleichen Fragen durch den Kopf. Warum wurde Jim ermordet? Und von wem?«

Nun bemerke ich erst die dunklen Ringe unter ihren Augen, die fahle Haut. Abgenommen hat sie auch. Das schicke blaue Kleid saß bestimmt schon einmal besser. Richtig erbärmlich sieht sie aus. Michelle tut mir unglaublich leid, wie sie hier auf meinem klapprigen Gartenstuhl sitzt und versucht, Haltung zu bewahren.

»Gavins Name ist ein paarmal in Verbindung mit Auszahlungen relativ großer Summen auf Onkel Jims Kontoauszügen erschienen.« Ich stütze meine Ellbogen auf den Tisch, lehne mich nach vorne und erzähle ihr alles, was ich weiß. Sie hört mir zu, ohne mich ein einziges Mal zu unterbrechen. Als ich fertig bin, sag ich: »So, mehr weiß ich bisher auch nicht. Tadhg will heute herausfinden, ob Sheryl wusste, dass Onkel Jim der Unfallfahrer war.«

Sie zündet sich eine ihrer langen dünnen Zigaretten an, stößt den Rauch aus und murmelt: »Unglaublich.« Gedankenverloren sitzt sie da und raucht. Sie wirft die Zigarette auf den Boden, zertritt den Stummel unter ihren schicken, halbhohen blauen Riemchensandalen, nimmt einen winzigen Schluck Tee, schaut mich unverwandt an und sagt: »Ihr meint, die Scullys haben Jim umgebracht?«

»Nun«, ich leg den Kopf zur Seite, »die Scullys haben zumindest ein starkes Motiv.«

Sie überlegt, klopft noch eine Zigarette aus ihrem Etui, beugt sich zu mir und seufzt. »Jim war seit Weihnachten so seltsam, als würde ihn etwas bedrücken. Ich habe ihn öfters darauf angesprochen, aber er hat mich jedes Mal abgeblockt.« Sie fährt mit dem Daumen ein paarmal über das Reibrad des Feuerzeugs, bis endlich eine schwächelnde Flamme hervorzüngelt. Hastig brennt sie die Zigarette an, pafft. »Ich dachte, er hat wieder mal Schwierigkeiten in der Firma.« Sie breitet beide Hände aus. »Das Ganze klingt so gar nicht nach Jim! Er hat sich nie davor gedrückt, Verantwortung zu übernehmen. Ganz im Gegenteil, ich würde sagen, Jim hatte einen sehr ausgeprägten Gerechtigkeitssinn. Seid ihr sicher, dass Jim gefahren ist?«

Ich überlege. Eigentlich haben wir nur Gavins Wort dafür. Jim kann sich ja nicht mehr verteidigen.

Michelle trommelt mit den Fingern auf der Tischplatte. »Weißt du«, sagt sie gereizt, »möglich wäre es. Den Scullys traue ich alles zu. Ist der alte Scully nicht bei Sinn Féin?«

Ich schau sie zweifelnd an. »Jim wurde vergiftet, nicht erschossen.«

Sie tritt die nächste Zigarette in den Betonboden. »Das heißt überhaupt nichts.« Sie nimmt sich die Hälfte des Pies und beißt kräftig hinein. »Wann kommen eigentlich Eoin und Conor frei? Ich dachte, sie wollten Kaution beantragen?«

Ich nicke zustimmend. »Soviel ich weiß, muss das High Court darüber entscheiden. Sollte aber nicht mehr allzu lange dauern.«

Sie schaut mich prüfend an. »Glaubst du immer noch an ihre Unschuld?«

Ich rücke meinen Stuhl etwas näher an den Tisch heran. »Seán glaubt ganz fest daran. Ich kenne die beiden ja kaum.« Patrick wird langsam wach, setzt sich auf und reibt sich die Augen.

»Ja, hallo mein Schatz!« Michelle breitet die Arme aus, setzt sich zu ihm auf die Decke und gibt ihm einen dicken Schmatz auf die Stirn. »Bist du jetzt wieder munter? Ich habe dir *Mini Sausage Rolls* mitgebracht. Nur für dich.«

Patrick schaut sie erstaunt an. Es dauert ein bisschen, bis er klar wird, dann springt er auf, sprintet zur Hintertür und sagt auf Deutsch. »Bin gleich wieder da, muss nur schnell bisi.« Michelle fragt verblüfft: »Nanu, habe ich ihn verschreckt?« Ich übersetzte, was er gesagt hat. Sie grinst und setzt sich wieder an den Tisch. »Ich glaube immer noch, dass Eoin und Conor die Schuldigen sind. Da kann Seán denken, was er will. Außerdem sind sie die Einzigen, die Zugang zu Palytoxin hatten, damals auf Hawaii.«

Zweifelnd fügt sie hinzu: »Die Scullys wären schon auch eine Möglichkeit, aber die hätten Jim erschossen oder erschlagen. Ein exotisches Gift passt irgendwie gar nicht zu ihnen. Ich meine«, schiebt sie noch schnell nach, »nicht, dass du jetzt glaubst, die Scullys wären Kriminelle. Das sind ganz normale Leute. Ich meine nur, dass sie höchstens im Affekt handeln würden, und deshalb kann ich mir die Scullys so gar nicht als Giftmörder vorstellen.«

Ich nicke zustimmend, wende aber dann ein: »Gift ist ja angeblich eine Frauenwaffe. Das würde doch wieder auf Sheryl Scully deuten.«

Sie wirft mir einen schnellen Blick zu. »Kennst du Sheryl?« Ich verneine. Sie schaut halb belustigt, halb ernst. »Also, Sheryl würde dich vielleicht mit ihrem scharfen Mundwerk zerreißen, sie könnte dich auch mit der flachen Hand erschlagen, aber von langer Hand einen Giftmord planen, das ist nicht ihr Stil.«

Michelle scheint sich sehr sicher zu sein, und es stimmt auch mit dem überein, was Seán und Tadhg über sie gesagt haben. Ich würde gerne mehr über die Scullys erfahren, doch da kommt Patrick zurück, und Michelle hebt ihn sich auf den Schoß und füttert ihn mit Sausage Rolls. Sämtliches Mordgerede hat nun ein Ende. Michelle hat nur noch Augen für Patrick. Die beiden albern rum, und es dauert nicht lange, da bekommt Michelle einen Superhelden in die Hand gedrückt mit genauen Anweisungen, was sie zu sagen und zu tun hat. Diese Ehre wird nicht jedem zuteil. Michelle schlägt sich wacker und darf zur Belohnung mit Patrick Lego spielen. Ich setze mich zu ihnen auf die Decke, und gemeinsam bauen wir ein riesiges Raumschiff. Als Patrick den letzten Legostein auf das Raumschiff setzt, steht Michelle auf, drückt ihr Kreuz durch und seufzt: »So viel Spaß hatte ich schon lange nicht mehr.« Sie gibt Patrick wieder einen Kuss auf die Stirn. »Das nächste Mal kommst du zu mir.«

»Und zu den Fischen«, ruft Patrick ganz begeistert.

Zu mir gewandt meint sie: »Ich muss jetzt los. Kommt doch bald mal wieder bei mir vorbei.« Ich bringe sie noch an die Tür, danke ihr für Besuch und Lunch und bekräftige nochmals, dass sie uns jederzeit willkommen ist, auch ohne Hogg's Pies, obwohl die wirklich sehr lecker waren. Zurück im Garten decke ich den Tisch ab und räume die übrig gebliebenen Sandwiches in den Kühlschrank. Seán kann sie morgen zum Lunch mitnehmen, deshalb wickle ich sie in Klarsichtfolie ein. Zwei Pies und ein paar Sausage Rolls sind auch noch da. Wenn ich die Pies warm mache, dazu Kartoffelbrei und Erbsen, dann haben wir genug zum Abendessen. Michelle hatte es wirklich sehr gut mit uns gemeint. Da kann ich mir das Kochen heute fast ganz sparen.

Vielleicht sollte ich doch mal zum Friseur gehen? Zeit hätte ich. Kritisch betrachte ich mich wieder im Flurspiegel. Etwas nachschneiden würde bestimmt nicht schaden. Kurzerhand entschließe ich mich zu einem Friseurbesuch. Auch Patrick kann einen Haarschnitt vertragen. Wir verlassen St. Philomenas und schlendern Richtung Dublin Street. Dort habe ich kürzlich einen Friseurladen gesehen, der mir gefallen hat: *Talking Heads*. Als wir eintreten, läutet eine Türglocke melodisch über unseren Köpfen, und kurz darauf tritt eine Frau mit streichholzkurzen, weißblonden Haaren hinter einem Vorhang hervor und begrüßt uns freundlich. Wir können schon mal Platz nehmen, sagt sie, einer ihrer Friseure wird gleich frei sein. Ich lasse mich vor einem der vielen Spiegel in einem hochmodernen Drehstuhl aus schwarzem Leder und blitzendem Chrom nieder. Patrick bekommt einen Spezial Kinderstuhl, der aussieht wie ein Raumschiff. Nicht lange, nachdem wir mit Kaffee, Zeitschriften und Lucozade versorgt wurden, kommt sie mit einem Friseur an unseren Platz, stellt ihn kurz vor: »Das ist Brian, er wird sich ihnen annehmen«, und verschwindet hastig an das hell schrillende Telefon am Tresen. Im Spiegel sehe ich den jungen Mann, der in Conors Haus war, um die Blumen zu gießen.

»Hallo, wir kennen uns bereits«, sage ich und lächle ihn freundlich an. Er nickt schüchtern und fragt mich, was ich gerne hätte. »Nur nachschneiden, bitte«, antworte ich und werde sogleich von ihm zum Waschbecken geführt. Nach dem Waschen fängt er mit dem Schneiden an. Ich betrachte ihn neugierig. Die schwarze Kleidung lässt ihn noch zarter und graziler wirken, als er sowieso schon ist. Sein dunkles Haar ist auf der einen Seite diagonal lang geschnitten und auf der anderen fast vollständig abrasiert. Ein runder silberner Ohrring ziert sein Ohrläppchen. Seine Augenbrauen sind formvollendet gezupft, und auf seine langen dichten Wimpern wäre manches Mädchen neidisch. In einem Affentempo führt er gekonnt mit seinen feingliedrigen Händen Kamm und Schere. Auf ein Gespräch hat er scheinbar keine Lust. Professionell kümmert er sich um meine Frisur.

Patrick hat mehr Glück. Seine Friseurin quatscht munter drauflos und lacht und albert mit ihm rum. »Soso,« sagt sie zu Patrick, »du magst Fische. Brian, erzähl dem Kleinen doch von den Fischen, die du in Hawaii gesehen hast!«

Wie ein erschrockenes Reh schaut er sie an, hustet und keucht, »Wasser«, während er fluchtartig hinter dem Vorhang verschwindet.

Die Friseurin sieht ihm erstaunt hinterher. »Nanu, sonst spricht er über nichts anderes als über seinen Hawaii-Urlaub. Wir können es schon nicht mehr hören«, lacht sie und steckt den Föhn ein.

Kurz darauf erscheint auch Brian wieder, nimmt stumm seine Werkzeuge auf und beendet sein Werk in Rekordgeschwindigkeit. Als es ans Zahlen geht, bin ich einmal mehr angenehm überrascht. Haareschneiden ist hier viel billiger als in Deutschland.

Der Friseurbesuch hat mich nachdenklich gestimmt. Brian hat sich uns gegenüber seltsam verhalten. Ich versuche, noch einmal alles in Gedanken durchzugehen, doch Patrick plappert auf dem Nachhauseweg unentwegt. Die Omama und der Opa und die Nachbarskinder von früher gehen ihm nicht aus dem Kopf. Wann wir sie wieder besuchen werden, will er wissen, und wann sie uns besuchen werden. Überhaupt ist er in einer weinerlichen gereizten Stimmung. Er wird doch hoffentlich nicht krank werden?

Zu Hause betrachte ich mich zufrieden im Spiegel. So sieht es schon viel besser aus. Da kann selbst Gráinne nicht meckern. Ich mache mich daran, unser Abendessen vorzubereiten. Beim Kartoffelschälen denke ich an Tadhg. Ich platze fast vor Neugierde. Wusste Sheryl Scully, wer für den Tod ihres Sohnes verantwortlich war oder wusste sie es nicht? Ein Blick auf meine Armbanduhr zeigt mir, dass ich mich noch etwas gedulden muss. Tadhg kommt nie vor acht Uhr abends. Ich nehme eine Dose Erbsen aus dem Küchenschrank, da klingelt es an der Tür.

»Hallo Tadhg«, begrüße ich ihn und mache die Tür weiter auf, »komm rein, Seán kommt bestimmt auch bald.«

Er bleibt auf der Matte stehen, winkt ab. »Ich geh gleich wieder. Bei Sheryl hatte ich Pech. Die Polizei war vor mir da und hatte sie bereits verhört. Scheinbar verfolgen sie die gleiche Idee wie wir. Sheryl war fuchsteufelswild, hat geschrien wie ein Berserker und geschäumt vor Wut. Ich konnte kein vernünftiges Wort aus ihr herausbringen. Ich geh morgen mal zu Benny auf die Wache, vielleicht habe ich da mehr Glück.« Er atmet tief ein. »Das Weib ist gemeingefährlich. Kannst du Seán Bescheid geben? Ich geh jetzt heim und ruh mich aus.« Er dreht sich im Gehen noch mal um und zwinkert mir zu. »Du kannst Seán ausrichten, dass ich von nun an Gefahrenzulage verlangen werde.«

Ich schau ihm noch kurz nach, wie er die Straße entlang schlendert, schließe die Tür und denk mir, dass ich diese Sheryl gern mal kennenlernen würde.

Donnerstag

Heute ist Waschtag, ich steh mitten in unserem Schlafzimmer mit einem großen schwarzen Müllbeutel in der Hand und trenne Buntwäsche von Kochwäsche. Es ist schon erstaunlich, wie viel Wäsche sich in so kurzer Zeit ansammelt. Nachdem ich zwei Müllsäcke gut gefüllt habe, pack ich sie in Patricks Buggy und wir machen uns auf den Weg in die Wäscherei. Anschließend will ich noch kurz bei Conor die Orchideen gießen. Die Sonne scheint, der Wind bläst, es ist ziemlich frisch draußen. Ich nehme die Abkürzung durch Penny's Carpark, gehe an dem Flüsschen Burrin entlang, beim Postamt über die Kreuzung und steh schließlich vor der Wäscherei. Vor dem Postamt hat sich eine lange Schlange gebildet, die Menschen stehen dicht beisammen, rauchen, unterhalten sich oder schauen einfach nur vor sich hin. Was da wohl los ist? Die Schlange reicht bis ins Postamt hinein. Es ist also geöffnet. Ich geh in die Wäscherei und gebe dort meine Wäsche ab. Der Mann im weißen Kittel notiert meinen Namen auf ein Stück Papier, heftet es an meinen Müllsack und brummt, *»Saturday«*, wiederholt das Ganze mit dem zweiten Sack und gibt mir zwei Tickets mit Zahlen drauf. Ich steck die Tickets in meine Geldbörse, und wir verlassen die Wäscherei. Die Schlange vor dem Postamt ist jetzt noch länger. Verwundert betrachte ich die Wartenden. Männer und Frauen, Alte und Junge, manche haben ihre kleinen Kinder dabei. Ich komm nicht drauf, was es im Postamt Interessantes geben könnte. Ich schieb den jetzt leeren Buggy die Dublin Street hoch, Richtung Court House, zum einzigen Telefonhäuschen in Carlow, das mit Karte funktioniert. Patrick geht neben mir her. Heute ruf ich meine Mutter an. Ich hab's mir fest vorgenommen. Die frohe Nachricht von unserem bevorstehenden Hauskauf muss verkündet werden. Ich steck die Telefonkarte in den Schlitz, warte darauf, dass das Guthaben angezeigt wird, und sage zu Patrick: »Wir rufen jetzt die Omama an.« Er klatscht in die Hände und will sofort den Hörer nehmen. Ich deute ihm noch ein bisschen zu warten, lausche auf das Freizeichen, wähle die Nummer und gebe ihm erst dann den Hörer, als ich die Stimme meiner Mutter vernehme.

»Omama!« Patrick schreit in den Telefonhörer und hüpft dabei auf und ab. Er telefoniert immer mit großer Gebärdensprache, so als ob ihn sein Gesprächspartner sehen könnte. Ich lass ihn reden und gestikulieren, und erst, als er anfängt, sich zu wiederholen, greife ich nach dem Hörer. »Sag Servus zur Omama, ich will auch noch kurz mit ihr reden.« Patrick verabschiedet sich, Bussis werden ausgetauscht und schließlich habe ich meine Mutter am Telefon. »Hallo Mama, ich wollt dir nur kurz Bescheid geben. Wir haben uns für ein Haus entschieden. Morgen ist der Termin, da treffen wir uns mit unserem Rechtsanwalt in Dublin, und es wird alles vertraglich festgelegt.«

Darauf hat meine Mutter einiges zu sagen.

»Ich weiß noch nicht, wann wir einziehen können. Wir müssen auch noch den Termin von der Stromversorgungsgesellschaft abwarten. Keine Ahnung, wie lange es dauert, bis die uns an das Netz anschließen können.«

»Hast du der Spedition schon Bescheid gesagt?«, will meine Mutter wissen.

»Nein, ich habe ja noch keinen Schlüssel, und Strom haben wir auch noch keinen. Auf ein paar Wochen mehr oder weniger kommt's jetzt auch nicht mehr an.«

Meine Mutter lässt nicht locker. »Das kostet doch alles eine Stange Geld.«

»Den Umzug zahlt Hewlett Packard, mach dir mal keine Sorgen.«

Darauf meine Mutter. »Das ist kein Grund, Geld zu verschwenden.«

»Aber ich verschwende ja gar kein Geld. Wir haben uns sowieso mit dem Hauskauf sehr beeilt. Andere brauchen Monate, bis sie etwas Passendes finden.«

»Ich hoffe nur, ihr übereilt das nicht. Warum mietet ihr nicht einfach? Warum müsst ihr gleich kaufen? Es pressiert doch nicht.«

»Das ist in Irland so, da kaufen die Leute ihre Häuser, in Miete wohnt fast niemand, höchstens Studenten.«

»Ach so, ja dann, wenn das so ist.« Meine Mutter überlegt nicht lange und geht zum nächsten Angriff über: »Isst Patrick auch genug? Er hat ein wenig verschnupft geklungen. Er wird doch hoffentlich nicht krank werden?«

Ich versuche, sie zu beruhigen, und zähle alles auf, was Patrick die letzten Tage so gegessen hat.

»Ich hoffe, du kochst auch mal was Richtiges. Dieses ganze vorfabrizierte Zeug ist furchtbar ungesund.«

Als ob es bei uns jeden Tag McDonald's oder Fertiggerichte geben würde. »Natürlich koch ich richtig, das weißt du doch.«

Sie lässt sich jedoch nicht beirren. »Du hast scheinbar bereits ein paar irische Essgewohnheiten aufgeschnappt.«

Langsam geht mir die Geduld aus. »Was du immer hast! Obst und Gemüse hier ist immer frisch, das Fleisch ist besser als zu Hause, Milch und Butter sind erste Sahne und Hühnchen gibt es auch nur schlachtfrisch zu kaufen. Keine eingefrorenen Hähnchen wie bei uns.«

»Ist ja gut,« lenkt sie schließlich ein. »Ich mein ja nur, dass man nicht täglich Pommes essen soll. Zieh ihn warm an!«

»Wie jetzt?«

»Patrick, du sollt Patrick warm anziehen, damit er sich nicht erkältet. Ich meine, er hat ein bisschen verschnupft geklungen.« Sie wird von einem Piepston unterbrochen. Das Guthaben auf meiner Telefonkarte ist aufgebraucht.

»Mama, kann sein, dass ich jetzt dann plötzlich weg bin. Meine Karte piepst.« Ich halte den Hörer etwas weiter weg vom Ohr.

»Also, dann viel Glück morgen beim Notar und schick mir ein

Foto von dem Haus. Pass auf, dass du auch mit im Grundbuch stehst, sonst ...« Dauerton.

Von Onkel Jims Ableben konnte ich meiner Mutter leider nicht mehr erzählen. Der Telefonkarte sei Dank. Ich häng den Hörer ein, schiebe die schwere Glastür auf und nehme Patrick an der Hand. Unser nächster Stopp ist Conors Haus. Der Weg vom Court House zum alten Schulhaus ist nicht mehr weit. Im Haus angekommen, öffne ich zuerst einmal alle Fenster, um frische Luft hereinzulassen. Dann mache ich mich ans Blumengießen. Patrick hat in Conors Bücherregal ein Buch über exotische Fische entdeckt und sitzt ganz darin versunken auf dem hellen Sofa. Ich beeile mich, solange Patrick mit dem Buch beschäftigt ist. Als ich im Schlafzimmer die Fenster wieder schließe, fällt mein Blick auf eine der Fotografien auf dem Nachttisch. Ich nehme den schweren Silberrahmen hoch und betrachte die beiden Männer auf dem Foto. Ein Urlaubsschnappschuss, im Hintergrund strahlend blauer Himmel, Palmen und türkisgrünes Wasser, davor Conor und Brian mit riesigen Cocktails in den Händen, sonnenverbrannt und glücklich in die Kamera lachend. Überrascht mustere ich das Foto in meinen Händen. Patrick ruft nach mir, und ich stelle den Bilderrahmen hastig zurück auf den Nachttisch. Dabei fühle ich mich, als wäre ich dabei ertappt worden, wie ich heimlich durchs Schlüsselloch linse und etwas sehe, was nicht für mich bestimmt ist. Sorgfältig schließe ich ab, und wir verlassen das schmucke ehemalige Schulhaus.

»Sollen wir zum Fluss gehen und die Schwäne besuchen?« Patrick ist einverstanden. Wir schlendern langsam die Dublin Street hinunter, biegen rechts in die Cox's Lane ein, und schon sehen wir den Fluss vor uns. Er glitzert träge in der Sonne, während Schwalben in halsbrecherisch anmutenden Flugmanövern knapp über der Wasseroberfläche auf Insektenjagd gehen. Schwäne und Enten umringen einen alten Mann mit Plastiktüte am gegenüberliegenden Ufer. Patrick lässt meine Hand los und läuft auf den Fluss zu, ich eile mit dem leeren Buggy hinterher. »Patrick! Bleib stehen! Nicht so nah ans Wasser!« Etwas atemlos komm ich neben ihm zum Stehen, nehme seine Hand und gemeinsam sehen wir den Schwänen zu, wie sie um jedes einzelne Brotstückchen kämpfen. Patrick fiebert mit, wenn ein Schwan den anderen jagt, mit langem Hals den Gegner in den Rücken zwickt und der Unterlegene dann, in sicherem Abstand, völlig unbeteiligt tut, so als hätte er eben keinen Zweikampf verloren. Vorwitzige Enten versuchen, günstige Gelegenheiten zu nutzen nach dem Motto, »wenn sich zwei streiten, freut sich der dritte«. Kreischende Möwen kreisen hoch über den Schwänen und wollen im Sturzflug Beute machen. Der Mann schüttet die letzten Brösel ins Wasser, knüllt seine Plastiktüte zusammen, steckt sie in die Manteltasche und geht. Sofort kehrt Ruhe auf dem Wasser ein. Wir beobachten noch ein bisschen, wie die Schwäne und Enten auf dem Wasser dümpeln, und machen uns dann auch auf den Weg. Patrick setzt sich in seinen Buggy, ich beuge mich über ihn und schließe sorgfältig den Gurt, damit er nicht wieder plötzlich aufsteht und über die Straße läuft, da sehe ich aus den Augenwinkeln eine junge blonde Frau am Bootshaus vorbeistöckeln. Michelle? Ich richte mich auf, um einen besseren Blick zu haben, aber da ist sie schon um das Eck des Bootshauses herum und nicht mehr zu sehen.

»Sollen wir noch schnell die Nana besuchen?«

Patrick ist einverstanden. »Und Granddad«, meint er.

Diesmal geh ich durch die John Street, dann die Kennedy Avenue entlang, nehme wieder die Abkürzung durch Penny's Carpark und steh schließlich vor der Tür meiner Schwiegereltern. Ein schneller Blick auf meine Armbanduhr, um sicherzustellen, dass es nicht zu früh ist; halb zwölf, müsste passen, ich drücke die Klingel. Die Tür geht auf, und Fidelma steht auf der Schwelle. Sie zögert etwas, schaut über ihre Schulter zur Wohnzimmertür und fragt schließlich, ob wir reinkommen möchten. Deshalb sind wir zwar da, aber ich merke, dass wir ungelegen kommen. Patrick jedoch schlüpft hinein und läuft den Gang entlang. Meine Schwiegermutter macht die Tür weiter auf, lässt auch mich ein, und wir folgen Patrick in die Küche. Durch die Wohnzimmertür kann ich gedämpft Stimmen hören, ein Mann und eine Frau. Ich meine, in der männlichen Stimme meinen Schwiegervater zu erkennen. Die weibliche Stimme wird immer lauter und endet schließlich in einem klagenden Heulton. Die männliche Stimme redet beruhigend auf sie ein. Es ertönt ein herzzerreißendes Weinen, das gar nicht mehr enden will. In der Küche schauen wir uns alle drei betroffen an.

»Ich glaub, wir gehen lieber wieder«, sag ich noch zur Schwiegermutter, als die Tür auffliegt, mein Schwiegervater hereinstürzt, rasch ein Glas Wasser am Wasserhahn füllt und wieder hinaus hetzt.

»Was ist denn los?«, frage ich erstaunt.

Fidelma setzt sich auf einen Küchenstuhl. »Ich weiß es ja auch nicht. Sie kam vor einer Viertelstunde und wollte mit John sprechen, privat.« Unschlüssig zieht Schwiegermuttern die Augenbrauen hoch. »Seitdem sitzen sie im Wohnzimmer hinter geschlossener Tür und reden.«

Ich setze mich an den Küchentisch ihr gegenüber und nehme Patrick auf den Schoß. »Wer ist sie?«

Meine Schwiegermutter schaut mich ratlos an. »Eine ehemalige Schülerin von John. Das muss aber schon fast zwanzig Jahre her sein.«

Das Weinen im Wohnzimmer lässt langsam nach und hört schließlich ganz auf. Nur vereinzelte Schluchzer, begleitet von besänftigendem Gemurmel, dringen zu uns durch. Wir lauschen stumm. Fidelma zündet sich eine ihrer extra langen Kingsize-Zigaretten an und raucht schweigend. Ich habe Angst, die Küche im falschen Moment zu verlassen. Nichts wäre mir unangenehmer, als plötzlich im Gang der geheimnisvollen Besucherin mit den verquollenen Augen gegenüberzustehen. Also bleib ich einfach sitzen und mach mit Patrick Fingerspiele. Die Zeit zieht sich wie Kaugummi. Fidelma, die sonst so virtuos Small Talk beherrscht, sitzt still auf ihrem Küchenstuhl und raucht. Endlich vernehmen wir, wie sich die Besucherin verabschiedet, die Haustüre schnappt ins Schloss, und wenig später steht mein Schwiegervater in der Küche und wischt sich den Schweiß von der Stirn.

»Jetzt brauch ich erst einmal eine Tasse Tee,« seufzt er und füllt den Wasserkocher. »Außer mir noch jemand?«

Ja, alle außer Patrick. Er nimmt drei Tassen aus dem Küchenschrank, Zucker, Milch, stellt alles vor uns auf den Tisch. Dann sucht er nach Keksen im Vorratsschrank, während Fidelma jede seiner Bewegungen lauernd verfolgt, bis sie sich schließlich nicht mehr beherrschen kann. »Und?«

»Sofort«, er wirft zwei Teebeutel in die Kanne, gießt kochendes Wasser drauf und stellt die dampfende Teekanne auf den Tisch. »Also«, er fährt sich mit einem Stofftaschentuch über die Oberlippe, »ich weiß gar nicht, wo ich anfangen soll.«

»Setz dich doch endlich.« Meine Schwiegermutter wird ungeduldig. »War das eine von den Byrne-Töchtern aus Bridewell Lane?«

Er setzt sich langsam. »Ja, das war Sheryl. Ich hatte sie in Geschichte.« Er rührt die Teebeutel in der Kanne um. »Kannst du dich noch an den Unfall an Weihnachten erinnern? Der junge Mopedfahrer? Das war ihr Sohn.«

Fidelma bekreuzigt sich. »Die arme Frau.«

John schenkt den Tee ein. »Ja.«

Fidelma löffelt dreieinhalb Löffel Zucker in ihren Tee. »Der Unfallfahrer wurde nie gefunden, nicht wahr?«

John schaut von seiner Tasse auf, überlegt. »Nein, zumindest nicht offiziell.« Dann seufzt er auf, legt seinen Teelöffel zur Seite und sagt. »Es war Jim.« Er tupft sich die Stirn. »Deshalb kam Sheryl zu mir; sie wusste, dass Jim mein Bruder war. Anscheinend war die Polizei wegen Jims Tod bei ihr, aber sie sagt, sie haben nichts damit zu tun. Ich soll ihr helfen.«

»Jetzt mach mal langsam. Ich versteh überhaupt nicht, warum sie damit zu dir kommt. Was hat Jim damit zu tun?« Fidelma stützt die Ellbogen auf den Tisch.

»Sheryl hat mir erzählt, dass sie die Suche nach dem Unfallfahrer schon fast aufgegeben hatten. Obwohl sie täglich auf der Polizeistation war und in allen Zeitungen um Mithilfe gebeten wurde, ist nichts dabei herausgekommen. Da stand eines Tages

Jim vor ihrer Tür, zusammen mit Pfarrer Curly. Jim war bei Pfarrer Curly, um zu beichten, und wollte sich anschließend der Polizei stellen. Pfarrer Curly hat ihn aber davon überzeugt, dass er zuerst die Scullys um Vergebung bitten und dann erst zur Polizei gehen soll. Er war der Meinung, dass Jim es der Familie schuldig war, und hat ihm angeboten, ihn zu begleiten.« John nimmt einen kleinen Schluck Tee. »Du kennst ja Father Curly«, und fährt fort, »so kam es also, dass Jim mit Pfarrer Curly zu den Scullys ging und ihnen seine Schuld am Tod ihres Sohnes gestand. Sheryl hat zugegeben, dass sie ihn grob beschimpfte und sogar mit Fäusten traktierte, bis Pfarrer Curly eingegriffen hat. Jim hat alles über sich ergehen lassen. Er hat geweint und gesagt, er würde alles tun, nur damit ihr Sohn wieder lebendig wird, aber das sei nicht möglich und deshalb wird er sich jetzt der Polizei stellen. Pat, Sheryls Mann, stand die ganze Zeit still dabei und hat überhaupt nichts gesagt. Aber als Jim verkündet hatte, dass er jetzt zur Polizei gehen wird, hat er Jim einen Vorschlag gemacht. Ihren einzigen Sohn konnte Jim nicht wieder lebendig machen, aber er konnte ihren Töchtern helfen, indem er sich um eine bessere Zukunft für sie sorgt. Als einfacher Klempner konnte Pat niemals für eine Universitätsausbildung seiner Kinder aufkommen, aber falls Jim für alle Kinder einen Ausbildungsfonds einrichten und auf diese Art Buße tun würde, dann brauche er sich nicht der Polizei zu stellen. Sheryl war zuerst dagegen. Sie hat gesagt, sie will nicht vom Tod ihres Sohnes profitieren, aber Pat ist ein praktisch denkender Mensch und hat sie davon überzeugt, dass ihr Sohn davon nicht wieder lebendig wird, wenn Jim ins Gefängnis geht. Nach einigem Hin und Her und mithilfe von Pfarrer Curly wurde ein Vertrag aufgesetzt. Jim hat für alle Töchter der Scullys einen großzügigen Ausbildungsfonds bei der Postbank angelegt. Sheryl hat die Sparbücher bekommen. Sheryl hat gesagt, sie war einfach nur dankbar dafür, dass sie nach so langer Zeit endlich wussten, wer für den Tod ihres Sohnes verantwortlich war. Sie konnten danach mit ihrer Trauerarbeit beginnen. Die Vereinbarung war zwar unorthodox, aber sie konnte erkennen, wie sehr Jim unter seiner

Schuld gelitten hat. Verziehen hat sie ihm zwar nicht, sagt sie, aber das könne auch niemand von ihr erwarten.«

John zündet sich eine seiner halben Zigaretten an. »Das war vor ungefähr vier oder fünf Wochen. Als dann die Polizei auf ihrer Schwelle stand, um sie zu Jims Tod zu befragen, hat sie Panik bekommen. Deshalb hat sie mich aufgesucht. Sie wollte mir versichern, dass weder die Scullys noch die Byrnes etwas mit Jims Tod zu tun haben.« Er schlägt die Beine übereinander, lässt nachdenklich den Rauch an die Zimmerdecke steigen und meint: »Wisst ihr, ich glaube ihr, sie konnte schon in der Schule schlecht lügen. Unbeherrscht und impulsiv, ja, das ist sie, aber keine Lügnerin.« Er wischt sich verloren gegangene Asche vom Knie. »Sie will natürlich nicht, dass die Polizei von ihrer Vereinbarung mit Jim erfährt.«

Fidelma verdreht die Augen. *»My God! What next?«*

Beide schauen mich durchdringend an. »Das bleibt unter uns, die Polizei braucht nichts davon zu wissen.«

John nimmt seine Brille ab und reibt ein Brillenglas energisch mit dem Tischtuchzipfel ab.

Fidelma stimmt ihm zu. »Natürlich nicht, die arme Frau hat genug mitgemacht. Vielleicht hat sie auch Angst davor, dass sie die Sparbücher für die Ausbildung ihrer Kinder zurückgeben muss.«

Ich nicke zustimmend, von mir wird niemand etwas erfahren, außer Seán selbstverständlich, dem muss ich es natürlich sagen. Womit sich die alte Regel wieder mal bewahrheitet, dass jedes Geheimnis, und sei es auch noch so geheim, mindestens an eine Person weitererzählt wird, wieder mit der strikten Auflage, es niemandem weiter zu erzählen und so weiter. Ich lächle bei dem Gedanken, an wen Seán wohl das Geheimnis weitererzählen wird. Vermutlich an Tadhg, und der an seine Frau, und seine Frau an ihre Schwester, und ihre Schwester an ihren Mann … und so weiter und so fort. Am Ende weiß ganz Carlow, dass der Sohn von Pat und Sheryl Scully von Jim O'Shea totgefahren wurde.

Ich steh auf, bedanke mich für den Tee, verspreche, dass ich außer Seán keinem Menschen ein Sterbenswörtchen davon erzählen werde, und geh mit Patrick nach Hause. Das war doch mal ein informativer Besuch bei den Schwiegereltern. Gedankenverloren sperre ich die Haustür von *St. Philomena's* auf. Schade nur, dass ich diese Sheryl nun doch nicht gesehen habe. Es ist fast schon Mittag, und ich mache uns rasch ein paar Brote zum Lunch.

Patrick kommt mit seinem Müllautobuch in die Küche, stellt sich vor mich hin und stemmt die Fäuste in die Hüften. »Kann ich ein Fischebuch haben?«

»Ja, klar, warum nicht.« Ich kann das Müllautobuch schon nicht mehr sehen. Eine kleine Abwechslung käme wie gerufen. Ich verspreche ihm, dass wir nach seinem Mittagsschlaf in die Buchhandlung gehen und nach einem Fischebuch suchen werden. Solange er kein Aquarium haben will, ist alles gut.

Nach Patricks Mittagsschlaf ziehen wir los auf der Suche nach einem Buchladen. Zuerst schau ich noch schnell in den Corner Shop an der Ecke, um ein Päckchen Kaugummi zu kaufen. Die Inhaber sind immer furchtbar nett und gesprächig und kennen jeden ihrer Kunden mit Namen. »*Hi Elli*«, schallt es mir schon entgegen, als ich den Laden betrete. »*How are you getting on?*« Der Shop ist im Wohnhaus der Simms untergebracht. Unten, im Erdgeschoss, ist der Laden, hinten ist die Wohnküche, und oben, im ersten Stock, sind wie bei uns in *St. Philomena's* drei Schlafzimmer und ein Badezimmer. Das Haus ist fast genau baugleich mit unserem, das heißt, der Shop ist dort untergebracht, wo sich bei uns Wohnzimmer und Küche befinden. Die Simms sind abwechselnd im Laden und verkaufen auf kleinstem Raum alles, was man sich nur vorstellen kann. Direkt am Eingang ist eine große Theke mit Süßigkeiten und kleinen Chipstüten in jeder nur erdenklichen Geschmacksrichtung untergebracht, *Cheese & Onion, Prawn Cocktail, Salt & Vinegar,* und vieles mehr. Dann gibt es den Verkaufstresen mit der Registrierkasse und dem Kaugummiständer, dahinter an der Wand Zigaretten, Aspirin und Batterien, eine Kühltruhe mit unterschiedlichen Eissorten, Zeitungen und Magazine, ein kleines Regal mit Obst und Gemüse, Brotkörbe, ein Kühlregal mit Milchprodukten, Würstchen, Speck, Eiern und ein Regal mit Konserven, Fertiggerichten, Essig, Öl, Pfeffer, Salz, Toilettenartikel. Sogar eine Auswahl an billigen Spielsachen gibt es, strategisch platziert, direkt gegenüber der Süßigkeitentheke. Catherine Simms ist wie immer in engem schwarzem Rock und beiger Bluse gekleidet, um den Hals eine Perlenkette aus dicken Plastikperlen, die blonden Haare toupiert, die Lippen dick mit orangefarbenem Lippenstift geschminkt. Vielleicht ein kleines bisschen zu elegant gekleidet und eine Spur zu dick geschminkt, um in diesen Wirrwarr von Waren zu passen. Ihr Ehemann Nick passt viel besser in diese Umgebung. Klein, dicklich und tagaus, tagein mit einer grünen Schürze bekleidet, ähnelt er dem freundlichen Gemüsehändler mit der Halbglatze in einem von Patricks Bilderbüchern. Catherine ist damit beschäftigt, die Zigaretten aufzufüllen. Sie stürzt sich sofort in eine Geschichte, in der die *Corner Boys,* die immer vor ihrem Laden herumlungern, die Hauptrolle spielen. »Mrs. Simms, hat er zu mir gesagt, Mrs. Simms, ich bin alt genug zum Rauchen. Sie müssen nicht mit meiner Mutter reden. Darauf hab ich gesagt, Tommy Flynn, hab ich gesagt, wenn ich dich noch mal beim Rauchen erwische, dann sag ich's deiner Mutter und die wird dir den Hintern versohlen, hab ich gesagt.« Vertraulich beugt sie sich über den Tresen: »Wenn die Nachbarn diese Burschen vor meinem Laden rauchen sehen, denken sie doch gleich, dass ich ihnen die Zigaretten verkauft habe. Dabei würde ich das niemals tun. Das ist gegen das Gesetz.« Entrüstet knallt sie die letzten paar Schachteln *Mayor* in das Regal. »Diese Zigarettenbürscherl, die schicken immer einen vor, der schon alt genug ist, um ihnen die Zigaretten zu kaufen. Woher soll ich wissen, dass der die Kippen gleich weitergibt an diese Lausbuben?«

Ein Dilemma, gewiss. Ich frag sie, ob sie mir einen Buchladen empfehlen kann. Patrick will ein Buch über Fische, füg ich noch hinzu.

»Shaw & Synge in der Tullow Street.« Catherine braucht gar nicht lange zu überlegen. »Das ist der einzige Buchladen in Carlow, das letzte Haus in der Tullow Street auf der linken Seite.«

Ich bedanke mich, zahle für meinen Kaugummi und mache Platz für die nächste Kundin, die mit einem fröhlichem ›*hiya Fiona, how's your mothers arthritis today? Tell her I was asking for her*‹ begrüßt wird.

Als wir bei Shaw & Synge ankommen, wird mir klar, warum ich den Laden nie als Buchladen wahrgenommen habe. Im linken Fenster der Auslage ist eine große Sammlung von Kreuzen und Rosenkränzen ausgestellt und im rechten Fenster ein Sammelsurium aus Heiligenbildchen, Kerzen, Gebetbüchern und Medaillen. Beim Eintritt schlägt uns der unverkennbare Geruch von Büchern entgegen. Alten Büchern, um genau zu sein. Im vorderen Teil des Ladens werden Grußkarten, Schulbücher und Hefte angeboten, dazu Gebetsbücher, Bibeln, allerlei katholische Accessoires wie Rosenkränze, Kerzen, Medaillen, Rosetten und Heiligenbildchen. Im mittleren Teil befinden sich zwei Regale mit Liebesromanen und Krimis, und der ganze Rest, an den Wänden entlang bis hoch zur Decke, sind Second Hand Bücher, alphabetisch geordnet und doch wild durcheinander. Da steht Maeve Binchy Schulter an Schulter mit Samuel Beckett und Patricia Cornwell zwischen Jilly Cooper und Jackie Collins. Alle Genres gehen wild durcheinander, nur durch den Anfangsbuchstaben des Schriftstellers verbunden. Historienromane neben Selbsthilfebibeln, Liebesromane neben Biografien, Krimis neben Kochbüchern. Für Fische gibt es keine Abteilung. Ich sehe mich nach professioneller Hilfe um. Der Laden ist leer bis auf einen dünnen Mann in mittleren Jahren mit Strickjacke, langem grau-meliertem, strähnigem Haar und dicker Brille. Er ist damit beschäftigt, Grußkarten aus einem Karton zu nehmen und neben der Kasse in einen von drei Drehständern einzuordnen. Ich stelle mich neben ihn und warte. Er fährt damit fort, eine Grußkarte nach der anderen in den Ständer zu stecken. Vielleicht hat er mich nicht bemerkt? Ich räuspere mich und mache einen Schritt auf ihn zu, da dreht er sich um, nimmt den leeren Karton und geht nach hinten ins Lager. Bald darauf erscheint er wieder mit einem vollen Karton in den Händen und will damit fortfahren, seine Grußkarten einzuordnen. Er ignoriert mich völlig. Normalerweise würde ich jetzt den Laden verlassen, aber Catherine Simms Bemerkung, dass es der einzige Buchladen in Carlow ist, hält mich davon ab. »Entschuldigen Sie, wenn ich sie störe.« Er schaut mich überrascht an. Sollte er mich wirklich jetzt erst bemerkt haben? »Ich suche ein Buch über Fische.«

»Ich komme sofort«, meint er, räumt jedoch weiter seine Grußkarten ein.

Ich sage nur »gut«, weil mir sonst nichts einfällt, und fange an, in den Grußkarten zu blättern. »Haben sie auch Karten für den 50. Geburtstag?«

Er räumt weiter ein. »Männlich oder weiblich?«

Meine Mutter wird im nächsten Monat Fünfzig. »Weiblich«, antworte ich. Er deutet auf einen Drehständer ganz in pink und rosarot, geht wieder, um den nächsten Karton zu holen, und räumt weiter ein. Ich schau mir die Karten an, die sind wirklich hübsch, eine riesige Auswahl an Karten für *Mother, Mum, Mammy* und auch für *Grandmother, Granny,* oder *Nana* für *Sister, Sister in Law, Niece, Cousin, Wife, Girlfriend* und sogar für die *God-Daughter*. Ich staune, wie viele verschiedene Karten es für jeden Verwandtschaftsgrad gibt. Meine Tante hat auch bald Geburtstag. Würde mich nicht wundern, wenn es sogar eine für die Tante gäbe, halt – *Auntie* steht schön geschnörkelt in pink über Blumen. Wusste ich's doch.

»Ein Buch über Fische?« Er schaut mich fragend an, scheinbar ist er mit den Karten fertig. »Ja, genau.« Ich lass die Karten sein und erkläre, dass mein Sohn vier Jahre alt ist und ich ein altersgerechtes Buch für ihn über Fische suche.

»So etwas habe ich nicht.«

Er will sich umdrehen, aber ich komm ihm zuvor und rufe: »Irgendetwas über Fische werden sie doch haben?«

Er schaut mich vorwurfsvoll an. »Selbstverständlich, aber nicht für Vierjährige.«

Ich bin fast am Ende meiner Geduld, reiße mich aber zusammen und bitte ihn so freundlich es geht, dass er mir einfach alle

Bücher zeigen soll, die er über Fische in seinem Sortiment hat. So als wäre es der absonderlichste Wunsch überhaupt, in einer Buchhandlung Bücher kaufen zu wollen, dreht er sich um und geht suchend an den Second Hand Büchern entlang. Ich bleibe an der Kasse stehen und warte. Schließlich kommt er zurück und hält fünf verschiedene Bücher in der Hand, schielt mich ausdruckslos über den Brillenrand an, legt sie vor mich auf den Tresen und verschwindet wortlos nach hinten in sein Lager. *Der Kerl hat doch eine Meise*, denk ich mir und schaue mir die Titel an. *Good Food: Fish and Seafood Dishes, Encyclopaedia of the Tropical Aquarium, Reel Fishing: Anglers Dream, Prehistoric Rivers and Oceans, Freshwater Fish and River Creatures.* Patrick hat sich gleich die Encyclopaedia gegriffen und blättert darin. Das Kochbuch und das Angelbuch scheiden von vornherein aus, im Buch über prähistorische Fische und Ozeane sind zu wenige Bilder von lebenden Fischen, bleiben also nur das Süßwasserfischbuch und das Tropische Aquarienbuch. Was kostet so etwas? Auf dem Deckblatt in den Büchern ist jeweils mit Bleistift £ 2.50 handschriftlich vermerkt. Na, wenn das so ist, dann nehmen wir beide Bücher. Patrick freut sich und will das Aquariumbuch gar nicht mehr aus der Hand geben. Er setzt sich in seinen Buggy und schaut sich aufmerksam die Bilder an. Ich krame in meiner Geldbörse nach einer Fünf Pfund Note. Als der Buchhändler neben mir mit einem neuen Karton in den Händen auftaucht, zahle ich hastig, bevor er wieder mit dem Einräumen beginnen kann, und wir verlassen den Buchladen. Zum Vorlesen sind die Bücher zwar nicht geeignet, aber ich freue mich trotzdem über unseren Einkauf. Kinder lieben es, einfach nur die Bilder zu betrachten, der Text ist Nebensache. Da wird mir schon was einfallen. Hauptsache, das Müllautobuch hat ein bisschen Pause, und vielleicht kann uns meine Mutter ein altersgerechtes Buch über Fische mit der Post schicken? Beim nächsten Telefongespräch werde ich sie fragen.

Wir eilen nach Hause, das Wetter hat plötzlich umgeschlagen, und es wird ziemlich ungemütlich. Der Himmel zieht sich zu, und die Wolken sehen bedrohlich nach Regen aus. In St. Philomena's ziehen wir zuerst einmal die nassen Kleider aus. Auf den letzten hundert Metern hat es uns voll erwischt, wir sind beide klatschnass. Wer konnte auch ahnen, dass sich das Wetter so schnell ändern kann? Wieder trocken und in bequemen Hausklamotten sitzen wir auf der Couch und schauen die Bücher an. Patrick findet einige Fische in der *Encyclopaedia of the Tropical Aquarium*, die er in Onkel Jims Aquarium gesehen hat, und ich muss ihm die Namen vorlesen, wenn er mit dem Finger darauf zeigt. Vielleicht sollten alle Vierjährigen Enzyklopädien lesen? Patrick jedenfalls hat einen Riesenspaß dabei. Ich bin überrascht davon, wie viele Fische er sich gemerkt hat. Besonders der Clownfisch hat es ihm angetan. Ich muss ihm alles vorlesen, was über den Clownfisch geschrieben steht. Dass der Clownfisch auch Anemonenfisch genannt wird, weil er in enger Gemeinschaft mit einer Anemone lebt, wusste ich, aber dass er grundsätzlich männlich zur Welt kommt und bei Bedarf sein Geschlecht wechseln kann, war mir neu. Überhaupt ist die Haltung von Clownfischen im Aquarium nichts für Anfänger. Kein Wunder, dass sich der Aquarienfanatiker Jim Clownfische hielt. Der kleine Kerl braucht mindestens vier weitere Artgenossen, genau dosiertes Salzwasser, pro Fisch eine Wirtsanemone, die selbst nicht leicht zu züchten ist, als Nahrung Salinenkrebse, zerkleinertes Muschel- und Garnelenfleisch sowie die richtige Riffatmosphäre mit kräftiger Strömung und starkem Licht.

»Eine wirklich professionelle Lichtanlage für die richtige Haltung des Clownfisches simuliert zudem Sonnenauf- sowie -untergänge der Tropen und ahmt außerdem den Tropenmondschein im Pazifikgebiet nach«, lese ich laut vor. Wahnsinn! Was es alles gibt. Sogar den Tropenmondschein! Ich wäre schon froh, wenn ich im Schlafzimmer eine Tageslichtlampe hätte. Vor allem im Winter, da komm ich immer so schwer in die Gänge. Wir blättern uns durch die ganze Enzyklopädie und bemerken dabei gar nicht, wie die Zeit vergeht. Plötzlich hören wir den Schlüssel in der Haustüre, und im nächsten Moment steht Seán im Wohnzimmer. Er legt die Hand auf seinen Magen und schnuppert enttäuscht in die Luft. »Ich habe einen Riesenhunger, hab den ganzen Tag noch nichts gegessen. Was gibt es denn Feines?«

Jetzt brauch ich auch nicht mehr zum Kochen anfangen. Ich höre buchstäblich meine Mutter, wie sie entrüstet die Luft durch die Nase bläst, als ich sage: »Ich dachte, ich hol uns eine *Snack Box* beim *Chipper*«

Seán ist einverstanden. »Mit *onion rings*.« Er nimmt Patrick auf seinen Schoß. »Na, du Großer, was hast du heute alles angestellt?« Ich höre noch, wie Patrick anfängt zu erzählen, dann ziehe ich die Tür hinter mir zu und laufe zum nächsten *Chipper*, um unser Abendessen einzukaufen.

Als Patrick im Bett ist und wir zusammen im Wohnzimmer bei einer Tasse Tee sitzen, erzähl ich Seán von Sheryl Scullys Besuch bei seinem Vater und der unorthodoxen Vereinbarung.

Er hängt an meinen Lippen. Als ich fertig bin, sagt er nur: »Das sieht *Father Curly* ähnlich.«

Ich sehe ihn fragend an, doch er dreht nur seine Teetasse in den Händen und starrt geradeaus vor sich hin.

»*Father Curly* ist in der Gemeinde bekannt dafür, dass er gern eigene Wege geht«, sagt er schließlich und steht auf. »Ich geh noch schnell zu meiner Mutter. Vielleicht kann sie Patrick morgen nehmen, wenn wir in Dublin sind.«

Genau, unser großer Tag, den hätt ich fast vergessen. Etwas schuldbewusst murmle ich nur: »Wir können Patrick ja auch mitnehmen.«

Doch Seán ist schon im Flur. »Ich bin gleich wieder zurück«, ruft er und lässt die Tür ins Schloss fallen. Er hat es bestimmt nur deshalb so eilig, damit er von seinem Vater eine wortgenaue Wiedergabe von Sheryls Besuch bekommt. Ich zieh mir die Kuscheldecke über die Beine, greif nach einer *Schöner Wohnen* Zeitschrift und versinke in den herrlichen Aufnahmen. Ich schaue kurz auf, und mein Blick streift über den unsagbaren Teppich, die Uralttapete und den prähistorischen Fernseher, ehe er sekundenlang auf der Gammel-Couch verweilt. Als ich die Augen schließe, erscheint vor meinem geistigen Auge strahlend unser neues Haus, wunderbar dekoriert und geschmackvoll eingerichtet. Ich seufze tief auf und kuschle mich tiefer in die Decke. Die Zeitschrift entgleitet meinen Händen, und ich gebe mich meinem Tagtraum hin.

Als Seán nach Hause kommt, findet er mich schlafend auf dem Sofa. Er weckt mich, und gemeinsam gehen wir die Treppe hoch ins Bett.

Freitag

Heute ist unser großer Tag. Heute verschulden wir uns für die nächsten fünfzehn Jahre. Ich stehe im Schlafzimmer und föhne mein Haar. *Das ist auch so eine irische Besonderheit*, denke ich, als ich versuche, mich beim Föhnen im Spiegel zu betrachten. Im Bad gibt es keine Steckdosen, und zwar im ganzen Land, nicht nur in St. Philomenas, zumindest hat Seán das behauptet. Angeblich sind Steckdosen im Badezimmer zu gefährlich. Die Steckdose im Schlafzimmer ist zu weit vom Spiegel entfernt, und ich wetze zwischen Föhn und Spiegel hin und her, bis mein dunkelbrauner Pagenkopf endlich trocken geföhnt ist. Ich steh vor dem Kleiderschrank und versuche, etwas Tragbares aus der mageren Auswahl zu finden. Am Ende zieh ich wieder meinen lindgrünen Hosenanzug an, diesmal mit einem dunkelblauen T-Shirt darunter. Ich nehme meine blauen Schuhe mit den halbhohen Absätzen und meine blaue Rucksackledertasche. Jetzt noch Perlenstecker in die Ohren, eine goldene Halskette, und schon sehe ich aus, als könnte ich mir ein Haus für sechzigtausend Irische Pfund leisten. Zumindest bilde ich mir das ein. Seán hat sich auch herausgeputzt, er trägt einen dunkelblauen Anzug mit einem hellblauen Hemd darunter und einer dezent gestreiften Krawatte. Wir stehen nebeneinander und grinsen uns im Spiegel an. Das junge Traumpaar aus der Wüstenrotwerbung. Die Fahrt nach Dublin verläuft ungewöhnlich schweigsam. Wir hängen beide unseren Gedanken nach.

»Wenn wir erst in Celbridge wohnen, werden wir keinen Babysitter mehr haben«, breche ich das Schweigen.

»Irgendein Nachbarskind wird sich gern ein paar Pfund

Taschengeld mit Babysitten verdienen. Darüber würde ich mir keine Gedanken machen.«

Ich mach mir auch keine, ich wollte nur die Konversation in Gang bringen. »Hauptsache, die Fahrerei hört auf.« Ich bin die Meisterin des Small Talks.

Seán schaut geradeaus auf die Straße. »Die Hauspreise ziehen gerade an wie blöd. Wenn wir jetzt nichts kaufen, dann zahlen wir bald das Doppelte.«

Ich sehe ihn von der Seite aus an. »Du glaubst schon auch, dass wir das Richtige tun?«

Er schweigt, trommelt mit dem Daumen auf dem Lenkrad. »Doch, ja«, meint er schließlich, »es ist ganz sicher das Richtige, und das Haus ist das Richtige und die Lage ist die Richtige, aber es ist trotz allem eine Stange Geld.«

Schweigend fahren wir weiter. Der Verkehr nimmt zu, als wir den Stadtrand von Dublin erreichen. Der Rechtsanwalt des Verkäufers hat sein Büro am Merrion Square, das heißt, wir müssen mitten in die Stadt. Der Verkehr wird immer dichter. Am Merrion Square suchen wir die Hausnummer, fahren bereits zum zweiten Mal um den ganzen Platz herum, als ich schließlich unseren Rechtsanwalt entdecke, der vor einem Haus mit leuchtend roter Tür gegen ein Gitter lehnt. Der Merrion Square ist an drei Seiten umringt von prächtigen Georgianischen Häusern, *Leinster House* und das *National Museum* bilden die vierte Seite des Rechtecks. Die meisten der früheren Stadthäuser der oberen Zehntausend sind jetzt in Büros aufgeteilt. Seán findet nach längerer Suche endlich einen Parkplatz. Unser Rechtsanwalt kommt uns entgegen, und wir schütteln zur Begrüßung die Hände.

»Das heute ist nur noch eine Formalität. Die eigentliche Arbeit findet vorher statt«, sagt er und hält bedeutungsvoll seinen Aktenkoffer in die Luft. Der Wind bläst ihm sein langes Deckhaar vom Kopf, das er hastig mit einer geübten Handbewegung wieder über seinen blanken Schädel bürstet. Nach einem schnellen Blick auf seine Armbanduhr fordert er uns auf, schon mal hineinzugehen. »Darf ich vorangehen?« Er sprintet die Granitstufen zur farbenfrohen Eingangstüre hinauf, dreht an dem blitzblanken Messingknopf und hält uns die Tür auf. Wir folgen ihm zögernd. Im Inneren der Eingangshalle bestaunen wir die atemberaubenden weißen Stuckdecken. »Hier entlang«, fordert er uns auf und hält uns schon die nächste Türe auf. Wir folgen ihm in ein Vorzimmer, in dem eine adrett gekleidete junge Frau mit drei Telefonen gleichzeitig jongliert. Unser Rechtsanwalt übernimmt die Vorstellung.

»Guten Morgen, Robert Shatter, Mr. McGarr erwartet uns.«

Die Vorzimmerdame bittet uns, Platz zu nehmen, Mr. McGarr sei gleich für uns da. Wir setzen uns auf die angebotenen Besucherstühle und sehen uns um. Überall, wohin wir blicken, liegt Papier. Papier in Stapeln, mit Gummibändern zusammengehalten, in den Regalen auf dem Schreibtisch, auf dem Boden, im Faxgerät, sogar auf den Fensterbrettern. Die Telefone läuten unaufhörlich. *»Gore & Grimes Law Firm, how can I help you?«,* singt die Sekretärin jedes Mal in den Hörer, woraufhin sie die Anrufer an die gewünschte Person weiterverbindet.

Die Tür fliegt auf, und ein Hüne kommt mit ausgestreckter Hand auf uns zu. *»Robert!«,* begrüßt er unseren Rechtsanwalt und knetet seine Hand. Robert beißt sichtbar die Zähne zusammen und erwidert die Begrüßung mit einem betont männlich klingenden *»Rowan!«*. Der Hüne lässt von ihm ab und wendet sich uns zu. »Ich habe schon alles für Sie vorbereitet. Wenn Sie mir bitte folgen wollen!« Wir laufen hinter ihm her; für jeden Schritt, den er macht, muss ich drei machen. In seinem Büro angekommen, setzt er sich hinter seinen ausladenden Mahagonischreibtisch, zeigt auf drei Besucherstühle und fängt an, in seinen Unterlagen zu blättern. »Was macht Carlow?« Er richtet die Frage an Robert, unseren Rechtsanwalt. Ohne eine Antwort abzuwarten, fährt er fort: »Euer Rugby-Team hat letzte Woche wieder ganz schön was einstecken müssen.« Grinsend fügt er hinzu: »Weicheier.« Robert will gerade etwas erwidern, da legt Rowan zwei identische Schriftstücke vor uns auf den Tisch, drückt Seán einen Kugelschreiber in die Hand und meint, unser Rechtsanwalt hätte bereits alles geprüft und wir sollen hier, hier und dort unterschreiben. Seán schaut zu Robert,

Robert nickt, und nachdem Seán alles unterschrieben hat, gibt er mir den Stift, und ich setze meine Unterschrift neben seine.

»So«, Rowan McGarr steht auf und schüttelt uns beiden die Hände, »herzlichen Glückwunsch und viel Freude mit dem neuen Haus.« Nach einem kurzen Blick auf seine Armbanduhr schaut er Robert an und sagt, »Die Unterlagen schicken wir dann an dein Büro«, und begleitet uns zur Tür. Das Ganze hat keine drei Minuten gedauert. Als wir wieder draußen auf der Straße stehen, verabschiedet sich auch unser Rechtsanwalt von uns. Er habe noch einen Termin, behauptet er, wünscht uns Glück und verschwindet.

Seán und ich schauen uns an. »Weißt du was«, schlägt er vor, »zur Feier des Tages gehen wir jetzt ins Shelbourne Hotel und genehmigen uns ein zweites Frühstück.«

Das ist eine gute Idee. Irgendwie war dieser Hauskauf eben viel zu schnell vorbei. So ein wichtiger Schritt im Leben muss auch gefeiert werden. Wir schlendern den Merrion Square entlang in Richtung St. Stephen's Green.

»Dort in Hausnummer 1 hat Oscar Wilde als Kind gelebt«, meint Seán und deutet auf eines der wunderschönen Häuser, die den Merrion Square umgeben. »Angeblich soll seine Mutter, Lady Wilde, oft *Salons* gehalten und viele Gäste bewirtet haben, unter anderem Bram Stoker.«

Wir flanieren weiter, bis wir schließlich vor dem Shelbourne Hotel zum Stehen kommen. Zwei in schwarzen Schwalbenschwänzen gekleidete Portiers mit glänzenden schwarzen Zylindern auf dem Kopf, weißen Hemden, schwarzer Fliege und weißen Handschuhen öffnen uns die schweren Türen zum Foyer des Hotels. Sofort kommt ein weiterer Hotelangestellter in Fliege und grau-schwarz gestreifter Jacke auf uns zu und fragt nach unserem Begehr.

»Wir wünschen zu Frühstücken.« Seán benimmt sich, als wären wir Stammgäste im Shelbourne. Sofort werden wir in den Frühstücksraum mit Blick auf St. Stephen's Green geführt und an den nächsten Hotelbediensteten weitergereicht. *»Table for two?«* Wir bejahen, und er bittet uns, ihm zu folgen. Am Tisch, den er für uns ausgewählt hat, zieht er den Stuhl zuerst für mich heraus, dann für Seán, legt die Speisekarten vor uns hin und fragt: »*Tea or coffee?*« Ich entscheide mich für Kaffee. In so einem fantastischen Hotel wird es schon keinen Pulverkaffee geben. *Homemade scones with raspberry jam and clotted cream*, das klingt lecker. Ich lege die Karte zurück auf den Tisch und schau mich um. Das Dekor sieht aus, wie es vermutlich zu Oscar Wildes Zeiten war, Stuck an den Decken, um Türen und Fenster, glitzernde Kristalllüster, offene Kamine, halbhoch holzvertäfelte Wände, glänzende Seidentapeten in gedeckten Farben, alte Gemälde in Goldrahmen, schwere Samtvorhänge und flauschige Teppiche. Die Möbel sind farblich auf den Raum abgestimmt, Zweiergruppen mit kleinen quadratischen oder runden Mahagonitischchen, runde Vierertische mit bequemen, hochbeinigen, gestreiften Sesseln, dunkle Ledersofas mit niedrigen Couchtischen und Ohrensesseln. Kissen, Tischlampen und Blumenvasen, gefüllt mit Rosen und Schleierkraut, vervollständigen das Bild eines Salons. Es ist proppenvoll. Touristen und Einheimische sitzen beim Frühstück und genießen die Atmosphäre. Livrierte Kellner schwirren mit Tabletts schwer beladen zwischen den Tischen oder versuchen lautlos, benutztes Geschirr zu stapeln. Der Geräuschpegel ist gedämpft, die Leute unterhalten sich in ruhigen Tönen. Vereinzelt dringen laute Gesprächsfetzen zu uns durch. Ich schau über meine Schulter. Aha, Amerikaner, ich erkenne sie an den Turnschuhen und der selbstbewussten Körperhaltung, die sie zur Schau tragen. Der Kellner kommt mit unserem Kaffee und nimmt die Bestellung auf. Seán hat sich für ein *Full Irish Breakfast* entschieden. Ich bestelle die Scones mit Himbeermarmelade und Sahne. Wir sitzen uns gegenüber und schauen uns tief in die Augen. Seán nimmt meine Hand in seine, lächelt mich zärtlich an und sagt: »Ich hoffe, du wirst sehr glücklich sein in unserem neuen Haus.«

»Ich hoffe, wir werden sehr glücklich sein in unserem neuen Haus«, erwidere ich und lege meine andere Hand auf seine. Wir sitzen im Shelbourne Hotel, halten uns an den Händen, und um uns herum verschwindet alles aus unserer Wahrnehmung. Wir haben nur noch Augen für einander. Ich schaue Seán an, wie er vor mir sitzt, mit seinen blitzblauen Augen, den dunklen Locken und dem spitzbübischen, immer leicht schiefen Lächeln. Er sieht fantastisch aus, und wieder einmal schießt es mir durch den Kopf, was für ein verdammtes Glück ich hatte, so einen Mann geheiratet zu haben. Einen Mann, der mich liebt und das auch immer wieder zeigt. Einen Mann, der obendrein ein äußerst liebevoller und geduldiger Vater ist und für seine kleine Familie einfach alles tun würde. Wir sitzen da, schauen uns in die Augen und halten uns an den Händen, als plötzlich über uns ein ungeduldiges Räuspern erklingt. Ich blicke erschrocken auf und sehe den Oberkellner, der gefolgt von einem mit Tellern beladenem Serviermädchen in Häubchen und weißer Schürze auf uns herabblickt. Keine Ahnung, wie lange er schon dagestanden ist. Ich lasse flugs Seáns Hände los und schaue ihn verlegen an, aber er grinst nur und legt sich die Serviette auf den Schoß. Der Oberkellner bedeutet dem Serviermädchen, wohin sie was zu stellen hat, fragt, ob alles recht ist, und schwirrt wieder ab. Ich ärgere mich darüber, dass ich mich wie ertappt gefühlt habe, säble mein Scone auseinander und beginne damit, reichlich Butter aufzutragen. Anschließend schaufle ich üppig Himbeermarmelade darauf, gefolgt von großzügigen Häufchen Sahne. Ich beiße gierig hinein, es schmeckt fantastisch. Ein Gedicht! So leckere Scones hatte ich noch nie. Ich schaue von meinem Teller auf und frage Seán, wie sein *Irish Breakfast* schmeckt. Er kaut, schluckt, seufzt zufrieden »ausgezeichnet«, deutet mit dem Finger auf seine Nase und schmunzelt »du hast Sahne an der Nase.« Hastig wische ich mit der Serviette über meine Nasenspitze. Da bin ich einmal in einem feinen Hotel und dann benehme ich mich wie am Schweinetrog. Hinter meiner Serviette mustere ich vorsichtig meine Umgebung, um zu sehen, ob jemand meinen Fauxpas bemerkt hat. Die meisten Gäste unterhalten sich. Einzelne sitzen da und lesen Zeitung, ein Pärchen hat nur Augen füreinander und hält Händchen. Beruhigt leg ich meine Serviette wieder auf den Tisch, nehme einen Schluck des wirklich ausgezeichneten Kaffees und verputze den

Rest meines Scones. Irgendetwas an dem Pärchen kommt mir bekannt vor. Ich rücke meine Brille zurecht und mustere die beiden unauffällig. Die blonde Frau sitzt mit dem Rücken zu mir, aber den Mann kann ich gut erkennen. Ein ausgesprochen schöner Mann. Er hat dunkles gewelltes Haar, ein ebenmäßig geschnittenes braun gebranntes Gesicht, dunkle Augen, überhaupt sieht er sehr südländisch aus, ganz sicher kein Ire. Er sagt etwas zu seiner Begleiterin, worauf diese den Kopf zurückwirft und lacht. Ich stutze. Ist das nicht Michelle? Doch, das ist sie, ganz sicher. Was macht sie denn hier, und wer ist der Mann? Seán hat bemerkt, dass ich jemanden hinter ihm beobachte, und will sich gerade umdrehen.

»Seán!«, zische ich ihm zu, »dreh dich jetzt bloß nicht um. Ich glaube, Michelle sitzt dort hinten im Eck. In männlicher Begleitung!« Daraufhin dreht er sich natürlich erst recht um. Zum Glück bemerken uns die beiden nicht. Sie halten sich an den Händen, lehnen sich dabei so weit über den Tisch, dass sie sich fast küssen könnten, und er flüstert ihr ständig ins Ohr, was sie zum Lachen bringt. Schließlich steht sie auf, nimmt ihre Handtasche und geht Richtung Toilette. Er lehnt sich zurück und zündet sich eine Zigarette an. Gelangweilt blättert er die Frühstückskarte durch, raucht und lehnt sich lässig in seinen Sessel zurück, ein Bein über das andere geschlagen. Ich bin mir jetzt sicher, dass es sich bei der blonden Frau um Michelle handelt. Aufgeregt wende ich mich an Seán. »Das ist ganz sicher Michelle. Der Typ muss ihr Liebhaber sein, so wie die miteinander turteln.«

Seán mahnt: »Pass auf, dass sie dich nicht erkennt, wenn sie vom Klo zurückkommt.«

Ich raffe die Frühstückskarte an mich, schlage sie auf und spechte über ihren Rand Richtung Durchgang.

Seán lugt über seine Schulter. »Der Typ schaut aus wie ein Gigolo.«

Wie ein Gigolo? Ich spähe wieder über den Kartenrand. Mag sein, aber ein sehr gut aussehender Gigolo. Auf einmal steht wie aus dem Nichts der Oberkellner neben mir und fragt, ob wir noch einen Wunsch haben. Dabei deutet er auf die Frühstückskarte, an die ich mich klammere.

»Wir schauen noch«, antwortet Seán und schickt ihn weiter.

Langsam beschleichen mich Zweifel, ob Michelle überhaupt zurückkommen wird. Vielleicht hat sie uns erkannt und sofort das Weite gesucht? Ich komm mir langsam blöd vor, mit der Frühstückskarte vorm Gesicht. Gerade will ich sie wieder hinlegen, da biegt sie um die Ecke, geht schnurstracks auf ihren Tisch zu und setzt sich. Ihr Begleiter schenkt Kaffee für beide nach, und sofort fangen sie wieder an zu turteln. Seán will, dass ich ihm laufend Bericht vom Geschehen gebe, weil er selbst mit dem Rücken zu ihnen sitzt und nichts sieht. Der Oberkellner hat ein Auge auf uns und kommt schon wieder angeschwänzelt. Um ihn los zu werden, bestellen wir noch mehr Kaffee. Als er mir die Frühstückskarte entwenden will, halte ich diese krampfhaft fest und behaupte, noch zu schauen.

»Sehr wohl, *Madame*, aber Frühstück gibt es in diesem Hause nur bis 10.30 Uhr.« Bedeutungsvoll schielt er auf seine Armbanduhr. »Soll ich ihnen die Mittagskarte bringen?«

Himmel, ist der Kerl lästig. Seán kommt mir zu Hilfe und sagt, er soll nur den bestellten Kaffee und die Rechnung bringen.

»Sie sind immer noch am Turteln«, nehme ich meinen Bericht wieder auf, nachdem der Oberkellner endlich abgezogen ist. »Sie fährt gerade mit ihrem nackten Fuß an seinem Hosenbein entlang.« Seán dreht sich unwillkürlich um. »Nicht umdrehen«, fahr ich ihn an, »die bemerken dich sonst. Jetzt hat sie ihren Fuß genau zwischen seinen Beinen.«

Seán dreht sich schon wieder um. »Du verarscht mich doch, oder?«

Leider nicht. Von meinem Platz aus kann ich genau sehen, was sich unter dem Tisch abspielt. Von uns völlig unbemerkt, nähert sich das Serviermädchen und bringt frischen Kaffee. Während sie damit beschäftigt ist, abzuräumen und wieder neu aufzudecken, steht unser Wild auf und macht Anstalten zu gehen. Seán fragt das Serviermädchen flüsternd, ob das Paar dort hinten im Eck im Hotel wohnt. Sie wirft ihm einen komischen Blick zu, meint dann aber: »Nur der Herr ist bei uns Gast, Mr. Angelini, ein sehr großzügiger, netter Herr.«

Seán fummelt einen Fünfpfundschein aus seiner Hosentasche, schiebt ihn unauffällig in ihre weiße Schürze und fragt liebenswürdig, ob sie vielleicht auch seine Zimmernummer weiß.

»Ja klar«, grinst sie, packt ihr Tablett und geht.

»Miststück!« Seán schaut ihr hinterher. »Na, zumindest haben wir seinen Namen. Angelini, was meinst du, ist das spanisch?«

»Angelini?« Ich lasse den Namen von der Zunge rollen, »Nein, eher italienisch, würde ich meinen.« Anzüglich füg ich hinzu: »Ein Latin Lover. Wo die beiden jetzt hingehen, kannst du dir denken, ich dachte schon, der Tisch fängt Feuer, so heiß ging es zwischen den beiden her.« Seán kann es immer noch nicht glauben. »Hat sie ihm wirklich ... zwischen den Beinen ... im Shelbourne?«, flüstert er ehrfürchtig.

Ich nicke. »Da kommt unser Freund, der Oberkellner, mit der Rechnung.«

Seán bezahlt. »Ich frag mal an der Rezeption. Vielleicht find ich da mehr heraus.«

Wir lassen unseren Kaffee stehen und gehen zur Hotelrezeption, hinter der sich vier uniformierte Bedienstete um die zahlreichen Gäste aus aller Welt kümmern.

»Könnten Sie mir vielleicht sagen, ob mein Freund Mr. Angelini bereits angekommen ist?« Seán lehnt sich gegen den Tresen und tut ganz lässig. Die junge Dame fährt mit dem Finger die Buchungslisten entlang. »Ich habe einen Anthony Angelini hier, der ist aber bereits seit zwei Wochen bei uns«, antwortet sie und lächelt ihn zuvorkommend an.

»Aus Rom?« Seán sieht sie fragend an.

»Nein, aus Las Vegas, USA.« Sie versucht, ihm entgegenzukommen. »Sie erwarten einen Herrn Angelini aus Rom?«

»Ja, einen Herrn Mario Angelini aus Rom.«

Sie schaut noch mal auf die Buchungsliste. »Tut mir leid, ein Mario Angelini ist bei uns nicht gemeldet.«

Seán bedankt sich für ihre Mühe und meint: »Dann hat er mir vielleicht das falsche Hotel genannt. Trotzdem vielen Dank.«

Wir verlassen das Shelbourne Hotel und gehen zurück zum Merrion Square, wo wir unser Auto geparkt hatten.

Seán sperrt die Autotür auf. »Was hältst du von der Sache? Also, die Michelle war ja öfters in Las Vegas, angeblich um ihre Schwester Debbie zu besuchen.«

»Dann hat sie den Typen irgendwann während einem ihrer Las-Vegas-Besuche kennengelernt und ein Verhältnis mit ihm angefangen.« Für mich ist die Sache glasklar.

»Ja, okay, dass sie ein Verhältnis haben, war mehr als offensichtlich.« Seán fährt langsam rückwärts aus der Parklücke. »Aber hat es was mit Onkel Jims Tod zu tun? Das ist doch die eigentliche Frage!«

Daran hab ich gar nicht gedacht. »Aber wie soll das denn gehen? Michelle war doch gar nicht hier, als Onkel Jim ermordet wurde.«

Seán überlegt. »Die Empfangsdame hat gesagt, Angelini sei schon seit zwei Wochen hier. Vor genau zwei Wochen war die Beerdigung. Das heißt, Angelini ist mit Michelle und Debbie gemeinsam hierhergeflogen.«

Wir schauen uns an. »Dann muss Debbie von der Affäre ihrer Schwester gewusst haben.« Ich blicke kurz in den Schminkspiegel, um sicherzugehen, dass kein Sahnehäubchen meine Nasenspitze ziert. »Weißt du, ich glaube ganz sicher, dass Debbie Bescheid gewusst hat. Dafür sind Schwestern ja da, dass sie sich gegenseitig helfen, wenn's drauf ankommt. Jetzt wissen wir auch, warum Michelle nach Las Vegas auswandern will. Dass sie zu ihrer Schwester will, ist nur ein Vorwand. Sie will natürlich zu Angelini.« Ich klapp den Spiegel wieder zu.

Seán stimmt mir zu: »Das ist klar. Deshalb will sie auch das Haus verkaufen. Sie will alle Brücken hinter sich abbrechen. Aber etwas passt nicht ins Bild.«

Ich schau ihn an. »Und was sollte das sein?«

Er bleibt an der roten Ampel stehen und dreht sich zu mir.

»Warum hat sie Onkel Jims Exhumierung vorangetrieben? Warum die Mordanklage gegen Unbekannt? Warum nimmt sie nicht einfach ihr Erbe und verschwindet?«

Hinter uns hupt es höflich.

»Grün!«, sag ich, und Seán legt den ersten Gang ein. »Sie könnte doch Onkel Jim trotz Verhältnis und allem wirklich gern gehabt haben, und deshalb will sie seinen Mörder nicht davonkommen lassen. Auch wenn sie durch Onkel Jims unerwarteten Tod plötzlich frei ist, um Angelini zu heiraten.« Ich erwärme mich an meiner Theorie: »Sie will hier reinen Tisch machen, bevor sie auswandert. Vielleicht meint sie auch, es Onkel Jim schuldig zu sein. Schließlich war er ihr Mann.«

Seán schweigt und konzentriert sich auf den Verkehr.

»Ich glaube nicht, dass Michelles Liebschaft irgendetwas mit dem Mord an Onkel Jim zu tun hat«, beende ich meine Mutmaßungen. Seán sieht mich von der Seite aus an, als wir im Stau vor dem *Red Cow Roundabout*, dem berüchtigtsten Kreisverkehr in ganz Dublin, endgültig zum Stehen kommen.

»Du hast bestimmt recht. Nur weil jemand eine außereheliche Beziehung hat, ist er noch lange kein Mörder.« Er fährt einen halben Meter weiter, kommt erneut zum Stehen. »Ich würde trotzdem gern ein bisschen mehr über diesen Angelini erfahren. Was meinst du, wie viele Anthony Angelinis gibt es in Las Vegas? Vorausgesetzt, dass das sein richtiger Name ist.« Seán fährt wieder einen halben Meter weiter. »Vielleicht weiß Tadhg, wie wir an die Information rankommen könnten.«

Ich lehne mich in den Autositz zurück. »Wenn du meinst, dass das wichtig ist … ich kann's mir zwar nicht vorstellen, aber einen Versuch ist es wert, und schaden kann es auf keinen Fall.«

Insgeheim bin ich davon überzeugt, dass auch diese Spur ins Leere führen wird, aber Seán hat recht. Wir dürfen nichts unversucht lassen, um seine Cousins endlich zu entlasten. Die Kautionsverhandlung ist für Montag angesetzt, und es ist keineswegs sicher, dass der Richter die Freilassung auf Kaution von Conor und Eoin bewilligen wird. Wir sind endlich auf der N7, der Verkehr fließt gemächlich dahin, ich schließe meine Augen, lehne den Kopf gegen die Kopfstütze und lasse die Eindrücke der vergangenen Tage an meinem geistigen Auge vorbeiziehen.

»Ich habe den Kerl doch schon mal gesehen!« Ich setze mich abrupt auf. Auf einmal wird mir auch klar, wo das war. »Beim Ruderklub, als ich mit Patrick Schwäne gefüttert habe. Da hatte er gegen die Mauer des Bootshauses gelehnt und auf Michelle gewartet. Die Blonde war doch Michelle. Ich konnte sie ohne Brille nur nicht genau erkennen«, sprudelt es aus mir heraus. Seán nickt nur. »Wenn er schon seit zwei Wochen hier ist, dann haben sie sich bestimmt schon öfters heimlich getroffen. Das heißt aber gar nichts. Stell dir vor, Mrs. Doyle oder eine der anderen Ratschweiber in Carlow würde sehen, wie Michelle mit ihrem Lover händchenhaltend durch die Tullow Street lustwandelt.« Seán kichert bei dem Gedanken. »Das würde binnen fünf Sekunden die Runde machen.« Er prustet los. »Mrs. Doyle würde sich überschlagen vor lauter Eifer. An jeder Hausecke würden die sittenstrengen Damen beieinanderstehen und mit bebenden Fingern empört auf die ›Lustige Witwe‹ zeigen.« Er fährt sich mit den Fingern durchs Haar. »Nein, dass sie das nicht an die große Glocke hängen will, kann ich verstehen.« Endlich lichtet sich der Verkehr, und wir nehmen Fahrt auf. Als wir Dublin hinter uns lassen, frag ich Seán, wann wir denn jetzt eigentlich in unser neues Haus einziehen können.

»Sobald wir Strom haben«, kommt lapidar zur Antwort.

»Und? Weißt du schon, wann das ist?« Etwas genauer will ich es schon wissen.

»Noch nicht, aber ich kümmere mich drum. Es kann schon noch ein bis zwei Wochen dauern.«

»Ich muss der Umzugsfirma frühzeitig Bescheid geben.« Ich kann es kaum erwarten, endlich wieder meine eigenen Sachen um mich zu haben.

»Ja, Herzchen, ich habe doch gesagt, ich kümmere mich drum.« Seán schaut mich von der Seite aus an. »Ich kann es auch kaum erwarten, endlich in unser neues Haus einzuziehen.«

Wir lächeln uns an, glücklich zu wissen, dass wir beide dasselbe Ziel haben.

Als wir in Carlow ankommen, fährt Seán schnurstracks zu Tadhg. »Hoffentlich ist er zu Hause und nicht irgendwo unterwegs, um untreue Ehemänner zu beschatten.« Seán biegt auf eine gepflasterte Einfahrt ein und schaltet den Motor aus. »Komm, wir schauen, ob er da ist.«

Tadhg wohnt in einer kleinen Siedlung mit relativ großen, fast identischen Einfamilienhäusern. Die angebaute Garage wurde offenbar zu einem Büro umgestaltet, indem das Garagentor durch ein Fenster und eine separate Eingangstür ersetzt wurde. Die halbhohe Milchglasscheibe im Fenster mit schwarzem Schriftzug *Kelly Detective Services* bestätigt, dass wir hier richtig sind. Seán klopft kurz an die Scheibe und tritt ein. Der Raum ist leer, nur der Computer brummt laut. Plötzlich öffnet sich eine Tür, die ich zuerst gar nicht bemerkt hatte, und Tadhg kommt herein mit einer dampfenden Tasse Tee und einer Packung Kekse in den Händen.

»Da kommen wir ja gerade richtig.« Seán geht auf ihn zu und nimmt ihm die Kekse ab. »So sieht also der schwere Arbeitstag in der Detektei Kelly aus, *tea and bisquits*.«

»Eine wohlverdiente Stärkung.« Tadhg lässt sich nicht aus der Ruhe bringen. »Wollt ihr auch eine Tasse Tee? Das Wasser ist noch heiß.« Wir bejahen beide, und er verschwindet wieder durch die Verbindungstüre ins Wohnhaus. »Setzt euch doch, ich bin gleich wieder da«, ruft er noch durch die Tür.

Wir sehen uns um. Vor dem L-förmigen Schreibtisch stehen zwei ziemlich ramponierte Besucherstühle, die weder in Form noch Farbe zusammenpassen. Wir setzen uns. Das Zimmer ist vollgestellt mit metallenen Hängeschränken. Ein jeder in einer anderen Farbe und von verschiedenen Herstellern. Überhaupt macht die Büroeinrichtung den Eindruck, äußerst preiswert aus zweiter oder dritter Hand erstanden worden zu sein. Tadhg kommt zurück, stellt die Teetassen vor uns ab, reißt die Kekstüte auf, legt sie vor uns hin und setzt sich dann hinter seinen Schreibtisch in einen dick gepolsterten, nigelnagelneuen Bürosessel aus schwarzem Leder.

»Ihr habt Neuigkeiten.« Er schaut erwartungsvoll von seiner Teetasse auf.

Seán erzählt, was wir heute Morgen beobachtet haben. »Vermutlich hat das Ganze überhaupt nichts mit Jims Tod zu tun. Mir wäre aber trotzdem wohler, wenn du Nachforschungen über diesen Angelini anstellen könntest. Wer ist er, was macht er, wovon lebt er, na, du weißt schon.«

Tadhg stellt seine Tasse ab. »In Las Vegas habe ich leider überhaupt keine Kontakte.« Nachdenklich klappert er mit dem Kugelschreiber gegen seine Zähne. »Ich kann höchstens mal bei Spud Murphy in New York anrufen. Der ist jetzt irgend so ein hohes Tier beim NYPD. Vielleicht können wir über ihn einen Kontakt zu Las Vegas herstellen.«

»NYPD?«, frage ich nach. »New York Police Department«, antwortet Tadhg. Seán nimmt sich einen Keks. »Ist das einer von den Murphys aus der Montgomery Street?« Tadhg schüttelt mit dem Kopf. »Nein, du meinst Red Spud Murphy, der ist auch nach New York gegangen, aber soviel ich weiß, arbeitet er dort in einem Irish Pub als Zapfer. Ich meine Spud Murphy aus der Charlotta Street. Er ist gute zehn Jahre älter als wir. Mein Bruder Niall war mit ihm in einer Klasse. Wie heißt er noch mal mit Vornamen … Declan, Dermot, Damian … irgendetwas mit D. Ich komm gleich drauf.« Tadhg fängt wieder an, mit dem Kugelschreiber gegen seine Zähne zu klopfen.

Ich denke mir im Stillen, dass es verdammt verwirrend sein muss, wenn alle Männer mit Familiennamen Murphy den Spitznamen *Spud,* Kartoffel, abbekommen.

»David! Jetzt hab ich's, David Murphy! Niall hat mir erst vor Kurzem erzählt, dass er ihn zufällig in einem Pub in Carlow getroffen hat als er, Spud, das erste Mal seit zehn Jahren in Irland zu Besuch war. Dabei hat Spud ihm erzählt, dass er jetzt irgendeinen wichtigen Posten in New York hat. Ich ruf heute Abend mal bei Niall an und lass mir Spuds Nummer geben.« Tadhg tunkt einen Keks in seinen Tee. »Ansonsten sehe ich schwarz, dann müssen wir den offiziellen Weg gehen, und wer weiß, wie lange das dauern kann.« Das Telefon läutet, Tadhg hebt den Hörer und meldet sich mit *»Kelly Detective Services, Tadhg Kelly speaking, how can I help you.«* Er legt seine Hand auf das Mundstück, sagt »das dauert länger. Ich komm heut Abend bei euch vorbei« und flötet in den Hörer: »Mrs. Wall, ich wollte sie gerade anrufen!«

Seán und ich winken ihm zu und ziehen die Türe leise hinter uns ins Schloss. »Ich weiß nicht, wie er das aushält, ständig hinter irgendwelchen Ehemännern oder Ehefrauen her zu schnüffeln, das würde mir so auf den Geist gehen.« Seán steckt den Schlüssel ins Zündschloss. »Oder Versicherungsbetrüger, hinter denen ist er auch her. Da hat er schon einige erwischt, hat er mir erzählt.«

Ich leg den Sicherheitsgurt an. »Versicherungsbetrüger?« Das interessiert mich.

Seán fährt los. »Na ja, es gibt scheinbar etliche Leute, die ihre Krankheiten oder Unfälle schamlos übertreiben, Krankengeld oder Schmerzensgeld kassieren und nebenbei heimlich schwarzarbeiten. Wenn er die beim Schwarzarbeiten erwischt, dann können sie ihre Klage knicken. Die Versicherungen sind seine besten Kunden, noch vor den Ehepartnern der Ehebrecher.« Er grinst mich an. »So sieht die aufregende, schillernde Welt des Privatdetektivs aus.«

»Mir könnte diese Art Arbeit schon gefallen«, sage ich und öffne meinen Sicherheitsgurt.

Seán parkt das Auto vor unserem Haus.

»Vermutlich ist es um Klassen besser, als ständig mit Druggies, Alkos und Falschparkern zu tun zu haben. Ich denke, er muss schon seine Gründe gehabt haben, warum er aus dem Polizeidienst ausgeschieden ist. Ich weiß von meinem Vater, dass Polizeiarbeit kein Zuckerschlecken ist.«

Seán hält dagegen: »So langweilig, wie Schwarzarbeitern und Seitenspringern aufzulauern, kann kein Polizeieinsatz sein. Vielleicht will er deshalb unbedingt an unserem Fall mitarbeiten. Endlich wieder ein bisschen Kopfarbeit.«

Ich steck den Hausschlüssel ins Schloss. »Von wegen Kopfarbeit, wir sind noch kein bisschen weitergekommen. Eoin und Conor sind immer noch die Hauptverdächtigen, und wir haben nichts, aber auch gar nichts gefunden, was die beiden entlasten könnte. Übrigens, ich habe ganz vergessen, dir zu erzählen, was ich in Conors Haus gefunden habe.«

Seán bleibt vor der Haustüre stehen und sieht mich fragend an. Ich berichte ihm von dem Foto im Silberrahmen und von meiner ersten Begegnung mit Brian, als ich zum Blumengießen in Conors Haus war, sowie von der zweiten Begegnung im Friseursalon.

Seán versteht nicht, worauf ich hinaus will. »Conor war schon immer unglaublich pingelig. Der würde nie ein Urlaubsfoto einfach so mit Magneten an den Kühlschrank stecken.« Er schaut auf seine Armbanduhr. »Ich laufe schnell zu meiner Mutter rüber und hole Patrick. Die wundern sich bestimmt schon, wo wir so lange bleiben.«

Seán ist manchmal einfach zu begriffsstutzig. Ich nehme mir vor, die Spur Brian selbst zu verfolgen. Ich gehe nach oben, um mich umzuziehen. Der lindgrüne Hosenanzug ist bis auf Weiteres mein einziges vorzeigbares Kleidungsstück und muss deshalb geschont werden. Vielleicht kann ich morgen Vormittag mal ein bisschen shoppen gehen. In diversen Läden habe ich riesige *SALE*-Schilder in den Schaufenstern hängen gesehen. *Up to –70 %!* Da lohnt sich ein kleiner Einkaufsbummel. Außerdem brauch ich wirklich etwas Neues zum Anziehen. Seit zwei Wochen leb ich quasi aus dem Koffer. Das ist bei einem normalen Strandurlaub schon nicht einfach, aber hier, wo sich das Wetter zwanzig Mal am Tag ändert, ist es eine Zumutung. Ich knöpfe meine Jeans zu, ziehe einen mollig warmen Pullover über mein ausgeleiertes Baumwoll-T-Shirt und gehe nach unten in die Küche. Kurz darauf kommen Patrick und Seán hereingestürmt. Patrick sprudelt sofort los und hält mir ein Stück Holz unter die Nase. Mit stolzgeschwellter Brust demonstriert er den Gebrauch seiner Astgabel, und endlich begreife ich, dass es sich dabei um eine Steinschleuder handelt, eine Zwistel. Mit glänzenden Augen erzählt er, dass Granddad ihm die Zwistel gebaut hat und dass sie den ganzen Tag damit gejagt haben.

»Gejagt?«, frage ich mich hochgezogenen Augenbrauen.

Ja, ja, er wird ganz ernst, fast hätten sie die Katze vom Nachbarn getroffen. »Granddad sagt, die kommt immer zum Kacken in den Garten, und deshalb müssen wir sie verjagen.«

Das sehe ich ein. »Habt ihr auch auf Vögel geschossen?«

Schuldbewusst schaut er mich an. »Nur auf die Elstern. Granddad sagt, die klauen den anderen Vögeln die Eier aus den Nestern.« Seán steht neben ihm und grinst breit. Patrick fährt fort. »Und auf die Krähen. Granddad sagt, die grauen Krähen darf man abschießen. Die sind Schädlinge.« Dabei schaut er ganz wichtig und betont das Wort Schädlinge bedächtig. »Granddad sagt, man bekommt Geld, wenn man graue Krähen abschießt.«

»Und? Habt ihr welche erwischt«? Mir gefällt das Ganze überhaupt nicht.

»Nein«, enttäuscht lässt er den Kopf hängen, »aber Granddad sagt, ich muss nur viel üben. Dann kann ich alles abschießen, was ich will.« Patrick hält seine neue Zwistel mit beiden Händen fest. Vielleicht befürchtet er, dass ich auf ihre Herausgabe bestehe.

»Na komm, erzähl deiner Mutter, worauf ihr noch geschossen habt.« Seán kann sich das Lachen kaum verkneifen.

Patrick winkt mich zu sich herunter und flüstert mir hinter vorgehaltener Hand ins Ohr: »Granddad hat das Fenster in Mrs. Doyles Gartenhaus kaputt geschossen.«

»Nein!« Ich halte beide Hände vors Gesicht. »Hat sie euch erwischt?«

Patrick schüttelt den Kopf. »Wir sind ganz schnell weggelaufen.« Spitzbübisch fügt er hinzu. »Granddad sagt, das war ein Unfall, aber wir sollen der Nana lieber nix sagen.« Liebevoll betrachtet er seine Zwistel.

Seán nimmt Patrick auf den Arm. »Da hast du aber einen aufregenden Tag gehabt, Großer. Komm, wir gehen in den Garten, und du zeigst mir, wie's geht.«

Ich folge den beiden und sehe zu, wie Patrick seine Schießkünste zur Schau stellt. Seán holt ein paar Töpfe aus der Küche und stellt sie auf den Gartentisch. Jedes Mal, wenn ein Steinchen gegen den Topf knallt, scheppert es laut, und wir applaudieren begeistert. Patrick steht ungefähr zwei Meter von den Töpfen entfernt, zielt konzentriert, wobei seine Zunge aus seinem Mund spitzt, zieht den Gummi so weit zurück, wie es geht und lässt den Stein nach vorne schnalzen. Er stellt sich wirklich sehr geschickt dabei an. Voller Stolz erklärt er Seán ausführlich und genau, wie er die Zwistel halten muss. Seán unternimmt ein paar Versuche und stellt sich dabei absichtlich ungeschickt an. Patrick platzt fast vor Stolz, weil er seinem Papi etwas beibringen kann. Als Seán schließlich doch noch einen Topf trifft, ist Patrick voll des Lobes und beglückwünscht sich dabei selbst, weil er so ein toller Lehrmeister ist.

Ich lasse die beiden mit ihrer Zwistel im Garten und mache mich daran, das Abendessen zuzubereiten. Es beruhigt mich, dass nur ein lebensmüder Vogel mit dieser Zwistel erlegt werden könnte. Einer, der mit ausgebreiteten Flügeln stillsteht und darauf wartet, bis Patrick aus höchstens zwei Metern Entfernung anlegt, zielt, noch mal zielt und schließlich schießt. Die Vogelwelt ist in Sicherheit, wirklich gefährdet sind nur die Töpfe, aber die halten es aus … und natürlich die Fensterscheiben der umliegenden Häuser.

Nach dem Abendessen bringe ich Patrick ins Bett und lese ihm aus seinem neuen Fischebuch vor, während Seán sich um den Abwasch kümmert. Nach kurzer Zeit fallen ihm die Augen zu, und als Seán nach oben kommt, um gute Nacht zu sagen, liegt Patrick bereits selig schlummernd, die Zwistel mit beiden Händen umklammernd, in seinem Bett. Jagen macht müde.

»Dein Vater verdient eine Medaille. So schnell ist er noch nie eingeschlafen.« Ich gebe ihm einen Kuss auf den Mund. »Wenn wir nicht auf Tadhg warten müssten, wüsste ich ganz genau, was wir mit der unerwartet gewonnenen Zeit anfangen könnten.« Ich drücke mich ein bisschen fester an ihn, nehme seinen Kopf in beide Hände und küsse ihn langsam und zärtlich. Seán löst sich aus meiner Umarmung, zieht mich hinter sich her und schließt Patricks Zimmertüre vorsichtig.

»Tadhg kann warten«, meint er, schiebt mich langsam Richtung Schlafzimmer, vergräbt seinen Kopf in meinen Nacken, haucht »du riechst so gut« und küsst mich dabei so sanft, dass mir wohlige Schauer den Rücken hinablaufen. Er legt gerade eine Hand auf die Türklinke zum Schlafzimmer und nestelt mit der anderen an den Knöpfen meiner Jeans, als es unten an der Haustür läutet. Enttäuscht lösen wir uns sachte voneinander. Ein letzter Kuss, und Seán geht langsam die Treppe hinunter, um zu öffnen. Ich ziehe meinen Pullover zurecht und folge ihm.

Tadhg stürmt sofort ins Wohnzimmer. »Ihr glaubt nicht, was ich herausgefunden habe!« Mit langen Schritten geht er spannungsgeladen im Wohnzimmer auf und ab. Seine Augen leuchten schillernd. »Das ist der Oberhammer!« Er lässt sich auf die Couch fallen, klatscht sich mit beiden Händen auf die Schenkel, springt sofort wieder auf und fährt mit der Hand durch sein kurzes Haar.

»Jetzt beruhig dich doch erst einmal.« Seán ist wegen der zeitlich äußerst unpassenden Störung ziemlich ungnädig gestimmt. »Was ist denn so dringlich? Hätte das nicht warten können?«

Tadhg schaut ihn kurz verständnislos an, wischt mit einer Handbewegung Seáns Äußerung beiseite, setzt sich und wiederholt: »Das ist der Oberhammer!« Zufrieden lehnt er sich breitbeinig zurück in die Kissen und schaut uns triumphierend an. »Wenn ich ein Gläschen Whiskey bekomme, erzähl ich euch alles schön ausführlich.« Seán fügt sich in sein Schicksal, holt Gläser und die Whiskeyflasche, schenkt alle drei Gläser großzügig ein und stellt die Flasche mit einem lauten Knall auf den Tisch. »Also schieß los!«

Tadhg nimmt einen tiefen Schluck. »Das glaubt ihr nicht.« Er nimmt noch einen Schluck und fängt endlich zu erzählen an. »Ich hab euch doch von Spud Murphy erzählt, und dass der jetzt irgendwas beim NYPD ist? Also, ich habe mir von meinem Bruder Niall seine Nummer besorgt. Das war natürlich seine private Telefonnummer, und zuerst habe ich mit Spuds Gattin gesprochen, einer sehr netten Amerikanerin, die ganz entzückt darüber war, dass *David* einen Anruf von einem Freund aus Irland bekommt. *From the Old Country,* hat sie ständig geflötet und davon erzählt, wie nett sich alle Leute um sie gekümmert hätten, als sie zu Besuch waren. Sie hat gar nicht mehr aufgehört, davon zu schwärmen, wie warmherzig und zuvorkommend alle Iren sind und dass sie sich schon so auf ihren nächsten Besuch freut. Nachdem sie mich fast eine halbe Stunde bequatscht hatte, hat sie mir endlich Spuds Büroanschluss gegeben, und ich soll alle hier nett grüßen.« Er verdreht die Augen gen Himmel, bläst die Backen auf und stößt die Luft aus. »Ich will gar nicht wissen, was mich das Gespräch gekostet hat. Also, ich ruf Spud im Büro an, und er war zuerst mächtig überrascht. Als er dann begriff, dass ich eine Auskunft von ihm benötige, da wollte er mich kurzerhand abwimmeln, bis er den Namen Angelini hörte. Da war er dann plötzlich hellwach, und ich habe ihm alles noch mal von vorne erzählen müssen. Jede noch so kleine Einzelheit wollte er von mir wissen. Zuerst habe ich ihm bereitwillig alles erzählt, doch dann wurde auch ich neugierig und habe ihn gefragt, wieso er das alles so genau wissen will.« Tadhg nimmt wieder einen großen Schluck von seinem Whiskey. »Also, der Name Angelini bringt bei der Polizei die Glocken zum Läuten«, er legt eine Kunstpause ein. »Passt auf, der Onkel von Anthony Angelini ist ein gewisser Donald Angelini oder kurz, Don Angelini. Don Angelinis Spitzname ist *The Wizard of Odds,* weil er bei der Mafia für die Sportwetten und die Casinos zuständig ist. Und jetzt ratet mal wo?« Ohne unsere Antwort abzuwarten, fährt er fort: »Genau, in Las Vegas. Dort wurde er der Nachfolger des berüchtigten Mafiosi Tony *the Ant* Spilotro, nachdem der und sein Bruder Michael vom Chicagoer Outfit eliminiert wurden. Don *The Wizard of Odds* Angelini war vorher für die Chicagoer Familie in New York tätig, bevor er nach Las Vegas befördert wurde. Er sitzt zurzeit ein, kommt aber schon im Oktober 94 wieder frei. Anthony Angelini ist der Sohn seines Bruders Pepp. Pepp Angelini lebt in Chicago, und man konnte ihm bisher noch nie etwas Illegales nachweisen.

Spud sagte, dass die Polizei intern davon überzeugt ist, dass auch Pepp bis zum Hals in Mafiageschäften steckt. Als Spud von mir erfuhr, dass sich Anthony Angelini in Irland aufhält, wäre er fast durch den Telefonhörer gekrochen, so sehr hat ihn das interessiert. Von Anthony wissen sie nur, dass es ihn gibt. Er ist noch nie polizeilich aufgefallen, hat gute Schulen besucht und einen Abschluss von der New York University. Spud sagt, es ist nichts Neues, dass sich die junge Generation ein ehrbares Äußeres verschafft und versucht, neue Wege zu gehen. Diese Wege sind zwar oft genauso illegal wie die ihrer Väter und Großväter, aber wesentlich mehr *high tech* – und deshalb noch schwieriger aufzudecken. Das Gesetz des Schweigens gilt bei den Jungen wie bei den Alten.« Tadhg lehnt sich mit seinem Whiskeyglas in der Hand zurück und schaut Beifall heischend in die Runde.

»Das ist alles irre interessant und irgendwie auch ein Wahnsinnszufall«, antwortet Seán und dreht sein Glas in den Händen, »aber was hat Anthony Angelinis Verwandtschaft mit einem Mafiamitglied mit dem Mord an Onkel Jim zu tun?«

Tadhg springt auf und läuft wild gestikulierend im Wohnzimmer auf und ab. »Ja siehst du das nicht? Für die Mafia ist es ein Klacks, sich dieses Gift zu besorgen, dieses Paly…, dieses Paly…dingsbums.«

»Palytoxin«, eile ich ihm zu Hilfe.

»Genau, Palytoxin«, er wirft mir ein dankbares Lächeln zu. »Die können sich alles besorgen, Gift, Waffen, Sprengstoff, *you name it – they've got it.*«

Seán sieht ihn zweifelnd an. »Also für mich klingt das alles sehr weit hergeholt. Welches Interesse sollte die Mafia daran haben, meinen Onkel umzubringen? Hör doch auf, so ein Blödsinn.«

Tadhg bleibt abrupt stehen. »Interesse? Mein lieber Seán, die Mafia hat Interesse an allem, was Geld bringt. Wir müssen nur noch herausfinden, was es ist, und dann haben wir den Fall gelöst.« Er setzt sich wieder auf das Sofa und leert sein Glas.

»Aber doch nicht in Irland! Und dann auch noch in Carlow! Du bist doch nicht ganz dicht!« Seán wird langsam sauer. »Das kann doch nicht dein Ernst sein! Für mich ist das einfach ein blöder Zufall. Michelle bandelt mit einem Kerl in Las Vegas an, der fliegt mit ihr nach Irland, nachdem ihr Gatte tot aufgefunden wurde, und verbringt ein paar Wochen Urlaub hier. Aus! Mehr ist da nicht!«

Tadhg packt die Whiskeyflasche am Hals und schenkt sich ein. »Bist du so naiv oder tust du nur so?« Er nimmt einen kleinen Schluck, rutscht auf der Couch nach vorne und beginnt lehrmeisterhaft an den Fingern abzuzählen. »Erstens, bei der Mafia gibt es keine Zufälle. Zweitens, wo Mitglieder der Mafia sind, stinkt es immer. Drittens, dein Onkel war ein schwerreicher Mann. Viertens, dein Schwager verdient sein Geld mit Glücksspiel. Fünftens, das Spezialgebiet von Angelinis Onkel ist das Glücksspiel.« Tadhg lässt die Hände sinken. »Wie viele Zufälle willst du eigentlich noch beschwören, bevor du mir glaubst, dass es keine Zufälle gibt?« Er fährt sich mit der Hand wieder durch sein kurz geschnittenes Haar. »Ich kann mir tausenderlei Zusammenhänge vorstellen.« Er beginnt wieder an den Fingern abzuzählen. »Vielleicht versuchen sie, ihre Geschäftsbeziehungen nach Irland auszuweiten. Vielleicht brauchen sie einfach nur eine ehrenwerte Firma zur Geldwäsche. Hogg's Pies exportieren in die ganze Welt, vielleicht wollten sie die Firma als einen sicheren Transportweg für den Vertrieb von Rauschgift in Europa benutzen. Vielleicht wollten sie sich in Hogg's Pies einkaufen und Onkel Jim hat sich dagegen gewehrt. Vielleicht hat Michelle mit ihnen Geschäfte gemacht und Onkel Jim kam dahinter.« Er lässt die Hände sinken. »Es gibt tausend Möglichkeiten.«

Seán bleibt trotzdem stur. »Das ist doch alles an den Haaren herbeigezogener Unsinn. Ich kann mir keine einzige deiner tausend Möglichkeiten vorstellen. Nicht mit Onkel Jim!«

»Ach ja?« Tadhg wird jetzt auch langsam sauer. »Aber dass Onkel Jim ermordet wird, das konntest du dir vorstellen?«

Seán sieht ihn schockiert an. »Nein, natürlich nicht.«

Triumphierend erhebt Tadhg sein Whiskeyglas. »Eben!« Er stürzt den Rest aus dem Glas hinunter und steht auf. »Ich geh jetzt. Schlaft mal drüber und denkt in Ruhe darüber nach.« In der Haustür dreht er sich noch mal zu uns um, tappt mit dem Zeigefinger ein paarmal gegen seine Nasenspitze und meint todernst: »*I can smell a rat.*« Dann zieht er die Tür hinter sich zu.

Seán steht wortlos auf, sammelt die Gläser und die Whiskeyflasche ein, stellt alles neben dem Spülbecken in der Küche ab und kommt zurück ins Wohnzimmer. Er nimmt mich an der Hand, zieht mich von der Couch hoch und flüstert mir ins Ohr: »Wo waren wir stehen geblieben?« Eng umschlungen gehen wir die Treppe hoch, und keiner von uns beiden denkt vor dem Einschlafen noch an Tadhgs Mafia-Theorien.

Samstag

Am Morgen sitzen wir alle drei gemütlich beim Frühstück. Patrick hat seine Zwistel neben seinem Teller liegen. Die beiden sind unzertrennlich. Ich frage meine beiden Männer, ob sie mit mir Einkaufen gehen wollen. Bei Shaw's Department Store ist Ausverkauf, und ich brauch ein paar neue Klamotten. »Vielleicht haben sie auch was für euch?«

Seán und Patrick schauen einander erschrocken an. »Wir wollten eigentlich mit der Zwistel Schießübungen machen.« Seán beißt krachend in seinen Toast. »Ich habe genug zum Anziehen. Wegen mir musst du nicht schauen.«

Das habe ich schon vermutet. Die beiden würden lieber zwei Wochen Küchendienst übernehmen, als mit mir zum Einkaufen zu gehen. »Kein Problem«, ich lächle süß, »dann geh ich einkaufen und ihr erledigt den Abwasch.«

»Vielleicht findest du was Nettes für heute Abend.« Seán lächelt erleichtert.

»Wieso für heute Abend? Was ist denn heute Abend?« Ich kann mich an nichts erinnern.

»Ooops, habe ich vergessen, dir das zu sagen?« Seán schaut mich fragend an. »Heute ist doch die Riesenparty von Seamus Murphy, dem Baulöwen. Ich habe dir doch davon erzählt?« Unsicher sieht er mich an.

»Davon weiß ich nichts.« Plötzlich fällt es mir wieder ein. »Doch, ich weiß von der Party. Deine Schwester Gráinne hat es erwähnt, als ich vor einer Boutique in der Dublin Street mit ihr zusammengestoßen bin. Aber ich wusste nicht, dass wir auch eingeladen sind.«

»Natürlich sind wir auch eingeladen, ganz Carlow ist eingeladen. Außer du willst nicht hingehen. Wir müssen nicht, wenn du nicht magst.« Erwartungsvoll sieht er mich an. »Um ehrlich zu sein, wollte ich nur wegen dir hingehen. Ich dachte, es könnte dir Spaß machen; außerdem ist es eine gute Gelegenheit, um Leute kennenzulernen.«

»Sag mal, was ist das denn nun eigentlich für eine Party? Gráinne hat so getan, als ob nur die oberen Zehntausend eingeladen wären.«

»Aber nein.« Seán lacht. »Es ist ein *Charity Event*. Jeder, der sich eine Eintrittskarte kauft, ist willkommen.«

»Eintrittskarte?«

»Ja klar, jedes Jahr veranstaltet Seamus Murphy diese Riesen Party, verlangt zwanzig Pfund Eintritt und spendet den gesamten Erlös an die Krebshilfe. Party ist vielleicht auch nicht das richtige Wort. Er mietet im Seven Oaks Hotel den Ballsaal, organisiert drei oder vier Bands, die den ganzen Abend lang spielen und stellt ein Buffet mit *Finger Food* hin. Das Hotel betreibt die Bar und spendet die Hälfte der Einnahmen ebenfalls an die Krebshilfe.«

Diese Gráinne, ich bring sie um, Miststück elendiges! »Dann ist es also keine private Party, sondern eine Wohltätigkeitsveranstaltung?« Forsche ich weiter.

»Genau, normalerweise ist die Stimmung super und die Bands sind auch immer spitze. Das gefällt dir bestimmt. Wir müssen ja nicht so lange bleiben. Meine Mutter sagt sie passt auf Patrick auf.«

Unglaublich, da hat er sogar einen Babysitter organisiert und vergisst mir davon zu erzählen.

»Du hättest mir davon erzählen sollen. Das kommt jetzt schon ein bisschen plötzlich.« Ich weiß nicht ob ich sauer sein oder mich auf die Party freuen soll.

»Tut mir wirklich leid, Herzchen. Wir haben zurzeit so viel um die Ohren. Ich dachte, ich hätte es dir gesagt.« Er schaut mich treuherzig an. »Weißt du was, Patrick und ich machen sauber und du kannst dich in den Ausverkauf stürzen. Was meinst du?«

»Also, Lust hätte ich schon«, sag ich zögerlich, »was zieht man denn da so an?«

»Ach das ist unterschiedlich, manche bretzeln sich furchtbar auf und andere kommen in Jeans und T-Shirt. Irgendwas Nettes halt.«

Irgendwas Nettes halt, Seán macht es sich einfach.

»Was ziehst du an?« Will ich von ihm wissen.

»Ich weiß noch nicht. Entweder meine dunkelblaue Stoffhose mit dem gestreiften Hemd oder die helle Leinenhose mit dem weißen Leinenhemd.«

»Krawatte?« will ich wissen.

Seán überlegt kurz, »ja.«

Wenn Seán eine Krawatte trägt, dann muss ich schon ein bisschen was Eleganteres tragen. Vielleicht sogar ein Kleid? Ich trage nie Kleider. Mal sehen, was es in Shaw's gibt. »Also abgemacht«, sag ich laut. »Ihr macht die Küche und das Bad sauber, bevor ihr auf die Jagd geht und ich schau, ob ich was zum Anziehen finde. Wir treffen uns dann so gegen eins wieder hier zum Mittagessen.« Ich gebe beiden einen Kuss auf die Wange, schlüpfe in meine Schuhe und mache mich auf den Weg nach Shaw's Department Store in Tullow Street. Das Wetter ist durchwachsen, ich überlege noch kurz, ob ich umkehren soll, um eine Jacke und einen Schirm zu holen, doch als ich in unserer Straße Leute mit Shorts und T-Shirts bekleidet herumlaufen sehe, entscheide ich mich dagegen. In Shaw's gehe ich zuerst hoch in den ersten Stock, in die Abteilung *Ladies Fashion*. Es ist proppenvoll. Über jedem Rundständer stecken Schilder mit Hinweisen auf Prozente. Um die –70-%-Ständer drängen sich die Kundinnen in Dreierreihen. Ich versuche anderswo mein Glück und zwänge mich in eine gerade erst frei gewordene Lücke zwischen zwei Frauen an einem –50-%-Ständer. Nein, so geht das nicht, der Ständer ist voll mit pastellfarbenen Damenblazern. Ich mache den Platz frei, der sofort von einer anderen Frau eingenommen wird. Ich muss mir einen Überblick verschaffen. Da ich noch nie in Shaw's Damenabteilung einkaufen war, kenne ich mich nicht aus. Eine Verkäuferin eilt an mir vorbei. Ich halte sie auf und frage, wo die Kleider sind. Sie führt mich an den Jacken und Blazern vorbei, an endlosen Reihen von Hosen und Röcken entlang, bis wir schließlich vor einer Wand mit Kleidern zum Stehen kommen. Ich bedanke mich, doch sie ist schon wieder verschwunden. Bei den Kleidern ist der Andrang nicht ganz so groß. Nur ein großes Schild mit dem Hinweis *REDUCED* deutet auch hier auf Preisnachlässe hin. Ich hätte die Verkäuferin gerne noch gefragt, was Größe 36/38 auf Irisch ist, doch da war sie schon weg. Nachdem ich verschiedene Preisschilder studiert habe, sehe ich ein Kleid von einem dänischen Hersteller. Die haben die Größen auf dem Preisschild mit Länderflaggen beschriftet, was ich sehr praktisch finde. Die deutsche Größe 36 ist UK size 10, italienische Größe 42, französische Größe 38, und US size 8. Also brauche ich ein Kleid in Größe 10 oder 12, je nachdem, wie es ausfällt. Endlich kann ich mit der Suche beginnen. Ich wühle mich durch die Kleiderständer, aber entweder sind die Kleider zu altbacken oder zu aufgedonnert. Frustriert schaue ich mich um. Es muss doch Kleider geben, die man auch vor Erreichen des Rentenalters tragen kann. Nach einer Stunde vergeblicher Suche werde ich langsam panisch. Alles hier würde Schwiegermutter Fidelma super stehen, aber für mich ist nichts dabei. Entweder ich bin in der falschen Abteilung oder im falschen Laden. Ich schau mich um. Neben der Rolltreppe steht ein Schild mit Hinweisen, wo was zu finden ist. Es gibt nur drei Stockwerke, und ich bin im richtigen Stockwerk. Enttäuscht will ich schon die Rolltreppe nach unten nehmen, als ich aus den Augenwinkeln ein schwarzes Kleid zwischen den Hosen hängen sehe. Ich nehme es vom Ständer, halte es auf Armlänge von mir weg und drehe es hin und her. Es ist sehr schlicht geschnitten, mit einem runden Halsausschnitt, langen Ärmeln und einem engen Rock mit einem kleinen Schlitz auf der Rückseite. Ich reihe mich in die lange Schlange von Frauen ein, die vor den Umkleidekabinen warten. Die in der Schlange Stehenden scheinen sich alle zu kennen, und ich lausche der korpulenten Frau in gelben Bermudashorts, die den anderen erzählt, was *Little Johnny* in der

Schule alles zu erleiden hat. Ich kenne den Typ Mutter aus meiner Kindergartenzeit und kann die Lehrerin von *Little Johnny* nur bemitleiden. Die Gesprächspartnerin der Mutter von *Little Johnny* nickt heftig mit dem Kopf. Anscheinend war ihr kleiner Sonnenschein, *Chelsea*, schon ein paarmal mit der Obrigkeit in Konflikt geraten, und die Mutter hat absolut kein Verständnis dafür, dass *Little Chelsea* sich an die Klassenordnung halten soll. Wo sie doch so begabt ist! Und was ist denn schon dabei, wenn sie schwätzt. Sie ist eben extrovertiert und muss sich ausdrücken. Die Lehrerin soll sich nicht so haben, wofür wird sie schließlich bezahlt? Das alles bringt sie ohne Punkt und Komma zum Besten, die Wartenden stimmen ihr zu. Sie hatten alle schon Probleme mit Lehrern, denen das richtige Verständnis für ihre Lieblinge abgeht. Schließlich kommen sie auf die Benefizveranstaltung heute Abend zu sprechen. Angeblich soll es einen Überraschungsgast geben. Die Aufregung ist groß, die Meinungen sind eher gespalten. Die einen glauben, dass Johnny Logan kommt, und die anderen sind fest davon überzeugt, dass es Joe Dolan ist. Eine behauptet sogar, Joe bei einer Nachbarin im Garten gesehen zu haben. Ich versuche einen dezenten Blick auf die Kleiderbündel über ihren Armen zu erhaschen. Ich wüsste zu gerne, ob es eine Kleiderordnung gibt. Ich sehe vor allem viel Bling, tiefe Ausschnitte und laute Farben. Wenn ich mir die Damen vor mir so ansehe, dann glaube ich nicht, dass ich mich an ihnen orientieren möchte. Vor allem die gelbe Bermudahose ist ziemlich abschreckend. Während sich die Schlange langsam nach vorne bewegt, mustere ich die Wartenden vor mir unauffällig. Die meisten sind in meinem Alter oder darüber. Alle sind glänzender Stimmung und freuen sich ganz offensichtlich auf den bevorstehenden Abend. Ich entspanne mich ein bisschen. Vermutlich ist es wirklich egal, was ich trage. So wie es aussieht, wird vom Strass-übersäten Ballkleid bis zum handbreitkurzen Minirock alles vertreten sein. Ich sollte mich nicht immer so von Gráinne verunsichern lassen. Denn eines ist so sicher wie das Amen in der Kirche: Ob ich ein Kleid von Prada oder von Primark trage, Gráinne wird auf jeden Fall etwas daran auszusetzen haben. Gehobener Stimmung gehe ich in die frei gewordene Umkleidekabine und schlüpfe in das schwarze Kleid. Es passt wie angegossen! Der Rocksaum reicht gerade übers Knie, die Taille liegt eng an, und sogar das Oberteil sitzt wunderbar; besonders die langen eng anliegenden Ärmel haben es mir angetan. Ich dreh und wende mich vor dem Spiegel und bin ganz verliebt in dieses kleine Schwarze. Es sieht ein bisschen aus wie ein Kleid, das Audrey Hepburn getragen hätte. Nachdem ich mich wieder umgezogen habe, suche ich fieberhaft nach dem Preisschild. Hoffentlich ist das Kleid auch reduziert. Auf dem Weg zur Kasse gebe ich die Suche auf, das Schild ist offensichtlich abgefallen, ich muss die Kassiererin fragen. Wieder reihe ich mich in die lange Warteschlange ein. Scheinbar geht wirklich ganz Carlow auf das Fest, die Damen vor mir reden über nichts anderes. Endlich bin ich dran, aber die Kassiererin weiß es auch nicht und muss die Abteilungsleiterin holen. Die kommt nach zehn Minuten angehetzt, wirft einen kurzen Blick darauf und sagt: »Fünfzehn Pfund«, und ist im nächsten Moment wieder verschwunden.

»Fünfzehn Pfund, wollen sie es nehmen?«, fragt mich die Kassiererin.

»Ja, bitte.« Ich versuche, ruhig zu bleiben und nicht laut dabei zu jauchzen. Ein absolutes Schnäppchen! So ein Glück! Ich tanze die Rolltreppe hinunter. Im Erdgeschoss gibt es Schuhe. Vielleicht sollte ich auch dort einen kurzen Blick wagen? Schuhe sind hier wesentlich billiger als in Deutschland. Sogar Markenschuhe kosten oft nur die Hälfte. Ich schreite die Reihen ab in der Hoffnung, auch hier fündig zu werden. Ich trage generell keine hohen Schuhe, ich kann mit den Dingern einfach nicht laufen. Ich will schon enttäuscht aufgeben, als mir auffällt, dass ich in der falschen Reihe suche. Schuhgröße 38 ist Größe 5. Ich war bei Größe 7 unterwegs, das ist Größe 41, viel zu groß für mich. Heute muss mein Glückstag sein! Pumps in Größe 5, echtes Leder, in Schwarz mit einem kleinen Absatz, mit dem sogar ich problemlos laufen kann, reduziert auf zwanzig Pfund. Wahnsinn, ich probiere sie sofort an, laufe ein paarmal damit auf und ab und bringe sie dann zur Kasse. Genial! Die sind wie gemacht für mein kleines Schwarzes und mich.

Die Kassiererin hält sie hoch »Diese *kitten heel pumps* sind ganz herzallerliebst, nicht wahr?« Dem kann ich nur zustimmen, *Kitten Heel Pumps*, meine Schuhe haben einen Namen. Beschwingt verlasse ich Shaw's Department Store. Der Einkaufsbummel hat sich gelohnt. Der Abend kann kommen!

In gehobener Stimmung beschließe ich, noch schnell zum Friseursalon *Talking Heads* zu gehen. Die Fotografie im Silberrahmen lässt mir keine Ruhe. Es muss dafür eine plausible Erklärung geben. Ich folge der Tullow Street bis zur Kreuzung und gehe dann die Dublin Street hoch, bis ich vor dem kunstvoll dekorierten Schaufenster der *Talking Heads* zum Stehen komme. Heute ist dort natürlich der Teufel los, ganz Carlow lässt sich vor dem großen Fest die Haare machen. Neben dem Eingang zum Ladengeschäft gähnt eine dunkle Toreinfahrt wie ein offener Schlund. Der Geruch von feuchtem Mauerwerk und Zigarettenrauch dringt bis auf die Straße hinaus. Im Schutz des Torbogens meine ich, eine schlanke Gestalt zu erkennen, die sich lässig mit einem Fuß gegen die Wand stützt. Bei jedem tiefen Zug an der Zigarette glüht die Aschespitze kurz auf, sodass ich das Gesicht des Rauchers erkennen kann. Heute muss wirklich mein Glückstag sein. Es ist Brian. Ehe er mich bemerkt hat, stehe ich ihm bereits direkt gegenüber. Er kann sich nicht mehr verdrücken.

Zu Hause gehe ich sofort nach oben, um mein neues Kleid aufzuhängen. Es ist zwar schon nach eins, aber meine beiden Männer sind noch nicht zurück von der Jagd. Ich brenne darauf, Seán zu erzählen, was ich von Brian erfahren habe, muss mich aber gedulden, bis er endlich nach Hause kommt. Die Gedanken schwirren mir durch den Kopf wie ein Mückenschwarm an einem warmen Sommerabend. Um mich zu beruhigen, gehe ich hinunter in die Küche. Kochen entspannt. Ich muss versuchen, mich ein wenig zu beruhigen, muss versuchen, logisch zu denken, um das Wichtige vom Unwichtigen zu unterscheiden. Ich stelle einen großen

Topf mit Wasser auf und beginne damit, routiniert eine Zwiebel zu schneiden. Es gibt Spaghetti mit Tomatensoße, gemischten Salat und Knoblauchbrot. Das geht schnell, und alle essen es gerne.

Ich warte lieber, bis meine beiden Männer zu Hause sind, bevor ich die Spaghetti in das kochende Wasser gebe, sonst werden sie matschig. Dabei geht mir wieder durch den Kopf, was Tadhg gestern berichtet hat. Er war felsenfest davon überzeugt, dass es einen Zusammenhang geben muss zwischen dem Mord an Onkel Jim und Michelles Liebhaber. Ich überlege hin und her. Der junge Mann kann ja eigentlich nichts dafür, dass er aus einer Familie von Mafiosi stammt. Seine Familie kann man sich bekanntlich nicht aussuchen. Michelle weiß wahrscheinlich gar nichts über die kriminellen Tätigkeiten und Verbindungen seiner engeren Verwandtschaft. Vielleicht kommt sie heute Abend auch zur Party? Nein, ganz sicher nicht, sie ist ja in Trauer, da kann sie schlecht zum Tanzen gehen. Gedankenverloren rühre ich die Tomatensoße. Tadhgs Argumente klangen gestern noch ganz plausibel, aber heute kommen sie mir äußerst fragwürdig vor. Wie hängt Brians Geschichte mit Michelle und ihrem Liebhaber zusammen? Gibt es überhaupt einen Zusammenhang?

Die Haustür wird aufgestoßen, und Patrick stürmt in die Küche, gefolgt von Seán.

»Na, du großer Jäger, was hast du alles erlegt?« Ich hebe ihn hoch und wirble mit ihm einmal um die eigene Achse. Er hält seine Steinschleuder fest umklammert in der Hand und juchzt laut »noch mal«, als ich ihn wieder auf dem Boden absetze.

Seán gibt mir einen Kuss auf die Wange und legt eine Plastiktüte mit Schwung auf den Küchentisch. »Wir haben die Nachspeise erlegt.« Beide grinsen mich breit an.

»Wie habt ihr das denn gemacht?« Ich ziehe vorsichtig die Henkel der Plastiktüte auseinander und linse hinein. In einer weißen Schachtel liegen nebeneinander drei kleine Törtchen mit dicken Sahnehäubchen, und daneben ein bunter Lolli. »Gebt es zu, ihr habt eine Bäckerei überfallen.«

»Genau.« Seán zwinkert Patrick zu. »Patrick hat das Personal in Schach gehalten, und ich habe in aller Seelenruhe die besten Törtchen ausgewählt.«

Ich nehme die Spaghetti und gebe sie vorsichtig in das kochende Wasser. »Hoffentlich hat man euch nicht erkannt. Oder ist euch die Polizei bereits auf den Fersen?«

Die beiden setzen finstere Minen auf und versichern mir, dass niemand der gefürchteten O'Shea Bande gefolgt ist.

»Na, da bin ich aber erleichtert. Wie gut, dass niemand unseren Schlupfwinkel kennt. Geht Hände waschen, das Essen ist gleich so weit.« Selbst die schlimmsten Räuber müssen vor dem Essen Hände waschen.

»Seán!« Ich halte ihn zurück und flüstere ihm ins Ohr. »Ich habe etwas herausgefunden, das wird dich umhauen. Wenn Patrick seinen Mittagsschlaf hält, erzähle ich dir alles.«

Seán ist es anzumerken, dass er mir am liebsten eine Standpauke halten würde. Von wegen nicht einmischen und so, aber um des lieben Frieden willens lässt er es sein. Er zieht ab, und ich decke den Tisch. Brian, Onkel Jim, Michelle und ihr Liebhaber müssen warten. Jetzt wird gegessen.

Seán kommt nach Patrick in die Küche, setzt sich auf seinen Stuhl und nickt anerkennend. »Ein schönes Kleid hast du da gekauft, teuer?«

Nachdem ich die Spaghetti mit der herrlich nach Knoblauch, Rosmarin und Thymian duftenden Tomatensoße auf Teller verteilt habe, setze ich mich dazu und erzähle von meinem Einkaufsbummel. Seán hat die Gerüchte über den Überraschungsgast natürlich auch schon gehört. Er glaubt, dass es nur Joe Dolan sein kann. Meine Mutter wäre begeistert. *Delilah* und *You're Such a Good Looking Woman* sind ihre Lieblingslieder, da dreht sie das Radio auf bis zum Anschlag und trällert aus vollem Halse mit. Wo ist eigentlich unser Fotoapparat? »Seán, weißt du, wo unsere Kamera ist?«

Seán hat den Mund voll Spaghetti und schüttelt mit dem Kopf.

»Ich würde die Kamera heute Abend gerne mitnehmen. Falls es

wirklich Joe Dolan ist, brauch ich unbedingt ein Foto für meine Mutter.«

Seán schluckt, beißt krachend in das Knoblauchbrot und überlegt kauend. »Ich fürchte, wir haben den Apparat in einer der tausend Schachteln bei der Spedition in Regensburg verstaut. Hier ist er ganz sicher nicht.«

Schade, aber da kann man nichts machen. Es wird wirklich Zeit, dass wir endlich wieder unseren Hausstand beisammenhaben. Patrick meldet sich zu Wort und bietet mir großzügig seine Kinderkamera an. Er klettert vom Stuhl, rennt ins Wohnzimmer und kommt wenige Sekunden später mit einer blauen Kamera samt zwei gelben Henkeln rechts und links in den Händen zurück. Freudestrahlend drückt er mir die Kinderkamera in die Hand.

»Damit kannst du super Fotos machen.« Er nimmt den Fotoapparat wieder an sich und demonstriert, wie ich die Kamera bedienen muss. »Mit beiden Händen halten, dann wackeln die Bilder nicht.« Ich muss es so lange nachmachen, bis er davon überzeugt ist, dass ich alles richtig mache. »Die kannst du haben. Aber nur geliehen!« Er klettert wieder auf seinen Stuhl und stochert im Salat. »Kann ich schon die Nachspeise haben?« Er sieht mich erwartungsvoll an. Nach dem selbstlosen Angebot, mir seine behütete Kamera zu leihen, kann ich ihm schlecht ein Törtchen verweigern.

Seán schaut mich aus den Augenwinkeln an, schiebt seinen noch halb vollen Salatteller in die Mitte des Tisches und meint. »Ich bin auch so weit. Her mit den Törtchen.«

Schön, wenn die Herren keine Lust auf Salat haben, dann eben nicht.

»Einen Moment noch.« Ich spieße eine Tomatenscheibe auf meine Gabel, »ich bin auch gleich fertig.«

Seán steht auf und fängt an, den Tisch abzuräumen. »Kaffee zum Törtchen?« Er füllt Wasser in den Topf und stellt ihn auf den Herd. Bis der Kaffee fertig ist, fangen wir schon mal an, die süßen Törtchen zu genießen.

»Die sind wirklich lecker, wo habt ihr die denn erlegt?«

»In Crotty's.« Seán wischt sich die Krümel vom Mund. »In der Tullow Street«, fügt er noch hinzu. »Da solltet ihr öfters jagen.« Ich lecke mir die Finger ab. Was ich für Sahnehäubchen hielt, war eine dicke süße Zuckercreme. Patrick schafft nur die Hälfte seines Törtchens, gibt den Rest an Seán weiter und angelt sich den Lolli aus der Schachtel. »Den Lutscher gibt es aber erst nach deinem Nickerchen.« Ich halte die Kaffeetasse mit beiden Händen und sehe aus dem Küchenfenster. »Ich glaube, wir könnten alle drei ein Nickerchen vertragen. Es regnet in Strömen, den geplanten Spaziergang können wir eh vergessen. Oder hast du für heute Nachmittag schon was vor?«

Seán stellt die Kuchenteller in die Spüle. »Nickerchen klingt gut, nach dem Abwasch hauen wir uns aufs Ohr. Dann sind wir heute Abend frisch und munter.« Er lächelt mich an. »Du wolltest mir noch was erzählen.«

Ich stürze mich in die Geschichte, die Brian mir während seiner Zigarettenpause gestanden hat.

»Und das glaubst du?« Seán sieht mich halb belustigt, halb fassungslos an.

»Ja.«

Seán schüttelt den Kopf. »Niemals, das hätte ich gewusst.«

»Es passt alles zusammen. Eoin war nicht auf Hawaii. Nur Conor und Brian haben dort gemeinsam ihren Urlaub verbracht. Ich habe das Foto auf Conors Nachttisch gesehen. Die beiden sind ein Paar.«

Seán wirft hilflos die Arme in die Höhe. »Und wo war Eoin?«

»Das«, sage ich, »müssen wir erst noch herausfinden.«

So ein Nickerchen am helllichten Tag ist der pure Luxus. Wohlig rekle ich mich unter der warmen Bettdecke und werde langsam wieder wach. Wie spät es wohl ist? Leises Schnarchen dringt von rechts an mein Ohr, Seán schläft immer noch tief und fest. Aus Patricks Zimmer kommt kein Laut. Ich taste mit einer Hand nach meiner Armbanduhr auf dem Nachttisch. Vier Uhr nachmittags, es regnet immer noch. Ich lasse mich zurück in die Kissen sinken und zieh die Decke über den Kopf. Als ich das nächste Mal wach werde, steht Patrick mit seinem Fischebuch unterm Arm vor meinem Bett. Ich hebe die Bettdecke hoch, und er schlüpft schnell zu mir herein. Wir klopfen uns die Kopfkissen bequem zurecht, und Patrick blättert suchend in seiner Fisch-Enzyklopädie.

»Was sollen wir denn heute lesen?«, frage ich ihn schläfrig. Das Dumme am Mittagsschlaf ist, dass man müder aufwacht, als man es beim Einschlafen war.

»Anna Mona.« Patrick hält mir sein Buch unter die Nase. Anna-Mona? Wer ist das denn? Verschlafen richte ich mich auf und nehme ihm das Buch aus der Hand. Ach so, er meint Anemonen. Die folgenden Seiten handeln von Anemonen. Ich blättere kurz weiter, um zu sehen, wie viele Seiten das sind. »Okay«, verkünde ich laut, »wir lesen zwei Seiten, dann müssen wir uns für die Party heute Abend schön machen.«

»Vier.« Patrick versteht es zu handeln.

Schließlich einigen wir uns auf drei Seiten Vorlesen aus der Fisch-Enzyklopädie. Die Fotos zu den jeweiligen Beschreibungen sind wirklich atemberaubend schön. Wir lesen alles über Wirtsanemonen und ihre Bewohner. Die Vielfalt der Anemonen ist beeindruckend, und dabei ist nur ein winzig kleiner Teil bereits erforscht.

Als wir bei der Leder-Anemone ankommen, deutet Patrick auf das Bild und sagt: »Die ist bei Michelle im Aquarium, da wohnt der Clownfisch.« Er zeigt auf das Bild darunter. »Und in der da wohnen auch zwei.«

Ich lese die Bildunterschrift, Teppich-Anemone (*Stichodactyla haddoni)*, ich blättere wieder zurück, *Heteractis crispa* heißt die Leder-Anemone auf Lateinisch, wirklich wunderschön diese Wirtsanemonen. Wir lernen, dass es unter den geschätzten 1200 Anemonenarten nur zehn anerkannte Wirtsanemonen gibt. Wirtsanemonen leben in enger Gemeinschaft mit Anemonenfischen, Porzellankrebsen oder Garnelen. Seeanemonen werden oft auch Seerosen genannt, sind aber keine Pflanzen, sondern Tiere. Meist findet man sie an einem festen Platz, man nennt das halbsessil. Sie sind in der Lage, den Standort zu wechseln, indem sie sich kriechend fortbewegen. Manche Arten können sogar schwimmen. Mittlerweile hat Patrick noch eine Anemone aus Onkel Jims Aquarium erkannt, die Pracht-Anemone oder *Heteractis magnifica*. Ich staune, wie viel er sich gemerkt hat. Immer wieder deutet er mit dem Finger auf das Bild einer Anemone, die er aus Onkel Jims Aquarium kennt, und ich muss ihm den Namen dazu vorlesen.

Das Schnarchen neben uns hat aufgehört, und Seán streckt unter lautem Gähnen seine Arme. »Wie spät ist es?« Er lugt mit einem offenen Auge unter seiner Bettdecke hervor.

»Zeit aufzustehen.« Ich schaue nochmals auf meine Armbanduhr. Halb fünf, langsam wird es wirklich Zeit. Ich schlüpfe schnell aus dem Bett, um die Immersion einzuschalten, und krieche dann sofort wieder zurück unter die Decke. Durch den heftigen Regen hat sich die Luft stark abgekühlt, und es ist empfindlich kühl geworden. Patrick sieht seine Chance noch ein paar Seiten mehr vorgelesen zu bekommen, und schiebt sein Fischebuch unauffällig auf meinen Bauch.

»Also gut, pass auf«, sag ich zu ihm, »wir machen ein Spiel, du zeigt auf einen Fisch oder eine Anemone, die du aus Onkel Jims Aquarium kennst, und ich les dir den Namen dazu vor.« Patrick ist einverstanden und fängt an. Er deutet fast auf jedes dritte Bild, und ich frage mich allmählich, ob er es wirklich erkennt oder nur so tut als ob. Andererseits ist es gut möglich, dass all diese Tiere das Aquarium bevölkern, es ist wirklich riesengroß. Seán ist jetzt auch wach und spielt mit.

»Glasperlen-Anemone, Hawaii-Anemone, Noppenrand-Anemone, Grüne Krusten-Anemone, Korkenzieher-Anemone, Blasen-Anemone«, die Namen klingen oft lustig und bezeichnen doch meist ziemlich genau das Aussehen des jeweiligen Tieres. Zu dritt sitzen wir mitten am Nachmittag im Bett, und jeder versucht, den anderen auszustechen, indem er eine Anemone findet, die den amüsantesten Namen trägt. Patrick gewinnt schließlich mit Bewaffnete-Anemone, dicht gefolgt von Seáns Schmarotzer-Anemone und meiner Knubbel-Anemone. Die Gewinner dürfen zuerst ins Bad, während ich noch ein bisschen in Patricks Fischebuch schmökere. Hätte nie gedacht, dass Anemonen so interessante Lebewesen sind. Die beiden halten sich nicht allzu lange im Bad auf, und ich begebe mich in unsere hellgrüne Oase der Körperpflege. Kniend in der Badewanne schicke ich ein Stoßgebet gen Himmel mit der Bitte, dass noch genügend warmes Wasser für Haar und Körper im Boiler ist. Gummibrause in der einen, Duschbad in der anderen Hand, träume ich von einer Glaskabinendusche mit Wechselbrauskopf und unendlich viel Warmwasser. Noch während ich das Shampoo aus den Haaren spüle, wird das Wasser immer kälter, bis es schließlich eiskalt aus der Gummibrause tröpfelt. Im Stillen fluchend, beende ich meine Dusche so schnell es geht und hülle mich in ein Badetuch. Kalt brausen soll ja gesund für den Kreislauf sein. Meiner roten Hautfarbe nach zu schließen ist mein Kreislauf bestens. Seán ist bereits fix und fertig angezogen, als ich bibbernd aus dem Badezimmer komme. Fesch sieht er aus in seinem blauen Anzug.

»Hast du dich jetzt doch für einen Anzug entschieden?«, frage ich ihn, während ich meine Haare heftig trocken rubble. »Sogar mit der guten Krawatte!«

Er fährt glättend mit der Hand über sein Revers, entfernt ein imaginäres Stäubchen und meint: »Ich kann doch nicht in Lumpen neben dir in deinem kleinen Schwarzen gehen.«

Da hat er natürlich recht. Mein Fünfzehn-Pfund-Kleid sieht unglaublich edel aus. Man sieht ihm den Preis zum Glück nicht an. Föhnen, schminken, parfümieren, Schmuck anlegen, die Uhr tickt.

»Wann sollen wir dort sein?« Ich werde langsam hektisch.

»Mach dir keinen Stress«, tönt es von unten aus der Küche, »irgendwann zwischen acht und neun Uhr. Ich bringe Patrick zu meiner Mutter rüber. Bin gleich wieder da.«

»Moment!« Ich sause die Treppen hinab, gebe Patrick ein paar Busserl und ermahne ihn, die Nana nicht zu ärgern. »Bis morgen früh, und grüße Granddad von mir.«

Patrick schultert seinen roten Kinderrucksack, klemmt sich seinen Teddy unter den Arm und hält mir seine blaue Kinderkamera mit den gelben Henkeln hin. »Hier, nicht vergessen.«

Ach, der Süße, jetzt muss ich die Kamera einstecken, sonst ist er beleidigt. Also hole ich meine Handtasche aus dem Wohnzimmer, ziehe den Reißverschluss auf, und Patrick legt die Kamera vorsichtig hinein. »Nur geliehen!« bekräftigt er noch mal und nimmt seinen Daddy bei der Hand. »Tschühüss!« Ich gebe ihm noch einen letzten Kuss und winke ihnen hinterher. Jetzt aber schnell! Ich haste die Treppe wieder hinauf und überlege, Seidenstrumpfhose oder nicht? Das ist auch so eine Sache, die mir hier in Irland aufgefallen ist. Die Frauen tragen keine Seidenstrumpfhosen, nur die blanke Haut. Die Beine immer tadellos glattrasiert, aber ohne Strumpf im Schuh. Ich probiere es einfach aus, schlüpfe barfuß in meine neuen *Kitten Heel Pumps* und drehe mich vor dem Spiegel. Also, es sieht ganz normal aus, aber barfuß in nagelneuen Schuhen ist vielleicht doch keine so gute Idee. Ich streife die Schuhe ab und ziehe die Seidenstrumpfhose an, das fühlt sich schon besser an. Ich gehe vor dem Spiegel auf und ab, drehe mich nach rechts und nach links, irgendetwas fehlt. Das Kleid passt wie angegossen, die Schuhe sehen klasse aus, Frisur, Augen Make-up, Schmuck passt – und trotzdem sieht es langweilig aus. Enttäuscht steh ich vor dem Spiegel und überlege, wie ich das Ganze etwas aufpeppen könnte. Ich reiße die Schranktüren auf und wühle mich durch meine wenigen Habseligkeiten. Nichts, natürlich nichts, ich kenne den Inhalt meines Koffers auswendig, was habe ich denn erwartet? Dass sich ein Schleier aus dem Nichts materialisiert? Moment, Schleier? Meine Mutter hat mir doch dieses Tuch aufgedrängt. »Für den Hals, damit du dich nicht verkühlst.« Wo habe ich das nur hingetan? Unter meinen Unterhemden finde ich das kleine glänzende Seidentuch mit schwarz-weißem Pepita Muster und pinkfarbenem Rand. Ich falte es und knote es kunstvoll um meinen Hals. Perfekt! Das Tuch gibt dem Ganzen eine künstlerische Note, richtig Bohème sehe ich jetzt aus. Zufrieden tänzle ich die Treppe hinunter.

Seán kommt gerade zur Türe herein und pfeift anerkennend, als er mich sieht. »Schick siehst du aus.«

»Danke, du aber auch.« Ich hauche ihm einen Kuss auf die Wange. »Sollen wir langsam losziehen?«

Er schaut auf seine Armbanduhr. »Ja, aber ganz langsam. Wir wollen ja nicht die Ersten sein.«

Während dem kurzen Spaziergang von St. Philomenas zum Hotel kauen wir noch mal alles durch, was ich von Brian heute Vormittag erfahren hatte. Seán gewöhnt sich langsam an den Gedanken, dass Brian vielleicht doch die Wahrheit gesagt hat.

»Wir müssen mit Eoin sprechen«, sagt Seán, »schließlich wurde das Palytoxin bei Eoin gefunden. Die Polizei geht davon aus, dass Eoin und Conor sich das Gift gemeinsam auf Hawaii besorgt hatten. Wie soll das gehen, wenn Eoin überhaupt nicht auf Hawaii war?«

»Was ich nicht verstehe«, sage ich, »warum sagt Eoin der Polizei nicht, wo er wirklich war?«

Unsere Überlegungen kommen zu einem abrupten Ende, als wir das Hotel betreten.

Wir müssen keine Angst haben, die Ersten zu sein, denn der Saal ist bereits proppenvoll. Langsam bewegen wir uns durch die Massen. Alle paar Meter werden wir von Freunden und Bekannten von Seán aufgehalten. »Bist du auch wieder im Lande«, »Wo hast du dich denn so lange versteckt« sind nur einige Fragen, die sie ihm stellen. Seán antwortet auf alle geduldig. Die meisten beäugen mich neugierig, die Älteren fragen unumwunden welches hübsche Kind er da mitgebracht hat und fragen mich dann sofort, wie ich es mit diesem *Rascal* aushalte, worauf alle immer schallend lachen, sich gegenseitig zuzwinkern und auf die Schultern schlagen. Na ja, diese Art Fragerei bin ich ja gewöhnt. Das ist in Bayern auch nicht anders. Ich lache mit und behaupte, es hätte nur der richtigen Frau bedurft, um ihn zu zähmen, den Hallodri. Wir schlängeln uns weiter durch die wogende Menschenmasse, bis wir am Rande der Tanzfläche noch zwei freie Plätze an einem Tisch mit Seáns Freunden ergattern. Seán übernimmt die Vorstellung: *»Pat and Eileen, Sam and Tricia, Tom and Fiona – my wife Elli.«*

Tadhg ist auch dabei mit seiner Frau Maureen. Er stellt uns vor, und ich setze mich auf den leeren Stuhl neben sie. Sie erkundigt sich sofort, ob ich mich schon ein bisschen eingewöhnt habe und wie es mir hier gefällt und dass mir manches sicher etwas seltsam vorkommen wird. »Ja, vieles ist anders als zu Hause, aber ich habe mich schon ganz gut eingewöhnt.«

Sie lächelt mich verständnisvoll an. »Ich war als Au Pair in Köln, ein ganzes Jahr lang, gleich nach der Schule. Die Kölner lassen es ganz schön krachen. Besonders im Karneval«, sie lacht, »du meine Güte, ich hatte ja keine Ahnung, dass die Deutschen so viel feiern.«

Tadhg schleppt ein Tablett mit Gläsern an und teilt sie unter den Anwesenden aus. »Ist Guinness okay für euch?«, fragt er und stellt uns jeweils ein Pint hin. Seán hebt sein Glas und prostet den anderen am Tisch zu. Maureen plaudert weiter: »… und trinken, da meinen die Iren immer, sie seien Weltmeister im Biertrinken, aber die Kölner stecken auch ganz schön was weg.« Sie nimmt selbst einen Schluck von ihrem Gin Tonic. »Ich konnte es erst gar nicht fassen, dass die Sperrstunden bis in den frühen Morgen reichen. Und das nicht nur im Karneval.«

Ich nicke bestätigend. »Genau, hier in Irland machen die Pubs um halb Zwölf zu. Ich habe mal einen Bekannten in einem Pub gefragt, warum sie alle so schnell trinken. Er sah mich an, als wäre ich nicht ganz dicht. ›Weil die Pubs um halb zwölf zumachen‹, lautete seine Antwort.« Wir lachen beide über die Logik. »Dann ist er zur Theke gegangen und hat sich noch zwei Pints geholt, als der Barkeeper zum *Last Call* die Glocke geläutet hat. Nicht eines – nein, zwei Pints.«

Seán hat seine eigene Theorie. »Deshalb sind viele Iren in Deutschland mit der Situation überfordert.« Er zwinkert uns zu. »Sie trinken genau so schnell wie zu Hause, aber nicht nur bis halb zwölf, sondern bis in die frühen Morgenstunden.«

Maureen kichert. »Genau, anstatt das Trinktempo an die längeren Öffnungszeiten anzupassen.«

Seán plustert sich auf. »Ein typischer Anfängerfehler. Außerdem ist das Bier in Deutschland stärker.«

Tadhg mischt sich ein. »Das gesetzliche Mindestalter bei euch ist sechzehn, oder?« Er schüttelt mit dem Kopf. »Hier ist es achtzehn, und selbst das ist noch zu jung. Habt ihr keine Probleme mit Jugendalkoholismus?«

Ich überlege kurz, das Gespräch nimmt einen unerwartet ernsten Verlauf. »Wenn den Kindern frühzeitig ein verantwortungsbewusster Umgang mit Alkohol beigebracht wird, dann ist das kein Problem. Es gibt natürlich auch Ausnahmen, und manche Jugendliche schlagen immer über die Stränge, egal wie hoch das Mindestalter ist.« Ich nehme einen Schluck von meinem Guinness. »Soviel ich weiß, liegt es in Italien und Frankreich auch bei sechzehn. Es scheint, dass die nordischen Länder größere Probleme mit Alkoholmissbrauch haben. Keine Ahnung warum.« Augenzwinkernd füge ich hinzu: »Es wird wohl am Wetter liegen.«

Die Band spielt ein altes Lied von den Bee Gees, und Seán springt auf und zerrt mich auf die Tanzfläche. Er liebt die Bee Gees und singt lauthals beim Tanzen mit. Als er dann auch noch anfängt, die Tanzbewegungen von John Travolta nachzumachen, wäre ich am liebsten im Erdboden versunken. Seán amüsiert sich großartig, ich weniger. Die Bee Gees konnte ich noch nie leiden. Was den Musikgeschmack betrifft, gehen unsere Meinungen weit auseinander. Endlich ist der Song zu Ende, und die Band macht eine Pause. Wir gehen zurück an den Tisch, Maureen grinst mich schadenfroh an: »Hat er dich kräftig blamiert? Denk dir nichts!« Alle lachen ausgelassen. »Seán ist berühmt für seine außergewöhnlichen Tanzschritte.« Sam lehnt sich vor. »Berühmt oder berüchtigt?« Seán winkt ab. »Ihr habt ja vom Tanzen alle keine Ahnung.« Der ganze Tisch brüllt vor Lachen. Seán fährt sich mit der Hand durch sein Haar und formt eine Tolle über seiner Stirn: *»John Travolta eat your heart out.«*

»Wer ist denn heute der Überraschungsgast? Weiß das schon jemand?« Maureen schaut in die Runde. Alle schütteln mit den Köpfen.

»Wo ist eigentlich das Buffet?« Ich bekomme langsam Hunger. In dem Moment steigt ein sehr distinguiert wirkender Herr die

Stufen zur Bühne hinauf, und ein Raunen geht durch die Menge. Er nimmt das Mikrofon vom Ständer, klopft einmal dagegen, um zu prüfen, ob es eingeschaltet ist, stellt sich mit einer Hand in der Hosentasche seines gut geschnittenen Anzuges an den Rand der Bühne und wartet. Sch, sch, sch, zischelt es durch die Menge. Als es endlich mucksmäuschenstill ist, fängt er mit einem tiefen Bariton zu sprechen an.

»Dear friends«, beginnt er seine Rede, ganz ohne Manuskript. Ohne auch nur einmal überlegen zu müssen, spricht er von der unermüdlichen Unterstützung, die die Krebshilfe allen Betroffenen und deren Familien gewährt und den wichtigen Aufgaben, die noch vor ihnen liegen. Er weist darauf hin, dass während des ganzen Abends Lose verkauft werden und die Ziehung genau um Mitternacht stattfinden wird. Hauptpreis der Verlosung ist ein privates Dinner mit dem Überraschungsgast des Abends. »Das dürfte besonders die Damen im Saal interessieren«, fügt er vieldeutig hinzu. Zum Schluss bedankt er sich bei allen Anwesenden für die bereits geleisteten großzügigen Spenden sowie für die Spenden, die sie hoffentlich noch leisten werden. Dafür erntet er gutmütiges Gelächter. Mit einer weit ausholenden Bewegung deutet er auf eine Reihe weiß bekleideter Küchenchefs, die mit Platten und Schüsseln bewaffnet auf das Buffet zusteuern, und ruft in die Menge: »Hiermit erkläre ich das Buffet für eröffnet.« Unter tosendem Applaus verlässt er die Bühne und steuert auf einen Tisch unweit unseres Tisches zu.

Ich verrenke mir den Hals, um zu sehen, wer sonst noch dort sitzt.

Seán tut es mir gleich, wirft einen kurzen Blick auf die versammelte Gesellschaft und meint abfällig: »Das ist ja so was von typisch, der ganze Gemeinderat sitzt gemeinsam mit dem Herrn Bauunternehmer an einem Tisch. Da muss man sich nicht wundern, dass er die Baugenehmigung für die Apartmenthäuser im Überschwemmungsgebiet bekommen hat.« Tadhg stimmt ihm zu. »Nichts gegen ihn persönlich, aber eine Riesensauerei ist das. Jeder in Carlow weiß, dass der Barrow dort einmal im Jahr über das Ufer tritt. Das war schon immer so. Aber er, der Herr Investor, darf dort Wohnungen bauen. Möchte schon gerne wissen, ob er in jede Wohnung Schwimmwesten und Gummistiefel als Teil der Grundausstattung installieren lassen wird.«

Ich habe langsam wirklich großen Hunger und frage Maureen neben mir, ob sie mit zum Buffet kommt. Sie ist einverstanden, und wir reihen uns in die Warteschlange ein. Mit knurrendem Magen taxiere ich gierig die angebotenen Leckereien und greife kräftig zu. Maureen lädt sich vor mir ein paar Cocktail-Sausages auf ihren Teller, einen Mini-Burger und einen Klecks Kartoffelsalat.

»Das reicht mir für den Anfang«, lacht sie, »ich warte nur noch auf die Soßen ganz am Ende des Buffets.«

Die Frau vor ihr dreht sich um. »Hi Maureen, lange nicht gesehen.« Gráinne! Ich verschlucke mich fast an dem Cocktailwürstchen, das ich mir gerade heißhungrig in den Mund gestopft hatte. *»Hi Elli«,* sie lächelt mich demonstrativ freundlich an, »den Zahnstocher darfst du aber nicht mitessen.« Sie wirft einen vorwurfsvollen Blick auf meinen mit Sandwicheckchen, Cocktailwürstchen, Mini-Burgern, Krautsalat, Kartoffelsalat, Sausage-Rolls, Drum-Sticks und Buffalo-Wings überladenen Teller, beugt sich vertrauensvoll zu mir und raunt so laut, dass es auch noch der Letzte in der Reihe mitbekommt. »Du weißt aber schon, dass du öfters an das Buffet kommen darfst?« Langsam und deutlich, als würde sie mit einem Kleinkind sprechen, fügt sie noch hinzu: »Du musst nicht alles auf einen Teller tun, du darfst dir immer wieder was holen. Den ganzen Abend lang.«

Ich bin sprachlos. So eine Hexe. Mit ihrem Haifischlächeln sieht sie mich an, wendet sich dann unschuldig an Maureen und fragt: »Arbeitest du noch im Krankenhaus?«

Plötzlich steht Gavin neben ihr. »Hi Elli, hi Maureen.« Auf seinem Teller häuft sich ein Berg von Leckerbissen. »Ich konnte mich einfach nicht entscheiden, was ich haben will, da habe ich einfach alles genommen.« Er grinst uns an.

Dankbar entgegne ich. »Das ging mir genauso, es sieht einfach alles so lecker aus.«

Gráinne wirft ihrem Gatten einen giftigen Blick zu, presst »wir sehen uns sicher später noch« heraus und stiebt davon. »Gavin!« Gavin dreht den Kopf nach ihr um, erkundigt sich noch schnell, wo wir sitzen, und eilt seiner Gattin hinterher, nachdem Maureen ihm unseren Tisch gezeigt hat. Maureen wirft mir einen schnellen Blick zu, nimmt sich von der Barbecuesoße und sagt: »Deine Schwägerin hat es wohl auf dich abgesehen.«

Wir gehen zurück an unseren Tisch. Die anderen diskutieren immer noch über Baugenehmigungen und wer in Carlow mit wem mauschelt. Ich murmle als Antwort ein paar unzusammenhängende Laute. Maureen beißt in ihren Mini-Burger. »Denk dir nichts, Gráinne war in der Schule schon so. Sie meint immer, die anderen wollen ihr was wegnehmen. Sie neigt zur Eifersucht.«

»Eifersucht?!« Ich fasse es nicht. »Warum sollte sie denn auf mich eifersüchtig sein?« Maureen tupft sich die Barbecuesoße mit der Papierserviette von den Mundwinkeln ab. »Was weiß ich, vielleicht weil du ihren Bruder geheiratet hast oder weil du einen Sohn hast, oder, oder, oder. Bei Gráinne zählt die Logik nicht. Sie kann auch darauf eifersüchtig sein, wenn jemand eine schöne Stimme hat oder gut malen kann. In der Schule hat sie ein Mädchen regelmäßig fertiggemacht, weil sie so schön singen konnte. Total gaga, wenn du mich fragst.«

Dem kann ich nur zustimmen. Ich erzähle Maureen von unseren bisherigen Zusammenstößen.

»Ja, das ist typisch Gráinne. Ignorier sie einfach und nimm dir ihre Sprüche nicht so zu Herzen. Die Gute spinnt ein bisschen.« Sie lehnt sich kameradschaftlich näher an mich heran. »Hast du gesehen, was sie angehabt hat?« Sie kichert verschmitzt. »Möchte wissen, wo sie das Outfit aufgetrieben hat. *Very risque,* wenn du mich fragst.«

Ich versuche, mir Gráinnes Aufmachung ins Gedächtnis zu rufen, kann mich aber nur an einen handbreiten goldenen Gürtel mit wuchtiger Schnalle direkt unterm Busen erinnern.

»Das hat sie in dem Laden am Ende der Dublin Street gekauft. Mir fällt jetzt der Name nicht ein.«

Maureen weiß sofort, welches Geschäft ich meine. »Das sieht ihr ähnlich, dass sie dort einkauft. Das ist der teuerste Laden in ganz Carlow.«

Die Band fängt wieder an zu spielen, und die Tanzfläche füllt sich zusehends. Interessiert sehen wir den Paaren zu, die über das Parkett gleiten.

»Schade, dass sie dort nicht auch guten Geschmack verkaufen«, entfährt es mir, als ich Gavin mit Gráinne auf der Tanzfläche entdecke. Der goldene Gürtel schnürt das weiße ärmellose Kleid direkt unterm Busen zusammen, das sich dann hauteng bis zu den Knien in Ringeln um die üppigen Schenkel schmiegt. Im V-Ausschnitt baumelt ein goldenes Kreuz, von den Ohren hängen schwere goldene Kreolen, goldene Armreife klimpern an beiden Handgelenken. Dazu trägt sie hohe goldfarbene Pumps. Gavin ist in einem weißen Anzug mit schwarzem Hemd, weißer Krawatte und weißen Schuhen erschienen. Der Anzug passt ihm ausgezeichnet, er unterstreicht seinen Typ.

Maureen und ich brechen in schallendes Lachen aus.

»Was habt ihr denn?« Vor uns stehen Brenda und Eugene und sehen uns misstrauisch an. »Nichts, gar nichts«, wir wischen uns lachend die Tränen aus den Augenwinkeln.

»Habt ihr noch ein Plätzchen für uns?« Brenda setzt sich auf den einzigen noch freien Stuhl und befiehlt Eugene, sich auch einen Stuhl zu organisieren. »Hoffentlich ist vom Buffet noch etwas übrig geblieben. Eugene konnte seine verdammte Krawatte nirgends finden, deshalb sind wir so spät dran.« Sie hängt ihr Lurexjäckchen über den Stuhl. »Sagt Eugene, ich bin schon mal vorgegangen.« Und schon eilt sie dem Buffet entgegen.

»Wenn es etwas umsonst gibt, darf Brenda nicht fehlen. Wundert mich nur, dass sie das Geld für die Eintrittskarten ausgegeben hat.« Maureen ist mit den Eigenheiten meiner angeheirateten Verwandtschaft scheinbar bestens vertraut. Fragend sehe ich sie an.

»Wir sind alle miteinander zur Schule gegangen. Carlow ist ein Nest, da kennt jeder jeden.« Sie lacht mich an. »Wenn ich dir einen Rat geben darf?« Ich nicke ermunternd. »Sei vorsichtig, wem du was erzählst. Du kennst die Leute noch nicht und weißt nicht, wer mit wem verwandt ist. Viele Leute sind über mehrere Ecken miteinander verwandt oder verschwägert. Alles, was du jemandem sagst oder tust, spricht sich in kürzester Zeit herum.«

Erschrocken sehe ich sie an.

»Keine Angst, ich werde Gráinne sicher nicht erzählen, dass du beim Anblick ihres Kleides in schallendes Gelächter ausgebrochen bist.« Kumpelhaft zwinkert sie mir zu. »Aber nur, wenn du mich auch nicht verpetzt.«

Eugene kommt zurück und stellt einen Hocker an den Tisch. Er legt sein Jackett darauf und eilt seiner Brenda hinterher zum Buffet.

»Brenda hat immer ein *doggie bag* dabei, wenn es irgendwo umsonst Essen gibt.« Maureen amüsiert sich köstlich. »Du kannst sie dabei beobachten, wie sie die Hühnerbeine in ihrer Handtasche verschwinden lässt.«

Ungläubig starre ich sie an.

»Brenda ist eine gute Haut, aber furchtbar hinter dem Geld her.«

Das ist mir auch schon aufgefallen. »Maureen, du kennst doch alle hier.« Jetzt will ich es wissen. Maureen scheint wirklich eine patente Frau zu sein, mit der ich mich auf Anhieb gut verstehe. Ich packe den Stier bei den Hörnern. »Warum fragen mich alle, wie ich es mit so einem Hallodri aushalte? Ist das nur Spaß oder war Seán wirklich so ein Frauenheld?«

Maureen schaut mich prüfend an. »Darauf würde ich nichts geben«, sagt sie nach kurzer Überlegung. »Seán hatte viele verschiedene Freundinnen, aber das ist lange her und ging nie tief. Er sah gut aus und konnte sich die Mädels aussuchen. Viele haben sich ihm direkt an den Hals geworfen.« Sie tätschelt meine Hand, so wie eine Krankenschwester es bei einem Patienten tut, der gerade erfahren hat, dass der befürchtete Hautkrebs nur ein Muttermal ist. »Mach dir keine Sorgen. Wenn Seán ein Frauenheld wäre, dann hättest du das schon bemerkt.«

Brenda kommt mit zwei bis über den Rand gefüllten Tellern

auf uns zu, gefolgt von Eugene, der ebenfalls zwei Teller vor sich her balanciert. »Wer ist ein Frauenheld?«, ruft Brenda, die nur das eine Wort aufgeschnappt hatte. Sie setzen sich beide schnaufend. »Zum Glück haben sie gerade frischen Nachschub aus der Küche gebracht.« Sie beißt mit Gusto in ein Sandwich. »Habt ihr schon gehört? Michelle fliegt nächste Woche zu ihrer Schwester. Das Haus steht bereits zum Verkauf.«

Wir schütteln alle den Kopf. Eugene steht noch mal auf und holt einen Krug Wasser. »Wer braucht Gläser?«

Leitungswasser ist in irischen Lokalen immer umsonst. So langsam begreife ich Brendas Modus Operandi. Niemand sonst braucht Gläser, und Eugene kommt mit zwei Wassergläsern für sich und Brenda zurück. In den Gläsern leuchtet ein Fingerbreit einer orangefarbenen Flüssigkeit. Eugene schüttet Wasser darauf, und plötzlich sieht es aus wie Orangenlimonade.

»Was ist das denn?«, frage ich erstaunt.

»Orange squash«, antwortet Maureen und schaut mich bedeutungsvoll an. »Das gibt es kostenlos zum Leitungswasser dazu.«

Aha, nicht schlecht, da kann man ordentlich Geld sparen, wenn man den ganzen Abend lang nur Wasser mit Orangensirup trinkt. Die Teller der beiden leeren sich erstaunlich schnell. Maureen steht auf und fragt: »Ich hole mir eine Nachspeise, kommst du mit?«

Auf Nachspeise habe ich immer Lust.

»Nimmst du mir einen Apple Pie mit Sahne und Eis mit?« Seán nutzt die Gelegenheit sofort. Wir stellen uns wieder am Buffet an. Diesmal steht der Redner im distinguierten Anzug von vorhin vor mir.

Maureen tappt ihm auf die Schulter. *»Hi Uncle Seamus, nice speech.«*

Er dreht sich zu uns um und strahlt über das ganze Gesicht. »Maureen, meine Lieblingsnichte! Schön, dich zu sehen!« Er umarmt sie und gibt ihr links und rechts einen Kuss auf die Wange. »Gut siehst du aus. Wie geht es deinem Sozialistengatten?« Ohne eine Antwort abzuwarten, wendet er seine Aufmerksamkeit mir zu, »und das ist …?« Maureen beeilt sich, mich vorzustellen. »So, so, Elli, Seáns Frau, Seán O'Shea, ist das der Sohn von John O'Shea?«

Ich bestätige, dass John O'Shea mein Schwiegervater ist.

Er schmunzelt. »Mr. O'Shea war mein Lehrer in Geschichte. Ist schon eine Weile her. Er war einer der wenigen Lehrer, die ich angenehm in Erinnerung habe. Sagen Sie ihm einen schönen Gruß von mir.

»Mach ich gerne«, antworte ich, während er immer noch meine Hand festhält. »Sind sie aus Ost- oder Westdeutschland?«

Die Frage kommt unerwartet. »Aus Bayern, Westdeutschland.« Endlich lässt er meine Hand los.

»Wie ist denn die Stimmung im Land seit der Wiedervereinigung?«

Mein Gott, was soll ich dazu sagen? Ich versuche es mit »positiv«.

Er lacht. »Sehr diplomatisch. Euch Westdeutschen wird das Ganze eine Stange Geld kosten.« Er steckt die linke Hand in seine Hosentasche. »Ich habe Verhandlungen mit einem Bauunternehmer in Potsdam aufgenommen. Sein Englisch ist ganz ausgezeichnet, aber falls ich eine deutsche Übersetzung benötigen würde, darf ich doch sicher auf sie zurückkommen?« Er lächelt mich zuversichtlich an.

»Natürlich, gerne, wenn wir mit unserem Umzug fertig sind, muss ich mich sowieso nach einer Anstellung umsehen.« Ich will gleich von Anfang an klarstellen, dass es sich um eine bezahlte Übersetzung handeln wird, falls es dazu kommen sollte. Er hat den kleinen Hinweis auch sofort kapiert.

»Das dürfte für sie kein Problem sein. Arbeitnehmer mit Fremdsprachenkenntnissen werden in Irland überall gesucht. Als Muttersprachler finden sie bestimmt sofort eine Anstellung. Vielleicht sogar bei mir.« Er zwinkert mir zu. »Es war nett, sie kennenzulernen. Ich weiß, wo ich sie finden kann.«

Er wendet sich an Maureen. »Sag deiner Mutter, dass ich nächste Woche bei ihr vorbeikommen werde.« Er küsst sie wieder rechts und links auf die Wange. »Jetzt muss ich mich um unseren Überraschungsgast kümmern«, sagt er mit einem charmanten Lächeln, dreht sich um und verschwindet in der Menge.

»Maureen, warum hast du denn nicht gesagt, dass Seamus Murphy dein Onkel ist?« Sie schaut mich erstaunt an und bricht plötzlich in Lachen aus. »Siehst du, genau das habe ich vorhin gemeint. Hier im Saal weiß jeder, dass Seamus mein Onkel ist, nur du nicht.«

Da hat sie vermutlich recht. »Du hättest ihn wenigstens fragen können, wer sein Überraschungsgast ist.«

»Verdammt, du hast recht.« Verblüfft schaut sie in die Richtung, in die er verschwunden ist. »Das habe ich komplett vergessen.«

Wir bedienen uns am Buffet, ich nehme *Apple Pie* mit Eis und Sahne für Seán und einen *Cherry Trifle* für mich, Maureen entscheidet sich für zwei Schälchen mit Götterspeise für sich und Tadhg. Zurück an unserem Tisch sehen wir, wie Brenda und Eugene zwei Schälchen *Cherry Trifle* in Brendas ausufernder Handtasche verschwinden lassen.

Brenda springt auf. »So, Zeit für ein kleines Dessert. Kommst du, Eugene?«

Ich stelle den Teller mit *Apple Pie* vor Seán auf den Tisch und schaue den beiden nach, wie sie sich aufmachen, das Buffet zu plündern. Die nächsten paar Tage können sie sich das Kochen sparen. Über so viel eisernen Sparwillen gepaart mit solcher Unverfrorenheit kann ich nur staunen. Maureen und Tadhg sind auf die Tanzfläche geeilt, wo sie ausgelassen zu *Satisfaction* von den Rolling Stones das Tanzbein schwingen. Die Band ist wirklich nicht schlecht, und bei geschlossenen Augen könnte man fast glauben, dass Mick Jagger höchstpersönlich ins Mikro röhrt. Diese Vorstellung verschwindet augenblicklich, wenn man den in schwarzes Leder gekleideten Sänger mit strähnigen, langen schwarzen Haaren sieht, die ihm wie ein Vorhang vors Gesicht hängen. Seine pockennarbige, gigantische Nase ragt wie ein Hinkelstein zwischen den Haarsträhnen hervor.

»Willst du tanzen?« Seán schiebt den leeren Dessertteller von sich weg, lehnt sich im Stuhl zurück und streichelt seinen Bauch.

»Gerne.« Das war zwar nicht die Antwort, auf die er gehofft hatte, trotzdem erhebt er sich heldenhaft von seinem Stuhl und führt mich zur Tanzfläche. Die Band spielt einfach alles, eine spritzige Zusammenstellung aus der Musik der letzten fünfzig Jahre. Die Luft ist zum Schneiden dick, Zigarettenrauch, Essensgerüche, Parfüm und menschliche Ausdünstungen kämpfen jeweils um die Vorherrschaft. Als die Band endlich eine Pause einlegt, gehen Seán und ich nach draußen, um frische Luft zu schnappen. Die Regenwolken vom Nachmittag haben sich verzogen. Es ist eine sternenklare und trotzdem milde Nacht. Mehrere Pärchen nutzen die Pause, um sich abzukühlen, manche vielleicht auch, um sich aufzuheizen, je nachdem. »Amüsierst du dich gut?« Seán legt seinen Arm um meine Schulter. Wir stehen inmitten von Autos vor dem *Seven Oaks Hotel*, die Musik hat wieder begonnen zu spielen und tönt gedämpft zu uns heraus. Die Sterne sind unglaublich nah. Ich wende mich ihm zu und küsse ihn lange und zärtlich auf den Mund. Eng umschlungen, stehen wir da und genießen unsere Zweisamkeit.

»Get a room!«, schallt es von der Straße, gefolgt von spöttischem Gelächter.

Verlegen will ich mich von Seán lösen, doch der hält mich fest und flüstert: »Lass die Idioten, die sind ja nur neidisch.«

Nachdem wir uns genügend abgekühlt haben, schlendern wir wieder langsam dem Eingang entgegen. Bereits im Foyer dröhnt uns die Musik entgegen. Der Sänger mit der Hinkelstein-Nase gibt gerade eine erstklassige Version von Meat Loafs *I'd do anything for love* zum Besten. Trotz seiner schmächtigen Gestalt steht er dem Stimmvolumen des Texaners in nichts nach. Tosender Applaus belohnt den Sänger, der schweißtriefend zwischen seinen Haarsträhnen hervorlächelt und dann die Mitglieder seiner Band einzeln vorstellt.

»Das ist Hughie Hugh, er hat schon gespielt, als ich noch zur Schule ging. Ein echtes Carlower Urgestein.« Seán stimmt in die *»more, more«*-Gesänge ein und klatscht dazu im Rhythmus mit. Nachdem das Ego des Sängers ausreichend lange von den Zuschauern gestreichelt wurde, stimmt er die verlangte Zugabe an. Alle singen und grölen mit. Mir ist das Lied fremd.

»Mit dem Song war er vor ca. zehn Jahren wochenlang in den irischen Charts.« Seán ist ganz überwältigt von Nostalgie und vielleicht auch von ein bisschen zu viel Guinness. Wir bahnen uns einen Weg zurück an unseren Tisch. Verdammt! Gráinne und Gavin sitzen auf unseren Plätzen und unterhalten sich angeregt mit Brenda und den anderen. War ja klar, dass wir sie nicht den ganzen Abend lang umgehen können.

Zuckersüß lächelt Gráinne uns an. »Ach, ihr seid ja auch noch da. Wir dachten, ihr seid schon nach Hause gegangen.« Dann gibt sie Gavin einen leichten Klapps auf die Schulter. »Gavin möchte euch allen etwas sagen.«

Gavin windet sich auf seinem Stuhl, rückt dann vor bis zur Stuhlkante und sagt: »Das Geld von Onkel Jim haben wir heute der Krebshilfe gespendet.«

Schweigen.

Eugene meint schließlich, das sei sicher ganz in Onkel Jims Sinn. Mehr fällt auch ihm nicht dazu ein, und er verstummt wieder.

Gráinne räuspert sich. »Damit das ein für alle Mal klar ist: Wir brauchen das Geld nicht, und wir wollen es auch nicht. Onkel Jim hatte Gavin das Geld förmlich aufgedrängt. Gavin hätte es nicht annehmen sollen, das ist wahr, aber jeder kann mal einen Fehler machen. Deshalb spenden wir es für einen guten Zweck. Seamus Murphy hat uns persönlich aufs Herzlichste dafür gedankt. Er sagte, solche großzügigen Spenden sind selten. Er wird uns namentlich in seiner Dankesrede erwähnen.« Gráinnes Gesicht glänzt vor Stolz.

Brenda ist nicht einverstanden. »Ihr hättet es ja auch mit uns teilen können. Ich meine, mit allen Cousins«, fügt sie fix hinzu, nachdem Eugene ihr auf den Fuß getreten ist. »Einfach das schöne viele Geld weggegeben«, murmelt sie fassungslos.

»Danke, aber nein danke«, sage ich an Brenda gerichtet, »wir hätten davon keinen Penny haben wollen, nicht wahr, Seán?« Das Guinness hat scheinbar meine Zunge gelockert, denn ich füge noch laut mit einem Seitenblick auf Gráinne hinzu. »Für die Spende auch noch Lob einzuheimsen ist schon ein starkes Stück.« Suchend sehe ich mich nach einer Sitzgelegenheit um.

Gavin steht auf und bietet mir seinen Stuhl an. »Lass doch, Gavin«, fährt Grainne sofort dazwischen, »da hinten sind doch noch freie Stühle.«

Seán schafft zwei Hocker heran, drückt Gavin einen vor die Brust und setzt sich auf den anderen zwischen Tadhg und Maureen. Ich sitze zwischen Gráinne und Sam, mit dem ich bisher noch kein einziges Wort gewechselt habe. Da ich keine Lust habe, mich von Gráinne wieder blöd anreden zu lassen, wende ich mich Sam zu. »Was machst du so beruflich?« Small Talk war noch nie meine Stärke, und das fällt in einem Land wie Irland, wo fast alle Meister des Small Talks sind, noch stärker auf als in meiner Heimat, wo es gesellschaftlich akzeptabel ist, mundfaul zu sein. Ich trete die Flucht nach vorne an.

Sam sagt. »Ich bin seit Kurzem *Operations Manager* bei *Sea Life* in Bray.«

»Oh, in Bray? Dann bist du gar nicht aus Carlow?«

Er schüttelt den Kopf, dass die roten Locken fliegen. »Doch, doch, ich bin mit Seán zur Schule gegangen, ich pendle zurzeit hin und her. Bisher habe ich noch keine geeignete Unterkunft in Bray gefunden.«

Ich mustere ihn unauffällig. Er sieht etwas liederlich aus in seiner Jeans und den langen Locken. »Was ist das eigentlich, *Sea Life*, ist das eine Fischfabrik?«

Fast verschluckt er sich an seinem Guinness, zu dem er gerade angesetzt hat. Er stellt sein Glas wieder hin und grinst mich breit an. »Lass das bloß die Fische nicht hören. *Sea Life* ist ein Aquarium. Wir machen Führungen für Schulklassen und Familien, oder du kannst dir ganz einfach eine Eintrittskarte kaufen und selbst rumgehen.«

Mein Gott, ist mir das peinlich. Eine Fischfabrik. Hoffentlich haben die anderen das nicht gehört. Um das Thema zu wechseln, deute ich auf die roten Schwellungen an seinen Händen. »Hast du im Garten gearbeitet? Das sieht ganz nach Brennnessel aus.« Mit Gartenarbeit kenn ich mich aus, da sollte es keine Probleme geben, ein halbwegs normales Gespräch zu führen.

»Brennnessel! Das wäre schön gewesen, nein, die Dinger hätten mich fast umgebracht.« Betroffen schaue ich ihn an, und er beginnt zu erzählen. »Also, ich war für den Beckendienst eingeteilt und sollte einen der bewachsenen Steine herausnehmen, weil der Wuchs die Nachbargewächse beengt hat. Ich denk mir nichts dabei, und gesagt hat mir auch keiner was. Also greife ich mir den Stein, und zehn Minuten später lieg ich im Rettungswagen und werde künstlich beatmet. Was du hier siehst, ist schon wieder wunderbar abgeheilt.« Er hält beide Hände vor sich hin und betrachtet sie mit einer Mischung aus Ehrfurcht und Dankbarkeit. »Ich hatte doch keine Ahnung, dass die Dinger so giftig sind.« Er überlegt kurz. »Zoanthidea heißen die Viecher.« Wieder schaut er bewundernd auf seine rot gefleckten Hände. »Darf man nur mit Handschuhen berühren, aber gesagt hat mir das keiner.«

Brenda schaltet sich in das Gespräch ein. »Hast du sie wenigstens verklagt?« Sie lehnt sich über den Tisch und richtet ihre kleinen gierigen Äugelein auf ihn. »Das war grob fahrlässig von der Person, die dich eingewiesen hat. Da würde ich zumindest auf Schmerzensgeld klagen.«

Er zuckt nur mit den Schultern. »Ich bin froh, dass ich überhaupt einen Job gefunden habe. Zuvor war ich ein Jahr lang arbeitslos. Da verklag ich doch meinen Arbeitgeber nicht.« Er nimmt einen tiefen Zug von seinem Heineken. »Außerdem haben sich alle rührend um mich gekümmert, und zwei Wochen bezahlten Krankenstand hab ich auch bekommen.«

»Zwei Wochen bezahlten Krankenstand, das ist doch gar nichts im Vergleich zu einem ordentlichen Schmerzensgeld.« Brenda hat Blut geleckt. »Stell dir mal vor, in der Zeitung habe ich gelesen, dass eine Frau 75000 Pfund Schmerzensgeld bekommen hat, weil sie in der McDonald's Toilette ausgerutscht ist, einen komplizierten Oberschenkelhalsbruch erlitten hat und anschließend arbeitsunfähig wurde.« Brendas Augen glänzen. »Interessiert mich nicht.« Sam lässt sich nicht so leicht aus der Ruhe bringen. »Ich bin ja nicht arbeitsunfähig, und gebrochen habe ich mir auch nichts.«

Tadhg mischt sich ein. »Zum Glück sind nicht alle so ehrlich wie du, sonst wäre ich arbeitslos.«

Maureen nimmt Sams Hände in ihre, betrachtet sie nachdenklich und fragt ihn, ob er eine Creme oder Tabletten dafür bekommen hat.

»Jetzt macht doch nicht so ein Tamtam.« Sam entzieht ihr seine Hände. »Mir geht es gut, und ein Gegengift gibt es sowieso nicht. Ich hab wirklich Glück gehabt.«

»Darauf trinken wir!« Gavin hat eine Runde mit Getränken angeschleppt. »Als Nächstes bist du dran, Eugene!« Gavin verteilt die verschiedenen Getränke. Eugene wirft Brenda einen nervösen Blick zu. »Ja, natürlich, keine Angst, bis jetzt habe ich noch immer meine Runde bezahlt, oder?« Muffig schaut er von einem zum anderen. Der ganze Tisch bricht in schallendes Gelächter aus. Die meisten sind schon gut angeheitert.

»Ich will aber ein Guinness und keines von diesen Billigbieren.« Seán hebt sein volles Glas, alle am Tisch wiehern los. »Wir kennen deine Tricks, Eugene.«

Brenda will gerade zum Sprechen ansetzen, da erklimmt Seamus Murphy erneut die Bühne, klopft ans Mikro, stellt sich mit der Hand in der Hosentasche an den Bühnenrand und wartet darauf, bis alle ruhig sind.

»Dear Friends«, lässig schaut er in den Saal, »es ist mir eine besondere Freude und ein Vergnügen, den diesjährigen *Special Guest* des heutigen Abends vorzustellen.« Die Lichter gehen aus, und nur ein einziger Spot scheint auf Seamus. *»Please welcome Joe Dolan!«*

Der Refrain von *Delilah* wird eingespielt, und ein zweiter weißer Spot leuchtet auf die Bühnenrückwand, aus der ein weiß gekleideter, nicht allzu großer, korpulenter Mann mit schütterem

Haar und einem sympathischen Lächeln tritt. Der Spot folgt ihm bis zum Bühnenrand, wo er Seamus Murphy herzlich umarmt und ein paar Worte mit ihm wechselt. Der Saal gleicht einem Hexenkessel. Alle klatschen, kreischen und pfeifen durcheinander. Wenn das meine Mutter sehen könnte! Seamus klettert von der Bühne, und Joe Dolan beginnt die Show mit *»hello Carlow!«* Sofort erzählt er der Menge, dass er heute nach hundert Jahren endlich wieder seine Jugendliebe in Carlow besucht hat.

»Sie ist immer noch so schön wie früher.« Er zeigt in die Menge: *»Love you, Mary!«* Alle Mädels kreischen wie von Sinnen. »Es gibt einen Mann hier in Carlow, der hatte ein Riesenglück, dass sie mich nicht heiraten wollte.« Gelächter und mehr Gekreische, die Musik fängt an, und Joe startet mit seinem ersten Titel *You're such a good looking woman*. Er singt fast jeden seiner Hits, und die Menge singt alle Lieder mit. Ich bin ganz sicher nicht der große Joe-Dolan-Fan, aber man muss es einfach zugeben, dass er ein fantastischer Entertainer ist. Meine Mutter wäre begeistert. Wir lassen uns von der ausgelassenen Stimmung mitreißen und stürmen die Tanzfläche. Jetzt macht sich der verhasste Tanzkurs nach der Schule endlich bezahlt. Wir foxtrotten leichtfüßig über das Parkett und schwofen eng umschlungen zu den langsameren Nummern. Joe ist ein Profi, zwischen den Songs erzählt er immer wieder persönliche Geschichten, sodass jeder hier im Saal das Gefühl hat, ihn zu kennen. Außerdem ist er ein wahres Energiebündel. Ich amüsiere mich großartig, und auch alle anderen im Saal haben glückliche Gesichter und strahlen einander an.

Pünktlich um zwölf Uhr erklimmt Seamus Murphy schließlich wieder die Bühne. *»The moment you have been waiting for«*, ruft er in die Menge und schwenkt einen großen weißen Plastikeimer, in dem früher wohl Essiggurken oder Krautsalat aufbewahrt wurden, der jetzt aber bis zum Rand mit farbigen Zettelchen gefüllt ist. Zwei Helfer tragen den Tisch mit den Preisen auf die Bühne. Seamus spricht über die Krebshilfe und dankt allen Anwesenden noch einmal für ihre großzügigen Spenden. Wir gehen an unseren

Tisch zurück. Seán zieht einen Packen von farbigen Streifen aus seiner Anzugjacke, die er zuvor achtlos über seinen Stuhl drapiert hatte. Fast alle halten farbige Papierstreifen in den Händen und schauen erwartungsvoll zur Bühne. Seamus dankt den großzügigen Spendern der diesjährigen Gewinne und nennt alle Firmen namentlich, damit sie im Gegenzug für ihre Spende ein bisschen Werbung bekommen. Joe Dolan steht strahlend auf der Bühne und wartet geduldig darauf, dass Seamus Murphy seine Danksagungen beendet und endlich zum Wesentlichen kommt: der Ziehung der Gewinner. Schließlich hält ihm der Bauunternehmer den Plastikeimer hin, und er greift tief hinein, wühlt ein bisschen darin herum und zieht schließlich einen blauen Zettel heraus. Die ausgelassene Stimmung von vorhin hat sich verändert. Der Saal ist nun in helles Licht getaucht. Die Leute durchsuchen ihre Lose und die, die einen blauen Streifen haben, warten gespannt auf die Nummer.

»Blue, D 0346.« Seamus intoniert die Zahlen sorgfältig. *»D for Dog, zero, three, four, six, blue«*, sorgfältig wiederholt er Buchstaben und Zahlenreihe auf dem blauen Abschnitt. Erwartungsvoll schaut er in die Runde. Ein rötlich behaarter Arm reckt sich in die Höhe, in der Hand einen blauen Zettel schwenkend, gefolgt von einem Mann, der versucht, hochrot im Gesicht, sich einen Weg durch die Menge zu bahnen. Auf der Bühne überreicht er Seamus Murphy seinen Abschnitt. Der vergleicht die Zahlen, schüttelt ihm die Hand und präsentiert ihm den fünften Preis. Der glückliche Gewinner verlässt die Bühne unter Applaus, einen Geschenkkorb mit Pflegeprodukten an sich gedrückt.

»Neues Spiel, neues Glück!« Joe Dolan greift wieder in den Plastikeimer und fördert einen gelben Zettel zutage. Wieder durchsuchen alle Ihre Abschnitte. Seán stubst mich an und zeigt mir, dass auch er einen gelben Zettel erstanden hat. Gespannt warten wir auf die Zahlen.

»G 7439.« Wir schauen suchend auf unseren Abschnitt. *»G for Goat, seven, four, three, nine.«* Schade, Pech gehabt.

«Hier, hier.« Eine kleine Dame mit kokettem Haarband wedelt

mit ihrem Zettelchen und erklimmt die Bühne. Seamus gratuliert ihr und überreicht ihr einen Geschenkkarton mit drei Flaschen Wein, nachdem er prüfend die Zahlen verglichen hat. Joe Dolan setzt noch eins drauf und drückt ihr einen Kuss auf die Wange. Hochzufrieden und unter tosendem Applaus und Gelächter verlässt sie die Bühne. Jetzt hat auch mich das *Raffle*-Fieber gepackt.

»Wie viele Raffle-Tickets hast du gekauft?«, will ich von Seán wissen. Der hält mir einen Packen in allen möglichen Farben hin. Joe hat bereits den nächsten Zettel gezogen. Diesmal in Grün. Ich durchsuche den Packen und finde zwei grüne Abschnitte! Jetzt die Daumen drücken.

»A 2461.«

Wieder nichts, schade. »A for apple, two, four, six, one.« Seamus braucht nicht lange zu suchen, denn der Gewinner, ein schlanker junger Mann, stürmt eilig auf die Bühne. Brian! Ich stoße Seán in die Rippen und deute mit dem Kinn auf den jungen Mann, der soeben Joe Dolans Hand schüttelt und dabei breit lächelt. »Das ist er.« Ich hänge mich bei Seán ein. »Brian, der junge Mann, von dem ich dir erzählt habe.«

Dieses Mal besteht der Gewinn aus einem Gutschein für ein romantisches Dinner for Two im Seven Oaks Hotel. Die Preise werden immer besser.

Seán sieht sich suchend im Saal um. »Hast du Tadhg irgendwo gesehen?«

»Vor Kurzem war er noch mit Maureen an unserem Tisch gesessen.«

»Wir müssen uns unbedingt mit ihm beraten.« Seán versucht, über die Köpfe der anderen Gäste zu sehen.

»Red J 1775, J for Jack, one, seven, seven, five, red ticket.« Wieder der suchende Blick in die Menge. Unter all unseren Tickets befindet sich kein einziges Rotes. In einer Gruppe von Teenagern bricht ein kleiner Tumult aus, und ein Mädchen löst sich zögernd von ihren Freundinnen, nachdem die sie nach vorne zur Bühne geschoben haben und begeistert jubeln und klatschen. Fast wiederstrebend erklimmt sie die Stufen zur Bühne, wo sie von Seamus

väterlich empfangen wird. Ein hübsches junges Ding, vielleicht achtzehn oder neunzehn Jahre alt, in einem kurzen Cocktailkleidchen, die Haare hochgesteckt. Seamus überreicht ihr einen Umschlag und erklärt ihr, dass sie ein Wochenende mit allem Drum und Dran in Tramore gewonnen hat. Für zwei Personen! Joe beglückt auch sie mit einem Kuss auf die Wange, schüttelt ihr die Hand und will wissen, ob sie denn schon weiß, wen sie mitnehmen wird.

Die Farbe schießt ihr ins Gesicht, und sie flüstert »meinen Verlobten Paul« in das Mikrofon, das Seamus ihr hinhält.

»Ist der Verlobte dieser jungen Dame im Saal?«, ruft Seamus in das Mikro. »Dann soll er auf die Bühne kommen!«

Unter Gelächter und Applaus bahnt sich ein junger Mann den Weg zur Bühne, gibt seiner Freundin einen Kuss, schüttelt die Hände von Joe und Seamus und grinst über das ganze Gesicht. Er reißt die Arme hoch wie Muhammad Ali und lässt sich von seinen Freunden bejubeln. Seamus fragt ihn, ob sie schon einen Termin für die Hochzeit gesetzt haben, und zu meiner Überraschung nennt er wie aus der Pistole geschossen ein Datum in drei Wochen. Er hat jetzt den Arm um die Schultern seiner Verlobten gelegt, hält das Mikro in der Hand und sagt: »Ich bin der glücklichste Mann auf der Welt, weil Niamh ja gesagt hat.« Er fügt hinzu. »Wir hatten kein Geld für die Hochzeitsreise, aber das hat sich ja jetzt erledigt, nachdem Niamh ein ganzes Wochenende in Tramore gewonnen hat.« Er strahlt aus allen Knopflöchern.

Seamus klopft ihm anerkennend auf die Schulter. »Wenn das so ist, dann leg ich noch ein paar Tage drauf und mach die Woche voll. Kommt nachher noch zu mir, und wir machen es fest.«

Die beiden schauen sich ungläubig an, fallen sich um den Hals, fallen Seamus um den Hals, und die Menge applaudiert wie verrückt.

»Da hat er aber ganz schön Sympathiepunkte gesammelt, der Herr Bauunternehmer«, raunt Seán mir ins Ohr.

Ich schau ihn strafend an. Muss er jetzt unbedingt diesen schönen Moment mit seinem Zynismus ruinieren?

»Wir wünschen dem jungen Paar viel Glück.« Seamus applaudiert, als die beiden die Stufen von der Bühne hinuntergehen und von ihren Freunden begeistert in Empfang genommen werden.

»Doch jetzt kommen wir zum Hauptpreis des heutigen Abends.«

Trommelwirbel, Joe wühlt mit geschlossenen Augen im Eimer, zieht ein Ticket heraus und überreicht es Seamus. Orange! Wir haben jede Menge orangefarbene Tickets! Das wäre das Übergeschenk für meine Mutter. Ein Abend mit Joe Dolan! Ich drücke die Daumen und halte die Luft an, als Seamus Murphy die Zahlen vorliest.

»B 5252, orange, ich wiederhole, *B for ball, five, two, five, two, orange«* B! Wir haben B, B orange, aber leider die falschen Zahlen. So ein Mist! Enttäuscht stopfe ich die Tickets in mein leeres Bierglas.

»Ich hätte zu gern einen Abend mit Joe Dolan für meine Mutter gewonnen«, sag ich erklärend zu Maureen, die mich komisch ansieht.

»Ach so.« Sie lächelt. »Ich dachte schon, du wolltest ihn für dich.« Am gegenüberliegenden Ende des Saales bricht lauter Jubel aus. Eine korpulente Frau Mitte Dreißig schiebt sich durch die Menge. Sie trägt ein knallgelbes Stretch Kleid mit Strass-Trägern und tiefem Ausschnitt. Das Kleid reicht ihr gerade mal über den üppigen Po. Als sie auf hohen Absätzen die Treppe zur Bühne hinaufstöckelt, schiebt sich der Stretch-Schlauch noch etwas höher und gibt den Blick auf ihre fast nicht vorhandene Unterhose frei. Die Frau kommt mir bekannt vor, ja natürlich, die gelbe Bermudahose aus Shaw's Department Store, vor der Umkleidekabine. Endlich auf der Bühne angekommen, schmeißt sie sich an Joe Dolan und umarmt ihn stürmisch.

»Moment, Moment.« Seamus hält seine Hand hoch. »Bevor du Joe ganz verschlingst, muss ich erst prüfen, ob du das Recht dazu hast.« Die Zuschauer lachen und klatschen. Sie hält ihm ihr Raffel-Ticket hin, rückt ihren Rock zurecht, hängt sich bei Joe ein, nimmt ihm das Mikro aus der Hand und singt *»Your love is as high as a bird in the sky and I need you«.*

Joe überlegt nicht lange und stimmt mit ein: *»My love's gonna last till the day that I die, for I need you.«* Gemeinsam singen sie das ganze Lied, lautstark unterstützt vom Publikum, und enden unter tosendem Beifall mit *»nanananana na nanananana and I need you.«*

Die Frau hat eine fantastische Stimme. Joe umarmt sie und sagt zum Publikum: »Wir beide werden viel Spaß miteinander haben.«

Seamus überreicht ihr den Umschlag und beglückwünscht sie zu ihrem Talent. »Da hat Fortuna eine angemessene Gewinnerin ausgewählt.«

Sie winkt ihren Freunden von der Bühne aus zu, gibt Joe einen letzten Schmatz und stöckelt wieder an ihren Platz.

Der Abend neigt sich dem Ende zu. Ein DJ übernimmt von nun an die Musik. Wir bestellen uns noch ein letztes Bier und setzen uns an unseren Tisch.

»Was glaubt ihr, wie viel Geld zusammengekommen ist?« Brenda lehnt sich neugierig über den Tisch.

»Keine Ahnung.« Seán klingt nicht so, als würde ihn das interessieren. »Ein paar Tausend Pfund werden es schon sein.« Er sieht sich immer wieder um, ob er Tadhg in der Menge entdecken kann, doch der ist wie vom Erdboden verschwunden.

Brenda fängt an, die einzelnen Einnahmequellen aufzuzählen. »Also, zuerst einmal die Tickets, Zwanzig Pfund mal – sagen wir – fünfhundert Gäste, das sind …«,

Maureen steht plötzlich hinter uns. »Entschuldigt, wenn ich unterbreche, aber ich bräuchte Elli kurz. Seán natürlich auch«, fügt sie schnell hinzu.

Wir folgen ihr. »Was ist denn los?«

Maureen führt uns zu einem angrenzenden Raum neben der Bühne, der offensichtlich als Garderobe für die Musiker benutzt wurde. »Du wolltest doch eine Autogrammkarte für deine Mutter.« Sie stößt die Tür auf. »Hallo Onkel Seamus, Joe, das sind meine Freunde. Elli möchte gerne eine Autogrammkarte für ihre Mutter haben.

»Aber natürlich, gerne.« Joe nimmt ein Foto aus seiner Mappe, zückt seinen Stift und fragt: »Was soll ich denn schreiben?«

»Für Brigitte«, mir fällt sonst nichts ein.

Er wirft mir einen kurzen Blick zu und schreibt *For Brigitte, with love, Joe Dolan.* Dann reicht er mir die Karte. Ich will mich gerade überschwänglich bedanken, da fragt Seán: »Darf ich ein Foto machen, mit Joe und Elli?«

»Ja natürlich, überhaupt kein Problem.« Joe ist gut gelaunt »Du bist nicht aus Irland?«

»Ich bin Deutsche.« Ich erzähle ihm von meiner Mutter und dass sie ein riesen Fan von ihm ist und im Radio immer die Lieder von ihm mitsingt.

»Das freut mich, dass sie mich in Deutschland noch im Radio spielen.« Er zwinkert mir zu und fragt Seán: »Hast du eine Kamera dabei?«

Verlegen krame ich Patricks blaues Ungetüm aus meiner Handtasche und reiche es Seán. Joe schaut etwas überrascht, sagt aber nichts. Er legt den Arm um mich, und wir werfen uns in Positur. Seán stellt sich breitbeinig vor uns hin, umklammert mit beiden Händen die gelben Henkel der blauen Kinderkamera und drückt ein paarmal ab. Maureen nimmt ihm die Kamera aus den Händen, fordert ihn auf, sich auch zu uns zu stellen, und knipst. Zum Schluss stellen sich Maureen und Seamus auch noch dazu und bitten den Kellner, der gerade hereinkommt, die Fotos zu machen. Der stutzt kurz, als er die Kamera sieht, sagt »cheese«, drückt ab und reicht sie mir zurück. Ich lasse die Kamera sofort wortlos in meiner Handtasche verschwinden und stelle mich neben Seán der noch ein kurzes Schwätzchen mit Joe hält. Dann bedanken wir uns artig und schlendern zurück an unseren Tisch.

Dort herrscht allgemeine Aufbruchsstimmung. Gavin und Gráinne sind schon weg, Eugene und Brenda packen gerade ihre Jacken und die mysteriös angeschwollene Riesenhandtasche zusammen. Wir verabschieden uns von allen, und ich bedanke mich noch bei Maureen dafür, dass sie uns mit Joe Dolan bekannt gemacht hat.

»Ihr müsst unbedingt noch zum Kaffee zu uns kommen, bevor wir nach Celbridge ziehen. Morgen Nachmittag vielleicht?« Ich mag Maureen. Es wäre schade, wenn wir uns gleich wieder aus den Augen verlieren.

»Abgemacht!« Tadhg ist plötzlich aufgetaucht und leert schnell sein Glas im Stehen. »Aber nur, wenn es wieder selbst gebackenen Kuchen gibt.«

Seán und Tadhg gehen vorne weg und unterhalten sich halblaut. Tadhg bleibt alle paar Meter gestikulierend stehen, doch Seán schiebt ihn weiter und sagt ihm, er soll nicht so laut sein. Maureen und ich folgen ihnen durch die Hotelhalle. Auf der Straße verabschieden wir uns. Wir müssen in entgegengesetzte Richtungen. Langsam schlendern Seán und ich untergehackt nach Hause. Das letzte Glas Guinness hätte ich vielleicht doch nicht trinken sollen. Die frische Luft wirkt ernüchternd. Ich bin froh, als wir endlich daheim ankommen. Es war ein großartiger Abend, wir haben gegessen, getrunken, getanzt, Freunde getroffen und mit Joe Dolan geplaudert, aber jetzt muss ich ins Bett.

Sonntag

Da Patrick bei seinen Großeltern übernachtet, können wir am Morgen ausschlafen. Ein seltener Luxus, den ich in vollen Zügen genießen will. Leider wache ich bereits um sechs Uhr morgens auf – die Macht der Gewohnheit. Missmutig wälze ich mich im Bett hin und her und versuche krampfhaft, wieder einzuschlafen. Keine Chance, Seán neben mir schnarcht wie ein Walross, und ich starre an die Decke. Endlich gebe ich auf und gehe hinunter In die Küche. Ich setze den Wasserkessel auf und braue mir meine erste Tasse Tee. Diese Teetrinkerei ist zu einer richtigen Sucht geworden … Da habe ich mir mühsam das Rauchen abgewöhnt, nur um jetzt am Teebeutel zu hängen. *Unsinn*, schelte ich mich in Gedanken selbst, *das kannst du doch nicht vergleichen.* Ich drücke den Teebeutel aus und rühre vorsichtig etwas Milch hinein. Zu viel Milch – und ich kann den Tee wegschütten, zu wenig Milch – und er ist genauso ungenießbar; die Farbe muss genau stimmen. *Also, wenn das kein zwanghaftes Verhalten ist*, meldet sich meine innere Stimme wieder. Um auch ja keinen Tropfen zu verschütten, trage ich meine Teetasse vorsichtig die Treppe hinauf, schalte auf dem Weg zum Schlafzimmer noch schnell die Immersion ein und schlüpfe unter meine noch warme Bettdecke. Seán schnarcht immer noch. Zufrieden schlürfe ich den heißen Tee aus meiner Lieblingstasse. Teetrinken und Rauchen kann man wirklich nicht vergleichen, komplett verschiedene Dinge. Oder hat vielleicht schon mal jemand ein Teebein bekommen oder Teekrebs? Eben. Gelbe Zähne, ja das ist wieder etwas anderes. Die Zähne werden von zu viel schwarzem Tee nicht unbedingt weißer. Ich versuche, meine Selbstgespräche abzustellen. Diese Besserwisser-Elli kann einem furchtbar auf den Keks gehen. Ein Buch, eine Zeitung oder überhaupt irgendetwas zu lesen wäre jetzt schön. Verdrießlich betrachte ich den Stapel Bücher auf meinem Nachttisch. Vor Tagen schon habe ich das letzte Buch fertig gelesen. Ich sollte mich endlich um Nachschub kümmern. Patricks Fischebuch liegt noch da. Ich setze mich im Bett auf und fange an, darin zu blättern. Die Bilder sind wirklich atemberaubend schön, und ich mache dort weiter, wo wir gestern aufgehört haben. Unvermittelt fährt mir ein Gedanke durch den Kopf. Entsetzt starre ich vor mich hin, die Teetasse gleitet mir aus den Händen und fällt mit lautem Klirren zu Boden. Das Geräusch löst mich aus meiner Lähmung, ich rüttle Seán mit beiden Händen wach und stoße heiser hervor: »Ich weiß, wer es war! Ich weiß jetzt, wer Onkel Jim ermordet hat, und ich glaube, ich weiß auch wie!«

Eine Woche später

Den ganzen Vormittag über habe ich Kartoffeln gekocht, Nudeln abgegossen, Zwiebeln gewürfelt und allerlei Obst und Gemüse kleingeschnippelt. Unser Umzug nach Celbridge findet nächsten Dienstag statt. Deshalb haben wir zum Abschied Freunde und Verwandte für heute Abend zum Grillen eingeladen. Der Wetterbericht war positiv, die Wetterfrösche haben sogar eine Wetterwarnung herausgegeben. *Yellow Alert*, das heißt, alle Bewohner der grünen Insel sollen sich dick mit Sonnencreme einreiben, Sonnenhüte aufsetzen und nicht ohne T-Shirts herumlaufen. Besonders Kleinkinder und Haustiere müssen vor den ungewohnt starken Sonnenstrahlen geschützt und mit ausreichend Flüssigkeit versorgt werden, soll doch das Thermometer heute auf unglaubliche 25 Grad Celsius klettern. Seán ist ausgezogen, um für ausreichend Getränke zu sorgen, während ich mich um das leibliche Wohl kümmere. Schon seit gestern liegen Schweinekottelets und Hühnerbrüste in würzigen Marinaden, Burgers und Würstchen ruhen im Kühlschrank. Die Kräuterbutter habe ich auch schon eigenhändig angerührt. Vier verschiedene Salate soll es zum Fleisch geben, Kartoffelsalat, Nudelsalat, und Tomatensalat, den Krautsalat kaufen wir fertig. So langsam komm ich ins Schwitzen. Natürlich haben wir auch französisches Stangenweißbrot und Burger Buns eingekauft. Eigentlich wollte ich den Kartoffelsalat nach dem Rezept meiner Großmutter aus dem Sudetenland machen, habe das Vorhaben jedoch schnell wieder aufgegeben, nachdem ich die Zutatenliste studiert habe. Ein Oberpfälzer Kartoffelsalat tut es auch. Dafür brauche ich nur drei Zutaten, und sogar die zu bekommen war nicht ganz einfach. »Das sind vermutlich die teuersten Essiggurken, die ich jemals in einen Kartoffelsalat geschnippelt habe.«

Patrick schaut mich fragend an. Er schneidet Käsewürfelchen für den Nudelsalat und fährt dabei mit der Zungenspitze konzentriert über seine Oberlippe. Wir liegen gut in der Zeit. Ein kurzer Blick auf die Armbanduhr bestätigt mir, dass wir noch fünf Stunden haben, bis die ersten Gäste eintrudeln werden. Es ist nicht so, dass es hier keine eingelegten Gurken geben würde. Ganz im Gegenteil, allerdings sind sie in einem völlig anderen Sud eingelegt als die Essiggurken, die wir von zu Hause her kennen, und sie schmecken auch vollkommen anders, irgendwie süßlich. Als ich dann im Supermarkt ein Glas Kühne Essiggurken entdeckt habe, habe ich sofort zugegriffen, nur um an der Kasse vor Schreck beinahe das Glas fallen zu lassen. 3,75 Pfund, fast fünf Mark! Das war mit Sicherheit das letzte Glas Essiggurken, das ich hier gekauft habe. Patrick kippt seine Käsewürfel in den Nudelsalat.

»Und jetzt?« Geduldig wartet er auf seine nächste Aufgabe. Ich kleckse ordentlich Mayonnaise in die Schüssel, gebe Salz und Pfeffer hinzu, und Patrick darf umrühren. Als endlich alle Salate angemacht und abgeschmeckt sind, gönnen wir uns eine kleine Pause. Jetzt müssen nur noch die Gartenmöbel aufgestellt werden, aber das hat Zeit, bis Seán wieder zu Hause ist. Maureen und Tadhg haben uns ihren Grill geliehen, Catherine und Nick Simms haben all ihre Gartenstühle und Tische zu unserem Fest beigesteuert, und die Schwiegereltern hatten noch ein paar Campingstühle in der Garage. Hoffentlich haben wir genügend Sitzgelegenheiten.

Während Patrick seinen Mittagsschlaf hält, versuche ich, die farbigen Wimpel aus dem *Pound Shop* über die Wäscheleine zu drapieren. Ich hätte auch noch Lampions gebastelt, aber hier wird es erst um elf Uhr abends dunkel, und dafür war mir der Aufwand zu groß. Stattdessen habe ich ein paar Teelichter in alten Einmachgläsern bereitgestellt. Seán schleppt die Getränke in die Garage. Wir haben dort eine uralte Schubkarre entdeckt, die wir mit schwarzen Plastikmüllsäcken ausgelegt und bis zum Rand mit Eiswürfeln gefüllt haben. Die Bierdosen stecken wir alle halb hoch ins Eis. Das sieht klasse aus. Gemeinsam schleppen wir die Gartentische hinaus, sie sind fast alle verschieden hoch und unterschiedlich breit. Wir versuchen, sie so passend wie möglich aneinanderzureihen. Schließlich stehen fünf sehr unterschiedliche Tische in einer ordentlichen Reihe diagonal im Garten. Während Seán die Stühle holt, decke ich die Tische mit einheitlichen weißen Papiertischdecken. Auch ein *Pound Shop* Fund. Das Besteck stecke ich in alte blaue Emailbecher mit weißen Sprenkeln, die ich im Küchenschrank gefunden habe. Bei fast allen ist ein kleines Eck vom Email abgeplatzt, was aber zu ihrem Charme beiträgt. Auf jedem der weiß gedeckten Tische steht nun ein blauer Emailbecher mit Messern und Gabeln, daneben bunt gemusterte Papierservietten, auf die ich einen großen Stein gelegt habe, damit sie nicht im Wind davon flattern. Jetzt noch die alten Einmachgläser mit den Teelichtern dazu, und schon sehen die heruntergekommenen Gartentische frisch und freundlich aus. Ein paar Blümchen würden gut dazu passen. Ich lasse den Blick über unseren Betongarten schweifen. Efeu wächst an der Mauer zum Nachbarn hoch. Ich hole die Schere und schneide ein paar junge lange Triebe ab, die ich dann längs in die Mitte der Tische lege. Seán platziert die Stühle drum herum, immer darauf bedacht, keine zwei gleichen nebeneinander zu haben. Zum Schluss schmücken wir den Tisch, auf dem ich die Salatschüsseln, Soßen, Papierteller, Plastikbecher und Brot bereitstellen werde. Den Grill stellen wir gleich daneben. Zu guter Letzt tragen wir noch unseren Küchentisch hinaus in den Garten. Der fungiert als Arbeitstisch und wird mit allerlei Grillutensilien sowie Flaschenöffner, Korkenzieher und Schneidebrettern bestückt. Gemeinsam begutachten wir unser Werk. Glücklich schlinge ich meine Arme um Seáns Hüfte und lehne meinen Kopf an seine Schulter. Die Wimpel flattern lustig im Wind, unsere Gäste können kommen.

Schwiegermutter Fidelma erscheint natürlich als Erste. Sie hat es ja auch nicht weit. Wir haben das Garagentor und die Hintertür geöffnet, sodass alle Gäste direkt von der Straße in den Garten gehen können.

»John kommt gleich, er will nur noch schnell die Zeitung zu Ende lesen.« Sie überreicht mir einen Blumenstrauß. »Seán sagt, du magst Blumen.« Sie sagt es mit einem seltsam fragenden Unterton, so als sei ich die einzige Person in der Familie, die Blumen mag, und sie nicht überrascht wäre, wenn sich ihr Sohn einen Scherz mit ihr erlaubt hätte.

»Die sind wunderschön, vielen Dank.« Sofort eile ich in die Küche, um den Strauß ins Wasser zu stellen. Der Emailkrug, zu dem die Becher gehören, eignet sich wunderbar dafür. Jetzt habe ich mein *Centre Piece* für die Tischreihe. Als ich mit den bunten Blumen in der Hand wieder aus der Küche komme, sind Maureen und Tadhg eingetroffen. Seán und Tadhg feuern sofort den Grill an, damit sich bis zum Eintreffen aller Gäste eine ordentliche Glut bilden kann.

Maureen schwenkt in jeder Hand eine Flasche Wein. »Hier, das ist unser Beitrag zum Fest.«

»Das war doch nicht nötig, ihr habt doch schon den Grill beigesteuert.« Ich nehme ihr die Flasche Weißwein aus der Hand und stecke sie in das Eis unserer Uralt-Schubkarre.

»Wow! Was ist das denn für ein abgefahrenes Teil?!« Maureen drückt mir die Flasche Rotwein in die Hand und fischt eine Dose Carlsberg aus dem Eis. »Das nenn ich mal eine gute Idee, eine rollende Bar!« Routiniert zieht sie mit dem Zeigefinger den Aluring auf, bis das Bier zischt. »Genau die richtige Temperatur, ist ja auch verdammt heiß heute.«

Ich stelle den Rotwein auf den Zementboden der Garage. »Seán, hilfst du mal kurz mit der Schubkarre?«

Seán gibt den Muskelmann, stemmt die Schubkarre in die Höhe und rollt sie in den Schatten neben dem Salatbuffet. Ich versorge meine Schwiegermutter schnell mit einem Glas Rotwein und lasse sie dann in Patricks Obhut.

Tadhg und ich haben noch einiges zu besprechen. Ich habe mich entschlossen, einen neuen Beruf zu ergreifen. Ich möchte

Privatdetektivin werden. Tadhg sagt, ich habe Talent. Er ist bereit, mich in den Beruf einzuführen und mir dabei zu helfen, eine Lizenz zu erwerben. Seán war anfangs dagegen, musste aber schließlich einsehen, dass er es mir nicht ausreden kann. Tadhg war unglaublich nett und hilfsbereit, als ich ihn das erste Mal darauf ansprach. Er meinte, wenn ich die Lizenz habe, könnten wir vielleicht über eine Partnerschaft nachdenken. Arbeit gäbe es genug, und der Verdienst sei auch nicht schlecht. Ich habe vor, mich auf Versicherungsbetrug zu spezialisieren. Tadhg meinte, das sei eine gute Idee, ein wachsender Markt und ein gesichertes Einkommen. Sobald ich meine Lizenz habe, kann ich loslegen. Ich freu mich so auf die neue Herausforderung, dass ich an nichts anderes mehr denken kann. In Gedanken entwerfe ich bereits Visitenkarten und Briefköpfe. Tadhg erzählt gerade von einem Auftrag, den er erst kürzlich von einer Versicherung erhalten hat, als Liam mit einem Sixpack Heineken unterm Arm und meinem Schwiegervater im Schlepptau hereinkommt.

»Das sieht ja richtig *continental* aus bei euch«, ruft Schwiegervater. »An der Riviera kann es nicht schöner sein.«

»Vor allem kann es dort auch nicht wärmer sein als hier.« Liam angelt sich eine kalte Dose Heineken aus der Schubkarre und steckt sein Mitbringsel tief in das Eis hinein.

»Halli, Hallo!« Sam, Tricia, Pat und Eileen treten durch die Hintertür und begrüßen uns mit einem Küsschen links und rechts für mich und einem kräftigen Schulterschlag für Seán. Jeder hält eine Flasche Wein in der Hand.

Wer soll denn das alles trinken?, denke ich noch, als ich den Wein entgegennehme und auf die Schubkarre und die Salatbar deute. »Nehmt euch doch bitte, was ihr gerne möchtet. Hier herrscht Selbstbedienung. Der Rotwein steht in der Garage, und der Grill ist auch bald so weit.« Wie auf Kommando schießt eine Stichflamme aus der Holzkohle. Seán macht einen Satz zurück und schaut mich erschrocken an.

»Da kommen wir ja gerade recht.« Eugene und Brenda können sich ein Lachen nicht verkneifen. »Lasst doch mal den Fachmann ran.« Eugene nimmt Seáns Stellung ein und beginnt, fachgerecht die Holzkohle anzufachen.

Brenda drückt mir ein Sixpack Cider in die Hand und erklärt: »Eugene liebt es zu grillen. Erinnert ihn an seine Zeit bei den Pfadfindern.«

Ich stecke die Cider-Dosen ins Eis. »Er kann gerne die Kochmütze von Seán übernehmen. Seán ist jetzt nicht so der große Grillspezialist.«

»Was du nicht sagst.« Gráinne und Gavin stehen urplötzlich hinter mir. Gavin überreicht mir mit großer Geste zwei Flaschen Champagner.

»Oh, vielen Dank«, stottere ich. Champagner auf einer Grillparty, das ist typisch Gráinne.

»Das ist ein Moët & Chandon Imperial.«

Als ob ich nicht lesen könnte.

»Ein ganz besonderer Tropfen, den bekommt man nicht überall.«

Ich packe die Champagnerflaschen zu den Bierdosen in die Schubkarre.

»Da haben wir für heute Abend aber einiges vor«, sage ich lachend und deute dabei auf die reichhaltig gefüllte Schubkarre.

»Hier, falls euch die Getränke ausgehen.« Darragh drückt Seán ein weiteres Sixpack mit Bierdosen in die Hand. »Lange nicht gesehen.« Er gibt mir rechts und links ein Küsschen. »Schade, dass ihr schon wieder wegzieht. Wir haben uns viel zu selten getroffen.«

Alle unterhalten sich, und es herrscht eine heitere, lockere, Stimmung. Sogar Gráinne hat noch keine einzige bissige Bemerkung gemacht. Der Duft von gegrillten Würstchen hängt in der warmen Sommerluft.

Eugene gefällt seine Rolle als Grillmeister. »Würstchen, heiß und fettig, wer will Würstchen!« Wie ein Marktschreier preist er seine Waren an. Sofort bildet sich eine Schlange, allen voran Brenda, die sich bereits vorher ausgiebig am Salatbuffet bedient hatte. Nach und nach werden alle mit Grillgut versorgt. Eugene legt jetzt die Hühnerbrüstchen auf den Rost. Sofort erfüllt der

Duft von Sweet Chili Marinade die Luft. Die meisten unserer Gäste sitzen jetzt am Tisch oder stehen am Grill oder an der Salatbar an. Ich setze mich neben Maureen und proste ihr zu. Gerade in diesem Moment treten Conor, Brian und Eoin durch die Hintertür. Für einen kurzen Moment herrscht Totenstille, dann fangen einige zu klatschen an, und zum Schluss stehen alle von ihren Plätzen auf und applaudieren. Conor und Eoin lächeln zuerst zaghaft, strahlen aber bald über das ganze Gesicht, schütteln entgegengestreckte Hände, lassen sich umarmen und abbusseln. Die Männer begrüßen sie mit heftigen Schulterschlägen. Beide Brüder haben Tränen in den Augen. Seán umsorgt die Neuankömmlinge, schenkt Wein in Plastikbecher und schaufelt Salat, Sausages und Hühnerbrüstchen auf Teller, führt sie dann an den Tisch, wo sie von meinen Schwiegereltern noch einmal besonders herzlich begrüßt werden. Die Überraschung ist uns gelungen.

»Meinst du, Gráinnes Champagner ist schon kalt genug?«, flüstere ich Seán zu, stehe auf und beginne damit, die Plastikbecher zu verteilen. Seán überlegt nicht lange, zieht die Flaschen aus dem Eis in der Schubkarre, lässt die Korken knallen und füllt den überschäumenden Champagner in Plastikbecher. Als alle versorgt sind, klopft er mit der Grillzange an die Champagnerflasche, wartet, bis alle still sind, und setzt zu einer Rede an.

»Liebe Familie, liebe Freunde! Wie ihr wisst, war unser Aufenthalt hier in Carlow nur von kurzer Dauer. Umso mehr freut es mich, dass wir nicht unverrichteter Dinge abziehen, sondern dass es uns gelungen ist, dazu beizutragen, unsere beiden Cousins Conor und Eoin von einem schweren Verdacht zu befreien.«

»Hört, hört!« Zwischenrufe werden laut. Seán fährt fort: »Und so bitte ich euch, eure Gläser zu erheben und mit mir zu trinken. Auf Conor und Eoin!«

Die versammelte Gästeschar erhebt im Gleichtakt die Plastikbecher, sogar Patrick streckt seinen Arm mit einem Becher 7up in die Höhe.

»Auf Conor und Eoin!«, wiederholen alle gleichzeitig und stürzen den Champagner hinunter. Conor erhebt sich und wischt sich eine Träne aus den Augenwinkeln. »Wir danken euch dafür, dass ihr nie den Glauben an uns verloren habt. Des Mordes am eigenen Vater bezichtigt zu werden ist das Schlimmste, was man sich vorstellen kann.«

Eoin erhebt sich ebenfalls. »Unser besonderer Dank gehört Seán und Elli, unterstützt von Tadhg.«

»Und Patrick!«, werfe ich schnell dazwischen.

»Und Patrick«, wiederholt Eoin lächelnd, erhebt seinen Plastikbecher und prostet Patrick zu. Der weiß zwar nicht, weshalb ihm gedankt wird, lacht aber trotzdem stolz zu uns herüber. Fidelma wuschelt ihm durchs Haar, und alle Gäste klatschen wieder.

»Wir wollen die ganze Geschichte hören, von Anfang an!«

Zustimmendes Gemurmel folgt auf Schwiegermutter Fidelmas Forderung. Seán kippt den Rest seines Champagners hinunter, geht zur Schubkarre und angelt sich eine Dose Heineken heraus. Nachdem er mehrere tiefe Züge genommen hat, setzt er sich hin und seufzt. »Also gut! Wie ihr wisst, hat alles damit angefangen, dass Onkel Jim plötzlich und unerwartet verstorben ist. Auf Drängen seiner Witwe hin hat man ihn exhumiert und dabei festgestellt, dass er vergiftet wurde. Gift und Motiv deuteten auf die Söhne. Spuren des Giftes wurden bei Eoin zu Hause gefunden. Die Polizei nahm an, dass Conor und Eoin sich Palytoxin während ihres Hawaiiurlaubs besorgt hatten. Ich habe nie geglaubt, dass Conor und Eoin ihren Vater ermordet haben. Die Polizei sah das anders, und beide wurden verhaftet und kamen in Untersuchungshaft. Daraufhin holten wir meinen alten Freund Tadhg zu Hilfe. Elli kam schließlich dahinter, dass Eoin und Conor zwar gemeinsam in die USA eingereist waren, sich dann aber getrennt hatten. Conor und Brian flogen weiter nach Hawaii, während Eoin sich auf eine Ranch in Montana zurückzog. Nachdem Elli das erfahren hatte, war ihr klar, dass jemand, der nicht wusste, dass die beiden Brüder ihren Urlaub getrennt verbrachten, Palytoxin in Eoins Gewächshaus geschmuggelt hatte. Dieser jemand musste der Mörder von Onkel Jim sein. Elli konnte nicht verstehen, warum Eoin die Polizei nicht längst darüber informiert hatte, dass er sich in Montana aufgehalten hatte und nicht, wie von der Polizei angenommen, auf Hawaii.« Seán hält inne und lässt seinen Blick fragend über die drei Männer schweifen.

Conor seufzt, erhebt sich und sagt: »Das hat er nur meinetwegen getan.«

Eoin will etwas einwenden, doch Conor unterbricht ihn. »Lass es gut sein, ich finde, unsere Familie und Freunde haben ein Recht darauf, die Wahrheit zu erfahren.«

Es wird still im Garten. Alle unsere Gäste lauschen neugierig auf das, was Conor zu sagen hat.

»Mein Vater und ich hatten einen fürchterlichen Streit. Als er entdeckt hatte, dass ich nicht mit Eoin, sondern mit Brian auf Hawaii war, hat er getobt. Ich würde die Familie entehren, hat er geschrien, und dass er sich von mir lossagt. Ich sei nicht mehr sein Sohn, er würde mich enterben, und dass wir von nun an geschiedene Leute sind.« Conor nimmt Brians Hand in die seine und drückt sie fest. »Brian und ich sind seit zwei Jahren zusammen.«

Ein erstauntes Raunen geht durch die Zuhörer.

»Wir haben nicht die Absicht, uns offiziell zu outen,« fügt Conor hinzu und sieht Brian dabei fest in die Augen, »aber wir wollen uns innerhalb der Familie nicht länger verstecken müssen. Wir wollen, dass unsere Familien und engsten Freunde von unserer Liebe zueinander wissen. Eoin wusste natürlich Bescheid und hat versucht, mich zu decken. Unser armer Vater war sehr katholisch und außerdem sehr konservativ, was gleichgeschlechtliche Liebe betrifft. Außerdem glauben wir beide nicht, dass Carlow reif für einen schwulen Pastetenfabrikanten ist«, fügt Conor hinzu und lächelt wehmütig. Resigniert sieht er in die Runde. Den meisten unserer Gäste steht immer noch der Mund offen. Ich kann mir sehr gut vorstellen, dass es nicht nur in Carlow geschäftsschädigend ist, sollte Conors Outing die Runde machen.

Ich räuspere mich und fahre fort: »Nachdem mir Brian gebeichtet hatte, dass er und Conor gemeinsam auf Hawaii waren, während Eoin sich auf einer Pferderanch in den Weiten Montanas aufgehalten hatte, fand ich es sehr seltsam, dass das Palytoxin bei

Eoin und nicht bei Conor gefunden wurde. Die Person, die es ihm untergeschoben hatte, wusste offensichtlich nichts von ihren wahren Urlaubsplänen.«

Nun ist es an Seán, zu übernehmen. »Lange Zeit haben wir vergeblich ermittelt, bis meine Frau Elli ihren berühmten Geistesblitz hatte.«

Alle Gesichter wenden sich mir zu. Verlegen lächle ich in die Runde. »Ich bin nur durch Patrick darauf gekommen. Er war ganz begeistert von Onkel Jims Aquarium.«

Ein kurzes Aufstöhnen tönt durch die Menge, Onkel Jim und sein Aquarienfimmel sind im Familienkreis noch nicht vergessen. »Deshalb habe ich ihm eine Enzyklopädie über Fische gekauft.«

Patrick springt auf und kommt bald darauf mit seinem Fischebuch unterm Arm zurück.

»Er hat sich auch erstaunlich viele Arten gemerkt, die es in Onkel Jims Aquarium gibt, unter anderem eine Anemonenart, die hochgiftig ist. Wenn Sam mir nicht zufällig von seinem Arbeitsunfall in *Sea World* erzählt hätte, wäre ich vermutlich nie darauf gekommen.«

»Aber so hat sie zwei und zwei zusammengezählt und den berühmten Geistesblitz gehabt.« Seán platzt fast vor Stolz.

»Ich kapier immer noch nichts«, seufzt Brenda und schaut mich vorwurfsvoll an.

»Nun, Sam hat doch während der Wohltätigkeitsveranstaltung letzte Woche erzählt, er hätte einen bewachsenen Stein aus dem Aquarium in *Sea World* genommen, ohne Handschuhe. Du warst doch dabei, als er davon berichtet hat.«

Brenda nicht zustimmend. »Es hätte ihn beinahe das Leben gekostet, aber er wollte kein Schmerzensgeld einklagen.«

»Genau, er nannte das Tier bei seinem lateinischen Namen, *Zoanthidea*.«

Sam nickt zustimmend. »Genau, *Zoanthidea* oder Grüne Krustenanemone.«

Ich klopfe auf Patricks Fischebuch. »In diesem Buch ist eine wunderschöne Abbildung dieser grünen Krustenanemone, und Patrick war sich ganz sicher, dass er dieselbe Anemone in Onkel Jims Aquarium gesehen hat.«

Seán erzählt weiter. »Was auch noch in dem Buch stand, ist Folgendes: Die Grüne Krustenanemone setzt Palytoxin gegen Fressfeinde ein, also das Gift, das in Onkel Jims Magen gefunden wurde. Dieses Palytoxin ist hochgiftig und wird von Naturvölkern als Pfeilspitzengift verwendet.« Unsere Zuhörer sind mittlerweile mucksmäuschenstill. »Es gelang uns also, der Polizei glaubhaft zu machen, dass Michelle zumindest die Möglichkeit hatte, an Palytoxin zu gelangen«, nimmt Tadhg den Faden auf. »Zuerst war es uns wichtig zu zeigen, dass Conor nicht der Einzige war, der Zugang zu diesem Gift hatte. Außerdem wurde uns die Zeit knapp. Michelle hatte bereits einen Flug nach Las Vegas gebucht, um bei ihrer Schwester zu sein, wie sie sagte.«

Jetzt erzählt Seán weiter. »Als wir sie im Shelbourne Hotel zufällig mit ihrem Liebhaber beobachtet hatten, war uns klar, dass auch Michelle ein Motiv haben könnte.«

Allgemeines Luftschnappen und Stimmengewirr, die Sache mit dem Liebhaber war den meisten neu.

Liam wendet ein: »Aber es war doch Michelle, die die Polizei darauf hinwies, dass überhaupt ein Verbrechen begangen wurde. Warum sollte sie das tun, wenn sie selbst die Mörderin war?«

Zustimmendes Gemurmel unter unseren Zuhörern.

»Nun, das ist ganz einfach.«, fährt Seán fort, ohne sich beirren zu lassen, »als bei der Testamentsverlesung bekannt wurde, dass Michelle nur das Haus und eine kleine jährliche Rente geerbt hatte, musste sie alles daransetzten, dass Conor und Eoin wegen Mordes verurteilt werden.«

»Das ist ihr auch beinahe gelungen«, warf Conor ein.

»Ich verstehe immer noch nicht«, jammert Brenda. Tadhg klärt sie auf: »Ein Täter darf finanziell nicht von seiner Tat profitieren. Das ist Gesetz. Wenn Conor und Eoin wegen Mordes verurteilt worden wären, hätten sie das Erbe nicht antreten dürfen, und

Michelle als nächster Angehöriger wäre das gesamte Vermögen zugefallen.«

Gavin meldet sich. »Wie hat sie ihm das Gift denn verabreicht, sie war doch nachweislich nicht im Lande, als Onkel Jim starb?«

»Das war sehr geschickt gemacht.« Seán schluckt sein Würstchen schnell hinunter. »Die genauen Details sind erst bei ihrem Geständnis herausgekommen.

»Zum Glück hat sie die Nerven verloren und gestanden. Darauf wäre ich im Traum nicht gekommen«, schiebe ich schnell dazwischen.

Seán macht weiter: »Also, nachdem sie eine grüne Krustenanemone vorsichtig und mit Handschuhen«, dabei wirft er Sam einen vielsagenden Blick zu, »von einem Stein im Aquarium abgelöst hat, hat sie diese dann ausgekocht und die Kochflüssigkeit anschließend einkochen lassen.«

Mir läuft ein Schauer über den Rücken, wenn ich daran denke, dass ich in derselben Küche Tee getrunken habe, in der sie diese teuflische Mixtur hergestellt hat.

»Dabei muss sie eine Schutzbrille und eine Atemschutzmaske getragen haben. Anschließend hat sie das Gift in eine neue Flasche Lebertran gefüllt. Onkel Jim hatte schon seit frühester Kindheit die Angewohnheit, jeden Morgen einen Esslöffel Lebertran zu sich zu nehmen. Die Lebertranflasche, die er in Gebrauch hatte, war fast leer. Die mit dem Gift präparierte Flasche hat sie am Tag ihrer Urlaubsreise in die USA einfach in der Originalverpackung neben die fast leere Flasche Lebertran gestellt. So konnte sie sicher sein, dass Onkel Jim das Gift an einem Tag zu sich nehmen würde, an dem sie selbst Tausende von Kilometern weit weg ist. Es war ein Leichtes für sie, die Flasche einfach verschwinden zu lassen, nachdem sie als trauernde Witwe wieder in Irland angekommen war. Zu diesem Zeitpunkt gingen alle noch von einem natürlichen Tod aus. Wenn das Testament zu ihren Gunsten ausgefallen wäre, wie sie ursprünglich geplant hatte, hätte sie die Aufmerksamkeit der Behörden sicherlich nicht auf die wahren Todesumstände von Onkel Jim gelenkt. Es muss ein gewaltiger Schock für sie gewesen sein, als ihr klar wurde, dass Jim sein Testament doch nicht geändert hatte.«

Seán steht auf und holt sich eine neue Dose Heineken aus der Schubkarre. »Wenn sie die Nerven behalten hätte, wäre sie vielleicht damit durchgekommen.« Er stellt sich hinter Conor und Eoin. »Es war eine Meisterleistung der Polizei, ihr ein Geständnis zu entlocken.«

Tadhg wirft ein. »Die Verhaftung am Gate im Flughafen war ganz schön dramatisch. Michelle dachte, sie sei in Sicherheit, als plötzlich aus heiterem Himmel die Polizei vor ihr stand.«

Seán lacht. »Dass ihr Liebhaber beim Anblick der Uniformen sofort das Weite gesucht hat und sie am Gate sitzen ließ, war auch nicht nett.«

Tadhg grinst. »Sie haben ihn aber ziemlich schnell wieder eingesammelt, den schönen Angelini. Trotzdem, wenn sie den Mund gehalten hätte, wäre sie vielleicht damit durchgekommen. Die Beweise hatte sie ja alle vernichtet oder entsorgt.«

Conor erhebt sich aus seinem Campingstuhl. »Ich weiß nicht, wie ich euch jemals danken kann. Ohne eure Hilfe wären wir verurteilt worden.«

Tadhg lacht. »Keine Sorge, ich schick euch die Rechnung. Ich habe über meine Stunden genauestens Buch geführt.« Maureen gibt ihm einen Stoß in die Rippen. »Was denn? Das war doch so ausgemacht«, entrüstet er sich etwas leiser und schaut seine Frau tadelnd an.

Conor nickt. »Und einen fetten Bonus gibt es oben drauf, nicht war Eoin?«

Alle lachen zustimmend und rufen durcheinander.

»Hogg's Pies auf Lebenszeit, das wäre doch was, nicht wahr Elli?«, meldet sich Seán zu Wort.

»Oh ja! Und Sausage Rolls«, ruft Patrick und erntet dafür den größten Lacher.

Ausgelassen feiern wir bis tief in die Nacht. Es ist ein wunderschönes Fest, eine große Last ist von der Familie O'Shea gewichen. An diesem Abend höre ich meine Schwiegermutter zum ersten

Mal singen. Sie singt mit einer klaren, hellen Stimme ein altes irisches Volkslied, langsam stimmt sie die ersten Zeilen an.

»Oh, there's been a woman in our town
A woman you ought know well
She dearly loved her husband
But another man twice as well«

Alle stimmen ein und singen lauthals den Refrain.

»With me right finnickineerio
Me tip finnick a wall
With me right finnickineerio
We're tipping it up to Nancy«

Schwiegermuttern übernimmt den Solo Part und singt die nächste Strophe.

»She went down to the chemist shop
Some remedies for to buy
Have you anything in your chemist shop
To make me old man blind?«

So langsam wird mir klar, worum es in diesem Lied geht. Wieder stimmen alle in den Refrain ein.

»With me right finnickineerio
Me tip finnick a wall
With me right finnickineerio
We're tipping it up to Nancy

Give him eggs and marrowbones
And make him suck them all
Before he has the last one sucked
He won't see you at all

With me right finnickineerio
Me tip finnick a wall
With me right finnickineerio
We're tipping it up to Nancy

She gave him eggs and marrowbones
And made him suck them all
Before he had the last one sucked
He couldn't see her at all

With me right finnickineerio
Me tip finnick a wall
With me right finnickineerio
We're tipping it up to Nancy

If in this world I cannot see
Here I cannot stay
I'd drown myself, ›Come on‹ says she
›And I'll show you the way‹

With me right finnickineerio
Me tip finnick a wall
With me right finnickineerio
We're tipping it up to Nancy

She led him to the river
She led him to the brim
But sly enough of Martin
It was him that shoved her in

She swam through the river
She swam through the brine
›Oh Martin, dear Martin
Don't leave me behind‹

With me right finnickineerio
Me tip finnick a wall
With me right finnickineerio
We're tipping it up to Nancy

›Oh Martin, dear Martin
Don't leave me behind‹
›Yerra shut up outa that ye silly aul fool
Ye know poor Martin is blind‹

With me right finnickineerio
Me tip finnick a wall
With me right finnickineerio
We're tipping it up to Nancy

There's nine in me family
And none of them is my own
I wish that each and every man
Would come and claim his own

With me right finnickineerio
Me tip finnick a wall
With me right finnickineerio
We're tipping it up to Nancy.«

Alle klatschen begeistert, und einer nach dem anderen singt sein *Party Piece.*

Als Letzter gibt Seán aus vollem Halse sein *Follow me up to Carlow* zum Besten.

Schließlich geht auch die schönste Nacht zu Ende. Nachdem wir alle verabschiedet haben und selbst die mit dem größten Sitzfleisch endlich in die Nacht verschwunden sind, stehen wir aneinandergelehnt im Türrahmen und schauen ihnen nach.

»Für uns heißt es bald *Follow me up to Celbridge«,* flüstere ich Seán ins Ohr.

Eng umschlungen steigen wir die engen Stufen von St. Philomenas hinauf, um unsere vorletzte Nacht in Carlow zu genießen …